【广东中华文化王季思学术基金⊙黄天骥学术基金丛书之七】

明代杂剧研究

戚世隽 著

广东高等教育出版社
广州

图书在版编目（CIP）数据

明代杂剧研究/戚世隽著. —2版. —广州：广东高等教育出版社，2011.5

（广东中华文化王季思学术基金·黄天骥学术基金丛书）

ISBN 978-7-5361-4039-4

Ⅰ.①明… Ⅱ.①戚… Ⅲ.①杂剧-文学研究-中国-明代 Ⅳ.①I207.37

中国版本图书馆CIP数据核字（2011）第061760号

广东高等教育出版社出版发行

地址：广州市天河区林和西横路/510500

营销电话：（020）87551597

网址：www.gdgjs.com.cn

佛山市浩文彩色印刷有限公司印刷

890毫米×1240毫米 32开本 10.375印张 270千字

2011年5月第2版 2011年5月第2次印刷

印数：2 001～4 000册

定价：28.00元

前记一

黄天骥

中国古代戏曲和古代文学作品，是取之不尽用之不竭的宝藏。华夏子孙，有责任发掘开采，分析整理，让体现着东方文化的瑰宝，在世界民族之林中焕发光辉。自然，我们也不能一味陶醉在祖先遗泽之中，审视它，研究它，弃其糟粕，取其精华，使之有助于祖国精神文明建设，才是我们整理古代戏曲、古代文学的目的。

近几年，广东经济有了飞跃的发展，许多有识之士，认识到在这块热土中弘扬中华文化的重要性。因而采取多种方式，大力推动对中华文化的学术研究。因时际会，“广东中华文化王季思古代戏曲、古代文学研究基金”得以乘风御气，建立起来。有了这个条件，我们就有可能出版丛书，在研究我国传统文化的领域中，做一点力所能及的工作。

我们出版这套丛书，也是为了纪念王季思

老师。

王起，字季思（1906—1996），浙江温州人。早岁师从孙诒让、吴梅先生，以《西厢五剧注》名世。20世纪40年代后期，王季思老师到广东中山大学任教，历任中文系主任、古文献研究所所长等职。数十年来，他热爱祖国，热爱中华文化，把全部精力投入到教学和科研的工作中，在古代戏曲、古代文学领域作出了巨大的贡献。“文化大革命”后，拨乱反正，王季思老师被聘为国务院学位委员会第一届学科评议组成员、国家古籍整理出版规划小组顾问，被公认是中国古代戏曲古代文学研究的权威。

王季思老师一生热爱学生，教育青年。他常说：学术乃天下公器。学生和后辈学者向他求教，他从来都认真、热诚地给予帮助。直到七八十岁高龄，他还培养硕士生、博士生，矻矻穷年，不遗余力。他经常强调建设祖国教育和文化事业，要有人继承，渴望薪火相传，让中华文化之光一代又一代照遍大地。

弘扬中华文化，继承王季思老师匡扶后进的精神，是受过他老人家教诲的学生的共同心愿。1993年，广州市政协和中山大学联合主办“庆祝王季思教授从教七十周年大会”。其后，诸位校友像杨资元、赖春泉等学长，深感为促进学术的发展，应做一些更加切实的工作，朱孟依先生积极支持。经过各方面的努力，我们决心出版这一套丛书，希望能实现王季思老师多年的心愿，帮助热心于中国古代戏曲古代文学而又甘心坐冷板凳的学者迅速成长，让学术之花也在生长红棉的土地上盛开。

学术的殿堂是靠一砖一石垒成的，我们希望扎扎实实地奋工添瓦，不想欣赏海市蜃楼。目前，我们的能力有限，更兼文化建设不可能一蹴而就。因此，我们的想法是：环绕着中国古代戏曲、古代文学的论题，逐年出版有较高水平的学术著作。只要持之以恒，锲而不舍，日积月累，代代相传，我们一定能在祖国学术领域的南天，垒筑起一座丰碑。

王季思老师曾有诗云：

人生有限而无限，历史无情还有情；
薪火相传光不绝，长留双眼看春星。

丛书付梓之际，我们抄录这首诗，作为奠基之石，以明旨意，兼励来者。

1996年6月16日于中山大学

前记二

欧阳光　康保成

自1996年广东中华文化王季思学术基金丛书第一种出版以来，迄今已过去了整整十年。十年来，我们根据有限的财力，精心甄选入围选题，在广东高等教育出版社的大力支持下，以每年一到两种的节奏，已陆续出版了13种著作。

看着眼前这套积少成多渐成规模的丛书，不禁让人深深感慨。这套丛书的作者基本上都是中山大学中文系的中青年学者或博士学位获得者，选题以古代戏曲研究为多，同时也涵括了古代文学研究的其他领域。这些著作也许算不上什么鸿篇巨制，我们也没有像时尚所热衷的那样对它进行包装和宣传，在当今热闹非凡的学术著作出版大潮中，它甚至显得有些冷清和落寞，但这些著作都是对有关领域作了艰苦细致的研究之后的心得之作，或对有关研究领域有所开拓，或推动了有关研究向纵深发展，自有其难以掩盖的学术价值。丛书从总体上展现了中山大学中文系中青年学者的风采，也体现了中山大学中文系沉潜、严谨、包容、开放的良好学风。

最近，珠海市民营企业家李平秋先生捐资设立黄天骥学术基金，用于支持我系古代戏曲和古代文学等学科的发展。李平秋先生1983年毕业于中山大学中文系，之后投身于市场经济大潮，艰苦创业，努力打拼，取得了事业的成功；在事业有所成就的时候，却不忘回报社会。他有感于母系的培育之恩，倾心敬佩黄天骥先生的师德人品，因而出资设立以黄天骥先生命名的学术基金，其拳拳赤子之心，殷殷校友之情，令人感佩。

这样一来，我们除了王季思学术基金之外，又有了黄天骥学术基金。两个基金虽然命名不同，其宗旨则是一以贯之的，即为传承和弘扬我国优秀传统文化推进古代戏曲、古代文学的研究而添砖加瓦，略尽绵薄。根据这一宗旨，我们将把两个基金的增值部分合并在一起使用。其中继续资助出版中青年学者高质量的研究成果，帮助中青年学者在学术上更快地成长，仍然是两个基金的主要工作。

王季思先生是中山大学中文系古代戏曲、古代文学学科的开拓者、奠基人；黄天骥先生是继王季思先生之后中山大学中文系古代戏曲、古代文学学科的领军人物，在海内外学术界享有崇高的威望。两位先生的共同特点是不仅重视学术的创造，同时也注重学术的传承，他们都倾力培养后学，提携奖掖不遗余力，这也正是中山大学中文系古代戏曲、古代文学学科能够生生不息，始终充满活力，并不断有创造性成果涌现的原因。

学术的发展离不开传承，也离不开积累，我们所做的正是传承和积累的工作。这一工作也许一时半会儿看不出明显的效果，但正如黄天骥先生在本丛书的“前记一”中所说的：“只要持之以恒，锲而不舍，日积月累，代代相传，我们一定能在祖国学术领域的南天，垒筑起一座丰碑。”

让我们以此互勉。

2006年11月16日于中山大学

目　录

第一章　绪　论

第一节　问题的提出

当人们论及明代的戏曲创作之时，注意到的往往是传奇的繁盛，却忽视了杂剧的创作。实际上，明代的杂剧创作，虽不再成为占据舞台主导地位的戏曲样式，却以其与元代杂剧截然不同的风貌，显示了它自身的价值和意义。

就作家和作品的数量而言，明杂剧已显示了它的创作实力，据傅惜华《元代杂剧全目》、《明代杂剧全目》① 及《明代传奇全目》三书统计，元代杂剧有作家八十余人，作品七百三十七种（其中姓名可考之作家作品五百种，无名氏作家作品五十种，元明之间无名氏作品一百八十七种），现存一百六七十种；明代杂剧有作家一百二十五人，作品五百二十三种，现存二百九十五种；明代传奇则有作品九百五十种（其中有姓名可考者六百一十八种，无名氏作品三百三十二种）。可见，在创作数量上，明代的杂剧已是不容忽视的了。

明代杂剧的实际演出活动也是一直延续不断的。明初宫廷杂

① 台湾世界书局1982年版，署名傅大兴的《明杂剧考》，实与傅惜华《明代杂剧全目》为同一本书。《明杂剧考》收入杨家骆主编之《中国学术名著》第二辑《曲学丛书》第一集第七册。

剧的演出就相当频繁，明代著名藏书家赵琦美钞校并收藏的《脉望馆钞校本古今杂剧》，其中大部分都是明代宫廷演出的本子，这些本子的故事来源是金元杂剧、院本，但已经过内府改窜，以供按行之用，其内容则多是神仙庆寿之类的东西。民间的杂剧演出也非常兴盛，上演的基本是元代以来的一批传统剧目，也不乏艺人随演随编的东西。此外，在燕会小集之间，文人创作的杂剧也有出演的机会，不过，这类记载史籍中并不多见。从整体上说，明代文人的杂剧已脱离了以舞台为最终去向的创作状态。

若从明杂剧发展的总体来看，它在经历了明初创作的宫廷化、贵族化后，到中后期呈现复苏局面，并发生了重大转变。其题材内容，不再以情节曲折、故事圆满来博取接受对象的认可，其叙事性逐渐减弱，抒情性明显增强，寓意抒怀成为首要的主题取向。而它在形式上的特点，就是冲破原有体制的藩篱，形成长短不拘、折数不一（视剧情需要而定）、南北曲皆宜、各角色均可唱的格局。

在文学史与戏曲史的著述中，比较而言，早期的著作对明杂剧的论述较为详细和公允。郑振铎先生的《插图本中国文学史》专列“南杂剧的出现”一章，刘大杰先生的《中国文学发展史》也有一节论述明代杂剧，其中都不乏真知灼见，如二人分别提出“南杂剧”与“短剧”的概念，丰富了我们对明代杂剧的认识。戏曲史的著作，如周贻白早期的著述《中国戏剧史长编》在第六章“明代戏剧的演进”中，以“杂剧的南曲化”为标题，专列一节简述了明代杂剧的发展演变情况。日人青木正儿的《中国近世戏曲史》，也在第六章“保存元曲余势之杂剧”及其他各章述及明代杂剧的发展及部分作家作品。

此外，亦有专文对明代杂剧作概括描述或专门探讨，郑振铎先生的《杂剧的转变》[1]和张全恭先生的《明代的南杂剧》[2]都是写于20世纪30年代的专论明杂剧的长文。黄芝冈的《明代初、中期北杂剧的盛行和衰落》、廖奔的《明代杂剧概说》、姚力芸的《明初杂剧的演进》、朱恒夫的《明代杂剧的发展轨迹》、徐子方的《明前期宫廷北杂剧论略》和《明代南杂剧略论》、何云麟的《我国古典短剧的兴衰》、杜桂萍的《略论南杂剧》等文都从不同角度对明代的杂剧创作进行研究。[3]至于研究著述方面，则有1979年，台湾曾永义先生的《明杂剧概论》，这也是海内外第一本论述明杂剧的专著，对明杂剧作了全面的概述。1998年，徐子方先生出版了《明杂剧研究》，2003年，又出版了《明杂剧史》，是在明杂剧研究领域用力甚勤，创获颇多的一位学者。

对具体作家作品的研究也不乏其人，主要集中在徐渭这一作家身上，这自然是因为他在文学艺术领域多方面的成就，但徐渭研究的一些重要问题仍未得出比较明晰的看法，比如对他的杂剧作品《四声猿》的认识尚颇多分歧。除此以外，对孟称舜、沈自徵、汪道昆、凌濛初、叶宪祖、梅鼎祚、陈与郊等的研究也有散见文章，特别是徐朔方先生，以系列文章对与汤显祖同时代的曲家（包括明杂剧作家）作了分别论述，又有三卷本的《晚明曲家年谱》[4]，其中包括梁辰鱼、张凤翼、顾大典、徐复祚、王衡、徐渭、陈与郊、叶宪祖、孟称舜、汪道昆、梅鼎祚、汪廷纳等人的年谱或行实纪年，为研究明代杂剧作家的生平和创作扫清了障碍。有了这些必要的基础研究，才使我们今天对明杂剧的进

---

① 见《小说月报》第21卷第1号，1930年1月10日发行。

② 见《岭南学报》第6卷第1期。

③ 所列文章出处请参看附录《明杂剧研究论著目录索引》。

④ 徐朔方：《晚明曲家年谱》，浙江古籍出版社1990年版。

一步探索成为可能。

不过，对明代杂剧的研究虽已有了上述基础，在一些基本问题上，还可继续探讨。

中国社会科学院所编《中国文学史》是这样评价明代杂剧的："这类作品题材既狭窄，且又不太讲究戏剧冲突等特点，因此绝大部分都不能够施诸当场串习，有的甚至于只是抒情小品，不能叫做剧本。""它在内容上很少有元杂剧那样具有强烈的战斗性和社会意义的作品。不少作品还专写古代文人所谓的'风雅行径'，用以抒发作者的一些比较空洞的感情。"① 人民文学出版社游国恩等先生编著的《中国文学史》也称："这些作品偶然也流露作者对现实的不满，但主要在表现封建文人追求安闲享乐的生活情趣。由于内容缺乏现实性和关目的平板、语言的过于典雅，它们一般不适于舞台演出，而仅仅成为文人案头欣赏的东西。"②

然而，随着对明代杂剧创作的重新思考和再认识，研究者也提出一些新的判断。曾永义先生所著《明杂剧概论》一书，开章明义，提出"明代的杂剧，它一方面继承元人的衣钵，一方面又逐渐从兴盛的南传奇汲取滋养，从而融合南北曲的长处，产生更精致、更合理的新剧种……杂剧在明代并非衰亡，而是另有发展，另有革新"③。

同样是评说明代杂剧，却得出截然相反的观点。看来，要对明代杂剧的创作有个更为清晰准确的认识，还有赖于对明代杂剧实际创作的了解和对戏剧观念的重新检讨。

---

① 《中国文学史》第3卷第887页，中国社会科学院中国文学研究所《中国文学史》编写组编写，1979年。

② 《中国文学史》第4卷第84页，人民文学出版社1987年版。

③ 《明杂剧概论》第87页，台湾学海出版社1979年版。

虽然从某些角度，比如从戏剧性看，明杂剧创作是远远比不上元杂剧和明传奇的，但仍有为数众多的人从事这一艺术创作，这一反差就很值得探究。我们认为，对于明代杂剧创作，深入系统研究的缺乏，是会影响整个戏曲史研究的深度和广度的。此外，明杂剧的基本内容怎样，它的内部发展线索如何，它与元杂剧和明传奇有何不同，它在整个戏曲史上处于什么地位，都是需要说清的问题。因此，研究作为戏曲史一部分的明杂剧，将有助于我们理解戏曲史上的重要理论问题，同时，对梳理戏曲史的发展线索也是不无裨益的。

作为欧洲著名的文化社会学家和艺术史学家，豪泽尔在思考文学与社会文化的关系时，认为制约文学的因素有二："艺术作品在总体上仍可被看作两相对应的事实的产物，一方面是'艺术外'的条件——客观的、物质的社会现实；一方面是'艺术内'的因素——形式的、自发的、创造性的意识活动。"① 豪泽尔还主张："艺术品至少是以下三种条件的产物：心理学的、社会学的、文体学的。""仅仅根据形式的文体的思考决不能解释为什么文体发展的线索在一定的点上中止，让位于完全不同的文体，而不是继续发展或扩展。简言之：为什么变化恰恰在这个时候发生。"②

本书即在尽可能充分占有材料的基础上，从不同角度对明代杂剧进行全面研究，包括对所属作家作品的界定，对创作背景的描述，对创作观念的探讨，对创作得失的评价等，最终解决豪泽尔提出的"为什么变化恰恰在这个时候发生"的问题。由于最能体现明代杂剧整体风貌的是明代的文人杂剧创作，因此，我们

① 居延安译：《艺术社会学》第10页，学林出版社1987年版。

② 豪泽尔：《艺术史哲学》英文版第13～14页，转引自陶东风《文体演变及其文化意味》第173页，云南人民出版社1994年版。

的论述重点也放在明代文人杂剧身上。我们希望通过这样的研究，能够认识明杂剧的性质，明确明杂剧的地位，从而揭示明杂剧在中国古代戏曲史上的意义。

第二节 研究对象和范围

一

本书的研究对象是明代的杂剧创作，这本不言而喻，但是，由于明代杂剧的特殊性质，我们在何为“明代杂剧”的界定问题上，尚需作一番说明。

中国戏曲史上有多种以杂剧为名的表演形式。晚唐已见“杂剧”之名，唐代李德裕《论故循州司马杜元颖第二状》有云：“蛮共掠九千人成都郭下。成都、华阳县只有八十人，其中一人是子女锦锦，杂剧丈夫二人。”其特点不详。后有宋杂剧、元杂剧、温州杂剧、南杂剧等。

但杂剧的本义，却是它的“杂”。完整的宋杂剧，包括了三个部分——艳段、正杂剧（两段）、杂扮（散段）。宋代灌园耐得翁《都城纪胜·瓦舍众伎》云：

> 杂剧中，末泥为长，每四人或五人为一场，先做寻常熟事一段，名曰艳段；次做正杂剧，通名为两段。……其吹曲破断送者，谓之把色。大抵全以故事世务为滑稽，本是鉴戒，或隐为谏诤也，故从便跣露，谓之“无过虫”。

又云：

> 杂扮或名杂旺（杂班），又名纽元子，又名技和，乃杂剧之散段。在京师时，村人罕得入城，遂撰此端，多是借装为山东、河北村人，以资笑。今之打和鼓、捻

梢子、散耍皆是也。

董每戡先生认为："杂剧的前后两个部分的内容十分复杂，只中间'正杂剧'两段是演述较完整的故事，并且以谐谑为主，讽刺谏诤便寓于谐谑之中。"① 艳段和杂扮两部分，应都是极杂的散耍，陶宗仪《南村辍耕录》记载院本里有所谓"焰段"：

又有焰段，亦院本之意，但差简耳。取其如火焰易明而易灭也。其间副净，有散说，有道念，有筋斗，有科泛。教坊色长魏、武、刘三人鼎新编辑。魏长于念诵；武长于筋斗；刘长于科泛，至今乐人皆宗之。②

董每戡先生认为就是"艳段"③，这其中有说白、唱曲子、武技、动作表演等，包括了诸种伎艺。因此，董每戡先生又说："（两宋杂剧）也可以说就是'杂要'，比唐代的'参军戏'杂得多，也许这就是发展。"④

杂剧最终成为一种成熟而完备的文体和艺术形式，是在元代。一本四折的严密体制以及严格的角色分配和唱腔系统，从文体的角度来看，其意义是重大的，它确立了杂剧在文学史上的地位。不过，从元代后期开始，南方戏文开始兴盛，并逐渐发展、壮大，直至荟萃北杂剧的精华，以规范化的传奇文学体制，最终取代了北杂剧的盟主地位。

传奇这一名称，曾被用为戏曲的通称。宋元南戏作品，称为

---

①④ 见董每戡《说"杂剧"》，载于《说剧——中国戏剧史专题研究论文集》第 170 页，人民文学出版 1983 年版。关于宋元杂剧的情况，还可参见胡忌的《宋金杂剧考》，古典文学出版社 1957 年版。

② 见《南村辍耕录》卷二十五《院本名目》。

③ "艳段"的含义，周振鹤等认为，在今天的杭州和浙北的其他一些方言中，"艳"的意思是形容某人的举止、言谈很滑稽可笑，"由此可以推测南宋杂剧中的'艳段'，就是正式演出之前，以噱头的形式演出一段常人趣事，让大家'发艳发艳'，以招徕观众"。周氏等还探讨了"艳"字用法的发展过程。参见周振鹤、游汝杰著《方言与中国文化》第 200 页，上海人民出版社 1997 年版。

传奇，如《小孙屠》第一出“副末开场”，便有“后行子弟，不知敷演甚传奇”的问答；《宦门子弟错立身》第五出的唱词里有“你把这时行的传奇，……你从头与我再温习”的话，接下去并用四支曲子，由女优王金榜叙述《王魁负心》等二十九本南戏名目。金元的北曲杂剧，也被元代及明代的某些文人称作传奇。如元代钟嗣成的《录鬼簿》著录元杂剧作家与作品，分类标目有“前辈已死名公才人，有所编传奇行于世者”；又有“右前辈编撰传奇名公，仅止于此”。《录鬼簿续编》钟继先条下云：“惜其传奇，皆在他处按行，故近者不知，人皆易之。”为王实甫所作吊词云：“作词章风韵美，士林中等辈伏低。新杂剧，旧传奇，西厢记天下夺魁。”此处的“传奇”其实都指的是杂剧。明初朱有燉《元宫词》一百首中有云：“《尸谏灵公》演传奇，一朝传到九重知。奉宣齋与中书省，诸路都教唱此词。”《尸谏灵公》即是元鲍天佑所撰杂剧。直到嘉靖初年，还有人把杂剧称作“传奇”，胡侍《真珠船》卷四“元曲”条云：“《范张鸡黍》、《王粲登楼》、《三气张飞》、《赵礼让肥》、《单刀会》、《敬德不伏老》、《苏子贬黄州》等传奇，率音调悠圆，气魄宏壮，后虽有作，鲜之与京矣。”① 胡侍所称的《范张鸡黍》等“传奇”显然也都是杂剧。

以传奇作为戏曲的通称，从其本义来看，正如李渔在《闲情偶寄》中所云：“古人呼剧本为‘传奇’者，因其事甚奇特，未经人见而传之，是以得名。可见非奇不传。”从来源看，戏曲多取材于唐人传奇小说，故借传奇以为名。胡应麟说：“若今所谓戏剧者，何得以传奇为唐名？或以中事迹相类，后人取为戏剧张本，因展转为此称不可知。”②

① 王文才《元曲纪事》“总评”亦引，人民文学出版社1985年版。

② 《少室山房笔丛》卷二十五《庄岳委谈》卷下。

可以说，在元代至明初这一阶段，杂剧的称呼是相当混乱的，“杂剧”和“传奇”都曾用作指代杂剧。用“杂剧”之名，是着眼于其表演形式上的“杂”；而用“传奇”之名，则立足于它的内容特征。董每戡先生认为：“两宋的戏剧名‘杂剧’，后来元人的戏剧同称‘杂剧’，其实就内容和形式来论，前者‘名符其实’地杂；后者一点儿也不杂，不知元人为什么沿袭了这个名称。”我们认为，两宋的戏剧名为“杂剧”，固因之杂，元人沿袭这一名称，也因之杂。朱权《太和正音谱》中说：

> “杂剧”之说，唐为“传奇”，宋为“戏文”，金为“院本”“杂剧”合而为一，元分“院本”为一，“杂剧”为一。“杂剧”者，杂戏也；“院本”者，行院之本也。

朱权是明初人，《太和正音谱》著录了部分元代及明初杂剧作品，已运用了“杂剧”这一称呼，如“群英所编杂剧：元五百三十五，国朝（指明代）三十三本”，“古今无名杂剧一百一十本”。上述一段话中，“杂剧”这一称呼的范畴涉及了金、元、明所有杂剧作品，而他的“‘杂剧’者，杂戏也”一语，也应当包括了对这一时期所有杂剧作品的判断。可以想见，我们今天看到的元杂剧，虽然是一本四折、有着严密体制的戏曲读本，而在当时，这些剧作演之场上时，演员却并不一定是按照剧本丝毫不变地照搬照演的，它完全可以像它的前辈——两宋杂剧一样，或在开头，或在结尾，或在演剧中间穿插一些与剧本内容无甚关系的表演，以吸引观众。①

---

① 参见黄天骥先生《元杂剧的杂及其审美特征》，载于《文学遗产》1998年第3期。

二

杂剧、传奇明确地被分而为二，是到了明中叶以后。吕天成在《曲品》中说：

> 金元创名杂剧，国初沿作传奇。杂剧北音，传奇南调。杂剧折惟四，唱止一人；传奇折数多，唱必匀派。杂剧但摭一事颠末，其境促；传奇备述一人始终，其味长。无杂剧孰开传奇之门？非传奇则未畅杂剧之趣也。

吕天成在这里是以金、元北曲杂剧与明代传奇作比较的。因此，他对杂剧的论述并不符合明代杂剧的实际。待到袁于令序《盛明杂剧》，才注意到明代杂剧的独特性质。他认为，传奇似擎张如盖而神散之蕈，杂剧似含苞如卵而味全之蕈；传奇如长钬大戟，杂剧则是词场之短兵。

明代传奇荟萃了南戏和北杂剧的精华，取代了北杂剧的盟主地位，杂剧从总体上说已经衰落，但也并未音沉响绝，而是在悄悄地发生蜕变，这一蜕变从明初到明中叶以后一直在进行，其幅度之大，几乎改变了元杂剧的基本体制①，其特点大致有三：一是折数无定；二是用曲自由，南曲、北曲、南北合套、南套北套相间、南北曲混用者比比皆是；三是主唱者不限于一人。

可以看出，明代杂剧体制上的更易，使自己适应变化了的审美风尚而求得生存，但又给我们带来了界定的困难。一个问题是，把其中那些吸收了传奇特点的杂剧的变体，叫什么名称呢？杂剧？传奇？杂剧式的传奇？传奇式的杂剧？南杂剧？研究者说

---

① 这种变化学术界中有人以嘉靖为界，如邵曾祺《元明北杂剧总目考略》（中州古籍出版社 1985 年版）就以明初到嘉靖这段时期为北杂剧创作阶段，以嘉靖初年至明末为北杂剧的新变时期。实际上，无论从剧作的内容和体制上说，这种变化从弘治年间就开始了，如王九思、康海的创作就已显示了杂剧的新变。参见本章第二节。

法不一。与此相联，另一问题是，某些剧本应称为传奇还是杂剧？似也无法得出统一结论。

这一界定的困难主要体现在明代以几个故事合为一剧的创作形式里。

嘉靖以前，沈采著有《四节记》①，以春夏秋冬四景，分谱四个古人的故事，吕天成《曲品》谓：“沈作此以寿镇江杨相公。初出时甚奇。一记分四截，是此始。”后来徐渭的《四声猿》、汪道昆的《大雅堂四种》在体例上和它也是一致的。又有如顾大典《风教编》，虽已散佚，但吕天成《曲品》说它是：“一记分四段，仿《四节》，趣味不长，然取其范世。”可见其体例亦同于《四节记》。

稍后，有许潮的《泰和记》，以二十四节气为联结枢纽，每一节气写一出戏，共二十四出，每出谱一事。② 吕天成《曲品》谓：“每出一事，似剧体，按岁月，选佳事，裁制新异，词调充雅，可谓满志。”

在沈璟的《属玉堂传奇》十七本中，也有两本在体例上颇引人注目，这就是《十孝记》和《博笑记》。茗柯生撰《博笑记题词》云：“若此记则又特创新体，多采异闻，每一事为几出，合数事为一记，既不若杂剧之构于四折，又不若传奇之强为穿插，能使观者靡不仰面绝缨，掀髯抚掌，而似讥似讽，可叹可悲之意，又未始不悉寓其间，当吾世而有欲寄愁天上，埋忧地下者

---

① 《野获编》卷二十五谓“四节、连环、绣儒之属出于成宏间，稍为时所称”。则《四节记》为成宏（弘）之际的作品。

② 杨慎和许潮都有写作《泰和记》的记载，现存作品属于杨或许，仍无充分资料说明。参见本章第二节。

乎!”① 吕天成《曲品》论《十孝记》是：“每事以三折，似剧体，此是自先生创之。”《博笑记》是：“体与《十孝》类，杂取《耳谈》中事谱之，辄令人绝倒。先生游戏至此，神化极矣。”沈璟的后人沈永隆撰《南词新谱》卷一眉批亦云：“《十孝记》系先词隐作，如杂剧十段。”另外，像叶宪祖的《四艳记》、车任远的《四梦记》也采用合几个故事于一剧的做法。

吕天成已敏锐地觉察出以上诸剧在形式上的创新，但在《曲品》的编撰体例上，吕天成把沈采《四节记》、许潮《泰和记》、顾大典《风教编》、叶宪祖《四艳记》、车任远《四梦记》、沈璟《十孝记》和《博笑记》皆划入“传奇”之列，唯把汪道昆的《大雅堂四种》、徐渭的《四声猿》列于“不作传奇而作南剧”之列，而此列亦仅此两种。

《曲品》以后的戏曲曲目，对以上诸剧的归属分类仍是各有不同，详见下表：

曲目 / 归属 / 作品	曲品	远山堂曲品剧品	今乐考证	曲录	明代杂剧全目	古典戏曲存目汇考	重订曲海总目提要
《四节记》	传奇	传奇	未录	传奇	传奇	传奇	传奇
《泰和记》	传奇	未录	传奇②	传奇	杂剧	杂剧	杂剧

① 见《沈璟集》下卷第925页，徐朔方辑校，上海古籍出版社1991年版。此段引文《中国古典戏曲序跋汇编》（齐鲁书社1989年版）第2卷第1208页亦有引，但引文有误。又，茗柯生为湖州乌程人凌义渠（1593—1644）之别号。

② 《今乐考证》在明杂剧部分，又同时著录了许潮《泰和记》一种，包括《武陵春》、《龙山宴》、《午日吟》、《南楼月》、《赤壁游》、《同甲会》、《写风情》七剧。可见姚燮对此剧的性质也相当模糊不清。

续上表

作品＼归属＼曲目	曲品	远山堂曲品剧品	今乐考证	曲录	明代杂剧全目	古典戏曲存目汇考	重订曲海总目提要
《风教编》	传奇	未录	散套曲①	传奇	传奇	传奇	传奇
《大雅堂四种》	杂剧	杂剧	杂剧	杂剧	杂剧	杂剧	杂剧
《四声猿》	杂剧	杂剧	杂剧	杂剧	杂剧	杂剧	杂剧
《四艳记》	传奇	传奇	杂剧	传奇	杂剧	杂剧	杂剧
《四梦记》	未录	未录	杂剧②	传奇	杂剧	杂剧	传奇
《十孝记》《博笑记》	传奇	传奇	传奇	传奇	传奇	传奇	传奇

近人著述中论及明杂剧时，这一混乱局面仍然存在。郑振铎《杂剧的转变》③、张全恭《明代的南杂剧》、曾永义的《明杂剧概论》等著述都认为，《十孝记》与《博笑记》把数篇略相类似的故事合为一帙，题一个总名，实际上已使这两部剧成为杂剧的合集，其中的每一剧实即一个杂剧。因此，曾永义把沈采《四节记》、顾大典《风教篇》、沈璟《十孝记》、《博笑记》都列入明代杂剧作品之列；郑振铎也把顾大典《风教篇》、沈璟《十孝记》、《博笑记》列入明代杂剧作品之列；张全恭在论述明代杂剧时也收入了沈璟的二剧。但在另外一些著述中，这些作品又被视为传奇。如新中国成立以后游国恩等主编的四卷本《中国文学史》在论及沈璟时，即说："所著传奇十七种，现存的有《红

① 《今乐考证》根据《南词新谱》中的残曲定此剧为"散套曲"，误。

② 《今乐考证》只著录其中的《蕉鹿梦》。

③ 在1957年12月版的《插图本中国文学史》中，郑振铎先生仍持此观点。

蕖记》、《义侠记》、《博笑记》等七八种。”

在明代杂剧已日渐吸取了传奇的特点，自我调整之际，要对这类形式上既具备了杂剧的某些特质，又不乏传奇的某些特点的剧作，作出明确统一的定位，确乎是不容易的事。而这一基本问题的不明确肯定会影响到我们对论述对象的认识。

三

我们认为，解决这一问题的关键，在于从这类杂剧作品的具体情况出发，并考虑明代人自己是如何认识并区分它们的。

《远山堂曲品》凡例第一条为：“品中皆南词，而《西厢》、《西游》、《凌云》三北曲何以入品？盖以全记故也。全记皆入品，无论南北也。”

“记”，作为一种文体，以叙事为主。明代吴讷《文章辨体序题·记》：“《金石例》云：记者，记事之文也。西山曰：记以善叙事为主。《禹贡》、《顾命》为记之祖，后人作记，未免杂以议论。”明清两代之传奇，大都冠以“××记”，也是着眼于传奇的叙事特征。基于这一原则，祁彪佳把《西厢记》、《西游记》、《凌云记》三北曲收入“曲品”，而不是他的“剧品”，因为它们都记叙了一个有头有尾的故事，而这也是明代的杂剧所普遍缺乏的。那么是否可以说，明人已敏锐地体察到，叙事性的强弱、主次，正是明代传奇与杂剧的重要分野？

当然，叙事性仍不能作为我们划分明代杂剧与传奇的具体标准。我们再来看看吕天成的《曲品》，吕氏对沈璟《十孝记》、《博笑记》、《泰和记》以及其他类似诸剧的评价，显然是立足于这些剧作本为传奇之体，但又作了向杂剧靠拢的改进，所以，他才每每对这些剧作冠以“似剧体”三个字①。

传奇的体制是从南戏发展而来的，一本戏可多至四五十出，显得冗长松散，因此，嘉靖、万历间，王骥德、臧懋循等人已注意到了传奇结构上的这一通病，“中间情节，非迫促而乏悠久之思，即牵率而多迂缓之事，殊可厌人”（臧懋循《紫钗记》批语，明万历间吴兴臧氏原刻本），“自吴中张伯起《红拂记》等作，止用三十折，优人皆喜为之，遂日趋向短，有至二十余折者矣”（臧懋循《紫钗记》改本末出评语）。不少作家对已完成的传奇剧本进行了“缩长为短”的工作，以汤显祖《牡丹亭》为例，原作五十五出，臧懋循改为三十五出，徐日曦改为四十三出，冯梦龙改为三十七出。

一方面是杂剧以“合剧”的形式可长可短，一方面是传奇在做缩长为短的工作，我们不得不承认，两者的界限变得模糊。然而，剧作折数仍可作为区别体类的首要因素。

祁彪佳是继吕天成之后，明代著录戏曲最富的曲家。他的《远山堂曲品》是受吕天成《曲品》启发，并在吕氏《曲品》的基础上加以扩展而成的。我们有理由推断，祁彪佳和吕天成在曲体的分类标准上是一致的。在祁彪佳著录明代杂剧的《剧品》中，最长的一个剧是无名氏的《竹林小记》，南北曲十一折。如果这是杂剧作品折数的上限的话，吕天成在《曲品》中的分类方法就很好理解了。为明了起见，我们先将二人书目中涉及的这一类剧作折数情况罗列如下：

《四节记》折数不明，《曲海总目提要》卷十七分四条著录此剧，并在第一《曲江记》条下云“共作春夏秋冬四景，凡四卷，名为《四节》，以杜甫、谢安、苏轼、陶穀各占一景”。祁

---

① 周贻白就把《泰和记》称为“杂剧式的传奇”，见《中国戏剧史长编》第358页，人民文学出版社1960年版。

氏《曲品》在著录《四豪》时，称“记孟尝、春申、信陵、平原四公子。首之以周天王之分封，合之以邯郸解围，中分记其事，各五六出，如《四节》例”。可见，《四节记》应记四事，而每事五六出，合之当为二十出以上。

《风教篇》折数不明，吕天成《曲品》谓其：“一记分四段，仿《四节》体，趣味不长，然取其范世。”其体例应与《四节记》类似。

《四声猿》共十折

《狂鼓史》一折

《翠乡梦》二折

《雌木兰》二折

《女状元》五折

汪道昆《大雅堂四种》共四折

《高唐梦》一折

《五湖游》一折

《远山戏》一折

《洛水悲》一折

沈璟《博笑记》共二十六出

《巫孝廉》三出

《乜县佐》二出

《虎扣门》二出

《假活佛》三出

《叔卖嫂》三出

《假妇人》三出

《义虎记》四出

《贼救人》二出

《卖脸人》二出

《出猎治盗》二出

沈璟《十孝记》共三十出

《黄香扇枕》三出

《兄弟争死》三出

《缇萦救父》三出

《伯瑜泣杖》三出

《郭巨埋儿》三出

《衣芦御车》三出

《王祥卧冰》三出

《张氏免死》三折

《薛包被逐》三折

《徐庶见母》三折

叶宪祖《四艳记》共三十一折

《夭桃纨扇》八折

《素梅玉蟾》八折

《碧莲绣符》八折

《丹桂钿合》七折

程士廉《小雅四纪》共四折

《帝妃游春》一折

《秦苏夏赏》一折

《韩陶月宴》一折

《戴王访雪》一折

沈自徵《渔阳三弄》共三折

《鞭歌妓》一折

《簪花髻》一折

《霸亭秋》一折

许潮《泰和记》共二十四折，有十七折传世

《公孙丑东郭息忿争》一折

《王羲之兰亭显才艺》一折

《刘苏州席上写风情》一折
《东方朔割肉遗细君》一折
《张季鹰因风忆故乡》一折
《苏子瞻泛月游赤壁》一折
《晋庾亮月夜登南楼》一折
《陶处士栗里致交游》一折
《桓元帅龙山会僚友》一折
《谢东山雪朝试儿女》一折
《武陵春》一折
《同甲会》一折
《午日吟》一折
《汉相如昼锦归西蜀》一折
《卫将军元宵会僚友》一折
《元微之重访蒲东寺》一折
《裴晋公绿野堂祝寿》一折

车任远《四梦记》

《蕉鹿梦》六折
《高唐梦》折数不明
《邯郸梦》折数不明
《南柯梦》折数不明

以上十一部剧作的共同特征是合数故事为一剧，且剧中之故事均为不超过十折之短剧。但这十一部剧作，在祁氏和吕氏的书目中，却被分别收入杂剧和传奇之列。

综合二人的著录情况，定为杂剧者有：《四声猿》（共十折）、《大雅堂四种》（共四折）、《小雅四纪》（共四折）、《渔阳三弄》（共三折）；定为传奇者有：《四节记》（应为二十出以上）、《风教编》（出数不明）、《博笑记》（共三十出）、《十孝记》（共三十出）、《四艳记》（共三十二折）、《泰和记》（共二十四折)、《四梦记》(折数不明)①。

可以看出，杂剧中总折数最多的是《四声猿》，共十折，这并未超出祁氏《剧品》中十一折的上限。而定为传奇的作品，折数都在十一折以上。同时，我们也有理由推断，《风教编》与《四梦记》的总折数应都在十一折以上。

可见，吕、祁二氏区分杂剧、传奇的依据是剧作的总折数，而划分的界限则是十一折。

不过，以十一折作为划分传奇与杂剧的界限虽是恰当的，但总的折数并不能成为区分的唯一条件。②《四艳记》、《四梦记》、《泰和记》三剧，其剧中的每一个故事都有独立的剧名和各自成体的内容，在实际上已构成了一个个完整的剧作，而作者也显然是把它们作为一个个完整的剧作来构思写作的。如《四梦记》四剧，其中的三剧虽已亡佚，但留传的《蕉鹿梦》一剧仍可单独被收录，《今乐考证》就只著录了《四梦记》中的《蕉鹿梦》一剧。因此，还是把它们视为杂剧为宜。与祁、吕前后的沈泰，在编选《盛明杂剧》时，就把《四艳记》、《泰和记》和《四梦记》中的《蕉鹿梦》都收录于集中。而像《博笑记》、《十孝记》、《四节记》、《风教编》四剧，虽亦由不同的故事组成，但作者仍是把它们视为传奇来写作的，剧中诸故事并不独立成篇，而是相互连贯地一统于一部作品之中，像《博笑记》里故事与故事的转换，只以“××事演过，××事登场”来标明，并未独立成篇。因此，从总体来看，把它们划归传奇更为适宜。

---

① 此处对剧作“出”还是“折”的标明是根据原刻本而定，而这种不同也可看出作者是把剧作当作杂剧还是传奇来写作的。

② 在清代戏曲的著目方面，邓长风也表述过大体一致的看法，参见《〈中国古典戏曲序跋汇编〉简评——兼谈清代曲家曲目著录的若干问题》，《明清戏曲家考略续编》第307页，上海古籍出版社1997年版。

第二章　明杂剧作家作品基本材料

明代究竟有多少位杂剧作家，多少部杂剧作品，这是我们在进入正题前必须解决的问题。到目前为止，著录或考订过明代杂剧的著作主要有：朱权《太和正音谱》，无名氏《录鬼簿续编》，祁彪佳《远山堂剧品》，姚燮《今乐考证》，黄丕烈《也是园藏古今杂剧目录提要》，董康《曲海总目提要》，王国维《曲录》，八木泽元《明代剧作家研究》，叶德均《戏曲小说丛考》，傅惜华《明代杂剧全目》，庄一拂《古典戏曲存目汇考》，曾永义《明杂剧概论》，徐子方《明杂剧研究》，等等。

在诸家著述中，祁彪佳《远山堂剧品》著录明代杂剧作家七十九人，杂剧二百六十六种（含无名氏）；姚燮《今乐考证·著录三》著录明杂剧作家四十四人，杂剧一百四十四种；王国维《曲录·卷三》著录五十人，杂剧一百六十五种；日人八木泽元《明代剧作家研究》在总论（见《大陆杂志》第三十一卷第四期）中比较考订以上三家著录，去重复，辨讹误，增补所见，共得一百零一人，但未及作品总数。其后傅惜华《明代杂剧全目》更得一百零八人，作品三百四十九种，合无名氏一百七十四种，计五百二十三种。曾永义《明杂剧概论》则综合八木与傅氏二家目录，辨讹增删，又得一百二十五人，作品四百一十三种，合无名氏一百三十四种，计五百四十七种。庄一拂《古典戏曲存目汇考》“明代杂剧”部分著录明代杂剧作家一百二十二人，作品三百五十九种。我们下面作的这份明代杂剧作家作品简目，是在上述诸家工作的基础上进行的，相同之处不再说明，诸家不同或讹误之处则加以重点注释。剧作版本情况，亦可参考上述著述，不另说明。此外，对于那些阙名作品的归属时代，除少数可以通过作品本身、《远山堂剧品》的著录情况等断定外，大部分尤其是元明之间的作品尚有争议，我们此处暂不予罗列，姑从傅惜华先生《明代杂剧全目》中“无名氏作家作品”部分的著录，待以后作进一步研究。

实际上，要编出一部完整精确的明杂剧作家作品全目，的确是一件难度很大的事情。这是因为：不少作家在时间跨度上兼及元明或明清，各家著录时，就互有异同。

元末明初的罗本、杨讷、汪元亨、郏经均为由元及明的作家，庄一拂《汇考》著录在元代，而傅惜华《明代杂剧全目》则收录为明代杂剧作家。目前，我们尚无确证来断定他们创作杂剧的时间是在元代或明代，本文从傅惜华《全目》收录在明代之列。

明清之际不少杂剧作家亦存在这一问题。像以下诸家：黄方胤、孙源文、祁豸佳、陆世廉、来集之、金堡、黄家舒、张龙文、张岱都是明清之际的作家，庄一拂均著录其为明代作家，傅惜华则将其收录在清代之列。袁于令、郑瑜、叶小纨、邹式金、邹兑金等人，庄一拂、傅惜华均将其列入清代，而曾永义《明杂剧概论》则将其收录为明杂剧作家。曾永义的依据为：据黄裳《远山堂明曲品剧品校录后记》，其作者祁彪佳早在顺治二年乙酉（南明弘光元年，即1645年）六月初六日清晨，自沉于家中寓山花园之小池，那么《远山堂剧品》当写于明亡之前，因此，其中著录的邹式金、郑瑜、袁于令、来集之、张岱、祁豸佳、邹兑金、黄家舒等八人，无论其人是否入清，当应属于明杂剧作家的范围，这一判断当是合理的。①

其他诸人，孙源文，据《嘉庆吴锡金匮县志》卷二十三载："崇祯十七年五月，闻京师失守，帝死社稷，源文行坐悲泣，无间晨夜。及秋……喀血声喑，流泪而绝。"陆世廉，据《乾隆苏州府志》卷四十五："崇祯庚辰，以荐举广东通判。崎岖岭表，归隐里门，屡空晏如。"金堡，据《光绪新宁县志》卷八："（明亡后）寻走端州从桂王，复以言事获谴，遂披缁入桂林山中，又入罗浮，自号澹归上人。"张龙文，据《光绪武进阳湖合志》："（1645年）清兵往攻江阴，经其地。龙文倡乡民御之。众溃，龙文被斫死。"他们均或以遗民自居，或在明亡之际即已殉节，自可归入明杂剧作家之列。至于叶小纨的《鸳鸯梦》剧，其母舅沈自徵序文自署"崇祯丙子秋日"，则此剧应成于崇祯九年，叶氏也属明杂剧作家无疑。②

有些作品，兼具杂剧和传奇两方面性质，各家收录因而不同。如沈采《四节记》，沈璟《十孝记》、《博孝记》，顾大典《风教编》等，这类作品皆以合集的形式出现，分之似杂剧，合之似传奇，以何种原则收录，实际上已涉及我们如何看待明代杂剧的问题，我们在第一章第二节"研究对象和范围"中已有说明。

第一节　明杂剧作家作品概览

1. 罗　本：三种存一

《宋太祖龙虎风云会》（存）

---

① 曾永义《明杂剧概论》第31页，台湾学海出版社1989年版。

② 以上诸家，《方志著录元明清曲家传略》就均收为"明代戏曲作家"，参见该书目录。

《三平章死哭蜚虎子》（佚）
《忠正孝子连环谏》（佚）

2．王子一：四种存一
《刘晨阮肇误入天台》（存）
《莺燕蜂蝶》（佚）
《楚台云》（佚）
《海棠风》（佚）

3．谷子敬：五种存一
《吕洞宾三度城南柳》（存）
《邯郸道卢生枕中记》（佚）
《昌（疑为“吕”字）孔目雪恨闹阴司》（佚）
《司牡丹借尸还魂》（佚）
《卞将军一门忠孝》（佚）

4．刘　兑：二种存一
《金童玉女娇红记》（存）
《月下老定世间配偶》（存佚曲四折）

5．陈伯将：一种佚
《晋刘阮误入桃源》（佚）

6．汤　式：二种皆佚
《风月瑞仙亭》（佚）
《娇红记》（佚）

7．金文质：三种皆佚
《三官斋》（佚）
《松阴记》（佚）
《誓死生锦片娇红记》（佚）

8．汪元亨（或作元享）：三种皆佚
《刘晨阮肇桃源洞》（佚）
《娥皇女英斑竹记》（佚）

《仁宗认母》（佚）

9．李士英：三种皆佚

《折征衣》（佚）

《金章宗御赛诗禅记》（佚）

《群花会》（佚）

10．杨文奎：四种存一

《翠红乡儿女两团圆》（存）

《王魁不负心》（佚）

《封陟遇上元》（佚）

《玉盒记》（佚）

11．李唐宾：二种存一

《李云英风送梧桐叶》（存）

《梨花梦》（佚）

12．杨景贤：十八种存二

《西游记》（存）

《马丹阳度脱刘行首》（存）

《柳耆卿诗酒玩江楼》（佚）

《佛印烧猪待子瞻》（佚）

《感天地田真泣树》（佚）

《史教坊断生死夫妻》（佚）

《卢时长老天台梦》（佚）

《贪财汉为富不仁》（佚）

《楚襄王梦会巫娥女》（佚）

《陶秀英鸳鸯宴》（佚）

《月夜西湖怨》（佚）

《一箭保韩庄》（佚）

《磨勒盗红绡》（佚）

《大闹东岳殿》（佚）

《风月海棠亭》（佚）
《偃时救驾》（佚）
《红白蜘蛛》（佚）
《两团圆》（佚）①

13. 刘君锡：三种存一
《庞居士误放来生债》（存）
《石梦卿三举不丧》（佚）
《贤大夫疏广东门宴》（佚）

14. 贾仲明：十六种存六
《荆楚臣重对玉梳记》（存）
《萧淑兰情寄菩萨蛮》（存）
《铁拐李度金童玉女》（存）
《吕洞宾桃柳升仙梦》（存）
《李素兰风月玉壶春》（存）
《山神庙裴度还带》（存）
《丘长（春）三度碧桃花》（佚）
《正性佳人双献头》（佚）
《志烈夫人节妇牌》（佚）
《花柳仙姑调风月》（佚）
《屈死鬼双告状》（佚）
《汤汝梅秋夜燕山怨》（佚）
《紫竹琼梅双坐化》（佚）
《顺时秀月夜燕山梦》（佚）
《癞曹司七世冤家》（佚）

① 另有《翠西厢》、《敌待诏没兴操□儿》两剧，《传奇汇考标目》别本杨氏名下有此二剧，庄一拂据此著录。

《上林苑梅杏争春》（佚）①

15. 詹时雨：一种存

《西厢弈棋》（存）②

16. 黄元吉：一种存

《黄廷道夜走流星马》（存）

17. 朱　权：十二种存二

《冲漠子独步大罗天》（存）

---

① 贾仲明《李素兰风月玉壶春》一剧，《元曲选》本题元·武汉臣撰，息机子《元人杂剧选》本作无名氏，《也是园古今杂剧》黄尧圃待访目中，也列于元无名氏项下。元代钟嗣成《录鬼簿》及明代朱权《太和正音谱·群英所编杂剧》著录武汉臣杂剧十种，均未提及《玉壶春》。《录鬼簿续编》在贾仲明名下列有《玉壶春》，正名题目是：玉壶春敕赐金花诰，李素兰风月玉壶春。《曲海总目提要》也将《玉壶春》定为贾仲明撰。近人严敦易《元剧斟疑》根据天一阁钞本《录鬼簿》考核其题目正名，并由剧中宾白的地名得到佐证，认定当是贾氏作品。《元曲选》将《玉壶春》署名武汉臣撰，恐系《玉堂春》之误。《山神庙裴度还带》一剧，《孤本元明杂剧》从《赵琦美脉望馆钞本古今杂剧》题关汉卿撰。《录鬼簿续编》著录此剧，题目是“长安市橘涯（疑误）报恩”，正名是“山神庙裴度还带”，简名“裴度还带”。《宝文堂书目》著录有《山神庙裴度还带记》，未题撰人。存本题关汉卿作，实误，关作为《晋国公裴度还带》，应只叙至裴封赠晋国公，非钞校本山神庙以状元及第完婚为终结。此剧傅惜华以为已佚，实误此本为关汉卿之作。又，贾仲明名下，傅惜华据《今乐考证》著录《心马意猿》一剧，但他亦以为：“此说不悉何据?”因而此处不予著录。

② 此剧乃增补《西厢》之作，可见于现存一些明刊《西厢记》附录中。关于其作者，由于弘治本和熊龙峰本、刘龙田本《西厢记》中的［八声甘州］套曲有“晚进王生多议论，把《围棋》增”之句，所以明清以来一般都认为此剧为“晚进王生”所作。张人和《关于〈围棋闯局〉的作者》（《东北师大学报》1988年第2期）一文指出：“晚进王生”为詹时雨之别署，《莺莺红娘着围棋》、《莺红下棋》、《围棋闯棋》、《对弈》、《围棋》、《补西厢弈棋》等均为同一部作品。（亦可见张人和《〈西厢记〉论证》中有关论述，东北师范大学出版社1995年版）。该剧只有傅惜华在《元代杂剧全目》中著录，庄一拂《古典戏曲存目汇考》则在元代杂剧“王生”与明代杂剧“詹时雨”条目下分别著目《围棋闯局》和《西厢弈棋》剧。《中国戏曲曲艺辞典》（上海辞书出版社1981年版）及邵曾祺《元明北杂剧总目考略》（中州古籍出版社1985年版）则均将其视为同一部作品。

《卓文君私奔相如》（存）
《北鄚大王勘妒妇》（佚）
《周武帝辩三教》（佚）
《客窗夜话》（佚）
《烟花鬼判》（佚）
《淮南王白日飞升》（佚）
《瑶天笙鹤》（佚）
《杨娭复落娼》（佚）
《齐桓公九合诸侯》（佚）
《肃清瀚海平胡传》（佚）
《豫章三害》（佚）

18. 宋　让：一种佚
《客窗夜话》（佚）

19. 丁野夫：六种皆佚
《月夜赏西湖》（佚）
《俊憨子》（佚）
《游赏浙江亭》（佚）
《写尽清风岭》（佚）
《碧梧堂双鸾栖凤》（佚）
《望仙亭》（佚，庄一拂据《北词广正谱》征引著录）

20. 高茂卿：一种佚
《翠红乡儿女两团圆》（佚）

21. 陶国瑛：一种佚
《四鬼魂大闹森罗殿》（佚）

22. 须子寿：二种佚
《泗州大圣淹水母》（佚）
《双鸾栖凤碧梧堂》（佚）

23. 陆进之：二种佚

《血骷髅大闹百花亭》（佚）

《韩湘子引度升仙会》（赵景深《元人杂剧钩沉》辑存佚曲二支）

24. 唐　复：一种佚

《陈子春四女争夫》（佚）

25. 马惟厚：一种佚

《风月囊集》（佚）

26. 陈　铎：三种存二

《花月妓双偷纳锦郎》（存嘉靖间刊本，原郑振铎藏，今归北京图书馆）

《太平乐事》（存嘉靖间刊本，原郑振铎藏，今归北京图书馆）

《郑耆老义配好姻缘》（佚）

27. 朱有燉：三十一种俱存

《甄月娥春风庆朔堂》（存）

《美姻缘风月桃源景》（存）

《清河县继母大贤》（存）

《赵贞姬身后团圆梦》（存）

《刘盼春守志香囊怨》（存）

《宣平巷刘金儿复落娼》（存）

《福禄寿仙官庆会》（存）

《神后山秋狩得驺虞》（存）

《黑旋风仗义疏财》（存）

《紫阳仙三度常椿寿》（存）

《东华仙三度十长生》（存）

《群仙庆寿蟠桃会》（存）

《瑶池会八仙庆寿》（存）

《吕洞宾花月神仙会》（存）
《洛阳风月牡丹仙》（存）
《天香圃牡丹品》（存）
《十美人庆赏牡丹园》（存）
《张天师明断辰钩月》（存）
《孟浩然踏雪寻梅》（存）
《小天香半夜朝元》（存）
《李妙清花里悟真如》（存）
《李亚仙花酒曲江池》（存）
《惠禅师三度小桃红》（存）
《扌当搜判官乔断鬼》（存）
《豹子和尚自还俗》（存）
《兰红叶从良烟花梦》（存）
《河嵩神灵芝庆寿》（存）
《四时花月赛娇容》（存）
《南极星度脱海棠仙》（存）
《文殊菩萨降狮子》（存）
《关云长义勇辞金》（存）①

28. 康　海：二种俱存

① 庄一拂又著录《汉相如献赋题桥》一种，此剧实非朱有燉所作，当入阙名作品。这一点，邓长风《关于〈古典戏曲存目汇考〉的几个问题》一文中已有说明，见《明清戏曲家考略》第184页，上海古籍出版社1994年版。

《东郭先生误救中山狼》（存）①
《王兰卿服信明贞烈》（存）

29．王九思：二种俱存
《杜子美沽酒游春记》（存）
《中山狼》（存）

30．杨　慎：一种存
《宴清都洞天玄记》（存）

31．陈　沂：一种存
《善知识苦海回头》（存）

32．李开先：七种存二
《一笑散》
《园林午梦》（存）
《打哑禅》（存）
《三枝花大闹土地堂》（佚）
《昏厮迷》（佚）
《乔坐衙》（佚）
《搅道场》（佚）
《皮匠参禅》（佚）

33．徐　渭：四种俱存
《四声猿》（存）

---

① 康海《中山狼》一剧，近年来曾有论者述及此剧可能并非康海所作，朱迎平《康海作〈中山狼〉杂剧斟疑》（《文学遗产》1989年第6期）与《再谈〈中山狼〉杂剧的作者》（《文学遗产》1992年第2期）两文即如此，作者还认为今人确认为王九思所作之《中山狼院本》也值得怀疑。但这一论点未得到广泛认同，刘致中《关于〈中山狼〉杂剧的作者问题》（《文学遗产》1990年第4期）、黄仁生《论康海的杂剧创作》（《中国文学研究》1989年第3期）、黄仁生《明代〈中山狼〉杂剧三题：兼与朱迎平同志商榷》（《中国文学研究》1991年第2期）仍不同意这种说法，可参阅。

《狂鼓史渔阳三弄》
《玉禅师翠乡一梦》
《雌木兰替父从军》
《女状元辞凰得凤》

34. 冯惟敏：二种皆存
《梁状元不伏老》（存）
《僧尼共犯》（存）

35. 汪道昆：六种存四
《大雅堂乐府》（存）
《高唐记》
《洛神记》
《五湖记》
《京兆记》
《蔡跎踏》（佚）
《唐明皇七夕长生殿》（佚）①

36. 梁辰鱼：三种存二
《红线女夜窃黄金盒》（存）
《无双传补》（存）②
《红绡妓手语传情》（佚）

37. 陈自得：一种存

---

① 汪道昆《蔡跎踏》一剧，明清以来各家戏曲书目，未见记载。庄一拂《古典戏曲存目汇考》据清人卫泳编《晚明百家小品集·冰雪携》中陈弘绪撰《方外司马杂剧序》著录此剧，列于"元明阙名作品"之编。金宁芬在《关于汪道昆的几个问题》（《文学遗产》1984年4期）一文中考订方外司马即汪道昆别署，现据之以录。此剧《群音类选》辑有佚曲。又，《唐明皇七夕长生殿》剧，《顾曲杂言》著录正名，《今乐考证》从之，其他明清戏曲书目不见著录。

② 此剧南曲一折，收入梁辰鱼散曲别集《江东白苎》卷上，未见单刻本，实为补陆采《明珠记》传奇二十折后之作。

《证无为太平仙记》（存）

38．王　衡：五种存四

《王摩诘拍碎郁轮袍》（存）

《杜祁公藏身真傀儡》（存）

《再生缘》（存）①

《没奈何哭倒长安街》（存）

《裴湛和合》（佚）②

39．王骥德：五种存一

《男王后》（存）

《两旦双鬟》（佚）

《金屋招魂》（佚）

《倩女离魂》（佚）

《弃官救友》（佚）

40．吕天成：八种存一

《齐东绝倒》（存）

《夫人大》（佚）

《秀才送妾》（佚）

《儿女债》（佚）

《耍风情》（佚）

《姻缘帐》（佚）

《胜山大会》（佚）

《缠夜帐》（佚）

---

① 此本据吴书荫认为吴大山字仁仲作。吴文见《再生缘》杂剧作者考辨。《文学遗产》2004 年第 1 期。

② 《没奈何哭倒长安街》剧，仅存明万历间刻本一种，为日本内阁文库所藏。明人陈与郊《袁氏义犬》杂剧第一出中，亦串入此剧。《裴湛和合》剧，仅有《香祖笔记》称鹤山大父缑山先生作《郁轮袍》及《裴湛和合》二曲，词家称本色当行云。其他戏曲书簿未见记载。

41. 汪廷讷：九种存一

《广陵月重会姻缘》（存）

《太平乐事》（佚）

《中山救狼》（佚）

《捐佺嫁婢》（佚）

《青梅佳句》（佚）

《诡男为客》（佚）

《绍兴府同僚认父》（佚）

《叶孝女报仇归释》（佚）

《薛季昌石室悟棋》（佚）①

42. 桑绍良：一种存

《独乐园司马入相》（存）

43. 梅鼎祚：一种存

《昆奴剑侠成仙》（存）

44. 胡汝嘉：一种佚

《红线金盒记》（存，此剧据黄仕忠《日本大谷大学藏明刊孤本〈四太史杂剧〉考》《复旦大学学报》2004年第2期，现存日本大谷大学藏《四大史杂剧》本）

45. 张国筹：五种皆佚

《脱颖》（佚）

《茅庐》（佚）

《申包胥》（佚）

《韦苏州》（佚）

① 汪廷讷剧作中，《绍兴府同僚认父》、《叶孝女报仇归释》、《薛季昌石室悟棋》三剧，明清以来诸家戏曲书录均未著录，仅吕天成《曲品》有记。傅惜华《明代杂剧全目》未著录。

《章台柳》（佚）

46. 王　澹：一种存

《樱桃园》（存）

47. 徐复祚：二种存一

《一文钱》（存）

《梧桐雨》（佚）①

48. 叶宪祖：二十四种存十二

《灌将军使酒骂座记》（存）

《壮荆卿易水离情》（存）

《金翠寒衣记》（存）

《北邙说法》（存）

《俏佳人巧合团花凤》（存）

《四艳记》

《夭桃纨扇》（存）

《碧莲绣符》（存）

《丹桂钿合》（存）

《素梅玉蟾》（存）

《琴心雅调》（存，唯仅有明万历间刻本，为日本内阁文库所藏）

《三义成姻》（存，唯仅有明万历间刻本，为日本内阁文库所藏）

《渭塘梦》（存，唯仅有明万历间刻本，为日本内阁文库所藏）

---

① 庄一拂《古典戏曲存目汇考》在徐复祚名下，又著录已佚《闹中牟》一剧，并云："见《常昭艺文志》，复祚初名笃孺，著有《题塔》、《雪樵》、《闹中牟》，以上传奇三种，见姚志《氏族志》。按《闹中牟》疑属杂剧，与元人周文质《敬新磨戏谏唐庄宗》一剧，题材相同，本事见前文。佚。"庄氏这里也只是推断，定《闹》为杂剧的理由并不充分，因此此处不为著录。

《巧配阎越娘》（佚）
《西楼夜话》（佚）
《死生缘》（佚）
《芙蓉屏》（佚）
《耍梅香》（佚）
《玳瑁梳》（佚）
《碧玉钗》（佚）
《桃花源》（佚）
《贺季真》（佚）
《会香衫》（佚）
《龙华梦》（佚）
《鸳鸯寺冥勘陈玄礼》（佚）

49．陈与郊：五种存三
《昭君出塞》（存）
《文姬入塞》（存）
《袁氏义犬》（存）
《中山狼》（佚）
《淮阴侯》（佚）

50．朱恩镃：三种佚
《玉栏干》（佚）
《金儿弄丸记》（佚）
《误归期》（佚）

51．张　萱：一种佚

《苏子瞻春梦记》（佚）①

52. 李宜之：一种佚

《步非烟》②（佚）

53. 高应玘：一种佚

《北门锁钥》（佚）

54. 史　槃：三种佚

《三卜真状元》（佚）

《清凉扇余》（佚）

《苏台奇遘》（佚）

---

① 此剧未见著录。见《西园存稿·竹林小纪序》：“校书秘阁，得元人本数十百种，欣然会心。数欲为《苏子瞻春梦记》，未卒业。自今见放，行吟泽畔，而故稿遂饱蠹鱼矣。”又，张萱生平事迹，可见张增元《明清戏曲作家生平事迹考略》（《戏曲研究》24辑）及其《明末戏曲作家新考》（《扬州师院学报》1993年第1期）。

② 《步非烟》作者李宜之，庄一拂《汇考》谓“生平事迹未详”。邓长风和周巩平均有李宜之生平事迹考略。兹综录如下：《嘉靖县志》（光绪庚辰重修本）卷十九《文学传》载：李宜之，字缁仲，诸生，居南翔，庶常名芳子。三岁孤，长负异才，博综今古。尝言二十一史或纪志表传不符，或官爵姓名谬误，或年月时世互差，拟删其繁复，勒为一编，未就遭变，家破子歼。时宜之客金陵，归寓侯氏东园。《练水画徵录》于“李流芳”条中也提到李宜之：宜之，字缁仲，名芳子，流芳侄。每有著述，引古证今，或至数万言，倾河倒峡，莫测其涯涘。而放旷不羁，寄兴饮博，流连青楼红粉间。有规之者，宜之乃集帝王卿相豪杰奇伟之士，好酒色摴蒲游侠，见于史者，累数万余条。其博学强记类此。世居南翔，家有漪园。乱后寓侯氏东园，故以寓园名其集，画有家法。邓长风并考订李宜之应生于万历十八年（1590）左右，卒于顺治十一年至十三年（1654—1656）之间。李宜之曾在顺治十年（1653），以“寓园居士”名为吴伟业的《秣陵春》传奇作序：“余弱冠时，尝为《步非烟》杂剧，颇有一二本色语。兵燹中失去其本。与草衣道人往来吴越间，多以南词散套及小令纪其事，亦颇协律。一生蹭蹬，并不得为元词人路吏山长之官。穷老闭门，无所发愤，欲借古人奇情韵事，谱为烟花粉黛、神头鬼面之词，及见此记，不觉小巫气尽。”邓文见《七位明清上海戏曲作家生平钩沉》，《明清戏曲家考略》，上海古籍出版社1997年版；周文见《上海明清戏曲家考略》，《戏曲研究》24辑，文化艺术出版社1987年版。

55. 陈情表：二种佚

《桐江老》(佚)①

《钝秀才》(佚)

56. 顾思义：一种存

《余慈相会》(存，仅谭正璧收藏有抄本)

57. 胡文焕：一种佚

《桂花风》(《群音类选》录佚曲5折)

58. 王素完：一种佚

《玻璃镜》(佚)

59. 林　章：二种存

《青虬记》(存，收于《林初文诗文全集十九卷》，为日本内阁文库所藏)

《观灯记》(存，收于《林初文诗文全集十九卷》，为日本内阁文库所藏)

60. 程士廉：四种存一残三

《小雅堂乐府》

《幸上苑帝妃春游》(存)

《泛西湖秦苏夏赏》(仅《群音类选》卷二十六选录此剧曲文)

《醉学士韩陶月宴》(仅《群音类选》卷二十六录存此剧曲文)

《忆故人戴王访雪》(仅《群音类选》卷二十六录存此剧曲文)

---

① 此剧未见著录。叶德均《曲目钩沉录》引祁彪佳《祁忠敏公日记》之《涉北程言》记崇祯四年闰十一月十八日事云："怂恿［陈］圣鉴、［蒋］安然两兄作北剧，以资谐笑，盖两兄以能词啧有声也。"又十九日记云："圣鉴思作剧，苦无佳题。乃就陈伯武《艳异编》阅一过，皆见女子态。圣鉴以其非英雄本色也，乃别为《桐江老》一传。"当衍严子陵事。

61. 杨之炯：一种存

《天台奇遇》(存)①

62. 许 潮：《泰和记》二十四种，今存十七种传世：

《盛明杂剧》收有八种，《群音类选》卷二十三收录十种（其中五种与《盛明杂剧》重复），但大都仅录以曲文，且未署作者名氏。即：《王羲之兰亭显才艺》（即《盛明杂剧》二集的《兰亭会》)、《刘苏州席上写风情》（即《盛明杂剧》二集的《写风情》)、《苏子瞻泛月游赤壁》（即《盛明杂剧》二集的《赤壁游》)、《晋庾亮月夜登南楼》(即《盛明杂剧》二集的《南楼月》)、《桓元帅龙山会僚友》（即《盛明杂剧》二集的《龙山宴》。傅惜华《明代杂剧全目》云："此剧今无流传之本，唯《群音类选》中录有曲文。"误)、《公孙丑东郭息忿争》(此种兼具曲文宾白)、《东方朔割肉遗细君》、《张季鹰因风忆故乡》、《陶处士栗里致交游》、《谢东山雪朝试儿女》。《盛明杂剧》二集另有三种，《群音类选》未收，即《武陵春》、《午日吟》、《同甲会》，合计十三种。

另据吴书荫《曲品校注》"许时泉所著传奇一本"条载：北京图书馆藏明代黄正位编《阳春奏》十种，其中尚有四种为许潮所撰杂剧，除《陶处士栗里致交游》外，尚有《汉相如昼锦归西蜀》(演司马相如事)、《卫将军元宵会僚友》（演卫青

① 庄一拂另有《蓬瀛真境》一剧著录于杨之炯名下，根据的是明万历间浣月轩刊杨氏所著《蓝桥玉杵记》附刊本。但只有曲无白，庄氏也说"殆为散曲一套"，故不为著录。

事）及《元微之重访蒲东寺》（演元稹事）。大英图书馆藏清嘉庆庚申（1800）积秀堂复刻明秦淮墨客选辑《乐府红珊》卷一，还有《裴晋公绿野堂祝寿》（演裴度事）。此本与《元微之重访蒲东寺》，从不见于他书著录。① 按，大英国图书馆所藏之《元微之重访蒲东寺》，已由王秋桂主编、台湾学生书局出版的《善本戏曲丛刊》据以影印。

63. 车任远：五种存一
《蕉鹿梦》（存）
《邯郸梦》（佚）
《高唐梦》（佚）
《南柯梦》（佚）
《福先碑》（佚）

64. 王　湘：一种佚
《梧桐雨》（佚）

65. 屠本畯：两种存一
《崔氏春秋补传》（佚）
《饮中八仙记杂剧》，马廉抄本，收入《不登大雅文库珍本戏曲丛刊》，学苑出版社，2003年。

66. 田艺蘅：一种佚
《归去来辞》（佚）

67. 祁骏佳：一种佚
《鸳鸯锦》（佚）

68. 祁豸佳：一种佚
《眉头眼角》（佚）

① 见吴书荫《曲品校注》第309页，中华书局1990年版。

69. 陈汝元：一种存

《红莲债》（存）

70. 李逢时：一种存

《酒懂》（存）

71. 湛　然：一种存

《金渔翁证果鱼儿佛》（存）

72. 邓志谟：七种存①

《秦楼箫引凤》（存）

《唐鼓苑催花》（存）

《见雁忆征人》（存）

《折梅逢驿使》（存）

《幽王举烽火》（存）

《龙阳君泣鱼固宠》（存）

《青楼访妓》（存）

73. 散木湛然禅师：一种佚

《地狱升天》（佚）②

74. 沈自徵：三种皆存

《渔阳三弄》

《傻狂生乔脸鞭歌妓》（存）

《杨升庵诗酒簪花髻》（存）

---

① 此七剧现存日本内阁天库藏，明春语堂刊，邓志谟编《七种争奇》本，又可见中国国家图书馆善本室所藏“七种争奇二十卷”，亦为明万历年间春语堂刻本。

② 《鱼儿佛》与《地狱升天》两剧，傅惜华及庄一拂均著录于“湛然”一人名下。《鱼儿佛》一剧有《盛明杂剧》二集本传世，题曰：“湛然禅师原本，古越寓山居士重编。”《地狱升天》一剧则可见于祁彪佳《远山堂剧品》，题作者为“散木湛然禅师”。此处乃据今人陆林考证，湛然禅师与散木湛然禅师并非一人，《鱼儿佛》的作者湛然，名讳圆澄，字湛然；《地狱升天》的作者，名讳湛然，字或号散木，至于“寓山居士”，则是祁彪佳的别号。参见《〈鱼儿佛〉原作者及改编者新考》，《戏剧》1989年夏季号，总第52期。

《杜秀才痛哭霸亭秋》（存）

75. 王应遴：一种存

《衍庄新调》（即《逍遥游》）（存）

76. 徐阳辉：三种存二

《有情痴》（存）

《脱囊颖》（存）

《老僧酿酒》（佚）①

77. 凌濛初：十二种存三

《宋公明闹元宵》（存）

《红拂三传》

　　《识英雄红拂莽择配》（存）

　　《虬髯翁正本扶余国》（存）

　　《蓦忽姻缘》（佚）

《颠倒因缘》（佚）

《穴地报仇》（佚）

《祢正平》（佚）

《刘伯伦》（佚）

《石季伦春游金谷》（佚）

《王逸少写经换鹅》（佚）

《王子猷乘兴看竹》（佚）

---

① 叶德均《曲目钩沉录》引《光绪鄞县志》卷三十八云：“徐阳辉，字元晖，诸生。尤善填词……尝爱屠隆名妓翻经、老僧酿酒、将军擅翰墨、文士驰戎马之语，遂演为全本。其《老僧酿酒》一剧，更为时所赏。”叶德均虽将此剧列为“杂剧、传奇未明之属”，但他也说：“此《老僧酿酒》一剧，乃‘全本’传奇中之一部分，相当于杂剧。”根据我们在第一章中对明杂剧的界定，此剧是应属于杂剧。

《张园叟天坛庄记》（佚）①

78. 傅一臣：十二种皆存

《苏门啸》（存）

《买笑局金》

《卖情扎囤》

《没头疑案》

《截舌公招》

《智赚还珠》

《错调合璧》

《贤翁激婿》

《死生冤报》

《义妾存孤》

《人鬼夫妻》

《蟾蜍佳偶》

《钿盒奇姻》

79. 佘　翘：一种佚

《销骨菩萨》（佚）②

80. 孟称舜：六种存五

《桃花人面》（存）

《死里逃生》（存）

---

① 凌濛初名下，傅惜华另著录《桃花庄》一种，并谓"乃《颠倒因缘》一剧初稿"。但既然其"韵调未谐而中废"，就不应为一出成剧，故此处不录。又，《石季伦春游金谷》以下四剧，是今人许建中根据《钱遵王述古堂藏书目录》抄录。参见《凌濛初戏曲存目考补》，《扬州师院学报》1991年第2期。

② 佘翘的生平，庄一拂《汇考》云："佘翘，字聿云，池州人，生卒年均未详。"徐朔方《晚明曲家年谱·皖赣卷》（浙江古籍出版社1993年版）中的《佘翘年谱》考证佘翘应生于隆庆元年（1567），卒于万历四十年（1612）。张增元《明末戏曲作家新考》（《扬州师院学报》1993年第1期）"佘翘"条亦与此相同。

《花前一笑》（存）
《郑节度残唐再创》（存）
《陈教授泣赋眼儿媚》（存）
《红颜年少》（佚）

81. 卓人月：一种存
《唐伯虎千金花舫缘》（存）

82. 徐士俊：二种存
《小青娘情死春波影》（存）
《奇女子风里络冰丝》（存）

83. 祁麟佳：四种存一
《太室三房四剧》
《错转轮》（存）
《红粉禅》（佚）
《救精忠》（佚）
《庆长生》（佚）

84. 陈季方：一种佚
《情生文》（佚）①

85. 吴中情奴：一种存
《相思谱》（存）②

86. 孙源文：一种存
《饿方朔》（存）③

---

① 此剧《曲录》据《传奇汇考》著录，其他戏曲书簿未见著录。

② 庄一拂《古典戏曲存目汇考》直录《相思谱》作者为王稚登。另外，南京师范大学古文献整理研究所编《江苏艺文志·苏州卷（第一分册）》（江苏人民出版社1996年版）“王稚登”条，也把《相思谱》剧著录于内，但均未解释原因，仍待考证。

③ 庄一拂另有《晴天屐》一种著录，谓：“此剧未见著录。《无锡金匮县志》：‘孙源文著有《晴天屐》。’本事未详。疑为杂剧。佚。”

87．赵　宾：一种佚
　　《刘公子赏牡丹亭记》（佚）①

88．吴仁仲：一种佚
　　《再生缘》（佚）

89．金　堡：一种佚
　　《遍行堂杂剧》（佚）

90．谢天惠：二种佚
　　《孝义记》（佚）
　　《善恶分明》（佚）

91．钱　珠：一种佚
　　《问狸倩谐》（佚）

92．邹式金：一种存
　　《风流冢》（存）

93．郑　瑜：五种存四
　　《鹦鹉洲》（存）
　　《汨罗江》（存）
　　《黄鹤楼》（存）
　　《滕王阁》（存）
　　《椽烛修书》（佚，仅《远山堂剧品》著录）

94．袁于令：二种存一
　　《双莺传》（存）
　　《战荆轲》（佚）②

---

① 此剧未见著录。叶德均《曲目钩沉录》引明王鏊《震泽纪闻》卷下记："里人赵宾者，工于词曲，戏作《刘公子赏牡丹亭》……时上好新音，教坊日进院本，以新事为奇。"

② 此剧庄一拂著录为传奇，但亦云疑为杂剧。焦循《剧说》三云："箨庵（袁于令号）制四折杂剧，如《战荆轲》之类，杜茶村诮之云：舌本生硬，江郎才尽耶？"则《战荆轲》为杂剧无疑。

95. 黄家舒：一种存

《城南寺》（存）

96. 陈六如：一种佚

《九曲明珠》（佚）

97. 董　玄：一种佚

《文长问天》（佚）

98. 吴礼卿：一种佚

《媸童公案》（佚）

99. 杨伯子：一种佚

《都中一笑》（佚）

100. 叶汝荟：一种佚

《夫子禅》（佚）

101. 张龙文：一种存

《旗亭宴》（存）

102. 杨维中：一种佚

《偷桃献寿》（佚）

103. 王淑忭：一种佚

《蟠桃记》（佚）

104. 李大兰：五种佚

《白鹿洞》（佚）

《华阳叟》（佚）

《老归正道》（佚）

《访师论道》（佚）

《裴渭源》（佚）

105. 胡士奇：一种佚

《小青传》（佚）

106. 诸葛味水：一种佚

《女豪杰》（佚）

107. 张大谌：三种佚
《三难苏学士》（佚）
《报恩虎》（佚）
《诛雄虎》（佚）
108. 凌星卿：一种佚
《关岳交代》（佚）
109. 陈清长：一种佚
《一麟三凤》（佚）
110. 李　檠：八种佚
《王开府》（佚）
《周文母》（佚）
《夏六贤》（佚）
《赵宣孟》（佚）
《鲁敬姜》（佚）
《庳国君》（佚）
《首阳高节》（佚）
《独居教子》（佚）
111. 朱京藩：一种佚
《玉珍娘》（佚）
112. 张　岱：一种佚
《乔坐衙》（佚）
113. 黄中正：一种佚
《五老庆贺》（佚）
114. 柳白屿：一种佚
《乘槎》（佚）
115. 李磐隐：一种佚
《度柳翠》（佚）
116. 徐羽化：一种佚

《罗浮梦》（佚）

117．恒居士：一种佚

《喝采获名姬》（佚）

118．金粟子：一种佚

《雪浪探奇》（佚）

119．冶城老人：一种佚

《衍庄》（佚）

120．铎梦野人（庄本误“野”字为“老”字）：一种佚

《可破梦》（佚）

121．收春醉客：一种残

《曲中曲》（《群音类选》附刻此剧曲文）

122．樵　风：四种佚

《孝感幽明》（佚）

《宦游济美》（佚）

《参禅成佛》（佚）

《剑侠完贞》（佚）

123．茅　维：六种俱存

《苏园翁》（存）

《秦廷筑》（存）

《金门戟》（存）

《醉新丰》（存）

《闹门神》（存）

《双合欢》（存）

124．叶小纨：一种存

《鸳鸯梦》（存）

125．邹兑金：一种存

《空堂话》（存）

126．黄方胤：七种俱存

《陌花轩杂剧》（存）

《倚门》

《淫僧》

《再醮》

《偷期》

《督妓》

《娈童》

《惧内》

127．陆世廉：一种存

《西台记》（存）①

128．来集之：六种皆存

《两纱剧》

《女红纱》（存）

《碧纱笼》（存）

《挑灯剧》（存）

《秋风三叠》（存）

《蓝采和长安闹剧》（又名《冷眼》）（存）

《阮步兵邻廨啼红》（又名《英雄泪》）（存）

---

① 陆世廉生平，傅惜华《清代杂剧全目》和庄一拂《汇考》皆著录未详，邓长风从史书中考出大量生平材料，并得出陆世廉应生于明万历十三年（1585），卒于康熙八年（1669）。文见《九位明清江苏、上海戏曲家生平考略》，《明清戏曲家考略》，上海古籍出版社1994年版。

《铁氏女花院全贞》（又名《侠女新声》）（存）①

129. 杨惟休：一种佚

《舒啸堂杂剧》②（佚）

130. 傅占衡：一种佚

《董糟丘杂剧》③（佚）

131. 陈□□：一种佚

《朱翁子》（佚）

132. 高□□：一种佚

《五老庆庚星》（佚）

第二节　著录中有关问题的辨正

（一）庄一拂《中国古典戏曲存目汇考》“中编杂剧三·明代作品”中，收入兰茂《性天风月通玄记》一剧，齐鲁书社1989年版《中国古典戏曲序跋汇编》卷七丁编“杂剧二·明代作品”中，也收入了坦弱道人撰《〈性天风月通玄记〉序》一篇。其实，此剧是一部二十出的传奇作品，《古本戏曲丛刊》第五集所收第一种传奇即为此剧。关于《性天风月通玄记》及其

---

① 来集之原名镕，字元成，别号倘湖先生，萧山人。邓长风有来集之生平考证材料，文见《十四位清代浙江戏曲家生平考略》“来集之”条，《明清戏曲家考略》第504页，上海古籍出版社1994年12月及《关于〈明清戏曲家考略〉的若干补正》“来集之”条，《明清戏曲家考略续编》第237页，上海古籍出版社1997年1月。可参阅。曾永义先生以来集之与来镕为两人，误。见《明杂剧概论》第29～30页。又，《秋风三叠》三剧，有明刊本见存，庄一拂以为已佚，误。

② 此剧张增元据同治《丰城县志》卷十六辑录，参见《方志著录明清罕见戏曲存目七十七种》，《文史》24辑。

③ 此剧张增元据同治《临川县志》卷四九著录，参见《方志著录明清罕见戏曲存目七十七种》，《文史》24辑。

作者兰茂的具体情况，可参考吕薇芬、幺书仪《关于〈通玄记〉和〈传奇八种〉——〈古本戏曲丛刊〉第五辑编辑外记》（《文学遗产》1985年第2期）。

（二）杨文奎《翠红乡儿女两团圆》剧，是根据明脉望馆校藏息机子《古今杂剧选本》题："杨文奎"撰，以及《元曲选》丙集本题："元杨文奎撰"。《录鬼簿续编》著录《两团圆》剧，则题为高茂卿撰。因此，曾永义以傅惜华把此剧归于杨文奎为讹误，而以《元曲选》之《两团圆》为高茂卿之作。今人邵曾祺的考证结论亦与此相同，"杂剧以《两团圆》为名的有二：一是《翠红乡儿女两团圆》，一是《豫章城人月两团圆》。前者据《录鬼簿续编》说是高茂卿作，后者不知是否杨作，因不知杨作的题材内容，故无法断定"。仅根据《录鬼簿续编》即断为高茂卿撰，理由是不充分的，且《录鬼簿续编》在《两团圆》剧下的题目、正名为"鸳鸯村夫妻双拆散、翠红乡儿女两团圆"。其中的"鸳鸯村"与《元曲选》本的"白鹭村"也不相符，故《翠红乡儿女两团圆》的版权似仍应断给杨文奎。高茂卿所撰可能是另一种。

（三）现存《西游记》及《刘行首》两剧，是否为杨景贤所作，尚有争议。《刘行首》一剧，《太和正音谱》、《录鬼簿续编》均有著录，均列于无名氏下。今存《元曲选》本、《脉望馆古名家杂剧》本。《元曲选》本署杨景贤撰，不注时代。《脉望馆古名家杂剧》本原署元·杨景贤撰，墨删，眉批又云："《和正音》作本朝人。"本朝人，即明朝人。《元曲选》本、《脉望馆古名家杂剧》本曲词无差别，曲牌数目及排列次序亦同，仅第四折有个别曲牌排列有颠倒。《元曲选》本题目、正名作"北邙山倡和［柳梢青］，马丹阳度脱刘行首"。《录鬼簿续编·诸公传奇失载名氏》下列有《刘行首》，题目、正名作"王祖师单化邓夫人、马丹阳三化刘行首"。但在杨景贤名下，所列剧目又载有

《刘行首》，其下并注云："王祖师三化刘行首"。《脉望馆古名家杂剧》本题目、正名又作"大夫松假作章台柳，顷刻花能造逡巡酒；醉猱儿魔障欠先生，马丹阳度脱刘行首"。由于这种复杂情况，《刘行首》究竟有一本，还是有两本，目前意见不一。严敦易在《元剧斟疑》（中华书局上海编辑所1960年版）中，认为今存本《刘行首》即杨景贤撰，邵曾祺则认为有两本（见《元明北杂剧总目考略》，中州古籍出版社1985年版），尚未取得一致意见，有待进一步讨论。《西游记》杂剧，是明万历甲寅（1614）刊刻的本子，六本二十四出，1928年发现于日本内阁文库藏《传奇四十种》中，此剧卷首有勾吴蕴空居士《总论》，说为元代吴昌龄撰，后经孙楷第考辨，得出《西游记》杂剧为明初杨景贤（言）所撰（《吴昌龄与杂剧西游记》，见《沧州集》下册，中华书局1965年版），但今仍有不同意见，有人即认为，"今存《西游记杂剧》，是经过增饰的元代无名氏作品"（见熊恕发《〈西游记杂剧〉作者及时代考辨》，《四川师范大学学报》1990年第2期）。

（四）《歌代啸》一剧，傅惜华《明代杂剧全目》在"歌代啸"条下载：歌代啸，明清以来，各家戏曲书目，未见记载。此剧现存版本有：一为清道光间山阴沈氏鸣野山房精钞本，卷首标曰："歌代啸杂剧"，次行分署云："山阴徐文长撰"，"公安袁石公订"；首载袁石公序文，又脱士题序，及"慧业发僧题于澹庵"之题辞，"虎林冲和居士识"之"凡例"七则。江苏省立图书馆藏。二为民国二十年（1931）国学图书馆影印道光间钞本。

袁石公即袁宏道，其序云："《歌代啸》不知谁作，大率描景十七，摛词十三，而呼照曲折，字无虚设，又一一本地风光，似欲直问王关之鼎。说者谓出自文长。昔梅金谱《昆仑奴》，称典丽矣！徐犹议其白为未窥元人藩篱，谓其用南曲《浣纱》体也。据此，前说亦近似。而按以《四声猿》，尚觉彼如王丞相谈玄，未免时作吴语，此岂才富者后出愈奇，抑讽时者之偶有所托耶？石篑云：‘姑另刻单行之，无深求。’亟如议，竣知音者。”则袁宏道已疑未必为徐渭所作，故取石篑之议，另刻单行。

虎林冲和居士所识凡例云：“今曲于传奇之首，总序大纲曰开场。元曲于出内或出外，另有小令曰楔子，至曲尽又别有正名，或四句，或二句，隐括剧意，亦略与开场相似。余意一剧自宜振纲，势既不可处后，故特移正名向前，聊准楔子，亦所以存旧范也。且正名亦未必出歌者口中，今于曲尽，仍作数语，若今之散场诗者，大率可有可无，至各出末，则一照元式，不用诗。”

又云：“元曲不拘正旦、正末，四句总出一喉，盖总叙一人事也。此曲四出四事，原无主名，故不妨四分之。然一出终是一主人主唱，此犹存典型意乎？”

又云：“出惟一韵，俱从《中原》，其入声派归三声者，自宜另有读法，甚有有其声无其字者，亦须想像其近似者读之。若从休文韵，则棘喉多矣。”

冲和居士编有《新镌出像点板怡春锦曲六集》①，可见他也是一位从事戏曲的人。虎林即杭州，徐渭则是绍兴府山阴县人，籍贯不同，故冲和居士非徐渭别署。

本剧虽未完全遵守元人体制，可是每折都由一角色直唱到底，所用韵部也都以中原间韵为准，并特于每折之首标出“用皆来韵”，“用江阳韵”，“用齐微韵”，“用家麻韵”，其与徐渭

① 《新镌出像点板怡春锦六集》十二册，北京图书馆藏。王重民《中国善本书提要》（上海古籍出版社1983年版）第698页有此书介绍，曰：“前有空观子序，称冲和居士自称曲痴子，而不著真姓名……是书以礼、乐、射、御、书、数分六集……均从南北曲本节选而出，惟书集为散曲，末一篇为曲痴子《骂玉郎带上小楼》[西厢余韵]，则冲和亦能作曲者……而是书亦原名：‘缠头百练’，意谓‘千金买一笑，不惜锦缠头’，然则冲和固风月中人也。”

《四声猿》之破坏格律不合，且文字风格亦不相类。本剧应非出自徐渭之手。

（五）王衡《杜祁公藏身真傀儡》一剧，各家著录分别为：《远山堂剧品》著录简名“真傀儡”，并谓“询之识者，始知是眉公（按：陈继儒字）在王辰玉座上所作”。傅惜华即据此定为陈继儒之作。《顾曲杂言》、《重订曲海目》、《曲海总目提要》、《曲录》、《今乐考证》则均题为王衡作。《盛明杂剧》本署曰“绿野堂无名氏编，如道人黄嘉惠评”；《酹江集》本题“明无名氏著”，但此本阑上注云：“相传王荆石相公寿日，辰玉作此为尊人寿，其曲词隽爽，不在马东篱、乔孟府之下，较《郁轮袍》为更胜矣。”同时的沈德符《万历野获编》谓：“近年独王辰玉太史衡所作《真傀儡》、《没奈何》诸剧，大得金元本色，可称一时独步。”

傅惜华《明代杂剧全目》断此剧为陈继儒之作，王永健亦认为这是陈继儒的作品（《杂剧〈真傀儡〉非王衡所作》，《社会科学战线》1982 年第 1 期）；而曾永义及庄一拂则认为是王衡的作品。根据他们各家的考述，本人以为，根据现有材料，断定此剧是王衡作品的理由应是更为充分的。沈泰《盛明杂剧》收录《真傀儡》的题署曰“绿野堂”，在《真傀儡》中，正末杜祁公上场白中，亦有类似的自述：“且喜早脱离鸾坡凤掖，懒得又安排绿野平泉。每日则是混迹市廛随缘过去。”可见，“绿野堂”究竟为谁的别署，是这个问题的关键。

绿野堂最早为李龟年在洛阳的宅第，后为唐宰相裴晋公（度）的别墅，在陈继儒的《太平清话》卷三和《珍珠船》卷四中，都有关于“绿野堂”的记载。《太平清话》卷三云：“张斋贤宅，乃裴晋公绿野堂，绿野堂乃李龟年故第。”《珍珠船》卷四说：“乐工李龟年于东都通远里建居第，中堂制度精绝，今裴晋公定鼎南门别墅绿野堂是也。”而陈继儒《白石樵真稿》卷三《绿野池记》又记："兖山汪氏，世以科名冠冕东南乡，其文行尤蔚，曰叔图先生。先生所居之上流，三水交汇，决而为渠。于是缘渠凿池，……邵明卿题曰'绿野池'，因而并名其堂如此。……我将叩叔图而访焉，故先草记一通以订之。……他日支筇绿野堂前，庶不为生客也。"据此，则明代的汪叔图有一个绿野堂，陈继儒既为他作记，那么即使他作此杂剧，也断不会再自署绿野堂了。陈继儒的《太平清话》卷一还有这样一则记载："近代杂剧，惟天池徐惠（按：即徐渭）、辰玉王衡。天池有《花木兰》及《祢衡骂曹操》最为擅长；而辰玉《郁轮袍》及《裴湛和合》二曲，的当行家。其《郁轮袍》中裴迪呼'儒童菩萨'者，戏指余耳。"清初的王士禛，与王衡之孙、戏曲家王抃交往很深。在论及王抃的《筹边楼》传奇时，王士禛也提到："鹤尹（按：王抃字）大父缑山先生（按：王衡之号）作《郁轮袍》、《裴湛和合》二曲，词曲家称本色当行。"（《香祖笔记》卷十二，或见焦循《剧说》卷三引录）王永健认为陈继儒与王士禛二人在这里均未提到王衡作《真傀儡》事，可以作为《真傀儡》非王衡之作的旁证，但陈继儒与王士禛在论及徐渭的作品时，也仅提及他的四部作品中的两部。他们两人在这里，更多的是对王衡作品中当行之作的评判，而不是著录他的全部作品。

《再生缘》一剧，现存唯有《盛明杂剧》本，署云："蘅芜室编"，"西湖季英沈士伸、仕乔黄士佳阅"。明人黄汝亨《寓林集》卷三十有题李夫人《再生缘》杂剧一文，也没说其剧是谁作的。《远山堂剧品·能品》著录吴仁仲《再生缘》一种，注"北四折"，并云："亦作意构曲者，惜转笔未快，故生动处觉少。钩弋既为李夫人后身，何为复有留子夺母之事？"曾永义推测蘅芜室主人或即为吴仁仲①；徐朔方在《晚明曲家年谱·王衡

① 参见《明杂剧概论》第320页。

年谱》中指出："以内容和风格而言，说它是王衡的作品倒没有什么不合，当然还有待进一步查证。它如果是王衡的作品，当和悼亡有关。可能在万历二十一年他三十三岁冯夫人去世时所作。以前两次结婚同居时间很短，合起来还不到他和冯夫人前后九年那么长。他给妻叔冯时可的信说：'盖室人之不长世，八年前已预卜之。中道摧割，尚在人意中……妻亡以来，彷徨不知所寄。欲以玄理遣之而不能，欲以书卷笔札遣之而又不能。昨亡榇出时，作哀词数首，辄数日作恶……拙记二册奉览。'冯夫人多病同剧中李夫人相似。如果允许想象，创作《再生缘》可能就是他'欲以书卷笔札遣之而又'的一种方式，而'拙记二册'可能就是《再生缘》和另外杂剧的手抄本。除小说戏曲外，很少有作品可以简称为'记'，而他没有写过小说。"①

（六）关于《泰和记》杂剧，沈泰《盛明杂剧》二集（崇祯间刻本）在总目中，将其中之八种标为许时泉（潮）之作，但正文中各剧署名并不一致，第二种《兰亭会》署名"升庵杨慎"，其余七种署名"时泉许潮"。而第一种《武陵春》，其眉批上又有这样的话："弇州诮升庵多川调，不甚谐南北本腔，说者谓此论似出妒。今特遴选数剧，以商之知音者。"据此，又似《武陵春》以下八种，究竟属杨或属许，已不清楚了。

吕天成《曲品》卷下"中中品"著录《泰和记》，标为许时泉作，且云："每出一事，似剧体。按岁月选佳事，裁制新异，词调充雅，可谓满志。"

沈德符《万历野获编》卷二十五"太和记"条疑为杨慎所作："向年曾见刻本《太和记》，按二十四气，每季填词六折，用六古人故事，每事必具始终，每人必有本末。出既蔓衍，词复冗长，若当场演之，一折可了一更漏。虽似出博洽人手，然非本

① 参见《晚明曲家年谱》第一卷第353页，浙江古籍出版社1993年版。

色当行。又南曲居十之八，不可入弦索。后闻之一先辈云：是杨升庵太史笔。未知然否?”

焦循《剧说》卷三迳题为杨慎所作：“余尝憾元人曲不及东方曼倩事，或有之而不传也。明杨升庵有《割肉遗细君》一折。”又卷四云：“近伶人所演《陈仲子》一折，向疑出《东郭记》，乃检之，实无是也。今得杨升庵所撰《太和记》，是折乃出其中。甚矣，博物之难也。”

《扬州画舫录》卷五载黄文旸《曲海目》，其中《武陵春》、《龙山宴》、《午日吟》、《南楼月》、《赤壁游》、《同甲会》、《写风情》七种，题“许潮作”。《兰亭会》、《太和记》二种，题“杨慎作”，《太和记》下注：“二十四出，故事六种，每事四折。”

《今乐考证》、《重订曲海目》、《曲录》皆并作杨慎、许潮撰。《也是园书目》著录作“杨升庵《泰和记》四卷”。《湖北通志》著录此杂剧集作：“泰和元气记”。《乾隆新安县志》卷四题作“太和元气记”。《光绪续修湖南靖州直隶志》卷十《文苑》载：“许潮，字时泉，嘉靖甲午举人。出忠烈宋以方门下，风流洒落，博洽多闻，言根经史。当任河南新安县时，犹不释卷，著有《易解》、《史学续绍》、《山石》等集，又作《太和记元和记》诸词曲，至今犹艳称之。”

杨慎与许潮都有作《太和记》的记录，《盛明杂剧》中的八种，从内容体制看，其为沈德符等所说的《太和记》二十四折中的八折，没有问题。但作者为杨为许，最早的沈德符已产生怀疑，以后诸家更是纷歧。但在嘉靖时代，北剧的规则尚未完全破坏，此剧更似嘉靖以后南杂剧的创作风格，因此不类杨慎手笔。吴梅《中国戏曲概论》、青木正儿《中国近世戏曲史》、周贻白《中国戏剧史长编》均订为许潮著。

第三章 明杂剧的历史发展

如果说从明代传奇的发展史，我们可以看到其规范体系是如何形成、稳定与传播的话，那么，从明代杂剧这里，我们则可以看到一个时期某一种文学的旧有机制是如何变异、整合以至消失的，我们在引言部分，已大致描述了明代杂剧的历史变化轨迹，但这种变化并非一夜之间就形成的，它有一个渐进以至蜕变的过程。

第一节 创作主体意识的强化

一

杂剧在明代截然不同地呈现为两个阶段，一是明前期的宫廷杂剧创作阶段，二是从弘治年间康海、王九思开始的明中后期的文人杂剧创作阶段。

明朝建国之初，实行了一系列重建统治秩序的措施。在加强皇权政治的同时，明前期特别注意对知识分子思想的控制，洪武、永乐两朝对士大夫的杀戮和迫害，其残酷程度在中国历史上实为罕见，它不仅使大批文学家遇难，也使幸免于难的文人噤若寒蝉，吞声而不敢言。与此同时，他们还大力倡导程朱理学，对敢于申言“异端邪说”者严加惩处，以禁锢知识分子的精神自由。

明初从洪武到成化一百多年时间里，社会经济由恢复达到发展，但在思想和文化的专制统治下，文学创作却几乎没有出现较有成就的作品。

戏曲的创作，明初亦有明确规定，《大明律讲解卷二十六刑律杂犯》申言："凡乐人搬做杂剧、戏文，不许妆扮历代帝王后妃忠臣烈士先圣先贤神像，违者杖一百；官民之家，容令妆扮者与同罪，其神仙道扮及义夫节妇孝子顺孙劝人为善者，不在禁限。"《大明律》是洪武六年（1373）刑部尚书刘惟谦等奉敕所撰的。到了成祖，更严厉地执行他父亲这项律令。明顾起元《客座赘语》卷十"国初榜文"云：

> 永乐九年七月初一日，该刑科署都给事中曹润等奏：乞敕下法司，今后人民倡优装扮杂剧，除依律神仙道扮，义夫节妇，孝子顺孙，劝人为善及欢乐太平者不禁外，但有亵渎帝王圣贤之词曲、驾头、杂剧，非律所该载者，敢有收藏传诵印卖，一时拿送法司究治。奉旨："但这等词曲，出榜后，限他五日都要干净将赴官烧毁了。敢有收藏的，全家杀了。"此等事，国初法度之严如此，祖训所谓顿挫奸顽者。

由此，我们知道，当时官家、民家演出杂剧，同时也演出戏文，而统治者对搬演的内容是严格控制的。

但是，对戏曲搬演内容的严格控制，并不妨碍明初帝王贵族对它的喜好。明代宫廷杂剧演出主要由两个机构组成：教坊司与钟鼓司。《明史·乐志》谓"殿中韶乐，其词出于教场俳优，……皆用乐府、小令、杂剧为娱戏"①。

明成祖朱棣洪武三年（1370）封为燕王，十三年（1380）之藩北平。在燕邸时，他聚集了一批由元入明的杂剧作家，如贾

① 见《明史》卷六十一。

仲明、汤舜民、杨景贤等人，对之十分礼遇。建文四年(1402)，朱棣入金陵继皇帝位，亦将这些杂剧作家带至京中。《录鬼簿续编》记载："汤舜民，文皇帝在燕邸时宠遇甚厚，永乐间，恩赉常及。""杨景贤，永乐初与汤舜民一般遇宠。"这些都证明朱棣对杂剧也十分爱好。

从《录鬼簿续编》的记载来看，明初的一些杂剧作家，基本上都是由元入明的。他们在元代开始从事杂剧创作，入明后续操旧业，《太和正音谱》"古今群英乐府格势"列"国朝十六人"，即所谓明初十六子，他们是：王子一、刘东生、王文昌、谷子敬、蓝楚芳、陈克明、李唐宾、穆仲义、汤舜民、贾仲名、杨景言、苏复、杨彦华、杨文奎、夏均政、唐以初。其中王文昌、蓝楚芳、陈克明、穆仲义、苏复、夏均政及杨彦华等七人没有作品传世，著作目录也没有。另外《录鬼簿续编》列举钟继先等七十一人，其中有作品传世或存目者，还有须子寿、金文质、陈伯将、陶国瑛、李时英、郑仲谊、丁野夫、汪元亨、罗贯中、钟继先等十人。钟继先就是著《录鬼簿》的钟嗣成，他是元至顺间人。其他则都是由元入明的"胜国遗民"。在《也是园书目》中，尚有黄元吉作元明间人。

这一批作家的创作详情已不易确考，但他们的作品，普遍体现出为新兴汉族上层统治者需要而作的倾向，罗贯中的《宋太祖龙虎风云会》就足以说明这一点。作为一部历史剧，《风云会》通过赵匡胤建立北宋王朝过程的描写，把他塑造成一个顺应天理、躬行仁政的君主。为此，这部剧作充分肯定赵匡胤以宋代周的合理性，对"陈桥兵变"这一有悖"仁义"的历史事实，又极力强调其黄袍加身的被动性，从而突出了赵的仁君风范。又如黄元吉的《夜走流星马》美化、歌颂唐朝统治者对边远少数民族横加勒索的大汉族主义行径，显然与明初统治者恢复汉族大一统后的霸权思想有关。

明初宫廷钟鼓司和教坊司中，拥有一批专职的创作和演出人员。这部分的创作主要体现为脉望馆校抄内府中的一批无名氏作品，计有一百五十种，对于这一部分作品，人们历来分歧较大[①]，但可以肯定的是，其中大部分应为明代宫廷演出的本子，这些本子的故事来源是金元杂剧、院本，但已经过内府改窜，以供按行之用，其内容则多是历史故事或神仙庆寿之类。

宫廷历史剧的表现跨度历经春秋至明朝，这类作品极力表现历代汉族帝王将相、英雄豪杰建功立业的壮举，这种创作同样成为刚刚复兴了汉族统治的时代气象的体现，虽然法令明文禁止在舞台上扮演历代帝王圣贤，但这种律令实际上并没有被严格执行，只不过不可能在舞台上直接表现本朝的帝王将相。

神仙道化剧自然是专供节会庆赏供奉之用的，不过，这类剧作反映出来的神奇的想象世界的确使人惊讶，在这类没有留下姓名的宫廷艺人的构想中，南海观音感化世人、西天释迦佛和恶魔争战、孙思邈南极登仙、许飞琼思凡、众神仙赴会、八仙过海、大闹天宫、许旌阳鄱阳斩蛟这些互不关联的神话故事，都以前所未有的规模登堂入台，其气势的恢宏又只是这个时代独有的。此外，同创作目的紧密相联的是，情节的完整和场面的热闹是这部分剧作的共同追求。

明代宗室中喜好杂剧的也很多，其中以明初两位亲王最为出色。一为宁献王朱权，一为周宪王朱有燉。宁、宪二王以宗藩提

---

① 孙楷第先生《也是园古今杂剧考》一书经过详细考订，认为除了《老君堂》、《村乐堂》等八种显然为元人所作外，其余皆系明代无名氏所编（见孙楷第《也是园古今杂剧考》，上海杂志公司 1953 年版），但这一看法并未能成为定论。傅惜华《明代杂剧全目》著录其中部分作品，庄一拂《古典戏曲存目汇考》则混编为“元明无名氏作品”而未加细致分类。另外，王季思先生《辨析元明间失名剧本的初步设想》一文也对这一类抄校本的辨析问题提出了自己的看法。（参见《戏剧艺术》1987 年第 3 期或见《玉轮轩戏曲新论》，花城出版社 1993 年版）

倡杂剧，对于杂剧的复兴有很大功劳。朱权的《太和正音谱》给北曲曲谱建立规范，他仅存的两本杂剧，皆不失元人矩矱。朱有燉的杂剧创作数量很多，今知有三十一种。他的王府中有伶人戏班，他的杂剧全部是舞台本，写成后即刻上演。

藩王作家参与杂剧创作活动同样不超出自我消遣的范围，他们还可借此向朝廷表明心迹，表白自己“一心待守礼法不生分外”（朱有燉《得驺虞》第四折）。而在具体的创作中，也鲜明地流露出根源于阶级本能的道德教化倾向。作为皇家宗室的成员，他们已开始了用多种方式控制世道人心的努力，作剧意在惩创世道人心，所以在朱有燉的剧作中，不仅让梁山好汉最终成为皇家鹰犬；也时时不忘对“贤母”“贞女”的歌颂，这种教化的自觉和他们在度脱剧、牡丹剧等的创作中追求繁华热闹的舞台场面，本质上是一致的，即都是决定于他们作为创作主体的特殊地位。

明初杂剧创作中，并不是没有超出纯教化范畴的作品的。贾仲名的《玉梳记》、《菩萨蛮》，刘兑的《娇红记》都表现出对现实生活的关注和真实体现，即在藩王朱有燉的作品中，也不乏健康之作，如他的《香囊怨》一剧，通过妓女刘盼春和周恭的爱情悲剧，表达了作者对身份低贱的下层妇女的同情。

但明初杂剧创作集中指向的，仍是汉家大一统社会建立后民族自信和自负的时代精神，也唯其如此，它们才有可能在北杂剧衰微后继续保持其正宗地位。然而，这一地位的保有是以作家创作主体意识的削弱甚至消失为代价的。我们看到，在元代，由于作家、艺人所处的卑下地位以及他们对黑暗丑恶的社会环境的强烈感受，他们的作品大都充满强烈的战斗性和现实感，而他们的人生态度和审美趣味也和市俗大众一致，因此，创作主体意识的强化并不会和接受主体脱节。而到了明初，杂剧作家的创作任务已变成了单向度地满足接受主体——皇族贵人的遣兴供奉需求，即使是身为藩王，也不能在剧作中流露出自己的真实情感，个人不能在创作中得以实现，明初的杂剧创作，在恢宏与繁荣中已孕育着它的萎缩与衰亡。

二

明英宗正统年间朱有燉、朱权先后去世，明杂剧结束了由御用文人、宫廷艺人和藩王作家独擅的局面，尽管以后直至明穆宗隆庆年间尚有辽藩朱宪𤊨（恩鑙）的杂剧创作，但已经是无足轻重的了。从弘治年间的康海、王九思开始，明杂剧经历了入明后的又一次重大转变，即由贵族化向文人化的转变。整个明中后期的作家，都显示了他们崭新的特色。

明中后期的这些文人杂剧作家，一方面均受到过良好的传统教育，其政治经济地位虽比不上藩府亲王，但也远非元代那些沦为与艺伎为伍的落魄儒士可比。他们的社会接触面也远远超过了明初的宫廷剧作家。另一方面，明中后期杂剧作家，又大多数是一肚皮牢骚的失意文人，他们虽然没有尝试过元代汉族知识分子在民族歧视下的那种痛苦，却常常怀有在科场、官场中不断碰壁后的失意，他们的人生经历，使得他们具有较为强烈的个人情绪，不仅传统诗文不足以承担这种情绪的宣泄，达到自我实现的需求，即使篇幅巨大、重视情节和人物刻画而又受着当时舞台限制的传奇也非理想的渠道。

王九思的《中山狼》一剧，从题材内容到艺术表现都发生了巨大变化，这个剧没有具体的现实生活内容，没有曲折的情节，却充满了寓意性和抒情的气氛，作者重在表达自己对人生、对生活的看法。

王九思的做法得到了延续。从《中山狼》开始直至明末的一些杂剧作品，都体现了这一变化轨迹。比如茅维的《闹门神》写新的门神来接替旧的门神的职务，但旧门神占着位子不肯走，显然是对社会上不学无术之徒占据要职的讽刺，是作者在抒发自己有才而不得施展的激烈之情；因科场主司贿卖名次，愤而揭竿举义“搅翻世界”的黄巢，与十载寒窗、一朝得志，镇压了起义维护了王权的郑畋，在《英雄成败》里都能被称为英雄，也明显地传达出孟称舜对现存价值标准的困惑和怀疑，道出了士子们怀才不遇与对奸臣阻道的愤懑；而徐渭的《四声猿》，由具体内容互无关联的四个剧表现作者对人之本性的思考和追求，更使这部剧作在明代杂剧作品中卓尔不群。

郑振铎先生曾这样评说明代杂剧：“以取材言，则世俗熟闻之三国水浒西游，蝴蝶梦，滴水浮诸公案传奇，一变而为邯郸高唐，簪髻，络丝，武陵，赤壁，渔阳，西台，红绡，碧纱，以及灌夫骂座，对山救友诸雅隽故事。因之人物亦由诸葛孔明，包待制，二郎神，燕青，李逵等民间共仰之英雄，一变而为陶潜，沈约，崔护，苏轼，杨慎，唐寅等文人学士。”①

可以说，这些剧作在格调上是一致的，均不看重情节的雕琢，也无意于戏剧冲突的追求，却往往寄托幽远，寓意深刻，更耐人寻味，它可能是由现实的触发而提出一种立世的理想模式，或是由内心的矛盾而抒发个人的一种观念。这些剧作，虽然缺乏对于善恶冲突的正面、鲜明的体现，但对于现有社会存在的否定和人生价值的怀疑，已在客观上构成了一种新的戏曲发展方向。而作家在这一创作过程中，主体意识和自我意识也得以充分完全地实现和满足。

---

① 郑振铎《清人杂剧初集序》，《中国文学研究》第700页，人民文学出版社2000年版。

第二节　体制从整一到伸缩自如

一

以北曲演唱的杂剧，在元代达到它的鼎盛时期，但到了明代，不仅杂剧形式发生了很大变化，甚至连北曲演唱也渐渐沦没了。

戏曲史的研究成果，使我们越来越明了这一事实，那就是，南戏和杂剧的发展并不是历时性的，而是共时性的[①]，南戏与北剧的交流，也在一直不断地进行着。《南词叙录》[②] 云："元初北方杂剧，流入南徼，一时糜然向风，宋词遂绝，而南戏亦衰。"然至明弘治、正德间，北剧渐趋衰落，竟从此一蹶不振。

南戏与北剧，根本在曲调的不同，一用南曲，一用北曲，二者的融合，是从合腔开始的。钟嗣成《录鬼簿》载：

> 以南北词调合腔，自和甫始，如《潇湘八景》、《欢喜冤家》等，极为工巧。

《欢喜冤家》已佚，《潇湘八景》残存，在《盛世新声》、《词林摘艳》、《雍熙乐府》、《九宫正始》中均收辑。《潇湘八景》一般都认为应是散曲作品，钟嗣成在《录鬼簿》中也未著录；至

---

① 关于戏文的渊源、发展，可参见钱南扬《宋元南戏百一录》，哈佛燕京学社出版社 1934 年版；钱南扬《戏文概论》，上海古籍出版社 1981 年版；赵景深《宋元戏文本事》，北新书局 1934 年版；赵景深《元明南戏考略》，作家出版社 1958 年版；陆侃如、冯沅君《南戏拾遗》，哈佛燕京学社出版社 1936 年版；《南戏论集》，中国戏剧出版社 1988 年版。

② 关于《南词叙录》的作者，一般认为即为徐渭。骆玉明、董如龙著文认为，其作者非为徐渭，而有可能是明人陆采。见《〈南词叙录〉非徐渭作》，《复旦学报》1987 年第 6 期。

于《欢喜冤家》，则有人认为也是散曲，有人认为是杂剧用了南曲，有人则认为就是南戏。①

用“南北合套”来写杂剧，更为可靠的资料，始于明初。贾仲明的《吕洞宾桃柳升仙梦》，不仅采取不同角色分唱南曲、北曲，有时还有“合唱”，完全不同于元杂剧纯用北曲、一人主唱的规律。刘东生的《娇红记》虽通本仍用北曲，但也已破一人独唱的规律，开卷即有金童玉女同唱［赏花时］一曲，下本第一折又有末旦同唱［蔓菁菜］一支。至于朱有燉的《诚斋乐府》三十一种，既有仍恪守元人规律之作，而打破杂剧体例的作品亦复不少，从折数、唱法、用曲等各方面，都有了变更之处。

朱有燉之后，杂剧体例的变化更为普遍，折数从一折至十一折不等，全用南曲之作也比比皆是，唱法更是各种均可，甚至出现我们前面论及的合腔的创作方式。据曾永义先生的统计，明初至成化年间的杂剧作品中，遵守元人科范之作为百分之八十，破坏者只占百分之二十；到了中期（弘治至嘉靖），合乎科范者降为百分之六十，改变者增为百分之四十；至后期（隆庆以后），合乎科范者仅有百分之十，破坏者高达百分之九十。在明代中后期二百六十三种（包括散佚者）杂剧中，遵守元人成规者十五本，改变元人科范者一百零二本。这一统计足以说明，在明代中后期杂剧中，体例变化之作已占了绝对优势。② 我们再以明人选明（杂）剧的《盛明杂剧》为例，它所选的六十剧的情况是：

① 凌景埏《南戏与北剧之交化》一文认为此剧为南戏，见《燕京学报》第27期，1940年6月；刘荫柏则认为是散曲，见《北曲在明代衰亡史略考》，《复旦学报》1985年第2期。

② 参见曾永义《明杂剧概论》第69页。虽然曾永义先生著录杂剧的具体情况与本文有所出入，但他的统计仍是足以说明问题的。

剧作	折（出）数	曲类	唱法
高唐梦	一	南曲	众唱
五湖游	一	南北合套	生旦双唱
远山戏	一	南曲	众唱
洛水悲	一	南曲	众唱
渔阳弄	一	北曲	众唱
翠乡梦	二	南北合套	第一出生唱，第二出旦外双唱
雌木兰	二	北曲	第一出旦唱，第二出旦众唱
女状元	五	南曲	众唱
昭君出塞	一	南曲、合套兼用	众唱
文姬入塞	一	南曲	众唱
义犬	五	南曲、合套兼用	众唱
霸亭秋	一	北曲	末唱
鞭歌妓	一	北曲	末（酸）唱
簪花髻	一	北曲	末唱
北邙说法	一	南北联套	众唱
团花凤	四折一楔子	南曲、复套兼用	众唱
桃花人面	五折一楔子	北曲	第一、五出生旦双唱，第二、四出旦唱，第三出生唱
死里逃生	四	南曲	众唱
中山狼	四	北曲	末唱

续上表

剧作	折（出）数	曲类	唱法
郁轮袍	七	北曲	第1、4、6、7折末唱，第2、5折无曲唱，第3折生唱
红线女	四	北曲	旦唱
昆仑奴	四	北曲	末唱
花舫缘	四出一楔子	北曲	一、二出末唱，三出末旦双唱，四出冲末唱
春波影	四出一楔子	北曲	众唱
广陵月	七	一、三、四、六、七出为南曲，二出为南北复套，第五出为南北联套	众唱
真傀儡	一	北曲	末唱
男王后	四折一楔子	北曲	1、4折旦唱，2折旦、贴旦、小旦唱，3折小旦唱，4折旦唱
再生缘	四折一楔子	北曲	一、三出为旦唱，二、四出为生唱
一文钱	六	南北曲兼用	众唱
齐东绝倒	四	南北合套	众唱
风月牡丹仙	四	北曲	生旦双唱

续上表

剧作	折（出）数	曲类	唱法
香囊怨	四折一楔子	北曲	旦唱
武陵春	一	南北联套	众唱
兰亭会	一	南北联套	众唱
写风情	一	南北复套	众唱
午日吟	一	南北联套	众唱
南楼月	一	南北联套	众唱
赤壁游	一	南曲	众唱
龙山宴	一	南北复套	众唱
同甲会	一	南曲	众唱
易水寒	四	南北合套	众唱
夭桃纨扇	八	南曲	众唱
碧莲绣符	八	南曲、南北联套	众唱
丹桂钿合	七	南曲	众唱
素梅玉蟾	八	南曲	众唱
有情痴	一	北曲	众唱
脱囊颖	四	南曲合套兼用	众唱
曲江春	四折一楔子	北曲	末唱
鱼儿佛	五	北曲	众唱
双莺传	七	南曲	众唱
不伏老	五折一楔子	北曲	末唱
虬髯翁	四	北唱	末唱

续上表

剧作	折（出）数	曲类	唱法
英雄成败	四	北曲	1、3、4 折生唱，2 折净（黄巢）唱
红莲债	四	北曲	1 折小生唱，2 折末唱，3 折生唱，4 折外唱
络冰丝	一	南北合套	生旦双唱
错转轮	四	北曲	众唱
蕉鹿梦	六	1 折北曲，2 ~ 6 折南曲	众唱
樱桃园	四	南曲	众唱
逍遥游	一	南北联套	众唱
相思谱	九	1 ~ 8 折南曲，9 折北曲	众唱

从上表统计看①，遵守元人规范者，仅有《香囊怨》、《中山狼》、《曲江春》、《红线女》、《昆仑奴》、《虬髯翁》、《英雄成败》七本，占总数的百分之十。其余或在折数，或在曲类，或在唱法上皆与元杂剧有所不同。

对杂剧体制的这种变化，吴梅先生评朱有燉《曲江池》剧时云："惟通剧用五折，与《赵氏孤儿》同，杂剧体例间有之，非如王辰玉《郁轮袍》，合南北词七折成书，非驴非马，不足为

① 此表的统计参加了曾永义《明杂剧概论》第一章第五节"明代杂剧体制提要"中的相关论述，并得到吴敢先生的指教，特致感谢。

训耳。"① 吴梅认为，《曲江池》虽用五折，但元剧中尚有此例，而王衡《郁轮袍》用南北曲七折，前无实例，则不可为训了。然而，文学的演进，并不以人们的主观意志为转移，而这种自然的变化，仅用对与错来评说也还远远不够。

对于杂剧体制的这种新变，人们为了与元杂剧区别的需要，一般用"南杂剧"一词来称呼。

"南杂剧"一名，出自胡文焕的《群音类选》。胡文焕在《群音类选》卷二六"南之杂剧"栏目下，收有程士廉的《戴王访雪》和徐渭的《玉禅师》，两剧用的皆是南北合套曲。吕天成《曲品》也于"不作传奇而作南剧者"题下将徐渭和汪道昆的作品列出并大加赞赏，而徐渭的《四声猿》中除《女状元》是以南曲填制的以外，《玉禅师》是南北合套之作，《雌木兰》、《狂鼓史》则仍为北曲之作；汪道昆《大雅堂四种》中的《五湖游》一剧也是南北合套之作。可见南杂剧概念实际上是包括南曲、北曲和南北合套曲在内的文人剧作。

王骥德在《曲律》卷四曾自述首创南剧，他说：

> 余昔谱《男后》剧，曲用北调而白不纯用北体，为南人设也。已为《离魂》，并用南调。郁蓝生谓：自尔作祖，当一变剧体。既遂有相继以南词作剧者。后为穆考功作《救友》，又于燕中作《双鬟》及《招魂》二剧，悉用南体。知北剧之不复行于今日也。

王骥德在这里所谓"自尔作祖"的南剧②，既包括曲用北调而白用南体的，也包括全用南曲的。实际上，"南杂剧"这一概念，

---

① 《瞿安读曲记·明杂剧·曲江池》，《吴梅戏曲论文集》第412页，中国戏剧出版社1983年版。

② 对王骥德首创南剧的自述，今人并非完全认同。参见周贻白《中国戏剧史长编》第363页，人民文学出版社1960年版。

在使用中存在着广义和狭义之分。

张全恭在《明代的南杂剧》一文的“引言”中称：“（南杂剧）概指明中叶以后，以南曲填制的杂剧……南杂剧的时期是由嘉靖初年至明末（1522—1644），本文研究的，就是这时期的南杂剧作品。”张全恭是将南杂剧限定为用南曲演唱的杂剧，不过，在论述具体作家作品时，他又将王衡、孟称舜、沈自徵、陈汝元、卓人月、徐士俊、凌濛初等人的作品包括在内（以上诸人的杂剧作品大部分为北曲之作），在体例上自相矛盾。

郑振铎《插图本中国文学史》中，专列“南杂剧的出现”一章，郑振铎是在与元杂剧（即北杂剧）对举的意义上使用“南杂剧”这一概念的，在本书中，他把明代兼用南北曲或专用南曲的这种戏曲形式都称为南杂剧。

近年来，对“南杂剧”这一概念的理解大都承郑振铎而来。如徐子方《明代南杂剧略论》一文中，明确提出“当时的南杂剧概念实际上即是包括南曲、北曲和南北合套曲在内的文人剧作，范围比我们通常理解的要大得多”。杜桂萍《略论南杂剧》一文，也是这样定义“南杂剧”：“南杂剧是明中叶以后出现的一种戏曲形式。在一个剧本内兼用南北曲或专用南曲，有轮唱或合唱，篇幅从一折到十余折，类似短的传奇。”但亦有人仍在狭义上使用“南杂剧”这一概念，如余从等著《中国戏曲史略》一书里说：“明代成化、弘治年间，南戏兴盛起来，继而逐渐地把杂剧挤出了舞台。影响所及，有人干脆用南曲写起杂剧来……因此，有人把这种南曲化了的短剧称为‘南杂剧’。”① 又如廖奔在《明代杂剧概说》一文中提到：“明初杂剧作家，永乐、宣德年间知名的只有朱有燉一人……到弘治、正德后，又渐渐开始有人绍继，嘉靖年间达到相当数量，但体制上则距离元杂剧越来

---

① 《中国戏曲史略》第133页，人民音乐出版社1993年版。

越远……甚至出现全部用南曲写成的南杂剧。”①

二

明中后期杂剧的变异集中体现为南曲化的过程，这一点目前并无疑义。但是，不容忽视的是，明中后期杂剧作家的探索与追求并不止于南曲化，还体现在对包括宋金杂剧院本的模仿和学习。

明代明确标明“院本”之作的剧本，有王九思的《中山狼》和李开先的《一笑散》六剧（现存《打哑禅》和《园林午梦》两种）。除此之外，朱有燉《吕洞宾花月神仙会》杂剧中还有一段《长寿仙献香添寿》院本；而在明代的小说中，也有院本演出的生动记载。《金瓶梅词话》一书曾在四处提到院本演出，一是第二十回“乐人撮弄杂要数回，就是笑乐院本”；一是第三十一回“教坊司俳官跪呈上大红纸手本，下边簇拥一段笑乐的院本”；一是第五十八回“先是杂要、百戏，吹打弹唱，队舞吊罢，做了个笑乐院本”；一是第七十六回“下边教坊回数队舞吊毕，撮弄杂要、百戏、院本之后，四个唱的慢慢才上来，拜见过了”。其中三处写明为“笑乐院本”，两处写明“教坊扮演”。在第三十一回中，保留了一段笑乐院本的实例，演出一个上厅节级把王勃的《滕王阁》诗说成是“唐朝身不满三尺王勃殿试所作”。而且命副末即刻前去抓寻，于是副末找到一个净扮的秀才妆成矮子充数。这个院本情节可笑，剧中的净一直妆成矮子，因此动作效果也是很滑稽的。但是，这类院本是否就是宋金院本之遗，目前学术界仍有争议，这主要是由于宋金杂剧院本材料的匮乏。

不少论者认为诙谐调笑就是宋金杂剧院本的特征，如冯沅君

① 见《戏曲研究》第30辑，1989年。

先生就总结院本的特性是诙谐[①]，叶德均先生也认为："宋之杂剧与金之院本为同实异名之物，两者均为杂技百戏及调笑之杂耍也。"[②] 但也有论者认为，宋金杂剧院本并不仅是滑稽戏，就宋杂剧来说，只是剧前的"艳段"和剧尾的"杂扮"是引人发笑的滑稽戏，而"正杂剧"就不是纯以诙谐为主；金院本也是一样，其中的"拴搐艳段"院本和"打略拴搐"院本相当于宋杂剧中的艳段和杂扮，而"和曲院本"、"霸王院本"、"上皇院本"、"诸杂大小院本"中的大院本以及"院么"则相当于宋杂剧中的正杂剧，因此，《辍耕录》中所说的"院本、杂剧，其实一也。国朝院本、杂剧，始厘而二之"后的院本，相当于"艳段"、"杂扮"那一类院本，是以谑浪调笑为主的，而所说的杂剧，才是由"正杂剧"那一类院本演化而来的元杂剧[③]。

不过，无论如何，滑稽调笑都是宋杂剧院本的一种重要标志。元代夏庭芝说："'院本'大率不过谑浪调笑，'杂剧'则不然……"[④] 明代标明院本的《中山狼》、《打哑禅》、《园林午梦》这几部剧，皆是嬉笑怒骂，诙谐有趣，正承继了宋金杂剧院本的这种特征。李开先的门人杨善在读了李的剧作后说："浴目读之，不觉大笑出声。山妻叩之，从而仿像，虽无知妇人，亦能共发一笑。此书一出，得以展眉解颐如我辈者，不知几千万人也。"[⑤] 不仅如此，明代中后期的其他一些剧作，这一特征也非常强烈，徐渭的《四声猿》，徐复祚的《一文钱》，王衡的《真傀儡》、《郁轮袍》等剧，也是出之以尖刻的讥讽与笑谑，只不

---

① 《金瓶梅词话中的文学史料跋》，《古剧说汇》第205页，商务印书馆1947年版。

② 见《黄丸儿院本旁证》，《戏曲小说丛考》上册，中华书局1979年版。

③ 见王毅《宋金杂剧与元杂剧》，《湖北大学学报》1989年第4期；或见《湖畔集》，武汉出版社1992年版。

④ 见《青楼集笺注》第44页，中国戏剧出版社1990年版。

⑤ 见《李开先集》第869页，中华书局1959年版。

过它们已从一般的滑稽戏谑上升到对时弊的尖锐讽刺与抨击。

除了这种滑稽戏谑的风格，我们认为，明中后期杂剧中“短剧”的出现，也极有可能受到宋金杂剧院本的影响。

孙楷第先生在《近世戏曲的唱演形式出自傀儡戏、影戏考》一文中说：“宋之杂剧元之院本，其事既简质，其文应极短。宋杂剧今无其本，元院本之单行者今亦不传，然以李开先《园林午梦》院本与明周宪王《花月神仙会》、《金瓶梅词话》所引院本考之，其文至多不过当元杂剧之一折。”① 这种说法应是符合实际的。周密《武林旧事》“皇后归谒家庙”条记述道：

> 赐筵初坐：第四盏……勾杂剧色，时和等做《尧舜禹汤》，断送《万岁声》。再坐：第七盏，勾杂剧，吴国宝等做《年年好》，断送《四时欢》。

一本杂剧只演饮一杯酒的时间，理应不会很长。

朱有燉《吕洞宾花月神仙会》第二折里的《长寿仙献香添寿》，或是《中山狼》、《园林午梦》、《打哑禅》，其篇幅都仅一折，符合宋金杂剧院本的体制特征。沈德符批评“《小尼下山》、《园林午梦》、《皮匠参禅》等剧，俱太单薄，仅可供笑谑，亦教坊耍乐院本之类耳”（《顾曲杂言·杂剧院本》）。这种评价，我们虽然不一定同意，但沈德符把它们称为“耍乐院本”还是恰当的。

明代中后期的杂剧作品中，一折的有八十余种，这是个不小的数字。对这一现象，学术界一般认为，这是明杂剧受传奇影响的结果。但我们认为，若论杂剧中五折至十一折的剧本是受传奇影响，这是有道理的，对于四折以下的剧作，视作受到宋金杂剧院本的影响，则更符合事实；而明杂剧向宋金杂剧院本的学习，主要是由于院本的两个特点——诨体和短小，正切合了明中后期

---

① 见孙楷第《沧州集》第270页，中华书局1965年版。

文人自由随意地表达情感的需求。

值得注意的是，这一时期仍有恪守元人法度的作家，他们的作品除了用北曲外，体制也是四折，如孟称舜《英雄成败》、《死里逃生》，陈汝元《红莲债》，徐士俊《春波影》，卓人月《花舫缘》等。出现这种现象的主要原因，是这一时期元杂剧的大量刊行。

在北曲业已衰微的年代，却有大量北杂剧选集的刊行，这一方面由于当时复古意识的深厚，时时以古之风雅来批判当前某些曲不合古训；另一方面，又要运用北曲这一传统来建构南曲的规范。臧晋叔说他编《元曲选》是因为元曲音律精严，妙在“不工而工”，对于当代名家如汪道昆、徐渭、汤显祖，又认为他们瑜不掩瑕，更无论其他作者，所以“选杂剧百种，以尽元曲之妙，且使今之为南者，知有所取则云尔”。孟称舜编《古名家杂剧合选》也是认为明人“终不足尽曲之妙，故美逊于元”。然而，这些作品虽曲用北调，但在角色、唱法上，亦已不尽符合元人遗律，也是任何角色皆可唱，形式也多种多样，有分唱，有合唱了。

第三节　演出的由盛而衰

一

我们在前面已提及，明初宫廷杂剧的演出是非常兴盛的。明太祖起自布衣，喜欢听北曲，他喜好《琵琶记》是众所周知的事实。《南词叙录》载：

> 我高皇帝即位……时有以《琵琶记》进呈者，高皇笑曰：“五经、四书，布、帛、菽、粟也，家家皆有；高明《琵琶记》，如山珍海错，富贵家不可无。”

> 既而曰："惜哉，以宫锦而制鞋也！"由是日令优人进演。寻患其不可入弦索，命教坊奉銮史忠计之。色长刘杲者，遂撰腔以献，南曲北调，可于筝琶被之。然终柔缓散戾，不若北之铿锵入耳也。

朱元璋极力称誉南戏《琵琶记》，和这出戏内容上的风化作用有很大关系，但朱元璋认为用南戏形式来表演是"以宫锦制鞋"，于是令教坊将它改为北调。朱有燉在《诚斋乐府》[南曲楚江情]序中亦称："予居于中土，不习南方音调，诗余亦多制北曲以寄傲于情兴、游戏于音律耳。"看来，明朝前期皇室爱好杂剧，方音曲调的因素是非常重要的。

李开先《张小山小令后序》云："洪武初亲王之国，必以词曲一千七百本赐之。"① 当然，朱元璋并非关心他们的生活，而是希望他们沉溺于歌舞唱曲之中，消磨意志和政治野心。明初还实行乐户制度。朝廷经常赐乐户予藩王，如建文四年（1402）补赐诸王乐户，宣德元年（1426）赐朱权乐人二十七户等。②

清人常茂徕注《如梦录》在节令礼仪条下的小注中介绍了朱有燉府中的情况：

> 周府，旧有敕拨御乐，男女皆有，色长其下，俱演吹弹、七奏、舞旋、大戏、杂记。女乐亦弹唱宫戏。宫中有席，女乐伺候；朝殿有席，只扮杂记，吹弹七奏，不敢做戏。宫中女子，也学演戏……各家共大梨园七八十班，小吹打二三十班……

朱有燉的三十余种杂剧，就是用自己家的剧团进行演唱的，这从他自己的一些记叙中也可以看出来：

> 《惠禅师三度小桃红引》："偶于暇日，编作传奇，

① 《李开先集》第369页，中华书局1959年版。

② 参见谈迁《国榷》卷十二及卷十九。

付之秦娥，为一畅其音律……”

《群仙庆寿蟠桃会引》：“因续成传奇一本，付之歌咏搬演。”

《㧊搜判官乔断鬼传奇引》：“特制传奇一秩，使人歌咏搬演。”

《豹子和尚自还俗传奇引》：“……予乃效其体格，亦制偷儿传奇一秩，名之曰《豹子和尚自还俗》，用是以适闲中之趣，且令乐工演之，观其态度，以为佐樽之一笑耳。”

不仅如此，他的剧作还广为流传，钱谦益《列朝诗集小传》乾集下周宪王小传云：

王讳有燉，周定王之长子……制诚斋乐府、传奇若干种，音律皆美，流传内府，至今中原弦索多用之。李梦阳《汴中元宵》绝句云：“中山孺子倚新装，赵女燕姬总擅场。齐唱宪王新王府，金梁桥上月如霜。”

我们还不难找到这一时期另外一些皇室成员爱好杂剧的佐证。除了太祖、成祖，宣宗朱瞻基、宪宗朱见深、武宗朱厚照也是杂剧的热爱者。刘宗周《人谱类记》卷下载，宣宗有一次在内廷，命户部尚书黄福观戏，福曰：“臣性不好戏。”命围棋，又曰：“臣不会着棋。”对于这位认为观戏、围棋是“无益之事”的大臣，宣宗也只好默然。李开先《张小山小令后序》说：“人言宪朝（成化帝朱见深）好听杂剧及散词，搜罗海内词本殆尽。又武宗（朱厚照）亦好之，有进者，即蒙厚赏，如杨循吉、徐霖、陈符所进不止数千本。”王鏊《震泽纪闻》“刘瑾”条说：“成化中，好教坊戏剧，瑾领其事得幸。”“万安”条也说：“时上好新音，教坊日日进院本，以新事为奇。”因此成化二十一年（1485）李俊疏中便有“伶人奏曼延之戏……俳优僧道亦玷班资”的话语。（《明史》卷一百八十李俊传）孝宗时亦有一条杂剧承应的记载，《明史·乐志一》载：

> 弘治之初，孝宗亲耕籍田，教坊司以杂剧承应，间出狎语。都御史马文升厉色斥去。

实际上，乐户分布的地方非常广泛。明太祖为了繁荣南京，特地建筑十六楼充实官妓，以招徕四方①，而在一些小县城，也设有乐户。朱有燉《烟花梦》杂剧，就讲到开封府属县的阳武有乐户。康海《王兰卿服信明贞烈》也提到距西安不远的盩厔县也有乐户。

明代前叶市肆杂剧演出也是十分活跃的。朱有燉《宣平巷刘金儿复落娼》杂剧即描写了汴梁城中宣平巷行院艺人的生活。从宣平巷上厅行首刘腊儿的述说中，我们看到当时汴梁街市中既有正式出“花招子”的“坐排场做构栏”演出，又有茶坊酒肆的“赶趁追陪”，还有“应官身唤散唱”的支差，杂剧活动十分活跃。朱有燉的另一个杂剧《美姻缘风月桃源景》，则描写了杂

① 沈德符《野获编补遗》卷三“禁歌妓”条载：“太祖所建十楼，尚有清江、石城、乐民、集贤四名，而五楼则云轻烟、淡粉、梅妍、柳翠，而遗其一，此史所未载者。皆歌妓之薮也。……今人但知金陵十四楼，而不知有十五。盖因续建五楼，其一偶失其名耳。”刘玉《已疟编》载：“江东门外，洪武间建轻烟、澹粉、梅妍、翠柳四楼，令官妓居其上，以接四方宾客，大贾及士夫休沐时往游焉。后士夫多以耽酒悦色废事，渐加制限。”朱彝尊《静志居诗话》卷三“揭轨”条载：“永乐中，蜀人晏振之《金陵春夕》诗云：‘花月春江十四楼。’十四楼者，来宾、重译、清江、石城、鹤鸣、醉仙、乐民、集贤、讴歌、鼓腹、轻烟、淡粉、梅妍、柳翠也……《实录》：‘洪武二十七年，八月庚寅，新建京都酒楼成。先是上以海内太平，思欲与民偕乐，乃命工部作十楼于江东诸门之外，令民设肆以接四方宾旅。既又增作五楼，至是皆成，赐百官钞宴于醉仙楼。九月癸丑，定正蔡传书成，赐诸儒宴及钞，俾驰驿还。’是则编纂诸儒，先与百官并赐宴者，醉仙楼也。继以书成赐宴者，南市楼也。盖酒楼本十六，其一北市楼，建后被焚，此《实录》止言增建五楼也。当日诸楼，皆有官妓，不独轻烟、淡粉、梅妍、柳翠为然。”谢肇淛《五杂俎》卷三“地部”载：“太祖于金陵建十六楼，以处官伎。曰来宾、曰重译、曰清江、曰石城、曰鹤鸣、曰醉仙、曰乐民、曰集贤、曰讴歌、曰鼓腹、曰轻烟、曰淡粉、曰梅妍、曰柳翠、曰南市、曰北市。盖当时缙绅通得用官伎。”

剧在保定的演出情况，保定府市肆勾栏中存在着商业演出竞争，技艺高的就生意好，“十分有衣饭”，技艺低的或年纪大了的艺人就面临着被淘汰的危险。

二

南戏传至北京的最早记载是在天顺年间，明都穆《都公谈纂》卷下载：天顺年间，一个剧团优人被锦衣卫捕捉，以伤风败俗上报：

> 英宗亲逮问之，优具陈劝化风俗状，上令解缚，面令演之。一优前云：“国正天心顺，官清民自安”，云云。上大悦曰：“此格言也，奈何罪之?”遂籍群优于教坊。

明中叶人祝允明《猥谈》曰：

> 自国初来，公私尚用优伶供事，数十年来，所谓南戏盛行，更为无端，于是声乐大乱……今遍满四方，辗转改益，又不如旧，……愚人蠢工，徇意更变，妄名余姚腔、海盐腔、弋阳腔、昆山腔之类。

祝允明生于天顺四年（1460），卒于嘉靖五年（1526）。若据他说南戏盛行有“数十年”，那么，杂剧的衰落从成化初年已开始显露迹象。

从成书于嘉靖三十八年（1559）的《南词叙录》的记载来看，当时南戏四大声腔的流行区域已遍及江、浙、闽、广、湘一带。北方仍以演出杂剧为主，但南戏也在渐渐向北方侵入。

杨慎《词品》卷一云：

> 南史蔡仲熊曰：“吾音本在中土，故气韵调平；东南土气偏陂，故不能感动木石。”斯诚公言也。近世北曲，虽皆郑卫之音，然犹古者总章北里之韵，梨园教坊之调，是可证也。近日多尚海盐南曲，士夫禀心房之

精，从婉娈之习者，风靡如一，甚者北土亦移而耽之。更数十年，北曲亦失传矣。乐天诗："吴越声邪无法用，莫教偷入管弦中。"东坡诗："好把莺黄记宫样，莫教弦管作蛮声。"

何良俊《四友斋丛说》也讲到，他家小鬟能记五十余曲，而散套不过四五段，其余皆金元人杂剧词，为南京教坊人所不能知。因而深为正德时乐工老顿所赏①。由这些迹象都可以看出北曲在明中叶已经走下坡路了。

万历时北京弋阳、海盐、昆山诸腔的盛行，已影响到长期以表演杂剧为主的宫廷戏剧演出的变化。明刘若愚《酌中志》卷十六载：

神庙孝养圣母，设有四斋近侍二百余员，以习宫戏、外戏，凡慈圣老娘娘升座，则不时承应。外边新编戏文如《华岳赐环记》，亦曾演唱。

神庙又自设玉熙宫近侍三百余员，习宫戏、外戏。凡圣驾升座则承应之……此二处不隶钟鼓司，而时道有庞。

《野获编补遗》卷一"禁中演戏"条也称：

内廷诸戏剧，俱隶钟鼓司，皆习相传院本，沿金元之旧，以故其事多与教坊通。至今上，始设诸剧于玉熙宫以习外戏，如弋阳、海盐、昆山诸家俱有之。

明代宋懋澄《九籥集》卷十"御戏"条言钟鼓司：

杂剧即金元人北九宫。南九宫亦演之内廷。

周亮工《书影》第二卷说：

武宗时，东院梁氏，弹筝独妙，……今九十余，尚能饭。然二三十年来，内庭静慑，教坊、乐部皆湮废。

---

① 《四友斋丛说》卷三十七《词曲》。

时好新声，三姑筝久尘矣。

不难看出，万历年间，宫内除了有钟鼓司演出的宫戏——北杂剧以外，还习演市井中的外戏——南戏。为方便起见，宫中并另辟演出机构，又建立起两个宫廷戏班，弋阳、海盐、昆山诸南曲声腔也在宫中响了起来。自此以后，明代宫廷演出中杂剧日渐被诸腔相挤，并最终被取而代之。

其实，在嘉靖至万历年间，杂剧尚在不断地演出。明张谊《宦游纪闻》记述了嘉靖二十八年（1549）四川的一次杂剧演出活动：

嘉靖乙丑，有游食乐工乘骑者七人至绵州，未详何省人。其所持舞襴衫服，整洁鲜明，抛戈掷瓮，歌喉宛转，腔调琅然，咸称有遏云之态。适余副至，举城士大夫商贾无不忻悦，以为奇遇，搬作杂剧，连宵达旦者数日。

从这则材料来看，这是个技艺水平极高的杂剧剧团，他们的演出使人们“无不忻悦”。万历年间的陈与郊《义犬》第一折中也提及当时的演剧情况：

（外）闻得初到弋阳戏子，杂剧颇新，唤来侑足一下觞何如？（末）弋阳戏子嗑头。（外）你晓得什杂剧？（末）旧杂剧不过是《鸿门宴》、《仪凤亭》、《黄鹤楼》这几套。（外）新的呢？（末）新的就是大中书令王献之老爷编的《葫芦先生》，小的们学不全，大略记得几段。（末）就做《葫芦先生》。（末应科）

《葫芦先生》也是明代剧作家王衡的杂剧作品，这段话说明，明代文人杂剧在小范围内也有上演的时候。另外，这条资料也告诉我们，当时的杂剧演出，除了用旧有的弦索官腔外，也有用弋阳腔的了。

不过，嘉靖至万历间，杂剧虽仍在出演，但已渐渐萎缩。沈德符一再说“自吴人重南曲，皆祖昆山魏良辅，而北调几废”。“今南腔北曲，瓦缶乱鸣，此名‘北南’，非北曲也。……今之学者，颇能谈之，但一启口，便成南腔，正如鹦鹉效人言，非不近似，而禽吭终不能脱尽，奈何强名曰‘北’。”（《顾曲杂言·弦索入曲》）吕天成《曲品》卷上亦云：“传奇既盛，杂剧寝衰。北里之管弦播而不远，南方之鼓吹簇而弥喧。”王骥德在《曲律》卷三中也说金元人之北词，“其法今复不能悉传”。沈宠绥《度曲须知》更说明了北曲没落的情形：

惟是北曲元音，则沈阁既久，古律弥湮：有牌名而谱或莫考，有曲谱而板或无征，抑有板有谱，而元来腔格若务头、颠落，种种关捩子，应作如何摆放，绝无理会其说者。

明代后期文人创作杂剧的演出情况，我们亦可以见到记载，除了在上面提到王衡的《葫芦先生》外，李日华《味水轩日记》在万历四十一年（1613）十一月初一这一天记：

赴项楚东别驾之招，与王稚方孝廉联席。楚东命家乐演玉阳给谏所撰蔡琰胡笳十八拍与王嫱琵琶出塞，凄然悲壮，令人有黄芦苦雪之感。

“玉阳”即明代戏曲家陈与郊，他别署玉阳仙史，日记中所记演出之剧就是他的两个短剧《文姬入塞》和《昭君出塞》。潘之恒《鸾啸小品》卷二《吴剧》云：

余初游吴，在已卯壬午（1579—1582）间，与张伯起、王百谷善。其时《大雅堂》、《红拂》、《窃符》、《虎符》、《祝发》四部甚传。

《大雅堂》即汪道昆的《大雅堂杂剧》，可见，在燕会小集之间，文人创作的杂剧也有出演的机会。不过，这些记载史籍中并不多见，从整体上说，明代文人的杂剧已脱离了以舞台为最终去向的创作状态。

第四节　影响明杂剧发展的几个因素

一

在对明杂剧的梳理过程中，我们首先看到了社会的变化是如何影响到文学的发展这一问题。

明朝是汉族地主阶级建立的最后一个王朝，它把专制主义中央集权的官僚政治推到了一个新的高度。元亡明兴，明初在恢复汉文化传统名义下进行的革除元代旧政的努力，正是针对元代由于政治制度和思想统治的松懈所带来的广泛的社会变化。明太祖朱元璋实施了一系列重建统治秩序的措施，包括政治上的集军政大权于一身；经济上的鼓励垦荒、扶植农业；思想文化上的尊奉程朱理学，使科举制度逐渐程式化；等等。

这一系列的措施收到的效果是，明初从洪武到弘治一百多年时间里，社会经济由恢复进而逐渐发展，而文化学术则是一段漫长的衰微冷落期，完全封闭在封建的正统观念和理学道德之中，而太祖的专制，竟达到了“寰中士大夫不为君用，是自外其教者，诛其身而籍其家，不为之过”① 的程度，被召用的学者，屈于皇权的淫威，在学术上循规蹈矩，未敢越雷池半步。《明史·儒林传》评明初诸儒，“皆朱子门人之支流余裔，师承有自，矩矱秩然。……笃践履，谨绳墨，守儒先之正传，无敢改错”。到永乐时，这一学风仍沿袭未改。成祖集中一批文学儒臣，编纂《五经大全》、《四书大全》、《性理大全》，亦仅是摘抄前人之书，汇集而成，毫无所见。顾炎武曾严厉批评：“当时儒臣奉旨修《四书五经大全》，颁餐钱，给笔札，书成之日，赐金迁秩，

① 《大诰二编》，《苏州人才第十三》。

所费于国家者不知凡几。将谓此书既成，可以牵一代教学之功，启百世儒林之绪，而仅取已成之书抄誊一过，上欺朝廷，下诳士子，唐宋之时有是事乎？岂非骨鲠之臣已空于建文之代，一时士人尽弃宋元以来所传之实学，上下相蒙，以饕禄位，而莫之问也。呜呼，经学之废，实自此始。"①

这一时期支配文人的主导思想是以朱熹为代表的正统派理学。仁宣至成化间的理学名家都以程、朱为极致，极尽推崇而不敢逾越。薛暄认为："朱子萃群贤之言议，而折衷以义理之权衡，至广重大，至精至密，发挥先圣贤之心，殆无余蕴，学者但当依朱子，精思熟读，循序渐进。"鼓吹："自考亭（朱熹）以来，圣道已大明，大烦后人发挥，照他说的去做就成。""每日所行之事，必体认某事为仁，某事为义，某事为礼，某事为智，庶几之则见道分明。"（薛暄《读书录》）吴与弼说："三纲五常，天下元气，一家亦然，一身亦然。"（吴与弼《日录》）胡居仁也说："诚敬既立，本心自存。力行既久，全体皆仁。举而措之，家齐国治，圣人能事毕矣。"（胡居仁《进学箴》）他们的著作袭取程朱的旧说，没有什么新内容，这样就不能不使理学本身丧失了进一步发展更新的可能，而日益腐朽和没落。

在诗文领域，一批由元入明作家的作品，如宋濂、刘基等人的作品从对社会政治、民生疾苦的关怀到对"文道合一"的追求②，很明显地说明了元末文学潮流在明初发生的变化。而永乐至成化年间形成的"台阁体"典型地体现了明初上层官僚的精

① 见《日知录》卷一十八"四书五经大全"条，《日知录集释》第650页，岳麓书社1994年版。

② 如宋濂在《文原》（《文宪集》卷二十五）一文中，就强调了文"非专指辞翰之文"，而是道的"象"即显现，文与道相始终，道在哪里，文亦在哪里。在其他文章里，宋濂也反复提出"文非道不立，非道不充，非道不行"（《白云稿序》，《文宪集》卷七）；"文外无道，道外无文"（《徐教授文集序》，《文宪集》卷七）。

神面貌和审美情趣，就是表现的情感要雅正平和，有道学气。小说领域，《三国演义》和《水浒传》两部作品，虽为章回小说的开山巨帙，但这两部作品中对仁、忠、义等正统观念的讴歌，同样表现了元末明初之际程朱理学思想的绝对统治地位。

明乎此，我们就不难理解，为什么明代前期的杂剧创作，无论是宫廷之作还是御用文人和藩王的作品，都不脱点缀升平、宣扬封建道德的范畴。

明代社会政治、经济的一个转折时期，是正统到正德年间。一方面，封建政治趋向腐败，土地兼并恶性发展，明初以自耕农为主体的经济布局已被打破。另一方面，封建国家政治控制力下降，也曾使一部分农民摆脱了封建束缚，参与商品生产的活动。随着正统到正德年间政治、经济的变迁，社会贫富不均的现象日益严重，阶级矛盾也日益尖锐化。以农民为主体的各阶层劳动人民，采取了种种反抗封建统治和经济剥削的斗争，从零散的逃亡到组织的武装暴动，接连不断。正统到正德的这些变化，为嘉靖、万历时期经济的繁荣，社会的变更奠定了基础。

关于嘉靖、万历时期的社会变化，已有大量的说明材料，我们在这里不兹赘述。总的说来，就是在农村经济变化的背景下，国内外贸易繁盛，城镇经济发达，商品货币流通拓展，促进了手工业生产的发展及其经营方式的变化。

经济发展的直接影响是社会风尚的巨大变化。由于商品和货币的诱惑，社会各阶层都不同程度地出现了逐利拜金的风气，钱在人们的观念中成了崇拜的对象。朱载堉是明宗室成员①，他在

---

① 朱载堉（1536—1611）是明仁宗朱高炽的第六代孙，其父朱厚烷被册封为“郑恭王”。他学识渊博，在天文历法、数学、乐律学等领域作出了杰出贡献，被中国科学技术史专家李约瑟博士称为“文艺复兴时代的人”。可参见戴念祖著《朱载堉——明代的科学和艺术巨星》，人民出版社1986年版及陈万鼎著《朱载堉研究》，台湾故宫博物院1992年出版。

《山坡羊·钱是好汉》一曲中写道：

> 世间人睁眼观见，论英雄钱是好汉。有了他诸般趁意，没了他寸步也难。拐子有钱，走歪步合款。哑叭有钱，打手势好看。如今人敬的是有钱，蒯文通无钱也说不过潼关。实言，人为铜钱，游遍世间。实言，求人一文，跟后擦前。

金钱的无比威力，使传统的道德观念受到了猛烈冲击，社会的人伦纲常，也逐渐被这种机械相争的风气所冲决，甚而有许多以往社会地位十分低下的娼优隶仆子弟，通过营利提高自己的经济地位而身价顿增。伍袁萃在《林居漫录》中说："令甲娼优隶卒之子不许入学，迩来法纪荡废，胶序之间，济济斌斌，多奴隶子，而吴之苏、松、常，浙之杭、嘉、湖为最盛，甚至有登甲第入翰苑猎清华秩者，岂不辱朝廷面羞当世士耶!"（《林居漫录》，《前集》卷二）"奴富至数百万，初缙绅皆丑之，而今则乐与为朋矣，即地方监司亦多与往来，宴饮馈遗，恬然无复廉耻之色。"（《林居漫录》，《前集》卷三）

奢侈浮华成为社会的另一个时尚。请客宴乐，讲求排场，宴席的规格越来越高，不惜一掷千金，满足一时的享受。何良俊记录自己的亲身闻见说："余小时见人家请客，只是果五色，肴五品而已……今寻常燕会，动辄必用十肴，且水陆毕陈；或觅远方珍品，以求相胜。"① 民间冠裳服饰也愈趋浮华，在富庶的江南，如张瀚所述："国朝士女服饰，皆有定制。洪武时，律令严明，人遵画一之法。代变风移，人皆志于尊崇富侈，不复知有明禁，群相蹈之。如翡翠珠冠，龙凤服饰，惟皇后王妃始得为服，命妇礼冠四品以上用金事件，五品以下用抹金银事件；衣大袖衫，五品以上用纻丝绫罗，六品以下用绫罗缎绢，皆有限制。今男子服

① 《四友斋丛说》卷三十四《正俗》。

锦绮，女子饰金珠，是皆僭拟无涯，逾国家之禁者也。”① 除此而外，住宅建筑、家庭居室的摆设，婚丧诞寿、节庆迎神赛会等的消费，也是日趋浮华。

逐利和奢侈之风的盛行，反映了嘉靖、万历时期的社会生活方式发生了重大的变化。对财富的狂热追求和奢侈消费，本来只是上层官僚贵族和大地主们的专利，对社会经济的发展本无积极意义可言，但这种风气的下移，却反映了商品经济对传统社会结构的冲击和挑战。

对嘉靖、万历时期社会风尚的变化，固守旧观念者大叹“僭分违常”、“风教不施”，而有远见卓识者则认为是开一代之风，是新时代的曙光。清人龚定庵说：“俗士耳食，徒见明中叶气运不振，以为衰世无足留意，其实尔时优伶之见闻，商贾之气习，有后世士大夫所必不能攀跻者。不贤识其小者，明史氏之旁支也夫。”②

其实，社会经济的激烈变动和社会风尚的变迁，其根本意义在于，它直接引发了人们对传统价值观和伦理观的怀疑。传统的价值观和伦理观是以封建特权和等级制为根基的，经济的变动使原本的下层平民都可以通过各种手段获得财富，从而提高自己的经济地位和社会地位，而经济社会地位的提高又必然会引发人们对自己生存权利的要求。明中叶思想界的活跃，正是以这一切为基础的。王艮的泰州学派肯定人们的物质欲望，驳斥道学的禁欲主义，福建李贽对正统儒学提出挑战，歌颂人的价值，主张抒发自然情感，都体现了嘉靖万历时期社会经济变化的时代特征，反映了当时社会经济激烈变动中的下层平民的要求。

---

① 《松窗梦语》卷七《风俗记》。

② 《定庵续集》，《江左小叙辨》，见《龚自珍全集》第三辑第220页，上海人民出版社1975年版。

这一时期通俗文学的勃兴，文学作品的内容和思想意识的变化，同样是当时的社会经济变迁在文学界的反映。《西游记》中个性自由发展的理想；《金瓶梅》和“三言”、“二拍”等话本小说对社会现实的真实表现，戏曲领域内一批传奇作品的反传统色彩，共同构成了中国文学史的精彩篇章。

明代中后期的杂剧创作，同样体现着这一文学潮流，就杂剧作家的创作动机而言，对尊重自我、实现自我的追求，就已鲜明地构成了对道统文学观的反驳。而这些杂剧作品中表现出来的对于现有社会存在的否定和人生价值的怀疑，同样是以明中叶的社会经济变迁为基础的。我们以为，以往在谈论明中叶文学的变化时，往往忽略了杂剧创作，这不能不说是一个很大的缺憾。关于这一点，我们在第四章中还会具体述及。

二

如果我们站在文体的角度来描述明代戏曲的发展历程，可以看到，北曲杂剧的衰落和南曲戏文的兴盛构成了这一历史发展的主线。

关于北杂剧衰落的原因，学术界现今并无统一的结论，主要集中于从社会、政治、艺术三个方面进行探讨。① 在论及的诸种原因中，元代末期至明代，中国南北政治经济格局的变化，应是一个主要的决定因素。

从中唐开始，中国经济重心就已开始了南移的趋势，并带来了南方文化的繁荣。元代由于政治重心再次移向北方，大都及其附近地区借助于行政力量的作用，文化出现了繁荣的局面，大都、平阳、真定和东平四处，成为北杂剧的四个创作中心。但是，北方的经济文化重心地位并未长久持续下去，自至顺年间以

---

① 具体情况可参见《元杂剧衰落原因研究综述》，《元杂剧研究概述》第138～149页，天津教育出版社1989年版。

迄元末，北方已很少出现杂剧作家和著名演员，一些新的剧作家和演员大都集中到了南方的江浙一带。南方的经济文化本来就很先进，随着元王朝的统一，南北隔绝局面的打开，南方富裕的生活与优美的自然环境，以及别具一格的文化，对北方各阶层人士产生了莫大的吸引力，尤其是南方的经济力量，在很大程度上突破了元蒙统治者行政力量的控制。处于高压统治和残酷剥削之下的汉族人民要奔向南方，谋求生路，寻求归宿；其他民族的人民，甚至是蒙古贵族也纷纷向南迁徙。元人陈旅的一首《送扬州张教授还汴梁》诗，反映了杭州北人之多："花边细马踏轻尘，柳外移舟水满津。莫向春风动归兴，杭城半是汴京人。"① 江南有众多的工商业城市，其居民的生活水平比北方各大城市要高得多。譬如杭州市民，其"日用饮膳，惟尚新出而价贵者，稍贱便鄙之，纵欲买亦恐贻笑邻里"②。相比之下，作为北杂剧策源地的两河及大都周围地区，则出现了严重的灾荒和衰败景象。"元初法度犹明，尚有所惮，未至于泛滥，自秦王伯颜专政，台宪官皆谐价而得。……上下贿赂，公行如市，荡然无复纪纲矣。"③ 由于政治黑暗腐败，黄河下游及淮河流域，连年发生严重的水灾、旱灾、蝗灾而无力治理，大都这个城市，尽管是北方的经济中心，但对南方却存有极大的依赖性，"百司庶府之繁，卫士编民之众，无不仰给于江南"④。元末，南方动乱频仍，这个城市岌岌可危。"及失苏州，江浙运不通；失湖广，江西运不通。元京饥穷，人相食，遂不能师矣。"⑤ 随着元大都及两河地区经济危机的加重，它作为北杂剧策源地的文化优势也很快丧

---

① 陈旅《安雅堂集》，收于《四库全书·集部》。

② 陶宗仪《南村辍耕录》卷十一《杭人遭难》。

③ 叶子奇《草木子》卷四下《杂俎编》。

④ 《元史·食货志》。

⑤ 叶子奇《草木子》卷三上《克谨编》。

失。据《青楼记》载，天顺（1328）以后，北方有许多杂剧女演员到了江南。又据《录鬼簿》载，在杂剧女演员南下的同时，北方许多著名的剧作家如关汉卿、马致远、白朴等晚年都到了南方；其他北杂剧作家如宫天挺、郑光祖、曾瑞、乔吉、秦简夫、钟嗣成等，则久居杭州。随着北杂剧女演员和剧作家的南迁，中国的杂剧中心也就由大都到了杭州。至顺前后以迄至元年间新出的剧作家，便大多为杭州人。

我们对上述事实的陈述，并不意味着我们认同目前学术界的这种认识，即认为杂剧产生于北方，北音北调不适合江南人的口味，因此造成了杂剧在南方的衰微①。实际上，杂剧在南方也出现了“一时靡然向风”的局面。(《南词叙录》)

元代中叶，南方曲学家周德清在他的北曲曲谱《中原音韵》中说：“混一日久，四海同音，上自缙绅论治道，及国语翻译，国学教授，言语，下至讼庭理民，莫非中原之音。”（《中原音韵·正语作词起例》）虞集《中原音韵序》也说：“我朝混一以来，朔南暨声教，士大夫歌咏，必求正声。凡所制作，皆足以鸣国家气化之盛，自是北乐府出，一洗东南习俗之陋。”不仅如此，他们还屡屡表现出对南音的鄙弃。如虞集在序中批评各地之音俱不雅正：

> 大抵雅乐之不作，声音之学不传也久矣。五方言语，又复不类。吴楚伤于轻浮，燕冀失于重浊，秦陇去

---

① 如日本学者吉川幸次郎早在40年代所著《元杂剧研究》中指出，元杂剧衰落原因之一是由于杂剧“因为北方事物之故而受人轻视，还有杂剧用韵必须从北音，没有入声……因为缺少入声，当他们意识到杂剧用韵和旧来韵法不同时，说不定更深一层地产生侮辱之感”。见《元杂剧研究》第155页，台北艺文印书馆1965年。近年出版的《中国大百科全书·戏曲曲艺》卷“元杂剧”条，认为元杂剧的衰微与“戏曲中心的南移，用北方的语言、乐曲演出的杂剧，愈来愈难以适应南方的观众的要求”有关。

> 声为入，梁益平声似去，河北河东取韵尤远，吴人呼“饶”为“尧”，读“武”为“姥”，说“如”近“鱼”，切“珍”为“丁心”之类，正音岂不误哉！

周德清也说：

> （南朝）齐史沈约，字休文，吴兴人，将平、上、去、入制韵…… 详约制韵之意，宁忍弱其本朝，而以敌国中原之音为正耶……南宋都杭，吴兴与切邻，故其戏文如《乐昌分镜》等类，唱念呼吸，皆如约韵。昔陈之《后庭花》曲，未必无此声也，总亡国之音，奚足为明世法。惟我圣朝起自北方，五十余年，言语之间，必以中原之音为正……予生当混一之盛时，耻为亡国搬戏之呼吸；以中原为则，而又取四海同音而编之，实天下之公论也。

以中原之音为正，是当时人们的普遍认识，这反映了当时人们对中原传统文化的认同，既然中原文化居正统之地位，那么中州音俨然也就是天下之正声了。因此，琐非复初序《中原音韵》说：“以余观京师之目、闻雅乐之耳，而公议曰：德清之韵，不独中原，乃天下之正音也。德清之词，不惟江南，实当时之独步也。”①

这种观念，在明初依然盛行。张雄飞的《董解元西厢掐弹词序》时说：“国初词人，仍尚北曲，累朝习用，无所改。更至

---

① 杂剧中心为什么在元代后期移到杭州，学术界尚无人探讨。这可能与杭州话的特殊性也有关。据周振鹤等先生的研究，“从词汇方面看，杭州话里有许多词跟官话一致，而跟周围吴语完全不同……杭州话的‘半官话’性质显然跟历史上宋室南移时的大批北方移民有关”（见《方言与中国文化》第23页，上海人民出版社1997年版）。正由于杭州话的“半官话”性质，使得属北方语言系统的杂剧可以很容易在此处生根。另外，当时亦有南方人表现出对北音乃至北人的鄙弃，如郑元祐《遂昌山樵杂录》记郑思肖之事云：“先生自宋亡，矢不与北人交接，于友朋坐间，见语音异者，辄引起。”但这只是极端的例子。

正德之间特盛。毅皇帝御制乐府，率皆北调，京师长老，尚能咏歌之。”

然而，随着明代立国既久，南方在经济文化上的主导地位也日益显著。在元代，由于黄河以北“腹里”地区的政治和军事地位，这里的经济和文化较之北方其他地区要发达，不过，元代的经济和文化重心仍在长江流域的江浙行省和江西行省的一部分，即使在明初，这一地区的工商业受到“重农抑末”政策的重挫，但其雄厚的经济基础，使它在明中后期商品经济的发展浪潮中，很轻易地就处在了全国的领先位置。王锜写于弘治年间的一段话很能说明这种变化：

> 吴中素号繁华，自张氏之据，天兵所临，虽不被屠戮，人民迁徙实三都、戍远方者相继，至营籍亦隶教坊。邑里潇然，生计鲜薄，过者增感。正统、天顺间，余尝入城，咸谓稍复其旧，然犹未盛也。迨至成化间，余恒三、四年一入，则见其迥若异境，以至于今，愈益繁盛。闾檐辐辏，万瓦甃鳞，城隅壕股，亭馆布列，略无隙地。舆马从盖，壶觞垒盒，交驰于通衢。水巷中，光彩耀目，游山之舫，载妓之舟，鱼贯于绿波朱阁之间，丝竹讴舞与市声相杂。凡上供锦绮、文具、花果、珍羞奇异之物，岁有所增，若刻丝累漆之属，自浙宋以来，其艺久废，今皆精妙，人性益巧而物产益多。至于人才辈出，尤为冠绝。①

随着江南声华文物的发达，其文化上的自信也越来越强烈，曾大兴先生曾对明代文学家的地理分布作了如下统计：“明代的文学家，就谭正壁《中国文学家大辞典》所录，共一千四百零一人，其中有籍贯可考者一千三百四十人。在这一千三百四十位有籍贯

---

① 见《寓圃杂记》卷五“吴中近年之盛”条。

可考的文学家中，南方占了一千一百六十五人，北方只有一百七十五人，南北比率为8.7∶1.3。整个北中国的文学家，还不及南方一个苏州府（一百九十五人）的多。如果不是有具体的数字为依据，这个分布格局几乎是令人难以置信的。毫无疑问，中国文化的重心完全移到了南方。”① 人们再也不以中原正统意识为理所当然的事了。而当时的情况，如张雄飞所称：“今之缙绅先生，既多南士，渐染流俗，异哉所闻，故率喜南调，而吴越之音靡靡乎不可止已。”② 沈永隆《南词新谱后序》云：

　　《南九宫谱》，谱南人之曲也。曷言乎？南异北也。何异乎北？盖自我明祖回百六、跻三五，始风吴会，嗣格幽燕。以故播诸诗歌，奏诸明堂清庙，咸取南词以赓明德。故其流及下，声律允和，去抗激，趋婉柔；卑疏莽，崇绵丽，诚犹江汉化美，歌始二南也。

在这种风气的引导之下，北曲渐渐没落，再要坚持北曲或中州音为正统，已不可能。张雄飞《董解元西厢挡弹词序》说：

　　世异习殊，古音渐废，而力弗能振，每叹恨之。且今之缙绅先生……间闻北调纵不为厌怪，然非心知其趣，亦莫能鉴赏。其间故信而好者，不多有之。大抵新声之易悦，而古调之难知，所从来远矣。枝山祝公，博雅君子也，亦尝谓四十年来接宾友，无及此者。……呜乎，惜哉！

张氏在这里虽流露一种思古的感伤之情，但也反映出当时的潮流已是不可阻挡的了。

---

① 曾大兴《中国历代文学家之地理分布》第341页，湖北教育出版社1995年版。

② 张雄飞《董解元西厢挡弹词序》，见《中国古典戏曲序跋汇编》第572页，齐鲁书社1989年版。

这里，我们不可避免地还要遇到这一问题：既然在明代中后期，南曲传奇已占据了主导地位，那么，杂剧的写作为什么一直没有似应很合乎逻辑地停息？虽然明代这些杂剧作品已完全不同于元代杂剧，但在明人的观念中，这些作品仍隶属于杂剧的范畴，《盛明杂剧》的编选已说明了这一事实。

实际上，尽管我们在前面详尽地述及明代北曲的衰落，但是，在不少文人的观念中，北曲仍然是以正音的面目出现的。

嘉靖二十八年（1549）蒋孝编《南词旧谱》说："南人善为艳词，如花底黄鹂等曲，皆与古昔媲美，然崇尚源流，不如北词之盛。"而所谓"崇尚源流"，即所谓北方中州音乃古之传统音韵：

> 完颜之世，有董解元者以北曲擅场，骚人墨客，一时宗尚。类能抒思发声，下至蒙瞍贱工，亦皆通晓其义。于是乐府之家，有门户、有体式、有格势、有剧科、有声调、有引序，作者非是不取。以故音韵之学，行于中州。南人……人各以耳目所见，妄有述作，遂使宫徵乖误，不能比诸管弦，而谐声依永之义远矣。

于是，蒋孝以较具传统优势的北曲规范来建立南曲的体式格调。

既然曲以元朝为典范，那么，明代之曲要学习元曲，方符"古法典则"，陈与郊序王骥德编《古杂剧》云：

> 百年来率尚南之传奇，业已视（北曲）为刍狗，即有其传之者，而浸假废搁，终无传也。夫元之曲以摹绘神理，殚极才情，足抉宇壤之秘。三闾而上无论，即令苏李沈宋秦黄诸君子而在，与之按节度曲，角技胜场，未知孰为左袒。千载而后，语乐于俳谐者，谁能废之也？嗟乎！新声代变，古乐几亡。今传奇之家无兼充栋，然率多猥鄙，古法扫地，每令见者掩口，是编也，即未竟大全，顾典刑具在，庶几吾孔氏存饩羊意耳。

杨继礼《笔花楼新声题词》云："词家独元人升堂。沿及国朝，则杨用修、祝允明庶几摄齐廊庑。若近代诸家，非不有白雪声，然核古实则乏才情、工藻缋则鲜本色。"凌濛初《南音三籁·凡例》引沈璟语，谓"闻今日吴中清唱，即欲掩耳而避"，又讥"姑苏城中土音，以'庚'为'根'、'青'为'亲'耳，天下之正音皆不然也"。同时，当时的剧评者，往往以元人剧作为规范与标准，如茅暎《题牡丹亭记》谓汤显祖此曲面世后，"论者乃以其生不踏吴门，学未窥音律，局故乡之闻见，按无节之之弦歌，几为元人所笑"。另有某氏《紫钗记》总评，痛诋汤氏，云："《紫钗》有曲白而无介诨，大非元人妙技。……如董解元《西厢》，姿态横生，风情迭出，试检《紫钗》，亦复有此否？不过诗词富丽，俗眼遂为其所瞒耳。曾读过江曲子，如辨临川，与董解元天渊处也。"冯梦龙《双雄记序》：

> 夫北词畅于金元，杂剧本勾栏之戏，后稍推广为传奇，而南词代兴，天下便之。《荆》、《刘》、《蔡》、《杀》而后，坊本彗出，日益滥觞。高者浓染牡丹之色，遗却精神；卑者学画葫芦之样，不寻根本。甚至村学究手摭一二桩故事，思漫笔以消闲；老优施腹烂数十种传奇，亦效颦而奏技。《中州韵》不问，但取口内连罗；《九宫谱》何知，只用本头活套。作者逾乱，歌者逾轻。调罔别乎宫调，惟凭口授；音不分乎清浊，只取耳盈。或因句长而板妄增（如《荆钗记》"小梅香"之类）。或认调差而腔并失（如《琵琶记》"把土泥独抱"之类）。弄声随意，平上去入之不精（如读"忿"为上声，"脏"为去声之类）；识字未真，辰舌齿喉之无辨。

他认为吴人根本不知弦索，作曲根本就是乱来，所以"余发愤此道良久，思有以正时尚之讹"。当时持此种态度的人并不少见，臧晋叔编《元曲选》，自谓“选杂剧百种，以尽元曲之妙，且使今之为南者，知有所取则云尔”，也正是这个意思。

我们认为，正是明人对北曲正统的既怀疑又尊崇的复杂心态，使得他们即使在南曲传奇已占主导地位的情况下，仍以杂剧这一名称进行文学创作，虽然以这一名称所进行的创作，已不再保持其旧有的体制规范。

第四章 明杂剧的主题取向

主题研究是文学研究领域内重要而历久不衰的论题，在明代杂剧研究这个领域内，已有不少时贤在这方面做了重要工作。如许金榜《中国戏曲文学史》一书就运用分类法，把明杂剧分为以下几种类型：①宣扬封建礼教和神仙道化的作品；②以描写历史上的英雄豪杰为主的英雄故事剧；③描写文人韵事的闲适剧；④描写文人不幸遭遇的抒情剧；⑤嘲弄世态人情之丑态的讽刺剧；⑥描写悲欢离合的爱情剧。[①] 应该说，这样的分法大致囊括了明代杂剧思想内容的几个方面，但我们认为，对创作内容的分类，仅是主题研究的起点，上述几个方面的分析，存在适用性太过宽泛的问题，我们在元杂剧、明传奇、明清白话小说中，也不难找到上述类型的一种或几种表现。

主题研究的意义，是可以帮助我们从总体上把握文学作品的特点，深入认识其价值。任何一个时代的文学作品，无论是对社会生活的认识，还是对主体意识的体验，无论是对现实世界的观照，还是对理想世界的憧憬，都在某种程度上折射出一定时期内人们的思想情感等精神活动。这些思想情感，有些打上了旧时代的影子，有些却是历史上未曾有过或虽露端倪却尚未充分表现的。就明代杂剧这一具体的文学创作来说，其主题取向，既因为反映了明代真实的现实生活，而和明代的其他诸种文学艺术创作

① 见许金榜《中国戏曲文学史》第五章第一节，中国文学出版社1994年版。

具备了某些共同特征，同时也有它自身独具的某些特质，我们对明代杂剧作品主题的分析，就是试图从中找出作者进行这一创作的精神活动脉络。

明代弘治以前的杂剧作品，基本上延续了元末以来的以神仙道化及传统礼教为其主要内容，我们在前面也已叙及。而弘治以后的杂剧作品，才真正体现了明代杂剧的新变，这些作品反映了明代知识分子精神生活的某些侧面，从其主题取向中，我们可以真切地看到明代知识分子的心路历程。举凡与知识分子本身密切相关的问题，在明代杂剧都有很清楚的表现，它显示了明代知识分子对社会、人生的探寻、思索和他们始终寻索不得的迷惘。

第一节　对传统人生价值的反思

一

明代中后期杂剧中，以文人在科场官场的感受为题材来源的有二十余部，这个数字所占的比例，应该说是不小的。

由科举而入仕，仍是明代知识分子立身扬名，求得人生价值的唯一道路。不过，科举制度发展到明代，原有的不拘等级选拔人才的作用，已显现不出其优越性，而这种考试形式的繁琐和苛刻，有才学与否与考试结果的不确定性，考官擅权的弊病却越来越明显。在这种情况下，一部分曾亲身体味过科考甜酸苦辣的知识分子，开始意识到这种制度的不合理与不近人情，他们把这种感受写入文学作品，反映在明代的杂剧创作里，我们看到，他们对于科举的态度，已不仅是盲目的醉心和坚定，原本神圣的这一选拔官吏的制度，在他们笔下甚至有了某些戏谑色彩。

明代杂剧中，直接以科举问题为主题的作品并不是数量最多的。但为数不多的几部作品，却分别从几个角度透视出科举的衰败之迹。特别是，一部分明代杂剧作家在对不平命运的呐喊愤激之余，还寄寓了他们对于现行社会制度的思考，表现出创作主体要求挣脱传统束缚，实现个人自由意志的强烈欲望。

反映科举制度最为典型的是冯惟敏的《梁状元不伏老》。梁状元即宋代梁颢，据洪迈《容斋随笔》，梁颢于宋太宗雍熙二年（985）即中甲科进士，仕途得意，真宗景德元年（1004）以翰林学士知开封府，暴疾卒，年仅四十二岁。冯惟敏依据的宋代陈正敏《遁斋闲览》中"梁颢八十二岁中状元"的记载，实是于史无征的稗闻①，但正是这条稗闻触发了冯氏对科举的反省。

剧中，梁颢上场即云："自幼读了万卷书，颇有奇志，早领本省乡荐，屡试春闱不第，不觉双鬓皤然，年华高迈，妻子朋友们，常劝我选了官罢。我想读一场书，怎肯做那半截的前程，却不负了平生之志。"这无疑是作者的自白。冯惟敏的青年和中年时期，都是在读书与赴考中度过的。嘉靖十六年（1537），冯氏十七岁，考中举人，虽未被授予任何官职，但却对今后的道路充满信心，他在一首《题闾山观音阁》诗中写道："泉飞龙口洒眉睫，意兴横生山可挟。""掌上百杯作牛饮，胸中万事真鸿毛。"可见其雄心壮志。然而，他日后的科考道路却极不顺利，礼部会试屡考屡败，一生都未登进士，这对冯惟敏打击极大，对功名无成的惆怅，常常出现在他的散曲创作中，如他的《折桂令·下第嘲友人乘独轮车》四首，活画出落第举子凄凉、孤独、迷惘

① 《容斋随笔》之《随斋四笔》卷十四"梁状元八十二岁"条载："陈正敏《遁斋闲览》：'梁颢八十二岁，雍熙二年状元及第。其谢启云：白首穷经，少伏生之八岁，青云得路，多太公之二年。后终秘书监，卒年九十余。'此语既著。士大夫亦以为口实。予以国史考之，梁公字太素，雍熙二年，廷试甲科，景德元年，以翰林学士知开封府，暴疾卒，年四十二。子固亦进上甲利，至直史馆，卒年三十三。史臣谓：'梁方当委遇，中途夭谢。'又云：'梁之秀颖，中道而摧。'明白如此，遁斋之妄不待攻也。"见《容斋随笔》第776页，上海古籍出版社1978年版。

的境况，“蜷的个腿偎腮软瘫做一朵，敦的个手捶胸世不得通活”。我们虽然并不能确切知道冯惟敏到底参加了多少次进士考试，但从他的这首《折桂令》末首句“未了的冤结，终有个结绝。投至得卷土重来，那其间再辨龙蛇”以及《仙桂引·思归》“好功名少了半截”等话语中①，不难看出他对于举业曾是多么执着。

《梁状元不伏老》的主要内容就是让久困场屋的梁颢现身说法，道出五十余年科场挣扎的酸楚。作者一方面着力刻画梁颢的老而弥坚，如首折写少年新进嘲笑梁颢衰老无能时，梁颢仍意气昂扬：

> ［油葫芦］则俺这万丈虹霓吐壮怀，包藏着七步才。你道你日边红杏倚云栽。俺道俺芙蓉高出秋江外。打熬得千红万紫无颜色，终有个头角改，精神快，都一般走马看花来。
>
> ［天下乐］休笑俺久困文场老秀才，从来志不衰！你休得逞聪明卖弄乖！子你称那吃米粮，少似俺吃的盐。子俺这点灯草，多似你烧的柴。你休将井底蛙窥大海。

另一方面，在屡经失败之后，梁颢也无法不产生沮丧乃至辛酸的感觉：

> ［后庭花］志难酬，只落的酒淹衫袖。眼见的紫金鱼不上钩，小朱衣不点头，妙文章一笔勾，好才华一鼓休，响名声耳后丢，老道学眼不瞅，美前程水上沤，热心肠火上油。破头巾贼不偷，穷酸丁鬼见愁！
>
> ［叨叨令］见不上山遥水遥，走了些奔波波的道。捱不过缘薄命薄，撅了些凄凄凉凉的窖。赌不得才高道高，惹了些嘻嘻哈哈的笑。免不得魂劳梦劳，睡了些昏

---

① 引文均见《海浮山堂词稿》，上海古籍出版社1981年版。

昏沉沉的觉。兀的不闷杀人也么歌！兀的不恼煞人也么歌！总不如胡学乱学，攒了些堆堆积积的钞。

唯其如此，我们在梁颢老当益壮的外表下，看到的却是由一种不合理的制度导致的人物的迂执与麻木，作者愈是刻画他的老而弥坚，人物的可悲意味也就愈浓重。梁颢耗尽一生心力挣扎于科场的一生，并不能引起我们任何尊崇的情感，只会让人感到可悲可叹。从中我们不难体味到作家对仕途经济的思索和对皓首穷经、汲汲于功名的人生价值的困惑与怀疑。

王衡的《郁轮袍》也是一出暴露科举弊端的剧作。与《梁状元不伏老》不约而同的是，它虽也取于历史，根据的是唐代薛用弱《集异记》中有关王维的记载①，不过，此剧也不是照搬原故事，而是利用这个科考的框架另出机杼。原故事中的岐王和九公主尽管以权势操纵朝廷科考，但尚不失爱才识才，可是剧中的岐王，只是想利用当时的名士王维来供奉九公主，以巩固他个人的地位。此外，剧中又增添了几个人物，如不学无术、利欲熏心的士子王推，依附权势、妄想高位的监试官王履温等，共同构成了当时社会的一个典型层面。剧作即通过市井无赖王推冒名顶替、招摇撞骗，权要与试官暗通关节、把持礼闱的一系列喜剧冲突，展示了主人公王维从迷恋科举到最终逃离宦海的心灵历程。

剧作一开始，科举之是非已显而易见："今年大比之年，外面嚷嚷的说，状元已是定了。"这不由得不让人对科名产生怀疑：

［混江龙］博得到云生两翅，都不过三分钱、二分命、一分诗。只是那妖神索食，借一个孔子为尸。消不得大功劳，才带这黑貂蝉；真贤良，才穿这白鹭丝。读

---

① 《集异记》"王维"条，见《说郛》卷一百十五，第5292页，上海古籍出版社1988年版。

> 残书、干鳖鳖饿杀北窗萤；走便门、稳当当受用王门瑟，有什么锋头利钝、舌底雄雌。

冤情大白之后，王维却再已无意于功名利禄。这固然只是一次科考中一出小小的悲喜剧，却足以让人大彻大悟："如今末劫浇薄，世上人只为功名一事，颠倒倒颠的。瞎眼人强做离珠，堂下人翻居堂上，不知误了多少英雄豪杰。"

与剧中的王维类似，王衡曾亲身遭受过科场的沉重打击。万历十六年（1588），王衡参加了顺天乡试，荣获第一名。但这次乡试的结果却在第二年引起了人们的非议。据《神宗实录》载，万历十七年（1589）正月，礼部郎中高桂弹劾主试官黄洪宪徇私舞弊，其中中试可疑的八名中，王衡即是其中之一，"方今会试之期，多士云集。若不大加惩创，何以新观听？伏乞敕下九卿会同科道官将顺天府取中试卷逐一简阅，要见原卷见在多少，有无情弊，据实上请，以候处分。其中涉迹可疑，及文理纰缪者，通行议处，明著为例，以严将来之防。自故相（张居正）之子先后并进，一时大臣之子遂无有见信于天下者。今辅臣王锡爵之子素号多才，岂其不能置身青云之上，而人之疑信相半，亦乞并将榜首王衡与茅一桂等一同覆试，庶大臣之心迹益明矣"①。此事涉及面广至当时的大学士申时行、王锡爵，试官沈璟、陈与郊，刑部主事饶伸、御史乔璧星等人，最后的结果，虽是该年二月复试"王衡等七人平通"都准会试，但对所有涉及的人都是沉重一击。

在这件事中，王衡显然是朝廷官员矛盾斗争的牺牲品，其父王锡爵"自此知不为忌者所容，有归志矣"②。王衡未参加该年的礼部会试，直到万历二十九年（1601）方以第二名进士及第，

① 见《神宗实录》卷二百零七。

② 《王文肃公文草》卷五《少参葵阳黄公（洪宪）神道碑》。

授翰林院编修之职，但授官不久，便请求终养，回到了家乡。

可见，王衡作此剧，正是旨在借他人酒杯，浇自己之块垒，它反映的是作者的真实心声。

二

王衡作为宰辅之子，其特殊经历，在明代文人中虽不具备普遍性，却有相当的典型意义。明代天下稍安，便定科举，三年一大比，科举制度相当正常。但是，学子中举后弃官的现象却不少，一部《明史》列传，“力辞”“乞官”“竟不至”的重复率甚高，有的是“誓不见有司”①，有的是屡诏屡辞，到后来干脆使“长吏莫得见面”②。这种现象，并不表明明代文人已经具备了独立于官僚系统之外的自觉意识，而是明代政治黑暗带来的官场变幻，使文人对“达则兼济天下”的改造社会方式已失去信心，这种心态，发之于文学创作，就是明代杂剧作品中屡屡表现出来的入仕如入樊笼的意识。

陈沂的《善知识苦海回头》似是作者经历的真实写照。剧作写唐代胡仲渊先是怀才不遇，后赴选及第，与同年丁谓等宴于慈恩寺，言语之间，仲渊偶犯丁谓，丁遂怀恨在心，趁仲渊在崇政殿说书直谏之机，谮上谓其欺罔。上乃贬之雷州，后上悟，欲召仲渊回，以丁谓代其罪，但仲渊却告归田里，并信佛以终。与剧作不谋而合的是，陈沂本人也是在出为山东参政期间，因忤张璁而抗疏致仕，杜门著书，绝意世务。

王衡的另一部《真傀儡》剧仅一折，剧中叙北宋名相杜衍退职闲居，与田夫野老相周旋之事，点出“做戏的半真半假，看戏的谁假谁真”之主旨，直以宦海浮沉为一出戏而已。

---

① 《明史·来知德传》，见《明史》卷二百八十二/列传一百七十一。

② 《明史·蔡清传》，见《明史》卷二百八十二/列传一百七十。

《曲海总目提要》论及该剧时说："或云王衡所撰，寓其父锡爵家居时混迹市廛，不矜富贵，有如杜祁公也。"① 王衡在《上父书》中写道："昔范忠文（镇）致仕，无贵贱，概以野服相见，概不报谢，而史册以为美谈，今一日见一人，则一日不乐，一处见一人，则一处不安，视之如毒猛，不可向迩也。亦过矣。"他又说："惟父亲自归田以来，毫无所寄。窃谓今日非另换一副肺肠，另开一篇局面，易忧以乐不可。"王衡从自身的切身体会出发，认识到在官场中随世沉浮，随人俯仰，不如在那"闲萧萧槐王化外，笑欣欣竹马群中"，每日"混迹市廛，随缘过去"，过着"无是无非，相亲相让，有马同骑，有酒同尝"的淳朴生活，因此，前人对此剧的批注云："阅此觉不独争名于朝者可发一噱，即退休林下，讲学谈禅都无是处。"

这种情况在茅维的《苏园翁》和《金门戟》中更有真切的表露。

《苏园翁》之事本《宋史》苏云卿传②，叙苏云卿怀才遁世，灌园为生，其友张浚令漕帅招致幕下，共襄中兴大业，云卿见时无可为，一夕遁去。这出剧，配合隐逸的主题，情节曲文俱冲夷平淡。作者所欣赏的似乎只在主人公苏云卿那心如止水，坚不出仕的人生态度，而其所以拒不合作，"只为识时豪俊难轻许，拈败网补非易。俺也偷揾着一掬英雄泪，只免得个杨朱泣路歧"，分明是感受大势已去，非人力所能挽回的败亡之征了。

《金门戟》则从另一角度揭示出同样的题旨。剧中汉武帝沉溺于女乐男宠，东方朔执戟拦门、犯颜直谏的结果只招致了武帝及其左右佞幸的憎厌、奚落。剧终，东方朔虽制止了武帝在"非法度之政不得入"的先帝之正寝——宣室淫乐，但却无力阻

① 见《曲海总目提要》卷七"真傀儡"条。
② 见《宋史》卷四百五十九《苏云卿传》。

挠其置酒北宫，恣淫纵欲。如果我们考察一下作者的经历及其主要生活时代——万历朝的政治情况，就不难领悟剧作的深长寓意。

据《乾隆湖州府志》，茅维“万历四十四年，北闱登乙榜，拟授翰林院孔目，协修国史。以珰祸起，谢去。……维一生之经略，填胸满臆，好奇策，慷慨奋发，语多要害”。又《吴兴旧闻补》载：“维不得志于科举，以经世自负，诣阕上书，几得召见……为乡人所构，几陷大僇。”① 钱谦益曾于其诗作《次韵答茅若见访五首》之五写道：

> 夏馥为佣雇，苏翁事灌园。天人犹反覆，笔舌敢豗喧。薄俗安绳墨，清时许耐髡。君看悬硐水，汩汩到波浑。

这五首诗的小注云：“孝若扼腕时事，思以布衣召见，故有讽止之言。”② 然而，茅维不幸地遇到了万事不理的万历皇帝，这位皇帝“困于曲蘖之御而欢饮长夜，倦于窈窕之娱而晏眠终日”，“每晚必饮，每饮必醉，每醉必怒”③，臣下的奏章大多“留中”不作处理，“不复有召见之事”，甚至连封建社会最神圣庄严的庙祀，“亦不亲祭”，“皆遣代”④。残酷的政治现实终于使作家彻底绝望，于是才有《金门戟》戛然而止的结局，有了苏园翁内心的死灭。

三

明人杂剧遭诟责之处是它的“表现文人追求安闲享乐的生

① 引自赵景深、张增元编《方志著录元明清曲家传略》第一百五十二页“茅维”条，中华书局1987年版。

② 见《初学集》卷十六，第583页，上海古籍出版社1985年版。

③ 冯从吾《请修朝政疏》，《明经世文编》卷四百九十四。

④ 赵翼《有明中叶天子不见群臣》，《陔余丛考》卷十八。

活情趣”。的确，明人杂剧中是有不少描写文人生活情趣的作品，但在这些雅事雅情的描写背后，还有某种更深层的东西存在。

汪道昆的《大雅堂四种》是一部典型的表现文人情趣之作，历来评价不高。在一般人的印象中，汪道昆似乎一直是文章、仕宦两相得。其实，汪道昆在步步高升的仕宦生涯中，也曾有嘉靖四十五年（1566）和万历三年（1575）的两次罢官事件。嘉靖四十五年，汪道昆因协助戚继光大破敌寇，屡受嘉奖，却以“贪污纵士”的罪名被弹劾罢职。万历三年罢官，则与“忤逆”张居正有密切关系。

《大雅堂四种》是汪道昆任襄阳守时所撰，据潘之恒《鸾啸小品》卷三《曲余》记载，《高唐梦》和《洛水悲》二剧是献给襄王朱厚颎的，《五湖游》和《远山戏》二剧则具有咏怀性质。《大雅堂杂剧》序云：

> 襄王孙曰：国风变而为乐府，乐府变而为传奇，卑卑甚矣。然或谭言微中，其滑稽之流与！乃若江汉之间，湘累郢客之遗，犹有存者。顷得两都遗事而文献足征，窃比吴趋，被之歌舞。宾既卒爵，乃令部下陈之，贵在属餍一脔足矣。彼或端冕而卧，其无求多于予哉。

作者借襄王孙朱厚柯的这段话表明①，他谱古事为戏剧，是借以佐觞，戏剧虽亦小道，“卑卑甚矣”，但也往往寓有讽喻之意。

《五湖游》写范蠡助勾践复国后，便携西施泛游五湖，隐迹江上，又借二人与渔翁夫妇的一段对话，宣扬了急流勇退的思

① 这段序言末署“嘉靖庚申冬十二月既望，东圃主人书”，以往论者以为东圃主人是汪道昆另一别号，徐朔方根据《太函集》卷二十九《王子镇国少君传》及卷九十五致《东圃镇国》书，证明襄王孙即镇宁恭靖少子朱厚柯，东圃主人即其人。参见《晚明曲家年谱》第三卷，第25页，浙江古籍出版社1993年版。

想。作者在作《大雅堂四种》时只有三十多岁，在此之前仕途上并未遇到什么波折。这种功成身退的感慨，是当时文人对前途莫测、仕途坎坷的一种特有的心理状态。①

《高唐梦》依宋玉《高唐》、《神女》二赋，写楚襄王游高唐梦会神女之事，《远山戏》敷张敞为妻画眉的故事，《洛水悲》则将曹植《洛神赋》演为戏剧。所写均为帝王、文人的风流韵事，确实没有什么太大的社会意义。但这种对闲适生活情趣的咏赞、向往，正从另一侧面折射出一部分文人的思想变化轨迹，即对现实政治的热情越来越减退，却越来越看重个人的生活情趣、生活享受。

不过，明代的知识阶层虽已认识到科举的暗昧，官场的腐烂，当时整个社会机制、知识阶层对世俗政治权力的依附和迷信，使得他们并不能真正超越传统的官僚体系。因此，我们看到，他们一方面在指摘儒家内圣外王政治理想的迂远疏阔，一方面却又无法涤除潜意识中的仕宦之想。所以，在《梁状元不伏老》中，八十二岁的梁颢也戴上状元的桂冠，弥补了一生的失意；而《郁轮袍》剧末，王维也终于在文殊大师的帮助下，“不由科目，由荫入官，做二十年名宰相者”。《郁轮袍》的作者王衡虽然说“余三不试南宫”，但到万历二十一年（1593）就已发生动摇，参加了春试。他虽然从父亲的仕宦经历中认识“那做宰相的坐在是非窝里，多少做得说不得的事，不知经几番磨炼过来”，但他并没有再从中引发出对当时的官员任免制度的反思。他可以保持自身的清醒，初得官便请求还乡就是一个明证，但也仅此而已。也许可以说，这类题材在数量上的优势，恰恰反映了明代文人对传统仕宦之途欲罢不能、欲弃难舍的矛盾心态。这和

① 此处参考金宁芬《关于汪道昆的几个问题》，《文学遗产》1985年第4期。

清代士人对仕途以外的学术建树的重视是截然相反的。①

那么，出路在哪里呢？如果我们对现存明杂剧作一番统计，就会发现，以对人生无常、是非烦恼的否定为结，竟然非常普遍：

陈沂《善知识苦海回头》，主人公胡仲渊在复官侍讲后，决意仕进，径返家乡，入山问道于黄龙禅师，并终得正果。

徐渭的《玉禅师》剧，在对人欲的肯定后最终依然是"霎时到西方故乡。依旧嚼果筐雁王，遥望见宝幢法航。撇下了一囊贼赃，交还他放光洗肠"。《狂鼓史》剧，在一番击壶击筑的慷慨之后，也是"飞仙作队游春圃"。

叶宪祖的《易水寒》和《灌将军使酒骂座记》是作者被阉党削籍，退归余姚后的作品。《易水寒》本是绝好的悲剧，第四折却写仙人王子晋来度荆轲，因他们原是仙班故友，子晋吹着笙，荆轲随之而去。《骂座记》本也充满了慷慨激越之气，可最后魏其侯的鬼魂来与灌夫相会，说起人生无常，不觉的"嗔心俱尽，业障都空"。全剧遂结束于灌夫唱的一支曲子："叹人生行路难，叹人生行路难。争名利不如闲。便放着雌心也是顽。何如问大还，任逍遥蓬山阆山，到大来无灾无患。跳出了人间冰炭，觅一个仙家衣饭，我呵，凭你春残夏残，千番百番，呀，有谁知一枰棋，斧柯消烂。"

梅鼎祚《昆仑奴》，叙昆仑奴磨勒助崔生获取一品官郭子仪手下爱姬红绡。作品结尾，磨勒作道装，与崔生、红绡作别，曰："我谪仙，今谪限已满矣。"郭子仪也知道他是非常人，赶来送行求教，磨勒便说："郭令公原是天上武曲星，下凡佐唐室中兴，崔郎君本是玉皇殿上金童，红绡本是王母筵前玉女，宿缘未断，双谪人间。"作者在《才鬼记》中的《临江舟梦语》后记

① （美）艾尔曼《从理学到朴学——中华帝国晚期思想与社会变化面面观》第二章第二节，江苏人民出版社1995年版。

里写道："予尝喜生所传昆仑奴事卒仙去，而《玉合记》又言李生弃家仙游，岂太一生托之自述其志与?"《玉合记》是梅鼎祚的一部传奇，其主人公和《昆仑奴》里的磨勒一样，归宿都是仙去了，而这又是剧本作者"托之自述其志"。

如果说上举几出戏只不过在最后表达了作者的一种迷惘和失落的话，明代的另外一些杂剧作品，则通篇都浸润了对社会现实、是非善恶的全盘否定。这就是明中期杂剧里的几出度脱剧。

徐阳辉《有情痴》，叙仙人卫叔卿度脱有情痴。有情痴向卫叔卿诉穷说苦，抱怨世人过于势利、妒忌、钻刺、悭吝，使他觉得世间难处。叔卿则一一解答，将炎凉世态、龌龊人情，说得淡然漠然，有情痴被他一说，果然醒悟，只有一个色字解脱不来。于是叔卿便又幻出他从前最相好的妓女玉娘，最相与的少年玉郎出来，只是他们从前的美艳，今皆无存，一则生恶疮，一则面麻，有情痴的一片色心也就冰冷了。

黄家舒《城南寺》，以杜牧之入城南寺，遇高僧，问其姓名，不对，杜牧之于是以"禅师都未知名姓，始识空门意味长"而省悟皈依。作者说本剧旨在说明"利障易消，名根难尽；多少有智慧奇男子，埋没在应举登科；多少没结果小前程，破坏了生天成佛"。

王应遴《逍遥游》亦为度脱剧，道人庄周用示人名利皆虚的方法，使道童和县尹大悟，剧末由道涉入禅机，终至于提出三教合一的主张，"释道难分二途，儒门总归一理，但做心性工夫，三教岂分同异"。

叶宪祖《北邙说法》是作者晚年一心向佛，妙解真谛的剧作。北邙山上唯有坟墓万堆，渺无人迹。山上的土地在散步时，见到一具枯骨，一躯死尸。那枯骨是甄好善的，如今已做天神；死尸是骆为非的，如今已做饿鬼。甄好善和骆为非的一神一鬼，恰好也到北邙山上游散。他们问土地这枯骨、死尸是谁的，土地指出真相。甄好善便对枯骨下拜，以为亏得他一生好善，勤苦修行，如今才做了天神；骆为非却对他的死尸发恼，只为他贪求快乐，积恶为非，连累他做了饿鬼。正在这时，一位禅师本空和尚来了，他对鬼神们说："拜枯骨不如拜自，鞭死尸不如自鞭。"他还说："修持法，无过持名；解脱门，只求生净；不分天人鬼狱，一时同证菩提。"鬼神于是恍然大悟，连土地也情愿弃了草莽前程，随师入道而去。

车任远《蕉鹿梦》则以两人相争，以警世人贪恋财货，尚气角力者，皆如梦中一般，"人间事事皆虚诞，又何须错误缠绵？真个是幻中生幻，剖不断那情缘，都一笑且忘言"。一切利益纠葛、人我是非，都归于佛家的空无寂灭，道家的蝶梦玄思：

> 世事原如梦，人生太认真。何须论梦觉，觉是梦中身。……梦与不梦，何必辩之。欲辩梦觉，惟黄帝孔丘，今无须黄帝孔丘，孰与辩哉！
>
> 人间事事皆虚诞，又何须错误缠绵？真个是幻中生幻，剖不断那情缘，都一笑且忘言。
>
> 本来面是何物？为方便，利名两字相煎，相煎处谁如愿？可惜暮云飞电，从它春草飘烟。

明代发生的一件真实事件，也许还可以帮助我们更好地理解明杂剧作品中，这种不约而同的"曲终奏雅"现象。万历八年(1580)，辅臣王锡爵的女儿，也就是王衡的二姐贞焘去世。人死本平常事，可这件事却使当时不少的士夫名流卷入其中。贞焘本名王桂，许配给参议徐廷祼之子徐景韶，婚期将近时徐却病死，王桂便为他守节，独居一楼，不久便号称得道成仙，并经常展示自己的"法术"，"一时名士如王世贞兄弟、沈懋学、屠隆、冯梦祯、瞿汝稷辈，无虑数百人，皆顶礼称弟子"①，又建昙阳

① 沈德符《万历野获编》卷二十三［妇女］"假昙阳"条。

观于太仓城西南隅。王桂二十二岁时死去，王衡在《缑山先生集·祭长姊文》中云："庚辰岁，余次姊以仙去，伤哉。"王世贞、徐渭亦都为她作传，称昙阳子。①

这场轩然大波的形成可能有诸种因素，但它也表明，当时文人的佛道思想，已不仅仅停留在意识形态上了。

明代中后期，儒、释、道"三教同一"、"三教合流"论，日益成为时代风尚，士大夫纷纷热衷禅学，炼性修道，几乎无一能免，形成"儒帽，僧衣，道人鞋"的俗流，如徐渭、汤显祖、屠隆、袁宏道、焦竑等人都深受浸染。汤显祖曾全面概括自己的思想结构："拟日用于仁智，转天机于释玄。"② 晚年又积极为在庐山续开"莲社"而奔走。③ 汪道昆在闲居期间也曾召罗了许多和尚，行处相随，终日谈禅说佛，主持刻经修庙。④

明代士大夫的信佛奉道，是与明代文人出处进退的人生哲学相共鸣的。官僚政治的日益腐败，使正直的士大夫感到无药以救，而官场倾轧，门户党争，更使士大夫常常隐忧于宦途险恶的现实环境，悲观抑郁成为文人的时代病。于是，到宗教信仰的天地中去寻求解脱，一时成为士大夫的嗜好与时髦。或者与世浮沉，醉生梦死，或者故作超脱，自欺欺人，舍此别无选择。因

① 王世贞《弇州续稿》卷七十八有《昙阳大师传》；徐渭《徐文长佚稿》卷二十二有《昙大师传略》。

② 汤显祖《浮梁县新作讲堂赋》，见《汤显祖集》第二卷，第968页，上海人民出版社1973年版。

③ "莲社"，东晋时，净土宗初祖慧远和尚等十八个僧人在庐山东林寺创建"白莲社"，发愿往生西方净土。

④ 如汪道昆在万历十二年作佛寺于肇林，《太函集》卷八十《介弟仲淹赞》云："昔在甲申，肇林大作佛寺。余主檀越，与二仲俱。"万历十三年作华严佛会，《太函集》卷六十六《重修度门寺碑》云："其后函中作华严会，诲公与四众俱。余故以神解多公，未竟也。"又周晖《续金陵琐事·慧月天人品》云："万历十四年七月，司马汪伯玉先生在焦山延四方僧……共二十四众，建水陆无遮道场。"等等。

此，明代士大夫的信佛奉道，既不像明代前期朱有燉那样，是在富贵闲逸之余的冥想需求，也不是同一时期的皇帝与贵族，为满足自己的权势欲与贪欲而去斋醮祈禳，心醉神迷。

四

然而，能得到佛道返璞归真精髓的毕竟是少数，老庄禅佛其实也并不能让人真正解脱。

明代的士大夫中，李开先的经历非常普通。嘉靖八年(1529)春，李开先得中二甲第六十七名进士，开始了他出将入相、经世济民的历程。然而，十三年后，也就是嘉靖二十年(1541) 四月，李开先在太常寺少卿的位上被罢免，当年五六月间，返回故乡山东章丘，永远结束了他的仕宦生涯。李开先被罢官一事，据卜健先生研究，“是有其复杂的政治背景与人事纠葛的”，“由此,我们可以窥见封建时代仕途之险恶,清正官吏随时都能出现没顶之灾”①。

可以说，十三年的为官生涯使李开先对官场的腐败和邪恶有了最直接的体会。闲居后的李开先，欲在诗文歌赋与戏曲创作中寻求安宁。他的杂剧《一笑散》六种，意在博人一笑②，从其中

① 李开先的生平及罢官原因,可参见卜健著《李开先传略》,中国戏剧出版社1989年版。

② 据曾永义先生的解释：“一笑散系药名。宁献王医学书《活人心》卷下王笈二十六方条谓一笑散是治风虫牙的药。其意盖是人患虫牙，疼痛难忍，而此种药粉，即可除去病苦，轻松一笑。”（见《明杂剧概论》第255页）按曾永义先生未注明此处朱权《活人心》系采用何种版本，笔者查阅薛清录主编，中医古籍出版社1991年版的《全国中医图书联合目录》，在“03000”条下，有朱权《（新刊京本）活人心法》二卷，又名《癯仙活人心方》，成书于1424年，曾先生所言，当是此书。该书有三种版本：1. 嘉靖二十年辛丑（1541）朝鲜安玹刻本，上海中医学院图书馆藏；2. 日本抄本，北京大学图书馆藏，此二种为显微胶卷；3. 近代据明嘉靖二十年刻本抄，中国中医研究院图书馆藏。此书坊间未见。

现存的《打哑禅》和《园林午梦》来看，他开出的去除烦恼、撇却现实的药方，就是否定世间的一切人我是非。

《打哑禅》颇为戏谑。深有修行的长老出了个哑禅，贴在山门上，悬赏让人来猜，结果是一个杀猪的贾屠以杀猪经对长老的佛理而得胜，小和尚也追随屠户而去。作者在结语中写道："聪明长安走了徒弟，朦懂徒儿打了哑禅。世事每颠倒如此，眼前琐碎不堪观。"作者以表面的嬉笑掩饰的是他内心深处对世事的失望。意欲救度众生的长老最终被骗，也正如文人拯救生民的热望，最终受到了奚落和嘲弄一样。

另一本《园林午梦》写渔翁梦见崔莺莺和李亚先两个女性为高下低昂而争执折辩，彼此辱骂揭短，终至于相互攻讦扭打。剧本结尾：

> （渔父醒白）奇怪！奇怪！园林中方才合眼，梦见两个女仙，各逞其能；两个女奴，各为其主。多因为机心尚在，因此上梦境不安，从今后早断俗缘，务追到至人无梦。
>
> 黄粱久炊犹未熟，社鼓一声惊觉来。
>
> 万事到头都是梦，浮名何用恼吟怀。

李开先借这一故事，描写他欲断"俗缘"的心情，不仅要彻底抛弃用世之心，连那争名竞利的梦都不要做。

如果我们再比照一下李开先的散曲作品，就可对他的这种心理意绪有更为透彻的了解。李开先在罢官后第三载（嘉靖二十三年），吟成他的著名散曲作品《中麓小令》，凡十九韵一百首。集中，他对自己的仕宦生涯进行了反思：他不无自嘲地把自己的用世之才比作"村拳"、"野脚"，把自己的用世之心喻为"悲秋赋"、"苦热行"，并最终由对一己之遇的不平，引发扩展到对整个社会人我是非的否定，"世情都把真为假，不辨是和非"，"人情反复似风云"。

然而，人终无法脱离其环境，意欲逃世，总不过自欺欺人，李开先发布了那么多的避世隐居的“宣言”，却从未曾修炼成“真隐”。殷士儋《李公墓志铭》① 曰：

> 人或以靡曼谓公，公不顾！古贤智之士，抱琬琰而就煨尘者，或傍山而吟，或披发而笑，或鹿裘带索而歌，要之其中皆有所负而未庸，故缘此以自泄。而世以恒度测之，远矣！

殷氏之语，可谓“知言”。李开先《中麓小令引》自云：“嗣后专志经术，诗文尚尔不为，况词曲又诗文之余耶?”② 李开先竭力要说明自己“壮心”已消，宏志已失，超尘出世之意出自真心，其实，这正暴露了他内心的矛盾：一方面，诚心超脱，以消不平；另一方面，用世之心又实不可泯。他声称对世事乃至对文学的兴趣已大为减退，而钱谦益却称其：“归而治田产，蓄声伎，征歌度曲，自诩马东篱、张小山无以过也。为文一篇辄万言，诗一韵辄百首，不循格律，诙谐谈笑，信手放笔。”③ 实际上，李开先不仅没有也不可能真正断绝文字生涯，他的矛盾与痛苦也没有得到过片刻的停息。

这不仅是李开先的痛苦，也是一代知识分子的痛苦。无论是对科举官场的抨击也好，对政治的淡漠也好，都在一定程度上体现出对传统价值观念的反动和人格的独立，只不过这种独立在当时的社会条件下，是既不完全也不充分的。

---

① 见《国朝献徵录》卷七十。

② 见《李开先集》第870页，中华书局1959年版。

③ 钱谦益《列朝诗集小传》丁上。

第二节　对传统道德观念的怀疑

一

伦理道德的基本作用，是确立个人在社会中的行为规范，调节人与人之间的关系。而在封建社会里，伦理道德更重要的作用还在于分辨贤愚善恶，维持长幼有序、尊卑分明的等级体系。

不过，伦理道德的标准并非永恒不变的，在社会经济和社会意识大变动的明代中后期，传统的道德观念就受到了猛烈冲击。随着商品和货币的诱惑，地主官绅亦无不竞相追逐金钱，营私枉法。万历本《上元县志》“风俗论”曰：“甚哉风俗之移人也。闻之长者，弘、正间居官者，大率以廉俭自守，虽至极品，家无余资，此如胡之弓，越之剑，夫人而能之也。嘉靖间始有一二稍营囊橐为子孙计者，人犹其非笑之。至迩年来则大异矣。初试为县令，即已买田宅舆贩金玉玩好，种种毕具。甚且以此被谴责，犹恬而不知怪。此其人与白昼攫金何异。”① 许多官僚把仕途当作权钱交易的筹码，所谓“方今仕途如市，入仕者如往市中贸易，计美恶，计大小，计贫富，计迟速”②。

在上者既已如此，整个社会就更是机械相争成风。欺骗敲诈、巧取豪夺之事时有发生。据记载，当时浙东地区是“赌博之事，当初止有市中丛人之处，间有不良落此陷中，今乡村旷野，无处无之。……更有旧家子弟，幼习举业，不成家事，沦落无依，农工商贾，不屑为之，妻孥衣食，何以为生，头带方巾，身着长衣，假作斯文体态，与镇上光棍结为弟兄，遇人家有争

---

① 万历本《上元县志》卷十。

② 周顺昌《周忠介烬全集》卷二《与朱德升孝廉书》。

斗，挨身处事，索其谢礼，若有构讼，攘臂下车，为写状，为干证，分派使用铺堂，打点过付，惟恐其完事，如有官家子弟内无主见者，彼此则视为奇货，舌其意趣，诱其局赌，无风起浪，靡所不为”①。

人与人之间道德关系的变动，在这一时期的杂剧作品中，多有表现。从康海、王九思的《中山狼》开始，到继之而来的陈与郊和汪廷讷的同题之作、吕天成的《齐东绝倒》、陈与郊《袁氏义犬》、傅一臣《苏门啸》等皆是如此。它说明社会道德问题已引起了许多作家的重视，作家们开始清醒地感受到，随着政治的黑暗而来的，必然是世情和民心的败坏。在一个自上而下彻底溃烂的生活环境中，传统道德体系已失去了维系作用。

对于知识阶层来说，社会传统价值观念的危机，莫过于文人士大夫赖以安身立命的道德文章的崩溃。士大夫以往所标榜的清操廉耻，这时已可能变成一文不值。

《饿方朔》中的东方朔，对天下以文章学问为第一的信条向来十分自信。他将文才盖世的司马迁、司马相如，将门之子又有大好文才的李陵，以及文词德容皆称上乘的陈皇后等引荐给西王母，引得西王母赞不绝口。然而，弹指之间，李陵战败降胡；汉武帝又传司马相如，说他文体轻华，例授文园令，革禄回家；传司马迁，说他党附李陵，讥切当代，阉为宦官。陈皇后多生怨望，废为庶人，谪居冷宫。而曾为东方朔不屑一顾的“有福之人”公孙弘、张汤、卜式勤、李大姐等却一个个威声赫赫、高登爵禄。现实的变故，将东方朔文章学问为第一的信条击得粉碎。待到东方朔一番劳顿，腹中饥饿，只得低声下气地向下界有福之人借米，但他那文章学问为第一的观点已得罪了有福之人，所以不仅没有借到米，还被奚落了一顿，最终仍是“神仙眼饿

① 许敦俅《敬所笔记》。

的花”。

西王母看到这一结局后，不由得十分感慨：

不是俺浪讪轻沙。那文章呵，抉乾坤灵闷，万物根芽，恁细细分叉，般般凌驾，点点槌挞。那造物主呵，可也禁不的赤精神虚描硬画，只得把黑前程阳使阴加。再莫问细饭寻砂，牢船觅罅，好肉生疤。

这是说，由于文章的般般凌驾，点点槌挞，才使得造物经受不住，文章之士也“黑前程阳使阴加”。我们不难领悟，正是天子的昏聩和不合理赏罚，才造成了痴呆无用的“有福之人”皆享荣华，满腹经纶的文章之士都遭厄运的结局。而文章之士的厄运，还在于一旦触犯了天子，即使是锦绣之作，也极有可能招来文祸，使文章之士永不超生，若此，文人士大夫的道德信念、操守节持突然都变得毫无意义，传统价值的大厦将倾之际，不由人不产生一种虚无与荒诞之感。

二

《齐东绝倒》则将笔锋对准了封建道德中的一个重要方面——忠孝观，而且从最高统治阶层内部入手。

这部剧的情节主要是依据《孟子·尽心上》中的一段话来构造的：

桃应问曰：“舜为天子，皋陶为士，瞽瞍杀人，则如之何？”孟子曰：“执之而已矣。”“然则舜不禁与？”曰：“夫舜恶得而禁之。夫有所受之也。”“然则舜如之何？”曰：“舜视弃天下犹弃敝屣也。窃负而逃，遵海滨而处，终身䜣然，乐而忘天下。”

桃应据旧注是孟子的学生，他提的问题却带有很鲜明的挑战性。因为据儒书所说，舜是圣君，又是孝子，而他的父亲瞽瞍和弟弟却像是两个顽恶的人。皋陶则是贤人，是舜手下执法严明的法官。桃应问：假如瞽瞍杀了人怎么办？这确实是个难题：执法，伤了舜的“孝”；不执法，舜的“圣”、皋陶的严明统统都没有了。

封建伦理道德是以宗法制的伦理关系为基础，再推广到整个政治生活和社会生活。封建统治的政治目的、政治权力、政治秩序等都被归结于伦理观念，以从伦理角度证明封建政治制度的合理性；而伦理所产生的一切社会功能和文化功能又与政治紧密联系，以扩大和加强伦理的政治功能，保证封建政治制度能够在一系列伦理原则的规范和调节下有序地运行。

儒家政治伦理与封建政治制度的契合，使中国封建社会向来十分注重宗法人伦与封建政治之间的关系，由此形成了“修身、齐家、治国、平天下”的伦理政治纲领，所谓修身齐家，即是以孝事亲，以孝事亲即是政，即可以治国平天下。因此，孝与不孝已远远超出了家庭的范围，不再只是一个道德品行问题，而成为关系封建政治统治根基和社会治乱的重大政治问题。于是，家族伦理道德成了立国之本，“君为臣纲，父为子纲，夫为妻纲”，“仁、义、礼、智、信”的纲常礼兼有中国封建社会的伦理道德和社会政治原则双重功用。“忠”与“孝”浑然一体，“治国”与“治家”一脉相通，宗法人伦给封建社会的政治关系蒙上一层温情脉脉的家庭伦理面纱，从而成为维护、强化中国封建政治制度家长制统治秩序的重要思想工具。

然而，在《齐东绝倒》这部剧里，这一庞大的思想体系却发生了严重裂痕。对这一矛盾，孟子设想的方案是：让舜背父亲逃跑，不做君主了。然而这个方法，仍然无济于问题的真正解决，问题依然存在。《齐东绝倒》中描写道：舜逃了，朝廷没有了君主，于是从尧到皋陶，到舜的一家都慌张起来，先派舜子商均和弟象去追舜回来，继而又派舜的那位“嚚母”去追。舜是孝子，瞽瞍惧内，终于一道回来了，皋陶还谢罪，说是“聋瞽残疾，原当轻宥，微臣死罪死罪”。于是，矛盾没有了，当权者的孝道依然完美无缺，舜家“排个喜庆筵席”，可它的代价却是被杀者的不白之冤，国法的弃如敝屣。这真是对几千年来那些借孝慈之名去枉法的统治者的极大讽刺。因此，这部剧已涉及封建政治伦理道德体系中某些根本性的东西，揭穿了儒家以宗法制伦理道德为中心的政治思想体系的虚伪和无力。

不仅如此，这部剧作在涉及儒家的先贤圣君时，还时时以漫画式的手法，以戏谑的口吻加以肆意嘲弄。作家首先把唐尧加以丑化，说他把二女嫁给舜，是“以其观内，便我是虞帝姑婆，也不论了，况如今人尽有同姓通奸的”。舜帝身上的神圣光环也全被扫去。唐尧退位后，舜不仅囚了他，还不让他与其子丹朱见面。对这种遭遇，唐尧自嘲说：“我既德衰，怪他不得，况后代尽有药死前主的。”作品此处有竹笑居士批曰：“借唐尧说后代，谈笑中煞有痛哭流涕。”作者在这里明确指出，那些大逆不道之徒，正是满口仁义道德的最高统治者。

至于舜的家里，更是丑闻不断：后母嫌恶他，弟象多方设法要把他害死，以夺取他的财产和妻子。舜窃负而逃之后，象不但仍想霸占舜的妻子，还说：“霄明烛光两个侄女，甚是美艳，如今又没有同姓不婚之制，自家的人，难道倒与别人受用？况哥哥也把姑婆作妻，谁说得我？”这不仅只是揭露象，而且也是对舜的进一步丑化，它要让人了解，原先儒家所宣扬的封建伦常都只不过是谎言而已！竹笑居士评这个剧本说：“此剧几于谤诽圣贤矣，然子舆（孟轲字）已开唐人小说祖，小说复开元人杂剧之祖，何妨附此一种诙谐，聊作《四书》一笑！”① 意思是说，孟子已在编造故事，唐传奇小说、元杂剧都跟着虚构故事，我又何妨拿《四书》来开个玩笑？这种毫无所忌地嘲谑儒家圣君的做

① 见《盛明杂剧》此剧眉批。

法，在思想控制严密的明初，是绝不可能出现的。

三

政治体制既已崩溃，这一体制的执行者——那些上上下下的官吏又如何呢？我们看到，他们都只不过是些唯利是图、毫不顾及名节之徒。

康海和王九思的两部《中山狼》剧，大致可以让我们体悟当时官场的现实。两部《中山狼》剧，都确与作者经历有直接关系。

明代短暂的“弘治中兴”之后，武宗一朝，国事败坏至极。武宗实乃荒淫无度的堕落天子，政事为宦官刘瑾等操纵。他们利用武宗荒嬉好逸乐的特点，日进鹰犬、歌舞角牴之戏供其玩乐，以博得武宗的欢心，同时趁机掌握军政大权，培植党羽，排斥异己力量，朝政落入佞幸手中。

嘉靖以后，内阁的权力斗争一直未停息，大臣们为了达到自己的政治目的，用尽各种手段，报复相仍，结党营私，王朝政治几处于争吵不休的混乱状态。政局的动荡，使绝大多数的官吏也被卷入政治斗争的漩涡之中，科员官吏成为党同伐异的工具，官吏的升降任免多掌握在得势者手里，正直的官吏遭到排斥，干进者则党附朋比。为了保住权势名位，人们纵横捭阖，勾心斗角，机诈百出，可以今日同道，明日即已反目；今日师友，明日成为对头。正是在这种愈演愈烈的党争和日益败坏的官僚体制之下，明王朝的政治统治终于走到了穷途末路。

康、王二人都曾受挫于残酷的政治斗争，两人均被诬以刘瑾同党之恶名而罢官。宦海浮沉之经历，使他们开始重新思考传统的道德观念在处理人际关系中的作用。而他们最终得出的结论是，传统的忠诚信义的理想观念，在你争我夺的残酷现实面前，是多么的无能为力。

陈与郊的《中山狼》剧虽已不得见，但其《袁氏义犬》剧同样让我们感受了作者对忘恩小人的痛恨。

这部剧取材于《南史·袁粲传》。袁粲的门生狄灵庆，在袁得势时称其为父，趋奉甚恭，常为座上客。当袁粲被萧道成部下戴僧静所杀，袁氏乳母抱其幼儿求狄掩护时，狄则为“官升三级，赏赐千金”，反将袁子出首。后狄氏一家被袁氏家犬咬死，死后在地狱遭鞭打、拔舌、抽肠之苦。

对于此剧的写作背景及其所针对的对象，历史上有各种不同的说法①，但无疑这又是一部谴责忘恩负义者的剧作。作者在作品中将趋炎附势、见利忘义的狄灵庆与袁氏义犬作对比，意在说明，犬尚然知恩相报，而人反不如犬。这正是对作为理想的“义”的有力嘲讽。这部作品的第一出还穿插演出王衡的《葫芦先生》，嬉笑怒骂，冷嘲热讽，穷极世态，曲照人情，犹如一幅百丑图，对人世间的种种小人和丑恶现象，进行了讽刺和否定。

---

① 沈德符《万历野获编》卷十六［科场］“陈祖皋”条载：“浙之海宁太学生陈祖皋，治《春秋》最有声，其应辛卯（万历十九年）顺天乡试，已举榜首。时乃父吏垣都谏，方以聚劾去位。比拆榜，知为都谏子，遂置之，而别以他卷登贤书。后频摈场屋。至乙巳岁（万历三十三年），以妻母殁，其仆治奠，于途有误杀满指挥事。陈时实在家，不与知也。当事者憎之，拷掠楚毒，罗织致大辟。都谏有己丑（万历十七年）春秋房门生二人，时同在词林显重，并有相望，都谏哀恳其道地，勿能得。困恚恨甚，作杂剧名《诊痴符》（按：应为《义犬记》，《诊痴符》为传奇作品总名，语出《颜世家训·文章》：“吾见世人，至无才思，自谓清华，流布丑拙，亦以众矣，江南号为‘诊痴符’”。意即文拙而好刻书行世的人，此处是作者的谦词）者，中有‘狄灵庆’一段，以比二词林，而身拟袁粲。”《远山堂剧品》亦云：“先生世居时，大不得意，作此以愧门墙之负心者。”《曲海总目提要》则谓：“明万历间……与郊为给事中，议论皆附时相。其时言路多攻讦宰相。张居正柄国，御史刘台、傅应祯，翰林吴中行、赵用贤先后参劾，皆居正门生。久之，大学士王锡爵赴召，将入京，上密揭一封，痛诋言路，淮抚李三才探得之，御史段然等遂交攻锡爵，锡爵因卧不出。三才，锡爵门生也；与郊亦锡爵门生。作此记者，盖诋台及三才等，故以义犬啮门生事标题。”

这类以负恩负义之事为背景的杂剧作品，通过对忘恩小人的鞭挞，向人们表明，传统伦理的美德，在你争我夺、弱肉强食的残酷现实面前是多么的无能为力，忠诚信义、仁善礼让的理想观念究竟敌不过尔虞我诈的小人逻辑。

然而，“善行”与“义举”的虚弱无能，并不意味着作家对“善”与“义”的全盘否定，东郭先生的错误，不在于他的善良仁义，而在于“学孔孟义之道便好，如何学姑息之道”。忘恩负义之徒，也终究会受到惩罚，《袁氏义犬》剧末诗说：“世上宁无狄乐巢，生后未必遇卢獒；师恩友义犹存者，大抵山林胜市朝。”作者认为，在官场仕途之外，仍是有真正的师情友谊存在的。虽然作家们认识到传统伦理武器的软弱无力，但仍是以伦理、仁善的武器去批判忘恩负义的现实社会，仍然对仁义友善有着美好憧憬，仍把自己的不平遭遇，归结到个人的道德原因上来，这种困惑与矛盾，正反映了中国思想文化发展的艰难过程。

四

如果说明中叶以来，社会的统治阶层仍然将自己装扮成道德的化身，还是在道德的幌子下进行着不道德的勾当①，那么，社会下层的道德败坏和人心不古，则完全撕去了这层薄薄的伪装。

傅一臣的《苏门啸》十二种，就描写了当时形形色色的行

---

① 对于明中叶以来官绅阶层的这种特点，黄仁宇《万历十五年》曾有精到论述：“即算本朝推行伦理道德以作为治国的标准，收效不如理想，可是也别无更好的办法。假如没有这些观念和原则，我们政府靠什么而存在？……个人的私心会随时随地变迁，只有伦理道德永恒不变。”“一方面，这些熟读经史的人以仁义道德相标榜，以发挥治国平天下的抱负为国家服务，以自我牺牲自许；一方面，体制上又存在那么多的罅隙，给这些人以那么强烈的引诱。阴与阳的距离越来越远，找出一个大家都同意的折衷办法也越来越困难。”见《万历十五年》第66、103页，中华书局1983年版。

骗术。综观这类行骗事件，不外乎利用人们贪财好色的心理。如《买笑局金》一剧，李、郑二恶徒，以计诱骗茶商沈将仕，先冶妓作赌，一夜间攫三千钱而去。《卖情扎囤》一剧，写某差官与其夫人，以色引诱赴任官员吴迪吉，骗得银钱二千。《没头疑案》一剧，写小商贩李方，因贪图新安人程式银钱三十两，竟然劝妻子顺从程式的引诱，结果被淫僧乘隙杀害其妻……

作者作此剧，显然是在警示人们，要戒色戒赌，才能保全自己，也正是在这个地方，显示了作者的价值困惑，一方面，作者真实地描写了市井中的行骗之术，显示了对恶德恶行的大胆认识和勇敢正视；另一方面，作者仍是在借助传统的道德规范来评价人物，并以这种道德规范作为参照系来匡正世风。如《贤翁激婿》一剧中的上官太仆，因女婿姚墀出身富家，挥金如土，便接归其女，等姚墀家产败尽，改邪归正，再使其夫妻团圆，这显然还是传统道德中“亲朋道义因财失，浪子回头金不换”的谆谆劝诫。这反映了传统价值系统开始解体，新的行动规范尚未完全确立的新旧嬗变之际的历史必然。在这一点上，它和当时以描写人欲著称的《金瓶梅》，大旨是一致的，只不过在内容表现上，它没有《金瓶梅》那么深厚而已。

值得注意的是，在明人杂剧中，即使不以伦理道德为中心议题的剧作，也时常涉及对社会伦常败坏的抨击。我们前面所举的一些本为让人看破红尘，了却烦恼的度脱剧，对世情讽刺也是相当尖辣深切。

徐阳辉《有情痴》虽借叔卿之口，将炎凉世态、龌龊人情，说得淡然漠然，其实解答的话更为愤懑：

> 则这世情冷暖多翻覆，耍一会赢输棋局。东家笑罢到西家哭。昨宵趋奉今朝辱。从来富贵人求合，自古贫穷亲不睦。又何必伤时俗。参不透流干买涕，觑破了笑倒平足。

> 谁不道知己难。撞的着碧眼胡。伯牙琴弦断了那堪续。知音弹与知音听。不是知音你弹什么曲。好文章中不得时人目。开着口随他长短。捏着笔一任批驳。
>
> 第一来没面目。第二来少捷足。文章不必愁枵腹。迎官送府休辞远。暮谒朝参厌数。到不消把书来熟。放得这一枝冷箭。煞强似几夜勤读。

王应遴的《逍遥游》亦如此："你若去访名山，寻道友，尽得自在，若要去度那这些做官的呵，那做官的人，何曾说起这等样事。但有人说如何钻刺，如何斡旋，如何可讨荐催升，如何可饱囊广产；就不然或是说张同乡数长数短，或是说李同年讲是讲非，再不然或是说乌须药不须包裹，或是说揭被香采战通宵，如此等话，他方喜听……"这不啻为当时官场的一幅百丑图。因此，黄嘉惠一针见血地指出："此缙绅中实录，亦秘诀也。熟读此方可入仕。"①

第三节　对情理关系的探索

一

人只要活在世上，就免不了饮食男女等人之大欲，对这些，儒家的道德标准是要克己取义。《礼记·乐记》云：

> 感于物而动，性之欲也。物至知知，然后好恶形焉。好恶无节于内，知诱于外，不能反躬，天理灭矣。夫物之感人无穷，而人之好恶无节，则是物至而人化物也。人化物也者，灭天理而穷人欲者也。于是有悖逆诈伪之心，有淫泆作乱之事。

① 见《盛明杂剧》此剧眉批。

这就是后来一直被人们鄙弃的“存天理，灭人欲”之说的最早出处。单从这段话来看，并非什么大逆之言，当人们的感性欲望与社会普遍的道德法则相冲突时，当然应该去除私欲，服从社会的道德规范。这一要求在孔、孟手中，就是“志士仁人无求生以害仁，有杀身以成仁”（《论语·卫灵公》）；“生亦我所欲也，义亦我所欲也，二者不可得兼，舍生而取义者也。生亦我所欲，所欲有甚于生者，故不为苟得也”（《孟子·告子上》）的道德理想，这个“舍生取义”的原则曾造就了中国历史上无数可歌可泣的仁人志士。

宋代理学兴起，并逐渐发展为系统的学术体系，但在实用层面上，对社会影响最大的是对礼教的大力提倡①。宋儒之讲求礼教，最著者始于程颢、程颐兄弟。有人问程颐：有寡妇贫困无依，可否再嫁？程颐曰：

> 只是后世怕寒饿死，故有是说。然饿死事极小，失节事极大。②

二程并反复阐述“理欲之辨”：

> 人心，私欲，故危殆；道心，天理，故精微。灭私欲，则天理明矣。③

朱熹承二程学说而又有所发展，他更加强调对个人欲望的压制：

> 有个天理，便有个人欲，盖缘这个天理须有个安顿

---

① 古代中国的礼教，为什么至宋代才成为左右社会生活的强大力量？江晓原在《性张力下的中国人》一书中认为：“这可以从政治集权与礼教的关系上寻求答案……从宋代起，中国封建社会从巅峰走向下坡，政治上的集权空前加强，至明、清而尤甚。在这老朽昏迈的暮年，中国社会的活力大为下降，深自闭固，不思对外进取，而对于‘稳定’的要求则空前强烈。宋代以降，礼教实际上是在高度政治集权的间接推动下走向兴盛的，而它的兴盛又大有助于政治集权的加强。”

② 《二程遗书》卷二十二。

③ 《二程遗书》卷二十四。

处，才安顿得不恰好，便有人欲出来。

人之一心，天理存则人欲亡，人欲胜则天理灭，未有天理人欲夹杂者。革尽人欲，复尽天理。

问："饮食之间，孰为天理，孰为人欲？"曰："饮食者，天理也；要求美味，人欲也。"①

理学的天理人欲说，是看到了人类社会中社会整体利益与个体种种情欲这一基本矛盾，因此具有普遍意义。平心而论，以理节欲作为道德追求和伦理准则，是有其合理内涵的。朱熹并不一概排斥或否定人的自然欲望，但他总的思想倾向是强调把个人的欲望尽可能减少以服从社会的道德要求，特别是当这种道德追求已上升为绝对的、永恒不变的僵化规范，被统治阶层利用为维护等级制度的道德压抑手段时，以理节欲就变成了"以理杀人"②。

自宋儒大倡礼教之后，除了少数所谓"真道学"真的压抑自己的人欲而守"礼"之外，更多的是假道学，表面守礼而暗里纵欲。然而，到了明代中期以后，竟有人公然对礼教发动攻击。这个潮流中，最值得注意的是李贽。

李贽留给我们后人的是一个反差极大的形象，袁中道撰《李温陵传》云：

体素癯，澹于声色，又癖洁，恶近妇人，故虽无子，不置妾婢。后妻女欲归，趣归之。自称"流寓客子"。既无家累，又断俗缘。③

这里的李贽俨然是个自觉的禁欲者，然而，正是在个人行为上，李贽遭到严厉的指斥。在麻城，他招梅国桢孀居的女儿梅澹然为

---

① 《朱子语类》卷十三。

② 《孟子字义疏证上》，《戴震集》第275页，上海古籍出版社1980年版。

③ 见袁中道《珂雪斋近集》第58页，上海书店据中央书店1936年版纸型重印本。

弟子，讨论佛学问题并撰书刊刻流行，这件事本身已足以惊世骇俗的了，李贽却还要为此作诗："闻说澹然此日生，澹然此日却为僧。僧宝世间犹时有，佛宝今看绣佛灯。可笑成男月上女，大惊小怪称奇事。陡然不见舍利佛，男身复隐知谁是？我劝世人莫浪猜，绣佛精舍是天台。天欲散花愁汝著，龙女成佛今又来。"[①]对李贽的这些言行在当时引起的风波，黄仁宇先生曾指出，封建官绅制度就在于它容忍虚伪甚至鼓励虚伪，纵情声色也罢，男盗女娼也罢，只要不公开化，就是许可的。[②] 而李贽却公然用种种实际言行去向这种制度提出挑战，这在卫道之徒眼里，自然是十恶不赦、死有余辜了。朝廷几次下令焚毁李贽的书，"其书籍已刊未刊者，令所在官司尽搜烧毁，不许存留"[③]。但是，离经叛道业已成为浪潮，不仅当时士大夫中出现了以各种怪诞举动挑战礼教者，更重要的是，它启示人们重新审视传统的价值观和伦理观，从而确立个人的情感自由。

这股对礼教的叛逆浪潮，自然会体现在当时的文学作品中，具体到明代的杂剧创作，它又主要地体现为作家们对人性结构中情与理的发问和探索。

有意思的是，明杂剧作家在表现人的情欲的不可压抑时，几乎不约而同地把视角伸向了戒律最为森严的庵观寺院。冯惟敏的《僧尼共犯》、徐渭的《玉禅师》、无名氏的《女贞观》[④] 就是这方面的典型之作。《僧尼共犯》、《女贞观》两剧，细腻地刻画了

---

① 《题绣佛精舍》，《焚书》卷六。

② 参见黄仁宇《万历十五年》有关论述，中华书局 1982 年版。

③ 《神宗实录》卷三百六十九。

④ 无名氏《女贞观》全名《张于湖误宿女贞观》，收录于《脉望馆抄校本古今杂剧》，根据剧中潘必正、陈妙常故事的流传情况，可以推定此剧大约为嘉靖前后的作品。参见陈美林《试论杂剧〈女贞观〉和传奇〈玉簪记〉》，《文学遗产》1986 年第 1 期。

身为僧尼的主人公感情觉醒的过程：

> ［混江龙］都一般成人长大，俺也是爷生娘养好根芽。又不是不通人性，止不过自幼出家。一会价把不住春心垂玉箸，一会价盼不成配偶咬银牙。正讽经数声叹息，刚顶礼几度嗟呀。（《僧尼共犯》第一折）
>
> ［西江月］松舍清灯闪闪，云堂钟鼓沉沉。黄昏独自展孤衾，未睡先愁不稳。一念静中思动，遍身欲火难禁。强将津液咽凡心，争奈凡心转甚。（《女贞观》第二折）

这两段曲词鲜明地描绘出佛法的尊严、经典的神圣在人的本能面前的无能为力。宋元以来，描写僧尼之爱的作品不乏其作，但这类作品的态度，往往先津津于事件本身的风流韵味，最后又总免不了劝惩规诫的意旨。而这两出剧，主人公触犯戒律的行为，在经过曲折的抗争之后，却均以喜剧收场，表现出对情欲的肯定和认可。

自宋代礼教成为左右社会生活的重要势力以后，婚姻的意义仅仅是生殖子嗣的一种手段而已，除此而外的对感情的追求，人的自然本性的流露，都是不正当的，不合规范的，是会遭到社会舆论谴责的，而通过文学作品公然鼓吹人的情欲是合理的、不可抑制的，这不能不说是观念的一大解放。

二

封建时代的婚姻，向来是以父母之命、媒妁之言，以财产门第为基础的。然而，晚明叶宪祖的《碧莲绣符》和卓人月的《花舫缘》，却对男子为追求理想恋人、不顾功名利禄、甘心屈身为佣的行为着意强调。作家对此非但不视为“轻薄”，反而充满了赞赏之情。同时的戏剧家徐士俊这样评价《花舫缘》：

> 文君自媒，是千古第一嫁法；伯虎自鬻，是千古第

一婴法，氤氲大帝何能有权！①

这实际上体现了一种摆脱理学重负，实现主体自由意志的渴望。我们只要比较一下，就会发现明中叶杂剧作品中出现的这种意识是多么可贵。

卓文君与红拂妓的故事，是元明之际文学作品的常见题材。对女子因爱慕男子而主动“奔”就，理学家是深恶痛绝的，朱熹就把《诗经·国风》中那些“女惑男”的篇章，斥为“几于荡然无复羞愧悔悟之萌”②。

明初朱权的《卓文君私奔相如》和中叶以后凌濛初的《识英雄红拂莽择配》，都是以“私奔”为主题，但在具体设置上，就颇为不同。

《卓文君私奔相如》剧虽以卓文君“奔”相如为题，但以司马相如主唱，突出的是司马相如“以琴挑之”的男性魅力，在卓文君身上，也体现不出主动出奔的英雄气概，而“媒妁之言，不待父母之命，则国人皆贱之”之事，最终仍要以“（司马相如）做了中郎将，奉令教他开通蜀道，夫妇荣归故里”来解决。这些固然有题材本身局限性的原因，同时也反映了作家在表现这一题材时的犹豫和疑虑。我们这样说，是因为像卓文君这样的故事，如果着眼点不同，表现效果也完全可能是大相径庭的，人们既可以把它描述成一个表现男性征服力的风流韵事，也可以站在另一个角度，着眼于这个故事内蕴的男女追求爱情、自由结合的合理性。至于如何表现，那就要看作家的立场和态度了。作为太祖之子，明初的朱权显然无力立足于更高的视点来表现这个故事。

《识英雄红拂莽择配》剧则不同，同样是随人私奔，红拂却表现出过人的才华和智慧，作家着重表现的是红拂的“慧眼识

① 见《盛明杂剧》此剧眉批。

② 《诗集传》卷四。

英雄”。第一次，是红拂作为杨越公的侍妾，从李靖的“万言长策”中，见其“英雄慨慷，盖世无双”，知道这就是可意知心的伴侣，便夤夜改扮男装，投奔李靖。第二次，是在路途上，虬髯客窥视红拂梳妆，李靖怒不可遏，红拂却劝阻李靖：“忙怎么，秀才们气性高。休要平地失俊豪！”结果虬髯客果然是个素有大志，轻财重义的豪杰。剧中，红拂对自己私奔自择的行为，不仅毫不掩饰，反而颇为自得：

俺不耐去侍巨寮，则待要配俊豪。随他评论煞娶而不告。那里管讲道学的律有明条。免礼波！由他自去孔庭门外依班坐，俺这答里其实用不着。要甚么乌鹊填桥！

这种独立自主、自负不凡的气概，的确是男子也不如。凌濛初在《红拂杂剧小引》中说：

余居恒言，觅有心人，丈夫不若女子，人定以为诞。今观越公卫公皆命世人豪，乃越公不识卫公，卫公不识髯客；而红拂一伎，遂于仓卒中两识之，且玩弄三人股掌上有余，谁谓其智乃出丈夫下哉！嗟乎！世有具眼，毋致有血气者，徒索钟期于此辈，令明眸皓齿直登鉴赏之堂，却笑须眉男子，不得其门而入也。①

在这里，凌濛初以红拂为例，明确驳斥男尊女卑的观念，热烈赞美有胆有识的女子，这是对传统婚姻观、妇女观的突破。

在思想界，李贽是首先公开为妇女辩护的代表。他在《焚书·答以女人学道为短见书》中说：

谓妇人见短，不堪学道，诚然哉！诚然哉！夫妇人不出阃城，而男子则桑弧蓬矢以射四方，见有短长，不待言也。但所谓短见者，谓所见不出闺阁之间，而远见

① 引自《中国古典戏曲序跋汇编》第880页，齐鲁书社1989年版。

者则深察乎昭旷之原也。短见者只见得百年之内，或近而子孙，又近而一身而已；远见者则超于形骸之外，出乎死生之表，极于千万亿劫不可算数譬喻之域是已。……余窃谓欲论见之长短当如此，不可止以妇人之见为短也。故谓人有男女则可，谓见有男女岂可乎？谓见有长短则可，谓男子之见尽长，女人之见尽短，又岂可乎?①

李贽认为，如从耳目所见的远近来说，妇女确是见短，但这是生活条件造成的，若从思想认识的远近来说，则不能以男女分之。所以他接着说："设使女人其身而男子其见，……则恐当男子视之，皆当羞愧流汗，不敢出声矣。"如果说，李贽是在理论上为天下女子张目，而杂剧作家则用活泼泼的人物形象伸张女子的远见卓识，这当然是与理学家对妇女的歧视背道而驰的。

不仅如此，明杂剧作家还在不经意之间触摸到一种新的婚姻价值观：不仅男子为追求意中人可以抛弃功名利禄，女子也不再将对方的地位钱财视为衡量尺度。

《花舫缘》女主人公慵来在第三折有一段唱词：

[六幺序] 笑世上婚新贵、嫁富儿，据着他一段丰姿，满腹才思，煞强似偌大家私，再休说拣名门一例相随，还只怕今生薄福无滋味，枉思量才色双宜。若能够茑萝松柏相缘缀，待缁书赌茗，举案齐眉。

这种注重两情相悦，执着现世幸福的婚姻观，分明是对攀高结贵、斤斤门第的婚姻观的鄙弃。

三

同为对时代新兴意识的反映，明杂剧作品、传奇作品以及同

① 《焚书》卷二。

时期的小说作品，它们所表现出的具体形态并不相同。

我们看到，明代的通俗话本小说在表现婚恋题材时，更多地浸染了市民情调。其中固不乏对于婚姻自主的表现，但有不少篇章都涉及了金钱对婚姻的影响。如《王娇鸾百年长恨》写千户之女王娇鸾与邻人周司教之子周廷章相好，并不顾家长反对，私立婚约。但是，周廷章在后来归省父母时，父亲要他与魏同知家议亲，廷章"初时有不愿之意，后访得魏女美色无双，且魏同知十万之富，妆奁甚丰。慕财贪色，遂忘前盟"。可见，金钱不可避免地渗透到市民的婚恋生活中，并在某种程度上起着支配作用。以前的文学作品中，男子负心多因升官，而不是由于贪财，如元杂剧《潇湘雨》中的书生崔通中了状元之后就又另娶试官之女。从由升官而负心到仅仅由贪财而负心，这种微妙变化正细致入微地反映了时代风尚的变迁和婚恋观念的变化。男家以财之多寡选媳妇，同样，女方也有以此为标准择婿的。《两县令竞义婚孤女》中，王奉侄女的未婚夫家"是个暴富，家事日盛一日"，而与王奉女儿定亲的萧雅虽才高学富，家境却"日渐消索"，于是王奉便施了个调包计，将女儿与侄女暗地调换，嫁到有钱之家。《醉醒石》① 中的一则故事同样表现了家庭在金钱冲击下的破裂。苏秀才早年算命，道是"少年科第，居官极品"，于是有个姓莫的财主便将女儿嫁于他，谁知结婚以后，苏秀才始终科名蹭蹬，而莫氏的姐夫却靠银子当上了官，莫氏结果抛弃了苏秀才而嫁给了一个开酒店的老板。

在同一时期的明代杂剧中，却未曾表现商业原则对婚姻观念

---

① 此书题"东鲁古狂生编辑"，书中多次把明朝称为"先朝"、"明季"，显然是清初人口气，又有几处称明朝为"我朝"，这又是明人口吻。《中国通俗小说总目提要》（中国文联出版公司 1990 年版）认为："由此可以推测，作者为明末清初人，此书可能开笔于明末，完成、刊刻于清初。"

的影响和渗透，男主人公仍以书生形象为主。出现这一现象的原因，是和创作主体的身份地位及他们的价值观分不开的。明代的杂剧作家，作为受过良好传统教育，拥有相当文化程度的知识阶层，他们在创作中认同的仍然是属于同一阶层的文人书生，他们关注的还是文人——其实也就是他们自身的命运。他们无法也不愿去描写与之格格不入的商人世界，更不会去描写这一阶层业已获得的优势，包括他们在婚恋生活中的胜利①。这一点使我们更清楚地认识到，明杂剧的创作，其平衡自我、实现自我的功能才是主导的。

明代涉及爱情婚姻的传奇作品，历来为人们称道，其中最优秀者，莫过于汤显祖的《牡丹亭》了。《牡丹亭》集中描写爱情作为人的自然本性和束缚人们身心的伦理道德观念的冲突，即情与理的冲突，女主人公杜丽娘要面对的，不仅仅是父亲杜宝、母亲甄夫人、塾师陈最良等人的阻挠，而是整个的传统意识②。汤显祖把这一严酷的对立和冲突表现得淋漓尽致，也使得这部剧作成为一部划时代的作品。与之前后的大量传奇作品，也同样反映了人性中情与理的搏击。

与这些传奇作品相比较，明代同题材的杂剧作品则显出了内容上的单薄。总的说来，对情与理的矛盾与冲突，明杂剧作品并未能深入地抒写，剧作留给人们可耐回味和咀嚼的东西也不多，这不能不在一定程度上影响着剧作的深度和广度，这主要是由于两种文体的不同所造成的。相对于传奇作品，明杂剧注重以简要的结构来抒发主体的思想感情。形式的长短，虽不能成为决定内容含量的唯一因素，但的确会对作品反映生活的深度和广度造成

① 这一点，如果把同一时期的传奇作品和白话小说相比，可能更为突出。参见李玫《面对“商人世界”：冷情与冷漠》，《武汉大学学报》1994 年第 2 期。

② 此处参见郭英德《明清文人传奇研究》，北京师范大学出版社 1992 年版。

一定影响。杂剧形式的短小，使它不可能在一部剧作中表现出很深刻的内容。不过，也正因为明杂剧形式的短小，作家着意于情感的抒发，杂剧作品也没有了传奇作品在表现婚恋题材时那种节制与重负。我们这样说，是因为在传奇作品里，情与理的冲突，最终消泯于情欲的道德化之中，如同《牡丹亭》里柳、杜的婚姻，仍以“奉旨完婚”为结局一样；而明杂剧中如《花舫缘》、《花前一笑》、《碧莲绣符》等剧，却不见如此的拘囿俗套。

情欲的不加节制，也的确可能成为肮脏庸俗的东西。明代杂剧作品虽然表现了人性的正当合理，却也未能摆脱封建末世颓靡淫纵世风的影响。这使得他们的作品在婚姻恋爱问题上一方面表现出空前的自由意识，另一方面却又呈示着末世的腐朽靡荡；一方面抛弃了窒息人性的伦理纲常，另一方面却又坠入了丧失理性的情波欲海。

无名氏杂剧作品《苏九淫奔》是根据嘉靖年间的真实事件改编的①。主人公苏九姐因丈夫昏聩，故与情人私奔，被官府抓获，又一再受骗，终至沦落到“从今后吩咐与人间俊才，爱我的任来缠，我爱的不用买”的不能自拔的境地。作家对这位下层妇女寻觅爱情的大胆方式颇多赞许，对她沦为娼妓的遭际也不无同情，但这赞许与同情之中，又混杂着对肉欲色情的啧啧玩味。似乎苏九甘受棍棒拶夹，游街示众的惩罚，只是为了换取性的自由和放纵。“虽是吃了一疼痛羞耻，且喜的冤家离眼。我今回到娘家，任意纵横，拣上几个趁心的人儿受用去来。”如此，一个追求婚姻自由的妇女被黑暗社会所吞噬的主题，就被轻易地偷换成一个性欲狂的永不餍足。这样的描写，显然带有某些封建

① 此剧存有明万历四十三年（1615）脉望馆钞校本，题目为“嘉靖朝辛丑年间事，濮阳郡风月场中戏”，则此剧是根据发生在嘉靖二十年（1541）的真实事件改编的，此剧也至少应是嘉靖以后的作品。

文人士大夫腐朽肮脏的成分，显得狭促庸俗。

这一时期杂剧作品中大量渲染“男风”作品的出现①，也反映了明代风尚的影响。鲁迅先生曾指出晚明淫纵风尚的形式是由于上层的贪淫纵欲，“风气既变，并及文林”②。明代皇帝的贪淫，代有其人，从明宪宗开始，就有方士胡僧以献房中秘方而致贵的。武宗、世宗、穆宗、神宗皆信媚药以求淫逸。皇帝既如此耽于女色，自然会对社会上下起一种榜样作用。除此而外，晚明主张抒发自然情感和纵欲主义的人生观，也加强了这股巨大冲击波的形成。过去以礼义廉耻为生命的文人士大夫们，这时公然宣扬及时行乐的人生观，或娱情烟花，或拥妓歌舞，或冠裳无忌，这种纵欲主义的人生观和生活情趣，已超出对人的个性自由的正当要求，多少含有变态的社会心理③。

旧有的价值体系的崩溃和信仰的淡泊，使一代文人只有以逃避、消极的态度以求得自我的解脱。明代的这类杂剧作品，正好从一个侧面摄下了文人被现实扭曲的灵魂。

---

① 王骥德《男王后》，黄方胤《陌花轩杂剧·娈童》，茅维《双合欢》、《金门戟》，吴礼卿《媸童公案》，无名氏《龙阳君泣鱼固宠》，无名氏《分钱记》，无名氏《男风记》等均属此列。

② 《中国小说史略》第十九篇《明之人情小说（上）》，见《鲁迅全集》第九卷第183页，人民文学出版社1981年版。

③ 对于晚明淫纵世风的评价，有些人认为这是晚明进步思潮对自然人性的肯定和张扬（如孙逊、詹丹《金瓶梅概说》，上海古籍出版社1994年版）即持此论点，我们认为，并非所有的自然人性都是值得肯定的，人性中有美的、善的一面，也有恶的、俗的一面，对两性关系的表现，如果超过一定的度，不能对人之心灵起到净化作用，在任何时代，都是恶俗的。另外，关于明代色情文艺繁盛的原因，江晓原先生从“性张力”这个角度阐释为：“当礼教与人欲之间的对立加剧，人们开始生活在强劲的性张力之下时，色情文艺——欣赏、搜藏和创作——成为缓释性张力的重要途径。”参见《性张力下的中国人》第211页，上海人民出版社1995年版。

第四节　明杂剧主题取向及其表现形式

一

对明代杂剧的总体评价，如前所述，游国恩等先生编著的《中国文学史》称："这些作品偶然也流露出作者对现实的不满，但主要在表现封建文人追求安闲享乐的生活情趣。"现在看来，这一判断并不准确，至少明代文人就并不如此看待自己的这种创作。当时收集明代中叶以后杂剧作品最全面的是《盛明杂剧》，程羽文在其序言中明确指出，这些创作都是在鸣心中的不平："才人韵士，其牢骚、抑郁、啼号、愤激之情，与夫慷慨、流连、谈谐、笑谑之态，拂拂于指尖而津津于笔底，不能直写而曲摹之，不能庄语而戏喻之。"这也就是张元徵所谓的"热肠骂世，冷板敲人"。徐士俊的序文同样认为当时杂剧作品有这种特点，他还特别指出南、北曲（实则指传奇与杂剧）的不同："今之所谓南者，皆风流自赏者之所为也；今之所谓北者，皆牢骚肮脏不得于时者之所为也。"他认为徐渭的《四声猿》是"何等心事"；而康海、汪道昆、梁辰鱼、王衡诸君子"胸中各有磊磊"，"故借长啸以发舒其不平"。袁于令序言也指出，尽管明朝"崇正教，放淫哇，天下握不律者，咸不敢为左道之言"，但是"物感于外，情动于中，不能郁其元声。故穷庐曲房，朱门戚里，以至旗亭酒馆，每多遗音，就中不无至文，可以补野史之阙，为采风之资，饰文气之陋"。

除此而外，沈泰等人在各篇杂剧的眉批中亦时有同样言辞。如沈泰评王衡《郁轮袍》云："辰玉满腔愤懑，借摩诘作题目，故能言一己所欲言，畅世人所未畅，阅此则登科录正不必作，千佛名经焚香顶礼矣。韩持国覆瓿已久，何必以彼易此。"等等。

从前面对明杂剧主要内容的论述，我们不难看出，取材于作家个人在生活中的切身经历，是明代杂剧创作的一个显著特点，他们的创作，往往是以自己的真实感受为起点的。其中的大量作品所表现的内容，或与作者的经历有着直接关联，或者多多少少地带有作者生活经历的影子。作为一种个人性很强的作品，我们在阅读过程中，的确要常常比照作者的生平经历。

明代杂剧作家，按八木泽元在《明代剧作家研究》一书中检讨的结果，计有藩王三人，尚书兼大学士四人，尚书三人，卿二人，侍郎一人，少卿二人，其他十八人，合计三十三人。其中以进士及第者，至少有三十人，以状元及第者三人，榜眼及第者二人，少卿以上的显官也有十二人之多①。这说明，绝大部分明代杂剧作家是中举仕宦或有着较高古典文学修养的、具有传统士大夫知识结构的知识分子。

另一方面，明代的杂剧作家，其仕途大部分都不是一帆风顺的，我们试看他们的经历：

作家	生平经历	传记资料
王九思(1468—1551)	正德元年(1506)由翰林检讨改吏部主事,进员外郎、郎中。正德五年(1510)以刘瑾党贬寿州同知,六年(1511)十二月复被劾,罢官归汉中	《明史》卷二八六、《明史稿》卷二六七、《国朝献徵录》卷二二、《对山集》卷一〇《渼陂先生集序》、《皇明词林人物考》卷四、《明诗综》卷三一、《明诗纪事》丁三、《静志居诗话》卷一〇、《闲居集》卷一〇《渼陂王检讨传》等

① 见八木泽元著、罗锦堂节译的《明代剧作家总论》，《大陆杂志》第31卷第4期。

续上表

作家	生平经历	传记资料
康海（1475—1540）	中状元后授修撰，十六年归汉中。正德元年（1506）返京复任，五年（1510）以刘瑾党罢官	《明史》卷二八六、《明史稿》卷二六七、《皇明词林人物考》卷四、《四友斋丛说》卷一五、《闲居集》卷一〇《对山康修撰传》、《国朝献徵录》卷二一《康公行状》、《何文定公文集》卷一〇《康公墓表》、《对山集》附《对山先生墓志铭》等
陈沂（1469—1538）	正德十二年（1517）进士，出为山东参政。因不附张璁、桂萼，改山西行太仆寺卿致仕。从此杜门著书，绝意世务	《明史》卷二八六、《明史稿》卷二六七、《皇明词林人物考》卷六、《明诗综》卷三二、《明诗纪事》丁五、《列朝诗集小传》丙、《静志居诗话》卷一〇、《国朝献徵录》卷一〇四《陈先生墓志铭》等
杨慎（1488—1559）	正德六年（1511）殿试第一，授翰林修撰。正德十二年，武宗受内官蛊惑，微服出居庸关寻乐，杨慎抗疏切谏，寻以疾归乡。世宗立，授经筵讲官。嘉靖三年（1524），因反对世宗任张璁为翰林学士忤上意，罚俸而惩之，旋为议大礼与帝意不合，下诏狱而廷杖之，削籍谪戍云南至卒，在云南度过了三十五年流放生涯	《明史》卷一九二、《明史稿》卷二六七、《皇明词林人物考》卷六、《明诗综》卷三四、《明诗纪事》戊一、《列朝诗集小传》丙、《静志居诗话》卷一〇、《薛考功集》卷一〇《升庵诗序》、《太函集》卷二五《丹铅总录序》、《国朝献徵录》卷二一《杨升庵年谱》等

续上表

作家	生平经历	传记资料
李开先(1502—1568)	嘉靖八年(1529)登进士,授户部主事,调吏部员外郎,终至太常寺少卿。适九庙遭火灾,中麓乃上书自陈,忤上意,遂解职归田	《明史》卷二八七、《明史稿》卷二六八、《皇明词林人物考》卷八、《明诗综》卷四一、《明诗纪事》戊九、《列朝诗集小传》丁上、《静志居诗话》卷一二、《国朝献徵录》卷七〇《李公墓志铭》等
徐渭(1521—1593)	一生多难,嘉靖中浙江总督胡宗宪招致幕下,知兵好奇计,后胡坐严嵩党被杀,徐渭亦发狂自戕,复因杀其继室,坐罪论死,于狱中七年。晚年归卧乡里,以诗文书画糊口	《明史》卷二八八、《明史稿》卷二六八、《皇明词林人物考》卷一二、《明诗综》卷四九、《明诗纪事》己十七、《列朝诗集小传》丁中、《静志居诗话》卷一四、《袁中郎全集》卷一一《徐文长传》、《国朝献徵录》卷一一五《徐文长传》、徐渭自署《畸谱》等
冯惟敏(1511—约1580)	嘉靖十六年(1537)乡试中举,后屡试不第。嘉靖四十一年(1562),入京谒试,得授直隶涞水知县,清廉耿直,抑豪助贫,谤诟四起,终离任谪迁镇江府学教授,任职五年,调保定通判,次年署满城县事,旋辞而留旧任。复一年,乃辞官归乡,不复外出	《大泌山房集》卷六五《冯氏家传》、《石莲洞罗先生文集》卷一三《涞水重修学记》

续上表

作家	生平经历	传记资料
汪道昆（1525—1593）	嘉靖二十六年（1547）考中进士，嘉靖三十六年（1557）升湖广襄阳府知府，嘉靖四十年（1561）升福建按察司副使，嘉靖四十五年（1566），罢归。隆庆四年（1570）奉钦命以原职抚治郧阳等处地方，万历元年（1573）升兵部左侍郎。万历三年（1575）致仕	《明史》卷二八七、《明史稿》卷二六八、《国朝献徵录》卷七〇、《皇明词林人物考》卷九、《明诗综》卷四七、《明诗纪事》己三、《列朝诗集小传》丁上、《静志居诗话》卷一二、《大泌山房集》卷一一《太函集序》、《快雪堂集》卷二一《祭汪司马伯玉先生文》、《山居文稿》卷七《汪南明先生墓志铭》、《弇州山人四部稿》卷六二《少司马公汪伯子五十序》、《弇州山人续稿》卷三四《寿左司马南明汪公六十序》等
王衡（1564—1609）	大学士王锡爵之子，万历十六年（1588）举顺天乡试第一，此次乡试，礼部郎中高柱弹劾主试官黄汉宪徇私舞弊，指责试官沈璟、陈与郊诸人未尽职责，并提出中试可疑的八名，王衡即是其中之一。王衡遭到这次打击，愤而“不复会试”，回到江南故里。至万历二十九年（1601），他才以榜眼及第，授翰林院编修。同年他奉使江南，因请终养归	《明史》卷二一八、《明史稿》卷二〇一、《明诗综》卷五九、《明诗纪事》庚二〇、《列朝诗集小传》丁下、《瞿冏卿集》卷八《祭王緱山文》、《松圆偈庵集》卷下《祭王辰玉》等

续上表

作家	生平经历	传记资料
梅鼎祚(1549—1615)	十六岁时,为国子监生,郡守罗汝芳招致门下,龙溪王畿呼他为小友。他性不喜生业,弃之而以古学自任。阁臣申时行等曾荐于朝,他辞谢不赴,归隐书带园,构筑天逸阁藏书	《明诗综》卷六二、《明诗纪事》庚八、《列朝诗集小传》丁下、《静志居诗话》卷一七、《素雯斋集》卷一三《祭梅禹金》、《太函副墨》卷三《古乐苑序》
陈与郊(1544—1611)	万历元年(1573),举江南乡试,次年成进士,授河间府推官。万历十六年(1588),晋任吏部都给事中,其间他曾上疏请严禁贿赂,肃正纲纪,并曾二度兼礼闱同考官。万历十八年(1590)春,被拔擢为提督四夷馆太常寺少卿。以母老,恳请归省。过了三年,以当考试官时"考选过滥"的罪名,而遭免官。从此,他便在海宁县城北隅,构筑"隅园"以度余年	《大泌山房集》卷七八《太常寺卿陈公墓志铭》、《海宁县志》卷一〇
叶宪祖(1566—1641)	万历二十二年(1594)考中举人,四十七年(1619)中进士,授广东新会知县,因治绩有声,朝廷选至京都,欲委以重任。不料,魏忠贤霸政,以其与东林党人黄尊素是姻亲,改官大理寺评事,又迁工部虞衡司主事。魏忠贤建祠,适在同	

续上表

作家	生平经历	传记资料
	巷,他徙寓而去。又建祠临安街,他笑谓同官说:"此天子走辟雍道也,土偶岂能起立乎?"魏忠贤闻知后,大怒,即日被削籍遣归。崇祯元年(1628),起补为南京刑部主事,出守顺庆。不久,擢为湖广副使,后转四川参政,广西按察使,不赴辞归	《明诗综》卷六一、黄宗羲《吾悔集》卷一《叶公改葬墓志铭》、《浙江通志》卷一八〇
车任远	邑廪生,常闭户著书,非其人不纳。与杨秘园、徐文长、葛易斋等七人,仿竹林七贤轶事,结为社友	《上虞县志》卷九
王澹(1577?—1620后)	一生贫困潦倒,以知县幕僚而终老。为了谋生,东西南北,漂泊无定	王澹《墙东集》
沈自徵(1591—1641)	国子监生。居京师十年,归隐于邑之西乡。崇祯间,以贤良方正辟,辞不就	《明诗综》卷八一上、《小腆纪年》卷一〇、《静志居诗话》卷二二、邹漪《启祯野乘》卷六
王应遴	副榜恩贡生。崇祯时官大理寺评事,诰敕房办事中书舍人,礼部仪制司员外郎。崇祯七年(1634)十二月上志八百十三卷及皇明衍学大训。因忤时,左迁光禄寺署正,久之始复原秩。崇祯十七(1644)年,京师陷,自缢殉节	《崇祯忠节录》卷四

续上表

作家	生平经历	传记资料
卓人月	崇祯八年(1635)贡生。性情隐傲，意气豪举。崇祯九年(1636)试南雍。终被放归里	《明诗综》卷七一、《明诗纪事》辛二三、《静志居诗话》卷二〇、《纺绶堂文集》卷一《卓珂月蕊渊蟾台二集序》
茅维	科场上不得志，而以经世自负。曾经诣阙上书，陈当世大事，不报。又曾被乡人构害，几乎陷于大难	《明史》卷二八七、《明史稿》卷二六八、《明诗综》卷七一、《明诗纪事》庚三十、《列朝诗集小传》丁下、《大泌山房集》卷二六《论表策衡序》、《苍霞余草》卷五《闽游集序》
袁于令(1592—1672①)	明末诸生。早年居苏州因果巷，以一妓事，除名学籍。崇祯十七年(1644)，清世祖入北京即位，翌年清兵南下，乡里绅士托他作降表进呈，因此功叙为荆州太守。十年不见升进。监司向他说："闻贵府有三声：棋声、曲声、牌声。"他答道："闻公署中亦有三声，算盘声、天平声、板子声。"监司大怒，奏免他的官职	董含《三冈识略》、宋起凤《稗说》卷三"袁箨庵"条(见《明史资料丛刊》第二辑，江苏人民出版社1982年版)、李雯《蓼斋后集》卷五《箨说·赠袁令昭》、顾公燮《消夏闲记》

① 此处根据陆萼庭《谈袁于令》一文，见《清代戏曲家丛考》，学林出版社1995年版。邓长风则把袁于令之生年定为1674年。见《袁于令、袁廷梼与〈吴门袁氏家谱〉》，《明清戏曲家考略续编》，上海古籍出版社1997年版。

可见，明中后期的杂剧作家，大都有着乞归、罢归、被黜一类的经历，而创作杂剧较有特色的作家，也在这一段时间内集中涌现出来。

试图用几句简单的话语来概括一个时代，得出总结性的论断，显然是不自量力的事，而且容易陷入黑格尔绝对主义的圈子。但是，一个时代总有一个时代占主导的时代特征。对于明代中后期的知识阶层来说，他们正处于一个从政治、经济到文化的震荡时期，他们在这种震荡中的矛盾和困扰，不能不说是具有普遍意义的。

这种矛盾和困扰一开始并未如此强烈。明代初年，知识分子刚从异族的统治下解脱出来，普遍都有一种自尊自强的精神，他们能把自己的命运与封建王朝的命运紧密联系在一起，积极关注现实，主动参与现实，“风气养成，明一代虽有极黯之君，忠臣义士极惨之祸，而效忠者无世无之，气节高于清世远甚”①。

然而，随着明王朝的吏治混乱，奸佞当道，文人士大夫已不像明初时对现实抱着一腔热忱了。他们常因忤官而罢职，或因场屋不利而遁迹，已无奋发上进的气象。正德初年刘瑾扰乱朝政，残酷迫害士大夫。武宗死后，兴王世子朱厚熜奉遗命入继皇位，是为世宗。朱厚熜天性刚愎自用，他由藩王世子入承大统，恐怕朝臣轻视，登基不久，便提出要违反惯例，追尊自己的生父兴献王为皇考，是为“大礼仪”事件。结果，杨廷和等元老大臣一致反对，先后遭罢斥，而迎合朱厚熜旨意的张璁、桂萼等人骤升要职。嘉靖三年（1524）七月，二百二十九名朝臣为谏阻朱厚熜而跪伏左顺门，高呼请愿。朱厚熜大怒，命司礼监录诸姓名，逮一百三十四人于狱，为首者戍边，四品以上者俱夺俸，五品以

① 孟森《明清史讲义》第二编《各论》第一章《开国》第75页，中华书局1981年版。

下者杖之，编修王相等一百八十余人各杖有差，当场杖死十六人，而朱厚熜卒如其愿①。这件事本身对王朝的政治意义并不大，但它对嘉靖年间及明代后期的政治生活都产生了很大影响。首先，在这次事件中，朝臣中分为不同的政治势力，互相对抗，实际上开启了明代朝臣分党结朋、相互攻讦的风气。其次，在皇权高度集中的明朝，臣下的一切行为必须以不违背皇帝的意志为前提，即使皇帝的意志并不符合礼法。这件事只不过再次证实了这一点。士大夫刚刚建立起来的对封建政治的理想憧憬，又一次变为泡影。自此，士大夫逐渐丧失现实热忱，而转入对个人的内心世界，对自我的价值、地位、生命本身的意义的关注，追求主体精神的独立和人格的完善，这就造成了明中叶以后杂剧的共同特点就是主观化的色彩增强，越来越注重抒写作者内心的意绪，咀嚼自我的情感。

明代从弘治、正德开始，也是社会生活发生显著变化的关键时期。顾炎武《天下郡国利病书》卷三十二引《歙县风土论》：

> 国家厚泽深仁，重熙累洽，至于弘治盖綦隆矣，于是家给人足，居则有室，佃则有田……妇人纺绩，国子桑蓬，臧获伏劳，比邻敦睦……寻至正德末嘉靖初则稍异矣。商贾既多，土田不重。操赀交接，起落不常。能者方成，拙者乃毁。东家已富，西家自贫。高下失均，锱铢共竞。互相凌夺，各自张皇……

小农自然经济的破坏和市镇商业经济的繁荣，虽至正德末嘉靖初才显著，但弘治年间已显露端倪。日常生活中的种种现象，自然对人们的思想观念产生影响。鼓吹禁欲主义的程朱理学开始受到怀疑和嘲弄，程朱理学在意识形态的一统天下被打破，思想界出现了解冻局面，与正统儒学相抵触的异端学说纷纷重新露头，传

① 参见《明史纪事本末》卷五十《大礼仪》。

统思想与时代精神的撞击日趋紧张，文人阶层作为传统文化的维护者，作为时代精神的倡导者，最深切地感受到这种紧张，并力求探寻思想文化的新出路以超脱这种紧张。这就是明代中叶以后杂剧创作繁盛的深层动因。

世道的艰难、仕途的曲折和人心的险恶，也造成了明代文士普遍性的负才傲物、任诞自放的性格特征，这在杂剧作家中，也不乏其人，我们试看：

康海落职为民之后，“居恒征歌选妓，穷日落月。尝生日邀名妓百人，为百年会，酒阑，各书小令阕，命送诸王邸，曰‘此差胜锦缠头也’”①。又“常与妓女同跨一蹇驴，令从人赍琵琶自随，游行道中，傲然不屑”②。

李开先罢归后，“积书好客，豪宕不羁，著作甚富，如貔貅纵横，江海泛滥，一韵累百篇，盖白乐天之流也”③。

徐渭更是有过之而无不及，常常“日闭门与狎者数人饮噱，而深恶诸富贵人，自郡守丞以下求与见者，皆不得也。尝有诣者伺便排户半入，渭遽手拒扉，口应曰某不在，人多以是怪恨之”④。又“终以对贵人为苦，辄逃去，与不如公荣者饮即快。卒然遭之，科头戟手，鸥眠其几，豕接其金，老贼呼其名氏，饮更大快。一有当意，即衰童遢妓，屠贩田傹，操腥熟一盛，螺蟹一提，敲门乞火，叫拍要挟，征诗得诗，征文得文，征字得字”⑤。在遗书《自为墓志铭》中，徐渭更直剖自己“贱而懒且直，故惮责贵交似傲，与众处不免袒裼似玩，人多病之，然傲与

---

① 《列朝诗集小传》丙集。

② 《四友斋丛说》卷十八《杂记》。

③ 王兆云《皇明词林人物考》卷八。

④ 陶望龄《徐文长传》，《徐渭集》第四册第1339页，中华书局1983年版。

⑤ 王思任《徐文长先生佚稿序》，《徐渭集》第四册第1350页，中华书局1983年版。

玩，亦终两不得其情也”[①]。

……

清人赵翼在《廿二史劄记》中论明代才士傲诞之习曰：“吴中自祝允明、唐寅辈，才情轻艳，倾动流辈，放诞不羁，每出名教外。……此等恃才傲物，跅驰不羁，宜足以取祸，乃声光所及，到处逢迎，不恃达官贵人倾接恐后，即诸王亦以得交为幸，若惟恐失之。可见世运升平，物力丰裕，故文人学士得以跌荡于词场酒海间，亦一时盛事也。”赵翼指出才士傲诞之习得以盛行的重要条件是“世运升平，物力丰裕”[②]。的确，经济上的保障是必不可少的，不过，这只是最外在的因素，才士傲诞的意义，并不在于其习气之怪异不同凡俗，也不在于他们借放诞以消散怀才不遇的愁烦，而在于这种行为本身，已蕴含着在一定程度上的对传统价值观念与世俗社会规范的对立与抗议。

杂剧作家在生活中是这样，在作品人物形象的选择上，也显示了他们对不遇文人、傲岸之士的偏爱，王九思笔下的杜甫，陈沂笔下的胡仲渊，徐渭笔下的祢衡，冯惟敏笔下的梁颢，王衡笔下的王维，叶宪祖笔下的荆轲与灌夫，沈自徵笔下的杜默、张双、杨慎，徐阳辉笔下的毛遂，卓人月笔下的唐寅，邹兑金笔下的张敉，凌濛初笔下的红拂……均或是作者自我的化身，或是与作者有着相似的经历或性格，或是寄寓了作者的一种人格理想。明乎此，我们就不难理解，为什么同时代的两位具有典型傲诞性格的人物——杨慎与唐寅也出现在他们的笔下，这说明，对颓然自放、玩世不羁的行动和性格的推崇和褒扬，成为一时之风。我们还可以看到，像红拂、红线女、荆轲、高渐离、灌夫、虬髯翁、昆仑奴这样的英雄豪侠，亦蕴含着作者以他们见义勇为、自

① 《徐渭集》第二册第638页，中华书局1983年版。

② 《廿二史劄记》卷三十四。

负不凡的精神气概，来否决那些满口道学、行若狗彘的封建官僚。我们完全可以说，在明杂剧作品中，作者的情绪心声，正是通过他们笔下的人物得以完满地表现出来。

二

文学作品的内容与形式是不可分离的，这种不可分离性决定了不存在与内容相脱离的形式特征。特定的反映方式总是与特定的情调意蕴相表里，特定的形式结构也总是反映着特定的精神结构。

也许可以这么说，任何一项真正的文学创作，都包含了创作主体的思想意绪在内，文人受到压抑，每每要通过文学创作的方式加以宣泄，这是由他们的特性所决定的。明杂剧感情抒发的创作指向，决定了它不可能是鸿篇巨制之作。因为他们并不是要表现复杂的社会生活，构筑繁巨的情节事件，它并不在乎描写的是否舒卷自如，更不希冀内容的包罗万象，它只是急于要将心中的积郁宣泄出来，以求得内心的平衡和精神的安宁。

在明代文学诸体中，杂剧的短小、随意，正合乎了文人抒发世态人情所赋予他们的真切经历和独特感受。相对于同时期的文人传奇创作多涉及政治生活中的忠奸斗争以及历史演变中的兴亡交替①，明代杂剧创作在内容取向上，常从个人经历情思出发，确实显得比较狭小，但题材的宏大和相对狭小并不能成为价值判断的唯一标准。明代杂剧的主要价值，就在于它背离了中国古代强调文以载道和怨而不怒、哀而不伤、温柔敦厚的文学传统，在抒发个人情感的同时，在一定程度上担负了反映心声和社会批判的任务。

---

① 参见郭英德《明清文人传奇研究》第 3 章，北京师范大学出版社 1992 年版。

这一时期的不少杂剧作家在创作中，明确提出自己的作品乃有为之作。徐阳辉的《脱囊颖》在剧末中下场诗中说："毛遂酬恩天下有，平原结客世间无。"显然是在诉说士无所用的愤慨。梅鼎祚自题他的杂剧《昆仑奴》："夫彼一品者，始以其奴易，而卒不可易。今世稍见尊，辄能以易士，士即贱，乃不奴若也者，心悲之。"① 敖客季豹氏题后曰："大都士有才而失其职，其不平辄传之文章诗赋。……生故以文赋名家，性最介，而为是者，则以此奇事，补史臣所不足。词虽极工丽，其蹈厉不平之气，时时见矣。"梅鼎祚说，他在《昆仑奴》剧中写昆仑奴磨勒遭一品官郭子仪的蔑视，表达的是对士人不得其用的感叹，而敖客季豹氏也指出，此剧"蹈厉不平之气，时时见矣"。从剧本本身来看，这种意向表现得并不十分明显，也许正因为如此，作者和当时的评论者才又特意在自题或评论中点出其创作主旨。

茅维在他的《十赉堂集》"与王辰玉书"中指出："士之不得志者，未尝不发愤于文辞"，"仆故知足下有激而言 "，说王衡是把一肚皮的牢骚，通过戏曲作品发泄出来了。茅坤也曾去信给李开先道：

> 天之生才，及才之在人，各有所适。夫既不得显施，譬之千里之马而困槽枥之下，其志常在备报也，不得啮足而悲鸣。是以古之豪贤俊伟之士，往往有所托焉，以发其悲涕慷慨抑郁不平之衷，或隐于钓，或乞于市，或困于鼓刀，或歌或啸，或击缶，或喑哑，或医卜，或诙谐、驳杂之数者，其非故为与时浮沉者欤，而其中之所持，固有溷于世之耳目，而非其所见与所闻者矣。②

---

① 《鹿裘石室集》卷十二。

② 《宝剑记序》，见《李开先集》第749页，中华书局1959年版。

李开先把这段话录入他的传奇《宝剑记》序中，可见他亦认为这段话道出了他的心声。

上述种种都表明，文学已逐渐突破传统的怨而不怒、哀而不伤的“温柔敦厚”和“中和”原则，摆脱“文以载道”的依附地位而走向独立。文学能够自觉地摆脱政治依附地位，正是从明代中叶开始的。袁宏道认为《离骚》对“党人偷乐，众女谣诼，不揆中情，信谗赍怒”① 皆明文唾骂，根本不是什么怨而不怒。李贽大声疾呼士人当“发愤”而著书，凡著文应发狂大叫，恸哭流涕，即使统治者对此切齿咬牙，欲杀欲割，亦断不能藏之名山，投之水火，而应一吐为快，公布于世②。因此，杂剧的这种内容特征只能体现在明代中叶以后的创作中。

更可贵的是，明代一部分杂剧作者在发抒痛苦的同时，已注意把对情感的抒发与对自我遭遇、社会不平的反思自省相联系，寻求一种戏外之戏、戏外之境，从而使明代一部分杂剧创作能由对一己不幸的单纯宣泄，进入到对社会、人生进行某种程度的怀疑、思索的理性层面。这正如我们在前面分析的那样，这些剧作已涉及了封建社会的政治体制、伦理道德等重要问题。虽然这些剧作大部分只能成为案头之作，但不能不说，剧作者们努力地表现了对一种新的戏曲观念的追求，尽管这种努力不一定成功。曲论家卢前评曰：“往往一折成剧，简短精悍，如齐梁之小乐府，唐诗之绝句，出岫无心，回甘有味，别开戏曲之一途。”③ 这一评价是中肯的。

---

① 《袁中郎全集》卷三《叙小修诗》，见《袁宏道集笺校》第 187 页，上海古籍出版社 1981 年版。

② 见《焚书》卷三《忠义水浒传序》、《杂说》。

③ 卢前《明清戏曲史》第 1 页，商务印书馆 1935 年版。

三

与杂剧作品的这种批判意识相联系，作家在创作中特别强调的另一点是要识其味，“辨其声”。

以“味”论文，本是我国传统诗学理论的重要方法之一。唐代《诗品》提出“韵味”说的诗歌美学主张，所谓“韵味”包含了两层含义：第一，艺术美来源于自然美，但又高于自然美，这是“味外之旨”；第二，在言与意的关系上，《诗品》认为诗的意境在“韵外”，就是“韵外之致”。在此基础上，《诗品》又进一步提出“象外之象，景外之景”，诗歌中直接描写的形象，是读者最易感受到的形象，这个形象有情思，也有物象，有形状，也有色彩，应该说是一个具体的、鲜明清晰的形象，它所表达的情思也比较易于把握。但优秀的诗歌，往往在这一层可感的、鲜明清晰的形象之外，还有多层没有明确画面、更为飘忽空灵的形象，这个象，就是“象外之象”。这个象往往不直接诉诸读者的形象，而是通过象喻、烘托、暗示等手段，借助读者的联想、补充而呈现出来的。《诗品》所强调的“味外之旨”和“韵外之致”，就正存在于这个“象外之象”当中，或者说由“象外之象”而得来。由于“象外之象”具有空灵的、多层次的特点，因而它的蕴含十分丰富，不同的读者会从中得到不同的领悟和启示，这正像日本汉学家吉川幸次郎先生在《中国文章论》中论述中国古代文章的特质之一——暗示性“是指不把要表现的内容全部地在文章的表层展示出来，而是尽量地克制；或者说，在想要表现的内容中，只展现其高潮，其余则依赖于读者的想象的一种性质”①。

然而，明代的杂剧，是通过什么途径获得味外之旨的呢？是

① 《日本学者中国文章学论著选》第260页，上海古籍出版社1994年版。

阅读。

李开先在他的杂剧刻本《打哑禅》、《园林午梦》前有这么一段短引："中麓子尘事应酬之暇，古书讲读之余，戏为六院本，总名之曰一笑散。一、打哑禅，二、园林午梦；其四乃搅道场、乔坐衙、昏厮迷，并改窜三枝花大闹土地堂。借观者众，从而失之。失者无及，其存者恐久而亦如失者矣。遂刻之以木，印之以楮，装数十本，藏之巾笥。有时取玩，或命童子扮之，以代百尺扫愁之帚而千父钓诗之钩。更因雕工贫甚，愿减价售技。自念古人遇岁荒，乃以兴造事济贫。谚又有'油贵点灯，米贵斋僧'之说，遂以二院本付之，不然刻不及此。"① 这段话讲明读者之所以付刻二院本的原因，似无甚奇之处，但我们细细品味，却至少可以觉出明代杂剧的一些流传状况：李开先《一笑散》六剧成后，借而观之者众，遂有丢失现象，因此作者决定付而刻之，一可供人阅读，二亦可自己把玩。

李开先其实也是有戏班的，何良俊《四友斋丛说》记载："有客自山东来者，云李中麓家戏子二三十人，女伎二人，女僮歌者数人。"又引用王世贞的话说："余兵备青州时，曾一造李中麓。中麓开燕相款，其所出戏子，皆老苍头也，歌亦不甚叶。自言有善歌者数人，俱遣在各庄去未回，亦是此老欺人。"② 如此看来，李开先的家乐戏班，其主要功能，一是便于自己编写词曲，二是可自娱自乐，兼及款待友人，但它并不具备传播剧作的功用。

明代杂剧的传播途径，已经更多地由场上搬演变而为个人阅读，这是由于自明代以来印刷术大为昌盛才能做到的。这一时期，不仅小说，就连戏曲也成为人们阅读消闲之用。就剧本的刊

① 见《李开先集》第857页，中华书局1959年版。

② 《四友斋丛说》卷十八《杂记》。

刻、保存情况而言，明杂剧远比元杂剧幸运，现存唯一的元刻杂剧选本，是《元刊杂剧三十种》，但此本宾白与曲文常混在一起，大部分作品只有曲文全无宾白或只有极简单的科白，而我们只要翻检一下现存明代杂剧就会发现，基本上所有的剧本在明代就已经刊刻。刊行的方式有选集、专集、单行本及他作附录等，对当时的人来说，的确可以做到所谓“雪夜闭门读禁书，大快事也”。

接受方式的不同，自然会导致传播者和接受者关注点的差异。作为演诸场上的剧本，它首先要考虑的是如何在较短时间内打动观众，感染观众，这在我国的古典编剧和演剧理论中都有很多的分析和说明。清代戏曲理论家焦循在《花部农谭》中曾对花部剧本《清风亭》与昆剧剧本《双珠记》中雷殛描写的不同效果进行比较。他回忆自己年幼时观剧，前一天演《双珠记·天打》，“观者视之漠然”，第二天演《清风亭》，观众反映强烈，“其始无不切齿，既而无不大快，铙鼓歇，相视肃然，罔有戏色；归而称说，浃旬未已”①。虽然两剧取材于同一事件，但与传奇《双珠记》的作者相比，花部戏《清风亭》的作者更多地考虑了观众心理，更多地强调了剧本爱憎分明的感情色彩和入木三分的人物刻画，因而取得了较好的演出效果。

作为文学读本的杂剧，作者的关注点则不在于如何吸引人，李开先在《园林午梦》跋语的最末说了这么一句话：“午梦院本之作，其在何时耶？观者不待予言自知。但望更索诸言外，是则为幸不浅耳!”② 这里，李开先明确提出希望观者在看完他的剧本之后，不要只一笑便止，而要寻思言外之意。这就已经不止是一个剧作者对他的观众提出的要求，也不是追逐新鲜感的观众所

① 见《中国古典戏曲论著集成》（八）第229页，中国戏剧出版社1959年版。
② 见《李开先集》第861页，中华书局1959年版。

能做到的了。因为一个戏的言外之意，更多的还是要通过阅读的手段，甚至不止一遍地玩味咀嚼，才能体会到。李开先把他的这两个剧付之刻工，“有时取玩”，应正是此意。

无独有偶，我们在明代另外几部剧作的评点文字中，也看到了希望观者耐心品味的意思。徐渭的《四声猿》，虽然作者没有留下对自己这部剧作的评价文字，但当时就有人敏锐地觉出《四声猿》的内涵并非单一的，澂道人在《四声猿引》中说：“故将拟为晴空之霆击，清夜之钟鸣，岂仅为猿啸之哀而已哉！读《四声猿》者不特以玩其词，更当辨其声耳。”①

无论是“索诸言外”还是“辨其声”，其实说的都是一个意思，就是这些剧作都是有言外之意的，或者换言之，都是有“味”的。

四

一般来说，适合搬上舞台的剧本，最好能做到主题鲜明，人物鲜明，重点突出，结构紧凑。舞台性使它并不讲求内容的多层次，而要求通过演员的直观表演，观众在较短的时间内就被它的故事情节牵引而或喜或悲或怒。

与元杂剧比较而言，明杂剧作家创作文学作品不是以谋生为目的，因此无需或不甚考虑他的观众或读者的各种观读要求。而直接推向舞台的元杂剧作品，首先考虑的不能不是他们的受众即消费者，他们必须吸引观众，不仅要使故事首尾毕具，脉络清晰，而且还要有波澜，有起伏，引人入胜。而语言也力求平易通畅，它所提供的戏剧情节并不要求包含抽象深刻的精神意蕴，而要具有直接刺激感官的功能。与这种目的性相联，元杂剧的结构程式也具有极为突出的程式化特征，四折一楔子的结构把一个故

① 见《中国古典戏曲序跋汇编》第867页，齐鲁书社1989年版。

事的发生、发展、高潮、结束包含无遗。通常在剧作开始，明确时间、地点，表明主人公的善恶本质，交代冲突双方矛盾的起因；然后矛盾冲突强化，情节也渐趋紧张，最终历尽艰险，善战胜了恶，正战胜了邪，或是恶摧残了善，故事也圆满地结束。

浦安迪在《中国叙事学》中针对什么是“叙事文学”解释说：“文学有三大体式：抒情诗、戏剧和叙事文。虽然，我们说叙事文不外乎是一种传达人生经验本质和意义的文化媒介，但传达人生经验的本质和意义并不是叙事文独此一家的专利，戏剧和抒情诗的本义难道不也在于传达人生经验的本质和意义吗？因此，我们不妨设想抒情诗、戏剧和叙事文都是表现人生的本质和意义，但叙事文侧重于表现时间流中的人生经验，或者说侧重在时间流中展现人生的履历。……我们可以这样说，抒情诗直接描绘静态的人生本质，但较少涉及时间演变的过程。戏剧关注的是人生矛盾，通过场面冲突和角色诉怀——即英文所谓的舞台‘表现’或‘体现’——来传达人生的本质。唯有叙事文展示的是一个延绵不断的经验流中的人生本质。”①

浦安迪准确地表达了抒情诗、戏剧和叙事文这三大文类（或者如他所说之“体式”）的本质区分，但用这样的标准来考察中国古典戏剧的创作，却并不能完全适用，至少在明杂剧的创作中，作家传达他对于人生的看法，就并不赖于舞台的“表现”或“体现”，而是通过阅读这一更为个人的方式。

不过，对于明代中后期杂剧文学中的这种“悲涕慷慨抑郁不平之气”，我们也不可过高估计，同为发愤之作，也有发个人穷通出处之愤与发不合理社会现实政治之愤的区别。虽然既为发愤之作，必然或多或少，或显或隐，或自觉或不自觉地带有一定的社会批判意义，但出发点的不同，仍然有境界高低之差。不容

① 浦安迪《中国叙事学》第 7 页，北京大学出版社 1996 年版。

否认，明杂剧作品都有比较浓厚的情绪化色彩，其落脚点更多的并不在对现实存在的理性认识和批判，而是对现实存在的道德评价。它仍是将自我心灵的舒展作为最高层次的表现，其发源和指归仍是个人心灵情感的震动和凝聚。因此，明代中后期杂剧内容取材的个人性特征，既使得它所表现的情感都是真实自由的，也使得它很容易在一己的精神世界中自我排遣、自我舒展，未能深入展示这些题材可能包含的内蕴，也未能将个人的穷愁悲苦，推己及人，升华为对整个社会现实的执着关注，这不能不最终成为导致它消亡的重要原因。

艺术的作用在于它可以使题材所固有的最原始的情感得以节制，“艺术形式的作用消解了直接的功利目的，而形成了无关功利的审美聚焦，使夹带着泥沙的不可控制的自然情感之流注入深潭，得到控制、回旋与缓解，进而变成审美情感的清流悠然倾泻出来”①。因此，即使作家的情感是真实的，如果他不能站到某种超脱的视点进行审美观照、审美把握的话，这种情感就很难升华为能引起他人共鸣的审美情感，而作家的作品也很难形成自己独特的创作风格。清代焦循《剧说》引徐釚《词苑丛谈》云：“沈自徵负才任侠，所著《霸亭秋》、《鞭歌妓》、《簪花髻》，名《渔阳三弄》与徐文长并传。”又引王士禛《古夫于亭杂录》说：“吴江沈君自徵作《霸亭秋》、《鞭歌妓》二剧，浏漓悲壮，其才不在徐文长下。”② 这两则材料不约而同地都把沈自徵同徐渭联系在一起，因为他们的剧作都是“浏漓悲壮”之作，艺术风格十分相似。不仅如此，整个明代中后期杂剧创作的整体风格都非常强烈，这从当时人不约而同地用“愤激”来评价它就可以看

① 童庆炳《文体与文体的创造》第323页，云南人民出版社1994年版。

② 《剧说》卷三，见《中国古典戏曲论著集成》（八）第130页，中国戏剧出版社1989年版。

出来，而在此基础上的个人风格则相对微弱。在这一点上，明代中后期杂剧形式的随意性对于作家的个人表现来说，是功过参半的。

第五章　明杂剧的总体风格

第一节　笔法的戏谑

一

要圆满解释一种历史现象，内（思想动机）、外（社会）的双重影响，可能是我们都必须考虑的因素。

就明代杂剧创作这一具体事件而言，明代杂剧创作的最根本动机，是作家希望通过这种创作活动来寄托身世之感，抒发不平之气。这在当时的作者，与其说是自觉地把这看成有社会意义的行为，毋宁说是一种自我心理治疗的措施，使胸中积郁在审美的方式中得以疏导、散发。

李开先的同里姜大成，曾针对他人对李开先“有才如此，不宅心经术，童子不使之读书，歌古诗，而乃编词作戏，与平日所为大不相蒙，中麓将如斯已乎？盍劝之火其书而散其童”的质问，这样解释道：

> 古来抱大才者，若不得乘时柄用，非以乐事系其心，往往发狂病死。今借此以坐消日月，暗老豪杰，奚不可也？①

① 姜大成序《宝剑记后序》，见《李开先集》第852页，中华书局1959年版。

很明显，姜大成说明了这一事实，即李开先是把戏曲创作作为一种治疗心理失衡的良药的。

本着这种创作态度，作家创作杂剧不在于博取某种功利与效益，而是要使主体的内在情绪得以发抒，内心世界得到一种新的平衡；是出自一种主体自发的内在需求，而不是为了满足外在的功利性需要。

明代杂剧作家，还在多处阐发了他们对于戏剧创作的一种认识。王衡的《真傀儡》在剧末云："做戏的半真半假，看戏的谁真谁假。""戏"字，在古典作家那里已被赋予"假定"、"虚幻"的象征意义。傀儡戏则是假上加假，幻中再幻。

王骥德《男王后》在剧末，也有这么一段：

（净）今日这样奇事，明日史官可不载在《艳异编》上，待后边人做一个笑话儿么？

（旦）［殿前欢］这姻缘谩将彤管记红笺，是史书中突出个新窑变①。待到千年剪银灯做笑话传，谁曾见那薄太后云阶面，都则是临文当要，那里好信口瞒天。

（净）我看那做剧戏的，也不过是借我和你这件事，发挥他些才情寄寓他些嘲讽。今日座中君子，却认不得真哩。

（合）［清江引］叹江淹笔尖花一剪，散作春千片，清霜激唾壶，红雨霏檀串，恁胭脂几梢明月转。

郑振铎先生在《杂剧的转变》中称："这种'自己喊采'的空气最为恶劣，最容易将剧场上严肃真挚的气氛为之打破无遗……若时时刻刻在演剧时提醒人家，使之知其为戏，知其为非真事，则

① "窑变"，《盛明杂剧》本作"窑变"（"窑"即"窑"之异体字），原意为制造瓷器时，由于窑里高温度的火焰使釉发生化学变化，开窑后出现意外的新奇颜色和花样。元明后文学作品中常用以比喻男女关系中某一方中途变心。

听者将无不索然怅然，继且喧然互语，心不在剧。所以最好的剧本都是极为严肃深切，决不使人感得其为演剧的。《男王后》亏得点出时已在剧末，故还不十分影响到全剧的戏剧力。”

同样的，在评论徐渭的《狂鼓史》时，郑又说：“这种侧面的叙写（指《狂鼓史》“阴骂曹”的情节），在剧场上，其动人的力量，是较之正面的描写要减少得了。试想，将一个已定了罪的曹操，由囚徒而复升了高座，一无抵抗的尽着祢衡大骂，他疲倦得不要听了，判官还要‘与他一百铁鞭醒睡’，这真是那里说起的一种滑稽的举动。……不知文长当时布局时怎么偏取了这个最坏的布局?”①

我们认为，明人杂剧中出现的这种“自己喊采的空气”、“滑稽的举动”，恰恰反映了明代杂剧作家的一种戏剧观念。至于对两出剧的具体评价，郑振铎先生尚未能仔细分辨。在不同的杂剧作品中，即使是运用了同样的表现手段，其背后的含义也是不尽相同的。

二

对于戏剧的认识，中国的戏台楹联是说得最生动的：

学为父子，学为君臣，学为长幼，汇千古忠孝节义，细细看来，无非逢场作戏；

行乎富贵，行乎贫贱，行乎患难，成一时离合悲欢，般般演出，管教拍案惊奇。

曲是曲也！曲尽人情，愈曲愈妙；

戏岂戏乎？戏推物理，越戏越真。

---

① 见郑振铎《杂剧的转变》，《小说月报》第21卷第1号，1930年。

尧舜生，汤武净，五霸七雄丑末耳，伊尹太公，便算一双要手，其余拜将封侯，不过摇旗呐喊称奴婢；

四书白，六经引，诸子百家杂说也，杜甫李白，会唱几句乱弹，此外咬文嚼字，大都缘街乞食闹莲花。

人情到底好排场，耀武扬威，任你放开眉眼笑；

世事原来多假局，装模作样，惟吾脚踏实地看。

戏剧是什么？在汉语言中，凡是与“戏”相连缀的语词，都包含一种虚饰、嘲弄、调笑、逗趣、放纵情感的意思，如“戏言”、“戏论”、“戏墨”、“戏笔”、“戏作”、“戏谑”、“戏剧”，等等。

这种对于戏剧的认识，进入中国古典戏剧理论，就成为对戏剧故事本体“虚构”与“真实”关系的探讨，而这是从明代中叶开始的。胡应麟在《少室山房笔丛》中说：“凡传奇以戏文为称也，亡往而非戏也，故其事欲谬悠而亡根也，其名欲颠倒而亡实也。”① 谢肇淛《五杂俎》云：“凡为小说及杂剧戏文，须是虚实相半，方为游戏三昧之笔，亦要情景造极而止，不必问其有无也。”他又说：“戏与梦同，离合悲欢，非真情也；富贵贫贱，非真境也。人世转眼，亦犹是也。而愚人……遇苦楚之戏，则愀然变容，遇荣盛之戏，则欢然嬉笑，总之不脱处世见解耳。近来文人，好以史传合之杂剧，而辨其谬讹，此正是痴人前说梦也。”② 可以说，两人都强调了戏剧本体“主观表现”的重要性。胡应麟以“戏”的观念立论，明确认定戏剧故事本体“谬悠而亡根”；在谢肇淛的表述中，虽以“虚实相半”为戏剧故事的一条创作原则，但其所谓的“相半”其实仍是首重于“虚”

① 《少室山房笔丛》卷二十五《庄岳委谈》下。

② 见《五杂俎》卷十五《事部》。

的，他把“情景造极而止”作为戏剧创作之归旨，所谓“事之有无”则无关宏旨。李贽也说：“杂戏、院本，游戏之上乘也”。[①]；徐复祚亦谓：“正业之外，游戏为此。”[②] 基于以戏为怡情逸兴的途径，中国人的戏剧情绪常常显得既如醉如痴，而又漫不经心。中国的士大夫、学士、文人，以“修齐治平”为己任，写诗作文已经被视为“余事”，填词则是诗之余，曲又是词之余，看戏、论戏更在读曲、唱曲之下，只不过是一种调节生活的野趣而已。

另一方面，“戏”本来就发生在我们身边，“人生无日不在戏中”。古往今来的历史，就是一部连台大戏，兴亡、和战、贵贱、贫富、得失、穷通、忠奸、善恶、离合、悲欢，无日不在轮番上演，“乱哄哄你方唱罢我登场”，熙熙攘攘的大千世界，人们都是在扮演着各自的特定角色，既是在实实在在地生活，又是在认认真真地演戏。王安石的一首短诗说：“侏优戏场中，一贵复一贱，心知本自同，所以无欣怨。”[③] 陆游也说：“回看薄宦成何味？只借朝衫作戏场。”[④] 在中国古人看来，“舞台小天地”里的“戏”，只不过是“一地大舞台”的诸般色相的微缩化和艺术化而已。张元徵在序《盛明杂剧》时，就驳斥时人对杂剧的贬责：“或又曰：杂剧称引事情，多谬悠不经，取姗惇史。余谓又不然。优昉优孟，抵掌叔敖，业云戏矣，正以戏绝为妙。观其命意称名，原取颠倒谑诨。如曲欲熟而命以生，妇宜夜而名以旦，开场始事而为末，涂污不洁而云净，不过取当场哄然一噱，

① 李贽《焚书·杂说》。

② 徐复祚《曲论》。

③ 王安石《相国寺启同天节道场行香院观戏者》，《临川先生文集》卷十，见《王临川集》第69页，商务印书馆1933年版。

④ 陆游《村居遣兴》，《剑南诗稿》卷五十八，见《陆游集》第三册第1417页，中华书局1976年版。

而技售矣。且天下何之非戏，俄冠进贤，俄返初服，萍水奇遇，把臂忽诀。现前一段悲欢离合搬演正熟，但身在场中错认真耳。子瞻云：'休言万事转头空，未转头时是梦。'此语觑破。"

本着这种戏剧观，作家在写剧时自然能保持一种超脱于生活之外的冷眼旁观的态度，或者说，写戏的人同剧中发生的事情始终保持着一种明显的"间离"。这其实就是一种中国式的人生哲学，老庄思想和佛教哲学的广泛流传，使得诸如人生如梦、四大皆空、情缘总归虚幻、仕宦如登戏场之类的意识，在中国社会发生了极其深刻的影响。

在明杂剧作家身上，这一方面的体现是相当强烈的，我们可以很轻易地找到作家以老庄禅佛来逃避王权的实例。作家编剧，常常就是抱着"游戏"态度，按照"游戏"眼光去看待、表现一切历史的、现实的是非善恶，恣意昭彰权豪势要们的恶迹恶报，任情编撰弱小者的否极泰来。在这里，作家追求的显然是剧作的内在真实，而不是戏剧性的其他方面。这正如汪渐鸿撰《〈苏门啸〉小引》所云："夫啸有所寄也。十二剧又啸之，寄所寄者也。曷为必寄这十二剧也？阎浮世界一大戏场，生老病死，离合悲欢，人于其间皆戏耳。迎机说法，借幻显真，游戏神通，直证本来面目，安见剧场中，不足以触忠孝节义之性，风流洒脱之致乎？剧中似砭似箴，似嘲似讽，写照描情，标指见月，苏门一啸，聊当宗门一喝，唤醒人世黄粱耳。"①

可见，所谓"以文为戏"，实际上包含着两种截然不同的创作心态。一种是的的确确的游戏之作，作家并不以自己的某一创作为意，此种作品也只是为了遣兴消闲；另一种则是，作家虽也不无自嘲地称自己的作品是"戏作"、"戏笔"，我们却不能因此而等闲视之，因为他们往往是用这种表面的戏谑与调侃，来掩饰

① 《中国古典戏曲序跋》第892页，齐鲁书社1989年版。

蕴含于作品中的愤激之情，否则，我们就不能解释为什么作家一方面在创作杂剧这一文体中的“小道”，同时又要求读者辨“声”识“味”，也无法更好地理解为什么明杂剧中的那些度脱剧，却对世情讽刺得那么尖辣。在这里，戏剧所具有的超脱性质不是使人飘然自得于人间痛苦之上，而是使人因其超脱性而能更清醒、强烈地审察到人间的黑暗，戏谑亦转而为嬉笑怒骂，转而为热烈、愤激、恣肆、酣畅之语。这两种心态在明杂剧中均不乏其作，但与明代文人传奇创作对于人间的喜怒哀乐，多处于一种俯视的地位相较，杂剧作家的超脱感多表现为愤激或消沉，而不是放逸、风流。明乎此，我们才能够理解，为什么戏谑与愤激，这一对截然相反的创作心态和创作效果，在明人杂剧中，却能成为密不可分，可相互转化的事物。

我们还可以再考察一下明末祁彪佳的《远山堂曲品》和《远山堂剧品》，此二著同设“妙、雅、逸、艳、能、具”六品，其中较能体现戏曲创作中戏谑的审美倾向的是“逸品”之设，但在《曲品》与《剧品》的具体评述中，即显出了取向的不同。《曲品》“逸品”的第一部作品是沈璟的《博笑记》，评曰：“词隐先生游戏词坛，杂取《耳谈》中可喜、可怪之事，每事演三四折，俱可绝倒。”又评孙钟龄《睡乡》：“孙君聊出戏笔，以广《齐谐》。设为乌有生、无是公一辈人，啼笑纸上，字字解颐。”而《剧品》“逸品”评董玄《文长问天》：“牢骚怒骂，不减《渔阳三弄》。此是天孙礧磈，借文长舒写耳，吾当以斗酒浇之。”评来集之《红纱》：“痛骂糊涂主司，或哭或笑，豪气拂拂纸上。闻来君方少年，何愤懑乃尔？”同是“逸品”，评价重点却相异甚远。

三

就明杂剧的具体创作实践来说，以戏笔写愤激之语，最出色的要数徐渭的创作。他的《狂鼓史》，用戏中戏的方式布置关目，看似悠谬不经，其实恰恰着眼于情感的发抒，着眼于以不平常的手段引导观众了解他的创作意图。

徐渭以戏中戏的结构编撰该剧，就使得整个剧情的发展有了极大的自由空间。因为是做戏，曹操完全处于被动位置，他仍要做张做智，“仍旧扮做丞相”，如果“乔做等小心畏惧，藏过了那狠毒模样”，便要挨一百铁鞭，再从头做起，还要被歌女们讪笑“万事不由人计较，呀，一个冬烘，呀，一个冬烘；算来都是，烘打冬，打冬烘，一场空，呀，一个冬烘，呀，一个冬烘”，这个曾经作恶多端的权奸，现在是一副可笑可怜模样。昔日的威风，昔日的荣华，一概扫地以尽。正由于这种戏中戏的方式，祢衡胜券在握，他便居高临下，尖刻控告，势挟风雷，不仅骂到当日祢衡所骂过的曹操的罪恶，连在阳间未骂过的，也要带上，“直捣到铜雀台分香卖履，方痛快人心”。因而，毛宗岗说：“读徐文长《四声猿》，有祢衡骂曹一篇文字，将祢衡死后之事，补骂一番，殊为痛快！”①

对这样一出剧，如果视为戏作的话，就应该接受它奇特的构撰方式和激烈的、毫无顾忌的痛骂；如果不把它视为仅仅是一出戏作的话，就可以对它的深层意蕴作进一步的思索。在“戏”与“非戏”之间，剧作力度得到了最大的体现。

如前所云，明代的杂剧也并非每一部作品都达到了这样的深度。在徐渭《四声猿》的四个剧中，有两出写女扮男装的戏，这就是《雌木兰》和《女状元》。徐渭的这两个剧同样是有所寄托的，并非简单的游戏之作。但继徐渭之后，王骥德创作的男扮女装的《男皇后》，就是真的戏笔了。王骥德自己说：“好事者以《女状元》并余旧所谱《陈子高传》称为《男皇后》并刻以

① 毛宗岗评本《三国演义》第二十四回总评批语。

传，亦一的对，特余不敢与先生匹配耳。”① 《男皇后》与《女状元》虽为的对，但寄意却有别，王骥德作此剧，诚如他所说，是“发挥些才情，寄寓些嘲讽”，因此，郑振铎先生批评它“作者竟以戏为戏，大见减色”，而这出戏也的确并不在于表现自己的心声或胸臆。

如果我们把视线放远一些，还可发现，其实不仅在戏曲创作中，而且在其他的一些艺术形式中，也不乏以文为戏的例子。明代的杨慎就常以文为戏，他的文章大多带有诙谐色彩。如他的《蚊赋》、《后蚊赋》、《戏作破蚊陈露布》等②，均是以文为戏的实例，但他的戏作也常别有心曲。他的《凤赋》，以长篇大论凤凰鸣声的分别，又写真假凤凰的分别，对世人心目中的吉祥之物发这样一篇文字，真是戏谑到了极点，但作者对世间事物似是而非者比比皆是的感叹，已足有冷水浇背之感。

在笔墨艺术中，自称自己的艺术创作是“游戏翰墨”的也不少。徐渭的《墨花卷跋》云：“忙笑乾坤幻泡沤，闲涂花石弄春秋”（《吴越所见书画录》卷二）③，他自谓“老来戏谑涂花卉”（《画百花卷与史甥》），又多次在诗中写道：“墨中游戏老婆禅，长被参人打一拳”（《墨花图卷》题牡丹诗），还说：“老夫游戏墨淋漓，花草都于杂四时”（《云烟之兴图卷》题诗）。

不仅如此，徐渭还在一首《枯木石竹》中谈到他对“相”的理解：

道人写竹并枯丛，却与禅家气味同，
大抵绝无花叶相，一团苍老莫烟中。

徐渭自言他的画“大抵绝无花叶相”，并说这就是禅家气味，可

① 《曲律》卷四《杂论》卷三十九下 。
② 文见《升庵集》卷一。
③ 文中所引徐渭文均出自《徐渭集》，中华书局1983年版。

见，他是从禅家对“相”的阐述来透视艺术创造的。

在佛教中，“相”指诸法体状，《金刚经》：“凡所有相，皆是虚妄。若见诸相非相，即见如来。”“如来”指佛性。《金刚经》最后一部分又载有一偈：

一切有为法，如梦幻泡影，
如露亦如电，应作如是观。

“法”皆有相，因而相亦如“梦、幻、泡、影、露、电”一般，是虚幻不实的。徐渭给吕洞宾题的像赞也说：“昔图若彼，今图若此，昔耶今耶，一纯阳子。凡涉有形，如露泡电，以颜色求，终不可见。知彼亦凡，即知我仙，勿谓学人，此语堕禅。”（《纯阳子图赞》）吕洞宾本是道教“全真派”远祖，徐渭的赞语却用了《金刚经》的意思，可见这种观念对他影响之深。徐渭有《金刚经跋》云：

《金刚》一经，自达摩西来，指授世人，示以直明本心，见性成佛，而此以经遂以盛行于世。其在旨要于破除诸相，洵矣何疑！

徐渭以“破除诸相”概括《金刚经》大旨，亦以“破除诸相”为艺术创造的根本所在，他在《金刚经跋》中又称：

夫经既云“无相”，则言语文字一切皆相，云何诵读演说悉成功德？盖本来自性不假文字，然舍文字无从悟入，诚信心讽咏久之，知慧自开，真如自见。

可见，人们要认识把握本体真如，必须凭借于“相”，“相”的意义即在于此；但“相”是虚幻不实的，只有本体“真如”才是实在的。徐渭题《虾蛤》云：

精理通毫末，物情无遁藏。
平生江澥心，游戏翰墨场。
实理拟虚味，老饕放笔狂。
笔秃蛤纹乱，笔尖虾须长。

昔人戒萋薆，睹此成感伤。

偃仰六合间，曲钩乖义方。

既然艺术和现实只不过是法相，是虚幻的，那么，作家又何妨以戏谑之笔，以使自己的精神性情得以充分体现呢？又何必因为虚幻不实的东西阻碍了个性的充分表达呢？联系明代的杂剧创作，可以理解，明杂剧创作的戏谑之风，正是以此为基础的。

第二节　叙事的诗化

一

中国古代的文艺理论家在对某一种艺术样式作出本体认定的时候，常常把该种艺术样式与中国文学上业已成型的某种艺术体式联系在一起，找出其中的渊源关系；同时，他们又在两种艺术体式的辨析中进一步张扬该种艺术样式的本体特性。在古典剧论中，人们常常把戏剧称为“诗”，称为“曲”，或称为“乐府”，其所追求的正是要强化戏剧艺术的“诗化”特征。

从元代到明中叶，在对戏剧样式作本体认定时，占据主导地位的就是一种“曲”的观念——把戏剧艺术视为诗歌的一种，或者说，戏剧即是“诗”。

明代有两部戏曲著作：专谈北曲的《太和正音谱》和专谈南戏的《南戏叙录》，但是，这两部著作的研究对象仍是一个散曲和戏剧的合成体——“曲”，所谓“曲”，就是诗歌，是文辞和音乐的统一，是一定格式的诗和某种音乐的统一。

因此，从元代到明中叶，人们在论述戏剧的源流时往往视戏剧与诗词同宗，何良俊谓：“诗变为词，词变为歌曲，则歌曲乃诗之流别”①；而王骥德在其《曲律》的开首便有“论曲源”云：

曲，乐之支也，自《康衢》、《击壤》……以降，于是《越人》、《易水》……继作，声渐靡矣。“乐府”之名，方于西汉……六朝沿其声调，稍加藻艳，……入唐而以绝句为曲，如《清平》、《郁轮》……之类，入宋而词始大振，署曰“诗余”，……金章宗时，渐更为北词，如世所传董解元《西厢记》者，……迨季世之我明，又而为南曲，婉丽妩媚，一唱三叹，于是美善兼至，极声调之变。

王骥德从音乐的角度追溯了戏剧的源流，所论可谓详矣。他把戏剧的源流一直追溯到了上古，形成了“诗、词、曲”相沿相续的“诗歌一体化”的倾向。

从元代到明中叶，戏剧理论家对戏剧进行理论探讨时，明显地表现出了将戏剧视为诗歌的本体论特色。其中一个最为明显的特征是：戏剧理论家们在对戏剧的批评和研究中，承续了传统的诗学框架，沿用以往论诗的角度和途径来探讨戏剧艺术，把文辞和音律作为戏剧批评的两大支柱。明中叶以后，“曲”的观念仍然根柢盘深地占据着戏剧观念的中心地位。吕天成曾对孙鑛的“南词十要”极为激赏②，但在具体品评中，却仍旧按自己“音律”、“词华”的标准给戏剧作品评等第张曲榜。祁彪佳在《远山堂曲品叙》中，更是直接地提出了他的准则：“韵失矣，进而求其调，调失矣，进而求其词，词陋矣，又进而求其事。”音韵

① 《四友斋丛说》卷三十七《词曲》。

② 见《曲品》卷下作者说明。“十要”包括“第一要事佳，第二要关目好，第三要搬出来好，第四要按宫调、协音律，第五要使人易晓，第六要词采，第七要善敷衍——淡处做得浓，闲处做得热闹，第八要各角色派得匀妥，第九要脱套，第十要合世情、关风化”。孙鑛在这里已初步体现出视戏曲为综合艺术的观念。

词华还是主要的，叙事性只居第三位。

二

从文体学的角度看，诗一方面是与小说、散文及戏剧文学并列的文学体裁；另一方面又是一个文艺学的和美学的概念，它是一切优秀的文学作品和艺术作品都应具备的特质。中国古代称赞意境深远的绘画作品是“不语诗”，显然，在这里，“诗”不是指文学体裁的意思，而是指一种审美素质。作为一个文艺学的和美学的概念，诗指的是富于美感的意象和情趣，是流动于作品之中的具有深永内容的情感。

作为一种审美素质，诗、诗味、诗意，是一切优秀艺术作品的标志。戏曲的诗意，是艺术化了的、审美化了的寓意。如果作家对人生有了某种独到的、深入的领悟，把它寄托在戏曲中，而又能同戏曲的叙述内容协调、融合，戏曲便可能有了诗意。

如果对明代中后期的杂剧作一总体的审视，就会发现这些作品的共同特点是，杂剧的叙述内容退到了背景地位，元杂剧中那种以矛盾冲突为轴心的故事情节淡化了，而代之以细腻的内心表现。这里，写情盖过了写事，故事性的扣人心弦变成了情感性的眷恋回味。

明杂剧的诗化特征，首先是很明显地表现在外部形式特征上。明代杂剧作家把传统诗论、文论中追求含蓄、蕴藉的神韵境界带入了剧本创作之中，汪道昆便是这部分作家的代表，他的《大雅堂乐府》大都追求一种渺茫、凄清的意境。例如《高唐梦》中宋玉唱道：

> [高阳台] 泽畔招魂，垒臣何处悲咽，江风初动青蘋末，断肠处洞庭飞叶。

这里融合了《楚辞》和宋词中的某些意境，也表现了作者自己的某些情绪。作者在《送黄文学迁成均序》中说：“诗也、歌也、舞也，三者必本于心，而后乐从之。”据此，则集诗乐歌舞于一台的戏剧自然亦以“本于心”者为上，剧作家往往忽视了诗与曲在抒情方式上的不同，不求在生动的情节中表达思想，而直接以蕴藉典雅的文词抒写胸臆。

类似的追求在其他作家中也时有所见。如卓人月《花舫缘》中描写大江景色：

> ［新水令］望中烟树秣陵赊，空故国山川千叠。晓云浓，山色紫，暮雨急，江潮咽，四顾寥绝，看帆影如秋叶。

前代文人以画入诗，这里是以画入曲，无怪乎朱彝尊《静志居诗话》称其“才情横溢”①。

孟称舜的戏剧语言则不仅抒情味很浓，而且和人物的心理刻画紧密地联系在一起，因此更富有特色。他在《桃花人面》中努力把诗的境界和戏剧语言完美地融合起来，刻画了女主人公思念爱人的心理。《眼儿媚》第一折描写男女主人公幽会，旦唱：

> ［殿前欢］早则是夜深沉灭残灯，映纱窗嫌杀月儿明。挂垂帘蓦见参儿正。悄悄冥冥，听何处的吹箫别院声，翻入阳关令，惹起离愁兴。咱向你枕边轶语，一晌消停。

诗情画意，情景交融，而文学语言浅深浓淡，恰到好处。

其他如程士廉的《小雅堂乐府》，叶宪祖的《易水寒》，陈与郊的《昭君出塞》、《文姬入塞》，沈自徵的《霸亭秋》、《簪花髻》，徐士俊的《春波影》，徐野君的《络冰丝》等都具有诗化的语言特色。

---

① 见《静志居诗话》卷二十“卓人月”条。

三

如果说以上我们所讲的还只是诗歌在外在形式上对明杂剧的影响的话，那么，真正意义上的诗化，就在于明杂剧具有诗歌的最基本的属性，即抒情性。明杂剧所表现的诗情，决定了它成为一种诗剧。

在文学艺术中，诗歌是最适合于抒发人的情感的一种文学样式，“一切诗歌都从感情出发也诉之于感情，其创造与感应的神秘，也就在于此”①。因景生情，以情观景，在景物的真实描写中融入情思，创造出情景交融的完美境界，这是古代诗歌基本的艺术特征。中国古代诗歌着力表现的是诗人对事物的主观感受和情感体验。为了表现这种感受和体验，诗人往往选择了最具表现力、最富有意味的物象和景物，形成一种氛围，创造一种意境。

诗歌如此，而戏曲，除了“曲”，它还必须要有“戏”，即一定的故事情节。然而，明杂剧却将叙事降至只是作为抒情的手段和媒介，描写故事并不是他们戏曲创作的宗旨，他们着意要表现的乃是事件中人物的情感体验以至剧作家本人的情感共鸣和评价。因此，明杂剧作家在戏曲创作中，往往并不注意剧作所表现事件的完整性，而是突出情感抒发的充分性；也不着意于戏剧动作的紧张性和必然性，而是尽量把人物内心的情感波澜层层展开，构成一个动荡回环的漩涡。在情节结构上，不以演一个故事为主要目的，不着意塑造一个完整、生动的艺术形象，也不把展现某个历史空间作为要旨，而是把某种情感的抒发、某种意境的凝结视为最高宗旨，并以情感的抒发作为建造戏曲结构的基本要素和出发点，这就与中国古代诗歌的情感表现十分相似。可以说，明杂剧作家都有特别强烈的抒发感情的愿望，以及由此催化

① （德）格罗塞《艺术的起源》第175页，商务印书馆1978年版。

出来的诗意追求。

从叙事结构看，明杂剧不再像元杂剧那样按照开端、发生、发展、高潮、结局对事件的发生发展作详细的铺陈、交代，形成一种现实生活的逻辑性，而是根据作家情感表现的需要，对作品所呈现的生活事件作大胆的剪裁、穿插，显示出一种随意性和跳跃性。这样，作品的结构看似松散、零乱，却恰恰给作者带来抒发情感的自由。

从人物塑造来看，如同诗人在诗歌中以写景传情一样，明杂剧作家在剧中人物塑造上也倾注了满腔的热情，饱含着深刻的情感体验，因而剧中的人物体现出剧作家的情感，是剧作家内在情感的转化形式，这一点，我们在前面业已详述。

明杂剧诗化的成因，并非一个偶然现象，它是中国文化艺术诗化的表现之一。中国古代文化的艺术化，受艺术中诗歌的影响最深，“人之文，六经首之；就六经言，《诗》又首之”①。诗是中国最早成熟的一种文学样式，它对于人的情感表达和情感陶冶，具有其他意识形式所无法替代和比拟的特殊功能，因此孔子把“诗”与“礼”相提并论，提出了“兴观群怨”的著名论点。诗歌的特殊地位和作用，使它对后来各种文学艺术的产生和发展，起着十分重要的影响。这种影响不仅表现为诗自《诗经》以后，又衍生发展了楚辞、汉赋、唐诗、宋词、元曲及明清小说，而且它更为深刻地影响到每种文学艺术形式的艺术特点。因此，长期以来，人们总是站在诗的高度来俯瞰整个文化，也是站在诗的高度来审视整个文学艺术。这使中国文化乃至中国文学艺术都具有了诗化的趋势。闻一多先生曾在《文学的历史动向》中指出：“《三百篇》的时代，确乎是一个伟大的时代，我们的

---

① 白居易《与元九书》，见《白居易集》卷四十五《书序》第959页，中华书局1979年版。

文化大体上是从这一刚开端的时期就定型了。文化定型了，文学也定型了，从此以后二千年间，诗——抒情诗，始终是我国文学的正统类型，甚至除散文外，它是唯一的类型。赋、词、曲，是诗的支流，一部分散文，如赠序、碑志等，是诗的副产品，而小说和戏剧又往往以各自不同的方式夹杂些诗。诗，不但支配了整个文学领域，还影响了造型艺术，它同化了绘画，又装饰了建筑（如楹联、春帖等）和许多美术工艺品。”“诗似乎也没有在第二个国度里，像它在这里发挥过的那样大的社会功能。在我们这里，它就是宗教、是政治、是教育、是社交，它是全面的生活，维护封建精神的是礼乐，阐发礼乐意义的是诗，所以诗支配了整个封建时代的文化。”① 闻一多先生的这两段话，说明了中国古代诗歌与其他文学艺术形式的关系，也揭示了诗歌在人们社会生活中的特殊地位和巨大作用。

第三节　真情的抒写

一

对情感性的要求，本是古代诗歌文学的本源。情以物迁，辞以情发，情由物见。但在明代，情感性也成为明代杂剧作家审视作品的标准之一。

王九思《答王德徵书》说：“自归里舍，有所述作，拟为传奇（指《沽酒游春》剧），纾情畅志。不意亲朋指摘瑕颣，投诸馆阁，发怒起祸，幸以消阻。”康海又评说此剧云：

> 夫抉精抽思，尽理极情者。激之所使也；从容舒

---

① 闻一多《文学的历史动向》，见《闻一多全集》第202页，三联书店1982年版。

> 徐，不迫不露者，安之所应也。故杞妻善哀，阮生善啸，非异物也。情有所激，则声随而迁；事有所感，则性随而决，其分然也。①

康海在这里强调，人有七情，情因感遇而生，人们的感遇千差万别，因此人们的情感是多种多样的，文学的风格也应该随之而多种多样，而康海在这里又特别侧重于为“情有所激”的风格张目。

明代杂剧作家这种愤世嫉俗发而为艺的现象，从一开始就带有一定程度的对社会的背离倾向，即使这种背离往往由于道释两家的影响而取退让、避世的态度，但这种离心作用毕竟有意无意地削弱了统治集团的力量而具有一定的进步性。

明代杂剧这种在思想性质上的怀疑与批判，是与它言志缘情的情感表现本质相联系的。情感表现，只有当作家在现实生活中产生了强烈的情感表现的冲动，有如骨鲠在喉不吐不快的迫切愿望时才成为可能，而这种对剧作者内在情感宣泄的强调，便进一步推导出对剧作寓意的追求。

袁于令序《盛明杂剧》，首先指出戏曲“寓言”的意义是在创作过程中体现出来的，作家“物感于外，情动于中”，才需“寄悲愤、写跅驰、纪妖冶、书忠孝。无穷心事，无穷感触，借四折为寓言”。翼望山人则把戏曲的寓言作用扩大到无限，以至宣称“古今一大俳场也，《二十一史》皆古剧本也”，则寓言褒贬之意，无处不在，无所不包。

夏写时在《论中国戏剧观的形成》中说：“寓，寄也，托也，寓言，言在此意在彼或言浅意深也。所谓‘其文约，其辞微’，‘其称文小而其指极大，举类迩而见义远’；借用这几句话

① 《题紫阁山人〈子美游春传奇〉序》，见《中国古典戏曲序跋汇编》第855页，齐鲁书社1989年版。

作为对寓言精神的概括看来是最好不过的了。”① 寓言的精神实质是强调和追求主体对客体的超越，就创作者来说，它是一种先于故事与形象的内在之“意”；而就欣赏者而言，它又是一种超越故事与形象之外的，需凭借联想和想象而获致的“言外之意”。它要求在创作和欣赏过程中高扬主体性，而作为寓言主体的故事与形象在主体性的制约中在某种程度上就失去了自身的完满自足性，寓言中的故事和形象仅是一种借以表现某种观念的“喻体”。寓言的故事和形象不必完满地追求自身的客观性和内在逻辑性，它与生活原貌没有强烈的依附关系，它所依赖的是创作者的主体意图和目的。

二

戏剧史上的“优孟衣冠”就是一出颇具“寓言精神”的戏剧表演，历来史家对它的真实性颇多质疑。刘知几谓：“衣冠谈说，容或乱真，眉目口鼻，如何取类？而楚王与其左右，曾无疑惑者邪？”② 刘知几的评述显然表现了史家的习惯和陈见。至明代，杨慎才对此明确断言：“予按此传，以‘滑稽’名，乃优孟自为寓言。”③

在中国古典戏剧史上，明确地将戏剧艺术与“寓言”联系在一起，进而把“寓言”作为戏剧故事的本体观念，乃是从明代开始的。徐复祚说：“传奇皆是寓言，未有无所为者。”④ 而在明代的杂剧创作中，这种“寓言”特性又表现得最为强烈，剧作家的创作普遍带有一种视戏剧的故事本体为剧作者情感抒发的

---

① 见《戏剧艺术》1984 年第 1 期。

② 刘知几《史通》卷二十。

③ 杨慎《优孟为孙叔敖》，《升庵集》卷七十二。

④ 徐复祚《曲论》。

载体，即通过一个故事的演述来寄寓和抒写剧作家的内心情感，“借彼异迹，吐我奇气”①。

将杂剧艺术与“寓言”相比，无疑强烈地淡化了杂剧创作的客体制约。李开先的曲作多有寓意，其在写作时尽量回避“直言”，而讲究“意在言外”，如其《贤贤续集后序》云：

> 欲无言，然有不得不言者；欲有言，然有难直言者。续集之刻，不直言而直在其中，似无言而意在言外矣。

意在言外，并非单纯的避祸之法，在文学作品中，它更能深化对人生和世事的思考，从而引发读者多层的心理和情感反应。李开先在其散曲、剧曲前后的长序短跋中，常提醒读者和观众去其寄意深微处着眼，《园林午梦院本跋语》：“但望更索诸言外，是则为幸诸言意之表。”李开先在作曲时以此自律，亦以此作为品评他人的标准之一，其为友人《醉乡小稿》作序时说：“不在乎座侧眼前，而实超于意表言外。”

就具体创作实践来说，这一点在明杂剧中的借史写心剧表现得最突出。在这些作家笔下，历史可为我所化用的观念逐渐形成，《英雄成败》公然把谋反叛逆的起因归咎于考官的贪赃枉法，尽管违背了历史真实，却传达出作家心灵深处对科举的抵触失望。其他如《一文钱》、《齐东绝倒》、《郁轮袍》、《真傀儡》等，均是借前朝或上古之人事对冷酷的世态人情、不合理的黑暗现实进行了尖锐嘲弄，这些剧作虽取材于历史的事件，从严格意义上来说，却并不能称为历史剧。剧作中主体的思想意志，已将历史故事、历史人物内化为一种个体的情感和情绪，主体可任意地能动于历史，任意地表现自己的情怀，发泄内心的苦闷，从而

① 澂道人《四声猿引》，见《中国古典戏曲序跋汇编》第865页，齐鲁书社1989年版。

使感性与理性、主体与客体、个人与社会、现实与历史达到本质和谐。然而，正是在这一意义上，杂剧能够成为一种自由的审美创造，这正如吴梅先生所云："自来帝王卿相、神仙鬼怪，皆不可随意而为之；古今富贵寿考，如郭令公者，能有几人？惟填词家能以一身兼之。我欲为帝王，则垂衣端冕，俨然纶綍之音，我欲为神仙，则霞佩云裾，如带朝真之驾，推之万事万物，莫不称心所愿，屠门大嚼，聊且快意。士大夫伏处蘧庐，送穷无术，惟此一种文字，足泄其抑塞磊落不平之气，借彼笔底之烟霞，吐我胸中之云梦，不亦荒唐可乐乎？"①

主体性的不断高扬，客体性的逐渐淡化，在寓言精神的影响下，杂剧的戏剧结构中呈现出强烈的写意性。

写意性其实是中国艺术的一个总体性特征，它表现在绘画、雕塑、音乐等艺术领域。中国画的艺术观是写意的，它也是要通过形象但又超越形象之外，表现人的感情、意志和内在气质，重视人的精神的直接抒发。因此，中国画不特别看重形象的视觉真实，不执著于事物的自然属性，如比例、透视、结构、光影等，而是缘物寄情，借以表达人的意念，使人与社会—自然成为不可分割的整体，其思想内涵和审美价值远远超出了花鸟山水等自然形象本身。

这种写意画法，在明代的徐渭那里表现得最为充分。徐渭曾说过："葫芦依样不胜揩，能如造化绝安排？不求形似求生韵，根拨皆吾五指裁。胡为乎区区枝剪而叶裁？君莫猜，墨色淋漓两拨开。"② 显然，人工是不能与自然造化之"绝"相比拟的，而艺术不必要也不应该与造化争奇。循着自我感受、情感对自然物

---

① 吴梅《顾曲麈谈·原曲》，见《吴梅戏曲论文集》第6页，中国戏剧出版社1983年版。

② 《画百花卷与史甥》，《徐文长三集》卷五。

象进行大胆变化和创造，能在墨色淋漓中宣泄情感就十分满足了。对徐渭来说，这种变化甚至可以为了情感的真实而牺牲客观真实。例如牡丹，一向以其高贵艳丽作为富贵之象征，但徐渭却不以为然，“牡丹为富贵花主，光彩夺目。故昔人多以钩染烘托见长。今以泼墨为之，虽有生意，终不是此花真面目”，原因何在呢？却在于“余本窭人，性与梅竹宜，至荣华富贵，若风马牛弗相似也”①。窭人，贫寒之人，一生不得意，确实难与富贵之花沾边，于是反其“真面目”而另创。由此，写意就不仅是技法上的创新，更是自我情感和自我意识的独立。

戏剧的故事本体被径称为“寓言”，同样也是与上述以主观融合客观、以情感再创意象的追求相吻合的。诚然，“寓言”是一种叙事艺术，但在中国古代的叙事文学中，它是一种最富于写意性、象征性的艺术样式，“寓言”的精神实质乃是最大限度地摒弃叙事艺术所固有的客体性制约，而将叙事结构落实到创作旨归上，从而完成寓言艺术的象征性和寓意性，而这正是明代杂剧的故事本体所刻意追求的。

明杂剧的寓言性特点与诗化特点，可说是一个问题的两个侧面。寓言性强的作品会不同程度地带有较浓的诗化倾向，诗化的极致也必然导向对剧作寓意的强调，诗化多发为剧作的外部表征，而寓言性则多呈现为剧作的内部特质，但是，它们同样表现了对抒情旨归的追求。

---

① 《虚斋名画录》卷十二，见《徐渭集》卷四《补编》，中华书局1983年版。

第六章　明杂剧的创作观念

第一节　行、戾与意、法

一

万历四十四年（1616），臧懋循自序《元曲选》说：

> 今南曲盛行于世，无不人人自谓作者，而不知其去元人远也。

臧懋循又评判当时的作品：

> 新安汪伯玉《高唐》、《洛川》四南曲，非不藻丽矣，然纯作绮语，其失也靡；山阴徐文长《祢衡》、《玉通》四北曲。非不伉傸矣，然杂出乡语，其失也鄙。豫章汤义仍庶几近之，而识乏通方之见，学罕协律之功，所下句字，往往乖谬，其失也疏。他虽穷极才情，面目愈离。按拍者既无绕梁遏云之奇，顾曲者复无辍味忘倦之好。此乃元人所唾弃而戾家畜之者也。予故选杂剧百种，以尽元曲之妙，且使今之为南者，知有所取云尔。

臧懋循认为，元人都是深通戏曲行业规范的行家里手，是后人学习的典范。从这一角度出发，他认为汪道昆、徐渭、汤显祖的作品都有其疏陋之处。

同臧氏类似的复古论者在明代并不在少数。陈与郊序王骥德编《古杂剧》云：

> 百年来率尚南之传奇，业已视（北曲）为刍狗。即有其传之者，而浸假废搁，终无传也。夫元之曲以摹绘神理，殚极才情，足抉宇壤之秘。三间而上无论，即令苏李沈宋秦黄诸君而在，与之按节度曲，角技胜场，未知孰为左袒。千载而后，语乐于俳谐者，谁能废之也？嗟乎！新声代变，古乐几亡。今传奇之家无兼充栋，然率多猥鄙，古法扫地，每令见者掩口。是编也，即未竟大全，顾典型具在，庶几吾孔氏存饩羊意耳。

冯梦龙《双雄记》序亦云："夫北词畅于金元，杂剧本勾栏之戏，后稍推广为传奇，而南词代兴，天下便之。《荆》、《刘》、《蔡》、《杀》而后，坊本慧出，日益滥觞。高者浓染牡丹之色，遗却精神；卑者学画葫芦之样，不寻根本。甚至村学究手摭一二桩故事，思漫笔以消闲；老优施腹烂数十种传奇，亦效颦而奏技。《中州韵》不问，但取口内连罗；《九宫谱》何知，只用本头活套。"因此，"余发愤此道良久，思有之正当时之讹"。冯梦龙推崇沈璟为"海内填词祖"，其书"词家奉为律令"。王骥德《曲律》称沈氏"斤斤返古，力障狂澜；中兴之功，良不可没"。而王骥德写《曲律》，也是见"南曲鹅鹳之阵久废，刁斗之设不闲。彩笔如林，尽是呜呜之调，红牙迭响，只为靡靡之音，俾太古之典刑，斩于一旦；旧法之澌灭，怅在千秋"，所以要严于立法，欲"人持三尺，家作五申，还其古初，起兹流弊"。这些与臧晋叔编《元曲选》谓"选杂剧百种，以尽元曲之妙，且使今之为南者，知有所取则云尔"都是一致的。

臧晋叔在《元曲选序》中提及了古典文艺理论中两个常见的概念——"行家"和"戾家"。"戾家"本是宋时俗语，谓外行也①；“行家”则在唐时就出现了，指精通某种业务的人。②臧氏此文称曲中之“行家”“随所妆演，无不摹拟曲尽，宛若身当其处，而几忘其事之乌有，能使快者掀髯，愤者扼腕，悲者掩泣，羡者色飞，是惟优孟衣冠，然后可与于此。故称曲上乘者曰当行”。而戾家则“面目愈离，按拍者既无绕梁遏云之奇，顾曲者复无辍味忘倦之好”。

“行家”、“戾家”之词也出现在了朱权的《太和正音谱》中：

> 杂剧，俳优所扮者，谓之倡戏，故曰勾栏，子昂赵先生曰：“良家子弟所扮杂剧，谓之行家生活，倡优所扮者，谓之戾家把戏。良人贵其耻，故扮者寡，今少矣。反以倡优扮者谓之行家，失之远也。”或问其：“何故哉?”则应曰：“杂剧出于鸿儒硕士骚人墨客所作，皆良人也。若非我辈所作、倡优岂能扮演乎？推其本而明其理，故以为戾家也。”（《太和正音谱》卷上“杂剧十二科”）

赵子昂即元代的书画大家赵孟頫。显然，这里的“行家”、“戾家”的意思，又不完全指对专业的精通与否，赵孟頫是将伎人出身者扮演杂剧称为“戾家”，而把非伎人出身者扮演杂剧称为“行家”的。在戏曲史上，“戾家”一词在宋代就又有职业演员之义，宋无名氏戏文《错立身》的题目便是：“戾家行院学踏

---

① 宋代张端义《贵耳集》卷上云：“文人才士无以自见，碌碌无闻者杂进。三十年间，词科又罢，两制皆不是当行，京谚云‘戾家’是也。”宋代灌园耐得翁《都城纪胜·四司六局》又云：“凡四司六局人只应惯熟，便省宾主一半力，故常谚云：烧香点茶，挂画插花，四般闲事，不许戾家。”

② 《常语寻源》引唐代卢言《卢氏杂记》云：“卢仝下第出都，投逆旅，有一人附火吟曰：‘学织锦绫工未多，乱拈机杼错抛梭。莫教宫锦行家见，把似文章笑杀他。’”

爨，宦门子弟错立身。”“戾家”既为职业演员，理应熟谙自己的演艺行当，但演戏从来都是一种低贱之职业，文人士夫自然也很难摆脱对伶人乐伎的鄙视，这里就认为，非伎人出身的良家子弟才是真正的“行家”，即精通扮演杂剧之要旨，而那些倡优扮演者则远远不够资格。

赵孟頫是否曾有上述这些言论，我们尚不能断定，但朱权在此处引用这些话，显然是为了抬高文人士夫（包括他自身）涉足戏曲创作搬演的价值。不过，我们从中也可看到戏曲创作领域中“行家”名誉之重。明代戏曲领域，关于“行家”、“戾家”之辨的言论，就笔者所见，仅此两段，并都以对“行家”的遵从为结论。但在绘画领域，“行”、“戾”之辨则远没有这么简单。

二

在明人唐寅抄集旧说的札记《唐六如画谱》“士夫画”（署名王思善）条下，有赵孟頫与钱选（舜举）论画的一段记载：

> 赵子昂问钱舜举曰：“如何是士大夫画？”舜举答曰：“隶家画也。”子昂曰：“然，观之王维、李成、徐熙、李伯时，皆士夫之高尚，所画盖与物传神，尽其妙也。近世作士夫画者，其谬甚矣。”

“隶家”，即为“戾家”。早在1963年，启功先生就有专文详论元明以来绘画史上由“隶家”与“行家”而引发的种种争辩，所论极有价值。对于上引《唐六如画谱》中记载的这段对话，启功先生认为：“钱氏所取是哪类角度，虽然不易看出，但这里并非尊重之意，则可以领略，所以赵氏给他另下转语。但赵对于钱，似不敢明说他‘失之远也’，只可为之抽梁换柱，历举古代士夫中技艺精妙的，再评‘近世作士夫画者’之‘谬’。话很委婉，而意实反驳。简单说来，即是说‘隶家’的士夫画并非

‘高尚’的士夫画，乃是‘作士夫画者’所为。”①

启功先生的意思是，赵孟頫虽也同意钱选的意见，即士夫画只不过是隶家画而已，但又认为，真正的士夫画绝不是受钱选轻视的隶家画，而是像王维、李成、徐熙、李伯时那样的高尚之作，所画皆与物传神尽妙。启功先生的这种解释，影响较大。林木先生的《明清文人画新潮》一书也引用了这段话，不过就并不同意启功先生的看法，把“然”字独立点断：“对这个‘然’字也有把它独立点断，作为‘赞成’、‘同意’、‘对’的意思，因此把赵孟頫的观点看成是同意隶体等于士气。但这样一来，赵氏这段话就有些前后矛盾了。因为既然同意钱选观点，‘然’之后应继续发挥相应看法才对。”②

可见，对这段话的理解，首先在断句方面有分歧，其次是对整段话中两人所持的态度，理解也各有不同。问题集中于：①钱选（舜举）称士夫画为隶家画，是提倡之意还是贬责之意？②赵孟頫究竟是否同意钱选的说法？

钱选（舜举）在这里称“士夫画”为“隶家画”，应是肯定之意。《佩文斋书画谱》卷十六引明董其昌的《容台集》一条，也记载了赵、钱论画之事：

> 赵文敏问画道于钱舜举，何以称士气？钱曰：“隶体耳。画史能辨之，即可无翼而飞。不尔，便落邪道，愈工愈远。然又有关棙：要得无求于世，不以赞毁挠怀。”

赵孟頫问什么是画中的“士气”，钱选答曰：隶体，并指出要达到这种境界，画家必须做到“无求于世，不以赞毁挠怀”。

不难看出，钱选是将画中士气与“隶体”画上了等号的，

① 见启功《戾家考——谈绘画史上的一个问题》，《文物》1963年第4期。
② 林木《明清文人画新潮》第137页，上海人民美术出版社1991年版。

而且给予了很高的评价。要说明的是，这里的“隶体”二字，有人解释为“画中隶体用笔”①，显然是不符合事实的。钱选所说的“隶体”，并不是“隶体用笔”，而是“隶家体”，或简称为“隶家”，也即“戾家”。

那么，赵孟频的对答，是不是如林木先生所说的“对钱选纯粹以隶体入画作为士气标准显然是持保留态度”②，抑或如启功先生所说，是“另下转语”，是为士夫洗刷“隶家”之名，是在绘画方面“替士夫争‘行家’之名”呢？要正确理解这段话，必须首先了解赵孟频的艺术取向。

在赵孟频的绘画理论中，为人们谈论最多的是赵孟频的“古意”说：

> 作画贵有古意，若无古意，虽工无益。今人但知用笔纤细，傅色浓艳，便自谓能手，殊不知古意既亏，百病横生，岂可观也？吾所作画，似乎简率，然识者知其近古，故以为佳。此可为知者道，不为不知者说也。③
>
> 宋人画不及唐人远甚，予刻意学唐人殆欲尽去宋人笔墨。④

赵孟频从不讳言自己反对宋代绘画传统，特别是其主导——画院。宋代画院从开国以后，经过近百年的建设发展，形成了具有鲜明宫廷绘画风格的“院体画”，其特点是造型准确，作法严谨，色彩鲜艳，富丽辉煌，装饰意趣浓厚。在宋代院体画发展的同时，由于文学艺术与绘画艺术相结合的新趋势，文人士大夫也

---

① 见李来源、林木编《中国古代画论发展史实》第152页，上海人民美术出版社1997年版。

② 林木《明清文人画新潮》第137页，上海人民美术出版社1991年版。

③ 见明代张丑《清河书画舫》卷十下《自跋画卷》。

④ 见詹景凤《詹东图玄览编》，《中国书画全书》第四册，上海书画出版社1992年版。

开始尝试用绘画形式抒发胸臆，借以打发官场以外的生活。文人士大夫登上画坛后，画工画便被当作他们的对立面，贬之者甚众。他们一方面积极参与绘画，使其成为一种“畅神”、“卧游”的对象；另一方面，他们又深恐自己流入画工的队伍，受上流社会奚落。

赵孟頫自认一生中的得意之处，仍是以丹青畅抒胸臆。他在晚年的一首诗中写道：

齿豁头童六十三，一生事事总堪怜，

惟余笔砚情犹在，留与人间作笑谈。①

他在元代仕隐两兼的生活，以及元朝统治松动的文化政策，使他有可能在创作上具有相当大的自由度，不用受宋代御用书画院的束缚。作为画家的赵孟頫，极力反对宋代绘画传统，实际上是反对宋代画工过分循规蹈矩而带来的拘泥靡弱之弊，反对以南宋“院体”为代表的“近世”画派横刮外强和纤细浓艳的作风。所以，赵孟頫的“古意”要取法唐人，是因为唐画简洁高逸，风格高于宋人，南宋绘画刻板、枯硬的缺点，也正是院体画俗的表现。赵孟頫是不看好“用笔纤细、傅色浓艳”的院体画和画工作品的，虽然院体画不论从哪个角度看（行业、技艺的熟习程度、技艺流派）都堪称“行家画”。他全力追求的是以“士气”为重的“隶家画”。所以，从赵孟頫的绘画观念来看，他褒扬“士气”，推崇“隶家”，也是确定无疑的。

那么，在绘画领域，要贬低“行家”，抬高“隶（戾）家”之名，而谈到杂剧时，却又要为文人士夫争“行家”之名②，这

---

① 《自警》，见《松雪斋集》卷五。

② 启功先生认为赵孟頫在绘画方面也在替士夫争“行家”之名，就是受了赵氏在戏剧方面持论的影响：“这实际上和他（指赵孟頫）在戏剧方面的议论，同一动机，想为士夫洗刷‘戾家’之名，不过是彼为明驳，此为暗换而已。”

又是为什么呢?

这一矛盾，实是杂剧与绘画在元代的不同发展状况造成的。中国绘画发展到元代，一些基本的绘画范式已经形成，前人的成就也已很高，如何不被那些条条框框束缚住手脚，如何集其大成而后自创一格，是画家们普遍关注的问题。针对宋代画院某些绘画过分循规蹈矩的缺陷，赵孟頫提出以“命意高古”、“不求形似”、“自有一种气象”的唐人画为学习对象，以期与时风抗衡，成就那种近似于王维、李成、徐熙、李伯时的亦工亦放、秀逸自如的绘画风格。他认为这才是真正的士夫画，也就是隶家画。因此，所谓“隶家”，也就是有文人味的、不拘泥的、不流于时俗的①。

杂剧则不同。杂剧的成熟与衰落，几乎与元帝国的命运相始终，众多知识分子从事或参加戏曲创作，还出现了一大批伎艺优秀的演员。具有较高文化素养的元代文人对戏曲创作的介入，直接促成了北杂剧在艺术形式上的完善，形成了作者与演员、观众共同认可的虚拟化的表演程式和唱念做打熔于一炉的基本形态。从这一意义上说，称他们是“行家”倒是不为过的。

正由于杂剧的特殊性——它要依靠演员的表演，才能构成一次完整的创作活动，这样，任何一个剧作家，为了使他的作品得到普遍接受，在创作中都不得不考虑自己的作品是否合乎既定规范，或者说，“行”的问题，这种对规范的要求，又和是否能合于场上表演密切相关的。也就是说，杂剧的世俗性、群众性以及杂剧演出的商业性质，是它的作者、表演者不得不争做“行家”的重要原因。

---

① 不可否认，赵孟頫的追求突破，是在“托古改制”的方式下进行的，这使他的创新带有不少改良的味道，也带有浓厚的在新旧之间平衡的色彩，而他的价值也正在于此，不能简单地斥之为形式主义和复古主义思想。

元代画坛上比较有影响的人物，如赵孟頫、钱选、黄公望、吴镇、倪瓒等辈，皆以画名世，却并非靠画来求得生存。而元代的剧作家，却是沦为与艺伎为伍的落魄儒士，其中不少就是以写杂剧剧本为生的，甚至“躬践排场，面敷粉墨，以为我家生活，偶倡优而不辞”（臧晋叔《元曲选·序》）。这两种不同的生活境遇，就使得画家可以悠然自得地求“隶”求雅，而剧作家却要从自己的生活实际出发，把自己的创作与大众趣味，商业效益紧紧结合起来，求俗求“行”，因为只有“行家”才会被人欣赏，被人喝彩。可见，在元代杂剧创作领域，“行家”名誉之重，是事出有因的。

三

朱权的为良家子弟扮演杂剧争“行家”之名，与赵孟頫抬高绘画中文人创作的“隶家”风格一样，都是在两者越来越繁盛，越来越为士大夫激赏的情况下，为其提升“文化品格”，使之向着雅致的文人趣味方向发展。对他们二者而言，这种愿望和他们的身份地位有关，但在元代这一特殊的社会背景下，其实并不能实现。而到了明代，随着知识分子对本阶层文化上自信的加强，艺术雅致化却成为普遍的事实，绘画如此，杂剧亦如此。

元代以赵孟頫为代表的这种强调以画寄情，力求返璞归真的“隶家”风尚，到明清时期就大有压倒一切的势头。明代何良俊《四友斋丛说》画论部分曾在多处涉及对“行”、“戾”的评价：

> 石田学黄大痴、吴仲圭、王叔明皆逼真，往往过之，独学云林不甚似。余有石田画一卷，是学云林者，后跋尾云：“此卷仿云林笔意为之，然云林以简，余以繁。夫笔简而意尽，此所以难到也。”此卷画法稍繁，然自是佳品，但比云林觉太行耳。

又说：

衡山本利家，观其学赵集贤设色与李唐山水小幅皆臻妙，盖利家而未尝不行者也。戴文进则单是行耳，终不兼利，此则限于人品耳。①

何良俊评沈石田画，称其虽是佳品，但和倪云林相比，则有“太行”的弊病；又把对“行”、“戾”（利）的品评与人品联系起来。可见，在他看来，“行家”的地位是不高的。

实际上，推崇天籁和强调功力在明代已成为泾渭分明的两种艺术观。在许多诗论和画论中，不用人力、自然天成的意境成为诗画艺术共同的最高标准，只求天然性情不用人力为上的观点越来越被人们所接受。如谢榛说：“自然妙者为上，精工者次之，此着力不着力之分”，“诗有不立意造句，以兴为主，漫然成篇，此诗之入化也”，“诗有天机，待时而发，触物而成，虽幽寻苦索不易得也”。② 屠隆在诗歌领域亦崇尚“天趣”，“士不务神而务工诗，刻画斧藻，肌理粗具，终不诣化境”③。

明代最早在戏曲领域提倡这种不在形迹法度之间的天然精神的，是李贽。李贽在他的戏曲专论《杂说》中提出：“《拜月》、《西厢》，化工也；《琵琶》，画工也。”他指出：“画工虽巧，已落二义矣”，而“造化无工，虽有神圣，亦不能识知化工之所在”，“至觅其工，了不可得”。李贽还通过对《琵琶》与《拜月》、《西厢》的比较，具体说明“画工”与“化工”的高低：

吾尝揽《琵琶》而弹之矣，一弹而叹，再弹而怨，三弹而向之怨叹无复存者。此其故何耶？岂其似真非真，所以入人之心者不深耶？盖虽工巧极，其气力限量只可达于皮肤骨血之间，则其感人仅仅如是，何足怪

① 《四友斋丛说》卷二十九。

② 见《四溟诗话》，《历代诗话续编》，中华书局1983年版。

③ 《白榆集·王茂大修竹亭稿序》。

哉！《西厢》、《拜月》，乃不如是。意者宇宙之内，本自有如此可喜之人，如化工之于物，其工巧自不可思议尔。①

“似真非真”的作品，气力只可达于“皮肤骨血”之间；而化工之作，非人力所为，乃是自然天成，“其工巧不可思议”；这种“造化无工”之美，其根源仍在于情感的自然爆发和真实叙写，绝不可能产生于假人假言的忸怩作态和无病呻吟。可见，李贽对“化工”的褒扬，是与他对真文学的提倡紧密相连的。

对明代杂剧而言，它的作者已转而为有着较高古典文学修养、具有传统士大夫知识结构的知识分子，其经济地位已远非元代那些沦为与艺伎为伍的落魄儒士可比。杂剧创作对他们来说，是在官场仕途碰壁之后，寄托感情，宣泄情绪，自我实现的理想渠道，至于自身的创作是否合乎杂剧一体的“行”法，则不是十分重要的事。

明人祁彪佳的《远山堂剧品》专门著录明代杂剧之作，也是戏曲理论批评史上的重要著作。祁彪佳把所收作品分为妙、雅、逸、艳、能、具六种，以“妙品”为六品之最。我们从祁彪佳对“妙品”的选目和评语中，不难发现他有品评标准。

祁彪佳对徐渭《四声猿》四个杂剧特别倾倒，他评《渔阳三弄》：

此千古快谈，吾不知其何以入妙，第觉纸上渊渊有金石声。

评《翠乡梦》：

迩来词人依傍元曲，便夸胜场。文长一笔扫尽，直自我作祖，便觉元曲反落蹊径。如［收江南］一词，四十语藏江阳八十韵，是偈，是颂，能使天花飞堕。

① 《焚书·杂说》。

评《雌木兰》：

> 腕下具千钧力，将脂腻词场，作虚空粉碎。汤若士尝云："吾欲生致文长而拔其舌。"夫亦畏其有锋如电乎？

评《女状元》：

> 南曲多拗折字样，即其二十分才，不无减其六七。独文长奔逸为羁，不骫于法，亦不局于法。独鹘决云，百鲸吸海，差可拟其魄力。

与此类似的尚有，评朱有燉《风月姻缘》："酷似元剧中古语，恐亦未免蹈元人之蹊径。惟其气韵高爽，胸有成竹，便能自我作古，即以元人拟之，作者不屑也。末以番语入曲，尤为奇绝。"评《烟花梦》："内多用异调，且有两楔子，皆元人所无。"评《曲江池》："一曲两唱，一折两调，自此始。"评王骥德《弃官救友》："南曲向无四出作剧体者，自方诸与一二同志创之，今则已数十百种矣。"

应该说，祁彪佳的这些评论有些并未能准确地道出所评剧本的特色，但我们却能从中看出，明代文人对于杂剧创作中自我作祖、独辟蹊径的首创精神是肯定的；对不受拘束、奔逸不羁的创作个性和艺术力量也是赞赏的。在祁彪佳的杂剧创作观念中，元杂剧已形成的创作规范并非不可变更的定制，因此，对明人剧作中诸如"内多用异调，且有两楔子"、"一曲两唱，一折两调"等改变了元杂剧体制的情况，祁彪佳非但不以之为出格和不合体例，反而认为是一种创新。当杂剧的发展在明代越来越成为文人士夫抒情写心的工具时，杂剧也在远离"行家"的轨道上越走越远，越来越接近于"隶家"了。

基于此，我们不难理解，为什么杂剧发展到明代，原有的四折一楔子的严整体制①，会如此迅速地土崩瓦解。

明代从中叶开始，曲学家已注意到南北剧的异同。王骥德《曲律·论剧戏》说："剧之于戏，南北故自异体。北剧仅一人唱，南戏则各（人）唱。一人唱则意可舒展，而有才者得尽其春容之致。"指出一人主唱的体制，使剧作家在主要人物的塑造上可以恣其所长，尽情发挥，有主角形象丰满之长。沈德符则认为四折和一人主唱是元剧之短："总只四折，盖才情有限，北调又无多，且登场虽数人而曲只一人，作者与扮者力量俱尽现矣。"（《顾曲杂言·杂剧院本》）一人主唱，又使杂剧的人物塑造受到严重限制。

应该说，他们对杂剧与传奇所长所短的论述还是精到的，但另一方面，明人虽然也看到并指出杂剧四折一人主唱的特征，却并未把这一特征视作不可更易的本质规定。祁彪佳即是如此，孟称舜在选编《新镌古今名剧酹江集》时也说："文长《四声猿》于词曲家为创调，固当别存此一种。"对于剧作家在杂剧体制上的新创，均采取了一种宽容甚至赞赏的态度。

我们在前面曾说过，有明一代，在戏曲创作领域，由于南、北曲的分化，人们的论争更多地集中在对剧作用曲错乱的不满上；而在理论研究中，明人的品评体系也没有超出诗学评论的范畴，他们仍是承继传统诗学框架，以戏剧为诗词的同宗来探讨戏曲艺术。在祁彪佳的戏剧评论中，一部完美的剧作，是"境界妙，意致妙，词曲更妙"，而境界之妙则在于要脱俗，他在评《剑侠完贞》时说："作者气格卑下，焉得有佳词乎。"认为《逢

① 关于元杂剧四折一楔子及一人主唱体制形式形成的原因，学术界一直众说纷纭，周贻白先生以为出于魏晋大曲（见《中国戏剧史长编》第190页，人民文学出版社1960年版）；又有云与金院本、诸宫调等有关的。近年来亦有人认为主要与元代社会特殊的统治机制和感情机制有关（见滕振国《元杂剧体制形成原因新探》，见《争鸣》1989年第4期）。

人骗》一剧，因为“取境俗，故词亦粗夯如此”。而他评赞的剧本，常有含蓄、浑脱、空灵之语，如称朱有燉“其词融炼无痕，得镜花水月之趣”，称范文若“洗脱之极，意局皆凌虚而出”，又称三吴居士“惟以空中点缀”、“善用虚”……由此，他们对剧作结构体制的变化，自然不会表现出强烈的不适，也不会视为不可接受之事。我们还可看到，《盛明杂剧》收集的杂剧作品，体例上大部分已全然不同于元杂剧，但无论是编选者，还是作序者，对这一点都不甚重视。《盛明杂剧》中的批语，满篇仍诸如“妙在含情”、“从淡处生情肖景，乐而不淫”、“真传神手笔”、“词华秀丽”、“语气雄越”，等等，着重的仍是对剧作内容及字词的点评，而对剧作结构体制的探讨均未涉及。

吕天成在他的传奇曲目《曲品》中著录了《大雅堂四种》及《四声猿》，并称之为“不作传奇而作南剧者”，显然，他是在和传奇的比较中，发觉这两部剧作虽然和元杂剧体例有所不同，但也不能划归传奇之列，于是他用了“南剧”一词来称呼这类剧作。这说明，明杂剧在旧有杂剧体制瓦解的过程中，一直未能建立起一个成熟文体所应有的新的规范。

第二节　传统与创新的二律背反

平心而论，明杂剧作家也并不是完全没有探索过杂剧的出路问题。后人大都把王九思作为奠定短剧基本形式的作家，据我们看来，王九思倒不是有意识地进行这一创举的。王九思在以刘瑾党罢归回关中后，常与康海相过从，遍游浒东、鄠杜间，挟声伎酣饮，写作乐府歌曲，甚至花了很多工夫学作曲，“敬夫将填词，以厚资募国工，杜门学按琵琶三弦，习诸曲，尽其技而后出之"①。但王九思的以声伎自娱和学作曲，都不过是为了以此排遣失意不得志的苦闷罢了。

王九思早年没有作过词曲，"自罢寿州后始为之"，可他后期的主要精力却都移到了词曲创作上来，他的主张是："风情逸调，虽大雅君子有所不取，然谪仙、少陵之诗，亦往往有艳曲焉。或兴激而语谑，或托之以寄意，大抵顺于情性而已。"② 他的两部剧作，《中山狼》和《杜子美沽酒游春》，不论是不是对李东阳的影射，其讽喻意味都是非常强烈的。这两部剧作，《杜子美沽酒游春》是完全按照杂剧体例写作的，而仅为一折的《中山狼》剧则标明为"院本"，可见，王九思本人对杂剧的体例是十分清楚的。但这种一折的短剧，虽然规模小，情节简略，却非常适合于"顺于情性"、随心想到的讽咏。由此，许多剧作家效法该剧的作法，短小的抒情剧也因此而成为明代杂剧创作流风。

但短剧毕竟内容单薄，作者的内在情感不能让人轻易探出，有人就说"《小尼下山》、《园林午梦》、《皮匠参禅》等剧，俱太单薄，仅可供笑谑，亦教坊耍乐院本之类耳"③。于是，明杂剧作家开始尝试有事则长、无事则短，根据情节发展的需要定其长短的新体制。徐渭的杂剧名作《四声猿》，以十出的篇幅写四个故事，实际是四个杂剧，而这四个杂剧，虽题材情节大不相同，却统一在一个共同的主旨之下④，这样，既可以使作者的意绪得到充分发挥，又避免了传奇拖沓之弊。徐渭的这一新创得到了普遍认可，许多剧作家模仿《四声猿》的组合方式作剧，《太

---

① 《列朝诗集小传》丙集。
② 见《渼陂集·碧山续稿自序》。
③ 《顾曲杂言·杂剧院本》。
④ 参见本书"徐渭"章。

和记》十出，“每出一事，似剧体，按岁月选佳事，裁制新异”（吕天成《曲品》）；车远任把《蕉鹿梦》、《高唐梦》、《邯郸梦》、《南柯梦》编为一本，名曰“四梦”；另外像叶宪祖《四艳记》、沈自徵《渔阳三弄》、来集之《秋风三叠》、傅一臣《苏门啸》等也是这样的体例，这些剧作在长度、音乐、角色上都与元杂剧的作法相距甚远而较靠拢传奇，因而又造成了分类上的困惑。

无论是抒情短剧，还是合几个故事为一本，明杂剧作者的着眼点都是要能够自由地抒情写志，这些作法都已与元代的杂剧作品相距甚远了。沈德符便说：

> 北杂剧已为金、元大手擅场，今人不复能措手。曾见汪太函四作，为《宋玉高唐梦》、《唐明皇七夕长生殿》、《范少伯西子五湖》、《陈思王遇洛神》，都非当行。惟徐文长渭《四声猿》盛行，然以词家三尺律之，犹河汉也。梁伯龙有《红线》、《红绡》二杂剧，颇称谐稳，今被俗优合为一大本南曲，遂成恶趣。近年独王辰玉太史衡所作《真傀儡》、《没奈何》诸剧，大得金、元本色，可称一时独步。然此剧但四折，用四人各唱一折，或一人共唱四折，故作者得逞其长，歌者亦尽其技，王初作《郁轮袍》，乃多至七折，其《真傀儡》诸剧，又只以一大折了之，似尚隔一尘。①

杂剧发展到这个地步，自然会引起一些人的不满，因此臧懋循要编选元曲，重提“行家”的重要性。而万历末年以至崇祯年间，元剧的选集、全集的刊行，更犹如雨后春笋：

《古今杂剧选》，息机子编，有万历二十六年序

《元曲选》，臧懋循编，万历四十四年刊

① 《顾曲杂言·杂剧院本》。

《阳春奏》，黄正位编，万历三十七年刊

《古名家杂剧》，陈与郊编，万历年间刊

《元明杂剧》，无名氏编，万历年间刊

《顾曲斋所刊元曲》，顾曲斋编，万历年间刊

《古今名剧合选》（《柳江集》、《酹江集》），孟称舜编，崇祯六年刊

经过这种刊行古籍的提倡，天启以至崇祯末的二十年间，北剧的仿作盛极一时，如孟称舜的《英雄成败》、《死里逃生》，陈汝元的《红莲债》，徐士俊的《春波影》，卓人月的《花舫缘》等，均为四折，作品里也有用楔子的如《英雄成败》、《春波影》。但在角色音乐方面，这些仿古的作品也不再依元人的遗律，角色数目比元剧增加了，名称也不同，曲子也是任何角色都可唱，有分唱，有合唱。这些作品所用宫调曲牌尽管是北曲的宫调曲牌，但真正唱起来，已完全不是北曲之音，这一点，沈宠绥在他的《度曲须知》里记录得最为详尽："今之北曲，非古北曲也。古曲声情，雄劲悲激，今则尽是靡靡之响。今之弦索，非古弦索也，古人弹格，有一成定谱，今则指法游移，而鲜可捉摸。"他又说："迩年声歌家颇惩纰缪，（北曲）竞效改弦，谓口随手转，字面多讹，必丝和其肉，音调乃协，于是举向来腔之促者舒之，烦者寡之，弹头之杂者清之。运徽之上下，婉符字面之高低，而螯声析调，务本《中原》各韵，皆以磨腔规律为准。一时风气所移，远迩群然鸣和，盖吴中弦索，自今而后始得与南词并推隆盛矣。"可见，这些复古之作实离元剧的真正风貌甚远。

明代的文学复古运动一直是比较引人注目的现象，近年来，人们通过对明代文学复古运动的深入考察，已能够比较公允地评

价这一文学思潮①。然而，在述及戏曲创作时，却往往与诗文混为一谈，没有考虑到两种不同文体，即使出现同样的文学现象，其内在原因、具体表现也是不尽相似的。有一种意见即认为："(《大雅堂四种》）这几个剧本基本上是敷演历史传说，内容上没有出色之处。臧懋循《元曲选》批评它曲文'纯作绮语'，近于诗词，不够本色。这些可能都与汪道昆的思想状况和文学宗尚有关。……这是因为，复古派追求的是情与理相统一的古典审美理想，并很重视作品的艺术形式，力求古雅。这种诗文的要求波及戏曲，便出了上述情况。汪道昆写这几个剧本时，尚未加入复古派，但思想和文学主张无疑接近复古派。他的剧本，也就成了以新瓶装陈酒的例子。"②

说汪道昆是诗文领域的复古派，这无论从他的诗文主张还是实际创作来看，都是确定无疑的。但他的《大雅堂四种》受到批评，却主要是因为他的这部剧作与曲之古法相距甚远，而作为曲坛复古派的臧懋循，批评这部剧"纯作绮语"，等等，就是要重提规范，希望明代戏曲创作回归元曲那种古雅的标准。因此，同为复古，实际情况是大不相同的。

这种不同，实是因为诗文与戏曲毕竟属于两种不同的创作范畴。与中国源远流长的诗文创作传统相比，戏曲的历史是短暂的，诗文创作在明代之前即已形成了完整的审美理想与审美特征，这时的戏曲创作则仍处于变化发展之中。而且就两者的地位而言，"经国之大业，不朽之盛事"③ 的诗文，也远比"小道末技"的戏曲高出一头。

---

① 廖可斌《明代文学复古运动研究》（上海古籍出版社 1994 年版）和陈书录《明代诗文的演变》（江苏教育出版社 1996 年版）都是近年来出现的这方面的专著。

② 廖可斌《明代文学复古运动研究》第 340 页，上海古籍出版社 1994 年版。

③ 曹丕《典论·论文》。

不难发现，戏曲家们为抬高戏曲的地位，不断地做着为戏曲正名的工作，如元代夏庭芝即认为杂剧在“君臣、母子、兄弟、朋友”等关系上“皆可以厚人伦，美风化”（《青楼集·志》）。由元入明的高明又以“不关风化体，纵好也徒然”的明确口号（《琵琶记》“副末开场”），把戏曲引上伦理教育之路，其《琵琶记》一作也因而得到朱元璋的赏识推崇。明代的戏曲教化之声仍绵延不绝，汤显祖说戏剧“可以合君臣之节，可以浃父子之恩，可以增长幼之睦，可以动夫妇之欢，可以发宾友之仪，可以释怨毒之结，可以已愁愦之疾，可以浑庸鄙之好。然则斯道也，孝子以事其亲，敬长而娱死；仁人以此奉其尊，享帝而事鬼；老者以此终，少者以此长。外户可以不闭，嗜欲可以少营。人有此声，家有此道，疫疠不作，天下和平。岂非以人情之大窦，为名教之至乐也哉”①。明人评孟称舜五种曲作时，也把它与“五经”相提并论：“可兴、可观、可群、可怨，诗三百莫能逾之。则以先生之曲为古之诗与乐可，而且以先生之五曲作五经读，亦无不可也。”② 但是，对戏曲创作的鄙弃与不屑也一直未中止过，我们前文所举的李开先受到的质问即是一个明证，明代戏曲大家汤显祖即便到了“临川四梦”享誉天下的时候，仍有人对他表示惋惜：“张新建相国尝语汤临川云：‘以君之辩才，

① 汤显祖《宜黄县戏神清源师庙记》。

② 关于《孟子塞五种曲序》，目前有两篇介绍评论文章，一为刘辉《跋孟子塞五种曲序》（《江苏戏剧》1983 年第 10 期），二为陈多《祁彪佳戏曲论文的新发现——简介祁彪佳氏的〈孟子塞五种曲序〉》（《曲苑》1 辑，江苏古籍出版社 1984 年版）。两文均全文引录了《孟子塞五种曲序》，内容文字亦完全相同，但陈多根据道光壬寅（道光二十二年，公元 1482 年）重刊的《祁彪佳集》增刊本，云在原本《祁彪佳集》第九卷后增加了“补编”十页，其中即有《孟子塞五种曲序》，因此其作者自然为祁彪佳；而刘辉说《序》乃见于现藏北京大学图书馆善本室的《隅卿杂钞》（稿本），署名“古吴词奴龙子犹”，即出自冯梦龙手笔。由于两人引用书籍笔者尚无缘得见，因此不知孰是孰非，或另有原因。待考。

握麈而登皋比，何渠出濂、洛、关、闽下？而逗漏于碧箫红牙队间，将无为青青子衿所笑！'"①

戏曲被视为卑体邪宗，这已属不幸，而明代杂剧创作的不幸还在于，和方兴未艾的传奇相比，它又因处于竞争系统之外而成为非流行的艺术样式。

不过，世无绝对之事。从当时的整体文学创作态势来看，杂剧虽处于不利位置，却也给它创造了抒一己之情的有力理由。对于明代文学复古运动，我们已了解到，其重要宗旨"在于恢复主体与客观社会现实、情与理、意与象、诗与乐完美统一的古典审美理想及古典诗歌的审美特征"，明代杂剧却无此重责。因此，当明代的诗文复古派在"'守法与达意'之间踟躇，而且往往宁'抑才以就法'，将一些相当具有战斗锋芒、相当鲜活的思想感情，按照古典诗歌规范加以压缩修饰，然后装进古色古貌的古典诗歌艺术形式中，使之变得苍白、软弱、模糊"② 之际，明代的杂剧作家却在痛快淋漓地挥洒自己的苦闷、压抑、无奈，有时甚至忽略了自己的创作是否合乎剧体的既定规范，或者是把剧体的既定规范向着合于自己表现一己情感的方向发展。

应该说，在明代的杂剧创作领域内，作家对创作道路的探索一直没有停止。正如我们前面说的，相对于元杂剧和明传奇来说，明代杂剧比较强调表达作者的个人意绪，但明杂剧作家在强调表达个人意绪的同时，更希望找出一种既适于抒情言志，又足以与传奇抗衡的新的杂剧体制来。抒情短剧与几个故事合为一本的创作都是这种努力的表现，这些努力本身都是极有价值的，只

① 陈继儒《〈批点牡丹亭〉题词》，见《中国古典戏曲序跋汇编》第 1226 页，齐鲁书社 1989 年版。

② 见廖可斌《明代文学复古运动研究》第 423 页，上海古籍出版社 1994 年版。

是明代杂剧作者一直未能明白，除了抒情性以外，叙事性也是戏曲文学的本质特征之一，而明代文人杂剧情节的淡化和戏剧性的消失，以抒情写志为主的趋向，都使它脱离了叙事文学以再现为主的根本特征，向抒情文学靠拢。

以上我们对明代杂剧与绘画发展中“法”的阐释，其实都是为了说明这一问题，即某一时期内，任何一种成功的文体，都必须同时显示传统和创新这两方面的性格，并在传统与创新中保持必要的张力①。这正如阿诺德·豪泽尔所云：“墨守成规和即兴而作被说成艺术的两个最危险的敌人。但是如果两者处于平衡，那么是有益无害的，都可以在艺术创造中发挥自己的作用。如果一件艺术作品依赖于纯粹的陈规，不冒一点险，那么它将毫无动人之处，如果它完完全全是创新的，那么又会变得不可思议。艺术家只有接受了其他艺术家接受的习俗，他的艺术个性才能最充分地体现出来。”② 明代杂剧的问题，就是在悖离传统的

① 1977 年，美国的托马斯·库恩在他的《必要的张力》这部论文里集中指出：“科学发现和发明本质上通常都是革命的。所以，他们确实要求思想活跃、思想开放，这是发散式思想家的特点。”“但是光有思想活跃还不够，还有显然与之矛盾的东西。……科学研究只有牢固地扎根于当代科学传统之中，才能打破旧传统，建立新传统。这就是为什么我要谈到一种隐含在科学研究之中的‘必要的张力’”，“十分常见的是，一个成功的科学家必然同时显示维持传统和反对偶像崇拜这两方面的性格。”（参见纪树立、范岱年、罗慧生等译《必要的张力：科学的传统和变革论文选》，福建人民出版社 1981 年版）库恩在这里虽然讲述的是科学哲学中历史主义的问题，但我以为，他的思想对于我们研究文学史上的许多现象，都是有借鉴意义的。

② ［匈］阿诺德·豪泽尔著、居延安译《艺术社会学》第 20 页，学林出版社 1987 年版。

道路上已走得太远，超出了接受者的期待限度①，从而弱化为只能在创作者或与创作者具有相似文化背景或社会地位的群体中流通的东西。

我们还可以看到，戏剧与绘画虽同样需要依靠外在的形式因素来传情达意，但两者相较，绘画可以完全是一种个人性的行为，而戏剧若离开演员的表演，就尚未构成一次完整的创作活动。这样，任何一个剧作家为了使他的作品得到普遍接受，在创作中都不得不考虑自己的作品是否合乎规范的问题，这种对规范的要求，又和它是否能合于场上表演密切相连。换句话说，明代杂剧自由的审美创造是以牺牲自己作为戏剧的群众性、大众性为代价的。我们只能说，这既是它的幸运，也是它的不幸。

---

① 陶东风在《文体演变及其文化意味》一文中，曾探讨了读者的文体期待在文体演变中所起的作用，他指出："为了阅读文字，我们必须懂得语言规则，也就是交流活动中的'代码'，'代码'则以成规作为共同遵守的'契约'。那么成规又是从何而来？回答必然是：文化传统造就了成规并把它教会给我们。'我们在孩提时代起就在讲故事的成规中受到训练。而且，正如我们懂得自己地区的方言一样，那些从特定批评流派那里获得其解释技巧的人也倾向于以同样的方式谈论和解释。'解释的不同是因为读者不同，读者之间的差异则不仅仅是因为个性，更由于他们在阅读中所使用的成规不同。"参见《文体演变及其文化意味》第四章，云南人民出版社1994年版。

第七章　明杂剧作家作品分论

第一节　朱有燉的杂剧创作

若论元明两朝杂剧作品传世最多的作家，莫过于明初宗室周宪王朱有燉（1379—1439）了。作为前期杂剧的代表作家，朱有燉的剧作集中体现了明代前期的杂剧创作特征，同时也不失他作为明宗室成员，其特殊的社会地位和人生经历所带来的独特创作个性。

一

虽然贵为王朝宗室，朱有燉的家庭却曾屡遭变故，清管竭忠《开封府志》卷七云：

> 宪王讳有燉，定王第一子。性警拔，嗜学不倦。建文时为世子，父定王被鞫，世子不忍非辜，乃自诬伏，故定王得未灭，迁云南蒙化，而留王京师，已复安置临安。及复国，文皇（成祖）为纯孝歌，以旌之。章皇（宣宗）故与王同舍而学，极蒙知眷，至是恩礼视诸王有加，顾不贵庞废学。进退周旋，雅有儒者气象。日与刘醇、郑义诸词臣剖析经义，多发前贤所未发。复工吟咏，工书兼精绘事，词曲种种，皆至妙品。人得片纸只削，至今珍藏。正统四年薨，葬祥符城南之枣林庄。

管竭忠的这段话基本上概括了朱有燉的一生。① 朱有燉是明太祖第五子周定王橚的长子，他生于洪武十二年（1379）正月十九日，二十四年（1391）三月一日册封为周世子，仁宗洪熙元年（1425）十月十五日嗣位为周王，英宗正统四年（1439）五月二十七日卒，享年六十一岁，谥曰宪。②

朱有燉的父亲周定王橚是朱元璋的第五子，也是最小一个儿子。洪武二十二年（1389）十二月，橚擅弃其封国开封来居凤阳，太祖大怒，拘之于京师，并命朱有燉以世子理藩事，二十四年才敕命其父归藩。建文初年，诸王拥重兵多不法，橚亦颇有异志，他的次子有勋竟然告其父谋反，结果建文帝把他流放至云南蒙化，第二年召还京师禁锢，直到燕王入南京即皇帝位才又复封诸子。

朱有燉在父亲被建文帝废为庶人，将徙云南之际，不惜"自诬伏"，使得父亲"得未灭"，这种行为和他的仲弟有勋之告变，形成了鲜明的对比。他跟随父亲来至云南蒙化，由一位富贵的藩王世子而遽遭流落，心境当是很沉重的。幸运的是，而后坎坷无多，在藩王的丹墀上平安而终。

朱有燉幼年"性警拔，嗜学不倦"，他的父亲特别以长史刘醇为其师，朱有燉在一阕［蟾宫令］中写道："想当年长史刘醇，德行文章，高古清纯。四十为官，八十致仕，众所推尊。看

---

① 曾永义先生指出，"其中'建文时为世子'有语病。因为根据洪武实录和正统实录，有燉受周世子册封在洪武二十四年，那时他十三岁。"参见《明杂剧概论》第148页，台湾学海出版社1979年版。

② 朱有燉的生平还可参见《明史》卷一百一十六、《明史稿》卷一百零八、《国朝献徵录》卷一、《列朝诗集小传》乾下、《静志居诗话》卷一、《明诗综卷》一下、《皇明实录》、《开封府志》卷七、《西园闻见录》卷八、《诚斋乐府》等等。关于其卒年，钱谦益《列朝诗集小传》载为代宗景泰三年（1452），吴梅《诚斋乐府跋》、郑振铎《插图本中国文学史》继承此说，然不知所据，故不为采纳。

晚节菊庄旧隐。发天葩梁苑闲人。掩却衡门，守道修真。闲将那胸内珠玑，酝酿做岭上白云。”刘醇的思想对朱有燉的影响很大，这首小阕，也可以说是朱有燉自我形象的写照。他在奉藩闲暇之余，即以问学文艺消遣，在诗、书、琴、棋、画方面皆颇有造诣。他还很喜欢花，在其散曲集《诚斋乐府》中就有不少以牡丹、梅花、海棠等为歌咏对象的。他对牡丹情有独钟，其藩府内广植牡丹，刘玉《已疟编》即载：“周王开一园，多植牡丹，号国色园，品类甚多，建十二亭以标目之，有玉盂、紫楼等名，仪部郎尤良作十二诗。”朱有燉有《牡丹仙》、《牡丹园》、《牡丹品》三本杂剧专咏牡丹，在《牡丹仙》剧“引”中，他说：“予于奉藩之暇，植牡丹数百余本，当谷雨之时，值花开之候；观其色香态度，诚不减当年洛阳牡丹之丰盛耳。”在花竹之中，借着花仙以搬演歌舞，真可谓赏心乐事。

无名氏《金梁梦影录》中说：“王藩甚著声誉，朝廷忌之。会有希旨谓开封有王气者，诏毁城南繁塔七层以厌之。王惧，乃溺情声伎以自晦云。”那么，对朱有燉来说，纵情声伎不仅是闲暇之余的极好消遣，也是韬光自晦的一种方式。

明成祖是以藩王夺取帝位的，他深知太祖制订的藩王拥有兵权的分封制度对皇权的危害。即位后，他表面上继续维护太祖分封诸王的制度，如永乐元年（1403）正月，恢复了被建文帝革除的周王橚、齐王榑、代王桂、岷王楩诸藩王爵位，实际上却不断地削夺诸王的军事力量，改变诸王拥兵藩屏帝位的体制①，据《明史稿·诸王传》云：“自是以后，矫枉鉴覆，法网綦密。……藩封之局，日剥月削，虽支子代有封立，而恩泽递降，规制

① 主要方法有把拥兵镇抚北方边境的藩王内迁；逐步削弱诸王的护卫，削除藩王的军事力量；将靖难有功的将领派往边塞要地，直接统率节制军队，杜绝藩王拥兵夺权的机会。

无加。其旧封远者，宗派繁昌，禄秩难给，末胄疏属，不免饥寒。即号称雄藩，而牵于文法，长吏得以束缚之，所谓维城之寄无有也。”大致说来，从成祖以后，宗藩已由藩屏帝室镇守一方的地位下降为坐食禄米的皇族地主了。可见，朱有燉除了因特殊的身份，得以享有富裕的生活之外，并未比他人得到更多的自由，他仍然必须言行谨慎，从事小心，才能免除他父亲那样的颠簸灾难。因此，朱有燉在剧中常有意无意地表明心迹，如《得驺虞》一剧，讲藩国要为善修德："清闲似神仙境界，安居在金碧楼台，一心待守礼法不生分外，为善事将身心警戒。有时间醉怀，放开实是乐哉，每日将万万岁皇恩感戴。”不过，朱有燉生活的明初几十年，社会是比较安定的，明代各地方志的作者，往往称颂明初敦本尚朴，重熙累洽的社会风尚，仁宣两朝，更出现了短暂的升平气象，所谓“吏治修明，民风和乐，成绩懋著”①。对朱有燉而言，只要不惹是生非，尽可以安享太平，这也就决定了他即使心有不平，也不会在文学创作中流露出来。文学创作对于朱有燉，是他可以从这种活动本身，得到娱乐消闲。

二

朱有燉现存杂剧作品共有 31 种。② 曾永义先生依据八木泽元的分法，将其分为六类③：①仙佛剧（15 种）；②妓女剧；③英雄剧；④牡丹剧；⑤节义剧；⑥文人剧。这六类剧作，虽然取

---

① 《明史》卷一百四十九，《蹇义等传赞》。

② 一般认为，朱有燉所作杂剧总称为《诚斋乐府》，廖奔经考证认为，这种说法颇为不当。《诚斋乐府》是朱有燉的散曲集，朱有燉可能题其杂剧集名为《诚斋传奇》。见《“诚斋乐府”非为朱有燉杂剧总集名》，《文献》1988 年第 3 期。又台湾鼎文书局 1979 年印行的《全明杂剧》中，陈万鼎撰《全明杂剧提要》，在朱有燉条下，已称“所作杂剧三十一种，总题《诚斋传奇》，俱流传于世”。

③ 《明杂剧概论》第 162 页，台湾学海出版社 1979 年版。

材大不相同，却贯穿朱有燉以儒佛道三者合而为一的思想。

在朱有燉的剧作中，仙佛剧占了半数，构成了剧作的重要内容。

朱有燉对于成仙成佛之事有着浓厚兴味。《紫阳仙三度常椿寿》一剧之《引》，即是他对神仙信仰之真切表白："信矣！神仙之道"，"上古圣人，历历可数，名书紫府，位列仙班"。他创作《吕洞宾花月神仙会》一剧，也是"予观紫阳张真人《悟真篇》内，有上阳子陈致虚注解，引用吕洞宾度张珍奴成仙证道事迹。予以为长生久视，延年永寿之术，莫逾于神仙之道，乃制传奇一帙，以为庆寿之词"。朱有燉还以为神仙不可冒昧，符瑞自是不疑。如他在《张天师明断辰钩月》之《引》中即认为"天地之间，至精至灵正之气，安可以诬以荒淫，配之伉俪，播于人耳，声于笔舌间也？"所以他对吴昌龄《张天师夜祭辰勾月》一剧描写嫦娥思凡非常不满，立志做翻案文章，替嫦娥洗雪。剧中嫦娥对张天师云："想俺这月儿，……尊为星辰，风雨雷电。名山大川，五岳四渎，众神之长，载在纪典，春祈秋报。在天成象，在地成形。一气至精，化成女仙，岂有思凡之理？这等的花妖树怪，不争他假妾的名字，迷惑世人，着下方轻薄之徒，说道嫦娥思凡来，立名做辰钩月。这渫渎天仙，茫昧至理，怎洗的清？愿师傅罚他（桃花精）下方去见他罪责者。"

不过，朱有燉对佛道的爱好，并不根源于坚定的宗教信仰，而是在万事俱足情形下的一种冥想需求。人生无常，在死亡面前，极富极贵都只不过是一枕黄粱而已，然而人生来就有生存与享受的欲望，谁不希冀生命长存，永享富贵，快乐无比呢？

朱有燉虽好仙佛，但在他的思想深处，却仍是以儒家为根底的。他在《搊搜判乔断鬼》一剧中，借着徐行训子表明他的思想观念：

> 夫儒教者，乃至圣文宣王，……其教流传，以至于

> 今一千九百余年矣。其教也，正纲常，明人伦；使礼乐刑政四达而不悖，天地万物，以位以育，祖述于尧舜，宪章乎文武，其有功于天下后世也大矣。……夫道教者，乃太上金阙帝君，……其教也，使人清虚以自守，卑弱以自持，清静无为，恬淡寡欲，其有补于世教也大矣。……夫释教者，西方之圣人释迦佛也，……其教也，弃华而就实，背假而归真，由力行而造于安行，由自利而至于利彼，其为生民之所归依者众矣。……宋孝宗有云："以佛治心，以道治身，以儒治世。"此诚言也。

"以佛治心，以道治身，以儒治世"，正是朱有燉将三教的哲学运用到实际人生的方法。《紫阳仙三度常椿寿》剧中，紫阳仙描述神仙境界："实是不远。你听我说，心上常常清虚淡泊，心上便是神仙境界。家中常常和美洁静，家中便是神仙境界。国内常常民安物阜，国内便是神仙境界。"这种神仙境界，其实就是将儒家修齐治平、佛家自然恬淡、道家清净虚明合而为一的理想。

朱有燉大量写作仙佛剧，更多地反映了一己的身心活动，即希望自己也能进入自由自得、无拘无束的神仙至境，但只要是涉及社会人情，则无不以传统的儒家思想为基础。其《小天香半夜朝元》剧，写西池王母之女玉危思凡，托生下界乐户四季春家，名小天香。天香不操贱业，后嫁安生，三年后安生遽死，遗一子。天香萌修道之志，为道士陈抟点化，经十年于华山玉女修行，终而得道，陈抟相偕复登仙界。这是一出典型的道家度化剧，可朱有燉在剧引中，却如是说："向之所谓精神血气之不耗而致然欤？不宁惟是。而仙姑能守妇道，虽出于倡优之门，而节义俱全。比之良家妇女不能守志者，为何如耳？于世教岂无补哉？特以次第，编为传奇，庶可继乎丽则之音，非若淫词艳曲之比也。"在一出典型的道家度化剧中，融入儒家节义的内容，也是朱有燉以儒为主、佛道为辅，把儒佛道三者融为一体的明证，这正符合中国封建社会后期封建的文化特征，即在儒家伦理纲常、政治思想的基础，吸收禅宗的思维方式和道教的实践方式，把人的社会行为伦理修养与人的生理、心理修养联系起来①。

因此，儒佛道在中国封建社会后期是以三位一体的形式，共同构筑了一种人生哲学。这种人生哲学对士大夫而言，就是自然恬淡、清净虚明以至健康长寿的人生状态；对普通老百姓而言，则是要他们自觉地约束作为人的正常感情和个性意识。我们看到，在朱有燉的仙佛剧中，这两者是兼而有之的。我们试看他笔下的神仙：

> 我是个无拘无束烟霞隐士，不思凡风月神仙，尽他世事云千变。见几番秦宫楚阙，更几遍海水桑田。笑一回龙争虎斗，看两轮兔走乌旋。叹尘中为名利急急煎煎，争如我向山林散袒俄延。有时向玉峰前倚苍松拍掌高歌，有时向碧涧底濯清流将身半偃，有时向翠岩中卧白云坦腹熟眠。呼童，近前！喜松醪新酿咱独劝，满盏斟、不辞倦。闲坐云根玩玉泉，逸兴飘然。（《八仙庆寿》[梁州第七]）

这俨然就是士大夫所追求的隐处山林、宁静闲适、清雅高洁的生活情趣。我们再看他笔下脱离魔障、登入仙界的方法：一是修积："积德莫言功，为善永无穷，济人并利物，顷刻在心中，有仁而有义，不贪而不忌，主善是操持，存诚为活计，忠爱于君王，孝敬于尊堂，夫妇常和睦，兄弟不分张，父子知天理，朋友须深契，奴仆要慈怜，师生存道义，施财济困贫，方便以为门，救急常在念，除害以为心，闲邪以养性，知分以保命，无的莫妄求，付之于一定，好事劝人成，歹事莫同行，饶人一步地，胜诵

① 参见葛兆光《道教与中国文化》中有关论述，上海人民出版社1987年版。

十年经，富贵休高傲，贫穷休耻笑，得意莫再求，失时当自保，昔有裴晋公，还带救危中，阴骘能延寿，今古时皆通”；二是修炼：“凭修炼以延生者，在乎惜养精气神之道也，炼精以养气，炼气以全神，炼神而永寿，与天地同其生也，此长生久视之门户。”（《蟠桃会》）不难看出，这就是一套把道教的拱默自守、清静无为、养性全命以及儒家的封建礼法糅合在一起的思想原则与行为模式。

在《仙官庆会》中，朱有燉再次表明，忠孝节义与否同得道成仙、遭灾罹祸有着直接联系，劝诫人们行善积德，修身济人，对于不肯受度的人，则是连吓带哄外加诱骗。如《小桃红》一剧，写惠禅师至扬州度脱天上二圣，此二圣被孽缘所感，分别化为妓女小桃红和员外刘景安，二人结婚，家道兴旺，广置庄田。对于二人贪恋人间欢乐，惠禅师先以人生无常相威胁：“［六幺序］只为你迷真性，你不肯早修行，恋风尘误却前程。每日家月馆风亭，柳圣花星，相伴着倾国倾城。有一日冷冷清清翠被余香剩，梦撒了镘的撩丁，纸汤瓶扇动霜纨柄，使不得你情欢意热，智巧心灵。”又以仙境相诱：“［耍孩儿］推开窗牖遥凝望，把皓月闲邀半晌，松阴石枕竹方床，靠蒲团雨过新凉，砖阶落叶和云扫，石鼎烹茶带雪尝，日落在西山上，空余那半岩塔影，满殿名香。”总之，就是要用尽恐吓威慑利诱，使人们自觉地否定自己正常的生活情感。

这种思想和处世态度，在朱有燉的其他五类剧作中表现得更为鲜明。

《清河县继母大贤》是根据社会实事写成的。一位贤惠的母亲，不庇护犯罪杀人的亲生子，力辩前妻之子无罪，而哥哥王谦则自愿代异母弟弟顶罪。《赵贞姬身后团圆梦》也是取材于社会实事，述宣德八年济宁军士钱锁儿妻赵官保，夫死守志自缢。两剧显然都是对礼教伦常的宣扬，而且，两位女性孝贤的结果，一个是被朝廷封为“贤德夫人”，打死人的儿子也被官府赦免无罪；一个是死后夫妻团圆，得道成仙。真可谓是“以劝善之词，人皆得以发扬其蕴奥，被之声律，以和乐于人之心焉”①。

朱有燉笔下为数不少的妓女形象，往往也表现出对清白节操的坚持。《刘盼春守志香囊怨》原是当时河南民间的实事，据朱有燉的自序，此事发生于宣德七年，有一位乐工的女儿许配给良民周子敬，周家父母不许儿子与乐工之女来往，刘家父母却逼女儿接待富商，周子敬致书刘盼春，劝他勉从父母之命，不要为他所累，盼春却用香囊藏了这封信，佩在身上自缢而死。朱有燉除了在自序里，极力赞扬刘盼春死节的可贵，还在剧中赞美刘盼春：

> 你每这院里人只知道迎新送旧，留人接客是你每衣饭，那三纲五常的大道理如何得知？你女儿既将一个身子伴了个男子汉，他不肯又与别人相伴。正是他有羞耻、有志气，生成知道三纲五常之人，与你院中其他妓女不同，怎生说他死的不对。

可见朱有燉的这类剧是要用立志贞洁的女主人公形象来感化“只知道迎新送旧”，不知名节的妓女。所以他对于洪武辛酉之岁，河南武县妓女兰红叶“既适人而终身不再辱，以死自誓于神。县尹及恶少，凌逼万状，未尝失节，终老为民之妻”的行为，非常嘉许，因而怜兰氏“不幸生于乐籍，而不能见白于世，故一为作传奇，少抒其情态”（《兰红叶从良烟花梦》小引）。对于河南武陵妓女桃源景“立志贞洁，不嫁娼夫，舍富而就贫，遂从良于一举子。及其试中，授职知县，未几责为卒伍，既而复还前职，荣辱兼至，臧氏之女（桃源景）未尝失节”的操行以为“可嘉许矣”，“遂详其事实，制作传奇，为之赏音焉”（《美

① 《团圆梦·引》。

姻缘风月桃源景》小引)。对于李亚仙，也因叹其虽为“狭斜之妓女，而能勉其夫为孝，以取仕途，始终行止，不违于名教，可谓贞洁能者也”，于是“制作传奇以嘉其行”(《李亚仙花酒曲江池》小引)。而对于轻佻无耻、复落为娼的刘金儿则非常鄙夷(《宣平巷刘金儿复落娼》)。

朱有燉还写了三部英雄剧，《仗义疏财》和《豹子和尚》取材于水浒故事，《义勇辞金》取材于三国故事。朱有燉创作这三部英雄剧是有他的用意的。

《仗义疏财》写黑旋风李逵、浪子燕青奉宋江命至东平府粜粮，归途中济助被恶吏欺压的李撇古父女，又假扮李之女千娘嫁给强婚的赵都巡，并打杀之。但结尾却是朝廷招安，梁山好汉不但服服帖帖，还去攻打方腊，以酬恩报本。

《豹子和尚》把鲁智深写成“擅自杀害平人”，做和尚修行又怕“带沉枷”、“坐押床”；只要“持斋吃素”、“不惹是非”，和《水浒传》中“三拳打死镇关西”的好汉大相径庭。

《义勇辞金》一剧仍是借关云长来表现忠义思想。朱有燉在自序中说：“人之有生，惟忠孝者为始终之大节。忠孝之道，必以诚而立焉。”他以为“云长忠义之诚，通于神明，达乎天地”，故“宜乎后世载在祀典，为神明、司灾福，正直之气，长存于天地之间”。

元末明初同样以三国水浒故事为题材的《三国演义》及《水浒传》两部小说①，其主导内容也是对忠孝节义等伦理思想的追求，但是，两书又都以其悲剧结局和客观的描写，昭示了作

① 关于《三国演义》和《水浒传》的产生年代，过去一般笼统地说是元末明初，现在有些研究者根据《三国演义》中作者附加的小字注所提及的“今地名”系指元代地名的情况，以及某些重要地名变更的年代，又提出了元文宗天历二年(1329)以前、元末两种说法，但亦有人坚持为明初作品。

者对伦理道德和社会现实之间矛盾的困惑。比照这两部小说，朱有燉的同题材杂剧作品，则立即显示出了境界高低之别。可以说，朱有燉的作品中缺少的，就是正视现实和历史反思的自觉意识，这不能不说是身为藩王的朱有燉，虽然写作了大量的杂剧作品，却未能成为真正的艺术创造的主要原因。明乎此，我们也就可以理解为什么明代前期的宫廷杂剧创作，虽皆气势恢宏、想象神奇，却仍然难以避免自己衰微的命运。

综上所述，朱有燉的杂剧创作除了担负着重要的娱乐自遣之功能，其共同的思想指向仍是对现有秩序的维护，仍然是基于皇祚永固的希望，就算是他的仙佛剧，在描绘上界美景的同时，也时时不忘对人间太平盛世的赞美。在《灵芝庆寿》剧中，他列举历年“瑞应”，诸如“甘露降沾于松柏，毫光显耀于伽蓝，驺虞现瑞于钧州，野蚕成茧于汝蔡，凤凰翔集于卫郧，白鹊飞鸣于许颍，海东青远来于尉氏，白毛鹿近游于南郊，五穗麦生于内黄，同颖禾出于古郑，连理木生于后园，合欢花开在内苑”，他又以“中国雨顺风调，民安物阜，臣忠子孝，兄友弟恭，夫义妻贤，中外和乐，以致祯祥屡现，百福咸臻。如今只有灵芝草，未曾呈瑞”，于是就写作一本“灵芝庆寿”，希望蓬莱、方丈神仙境界中的仙物瑞草，能“生于中国宫廷之内，以为长生求寿之征”。《蟠桃会》中仙界庆寿欢娱，也是因为人间喜逢太平治世，“当今正遇太平之世，雨顺风调，人跻寿域，共乐雍熙，所以我这南极老人一星分外光明也呵!”这样的描写已着实难免涂脂抹粉、虚夸不实之嫌。

至于朱有燉剧中宣扬的伦理节操思想，前人已多有批判，这无疑是有道理的。不过，我们认为，朱有燉在剧中集中宣扬伦理节操思想，也有它的必然性。朱有燉的剧作有不少是来自于现实生活中的真实事件，像《清河县继母大贤》剧，据叶盛《水东日记》载：“今书坊相传，射利之徒，伪为小说杂书……。北人喜谈如继母大贤等事甚多，农工商贩，钞写绘画，家蓄而人有之；痴骇女妇，尤所酷好。”可见这个故事之广播民间。在明初社会矛盾还没有激化，封建伦理道德的内在缺陷还未显露，整个社会正处于上升阶段的情况下，这种对孝义、贞洁、贤德的褒扬，尚不乏它的正面影响，至少它表达了当时人们的良好愿望。

三

朱有燉的 31 种杂剧作品，都存有宣德间原刊本，其中有 24 种收入了吴梅先生校刻的《奢摩他室曲丛》第二辑（吴梅校印本称之为“宣德宪藩本”，本文简称作“宪藩本”），搜罗既广，校勘亦精，是现在易寻得的重要版本。原刊本而外，脉望馆抄校本收入 19 种，《杂剧十段锦》收入 8 种，尚有少量剧本散见于《柳枝集》、《酹江集》、《盛明杂剧》、《古名家杂剧》、《息机子古今杂剧选》等。①

对于朱有燉的创作成就，明清两代多有称誉。人们喜欢引用李梦阳《汴中元宵》绝句：“中山孺子倚新妆，赵女燕姬总擅场，齐唱宪王新乐府，金梁桥外月如霜”，来说明他所创作的杂剧散曲的流行盛况②。明代曲选《雍熙乐府》几乎把朱的杂剧作品全部收入。时人沈德符对朱有燉的杂剧评价极高，他在《万历野获编》卷二十五“填词名手”条中说：“惟周宪王所作杂剧最夥，其刻本名《诚斋乐府》，至今行世，虽警拔稍逊古人，而调入弦索，稳叶流丽，犹有金元风范。”王世贞《曲藻》则说他“好临摹古书帖，晓音律。所作杂剧凡三十余种，散曲百余；虽才情未至，而音调颇谐，至今中原弦索多用之”。至清代，钱谦益在《列朝诗集小传》中仍称誉：“制诚斋乐府、传奇

① 参看傅惜华《明代杂剧全目》，作家出版社 1958 年版。

② 钱谦益《列朝诗集小传》乾集下。

若干种，音律谐美，流传内府，至今中原弦索多用之。”朱彝尊《明诗综》也说：“宪王留心翰墨，谱曲尤工，中原弦索，往往借以为师。”

朱有燉毫无疑问是个甚为知音解律的人，他在［白鹤子］咏秋景的引中，畅论南北曲的流别，吴梅《诚斋乐府跋》称“为词隐、鞠通辈所未悉”。在北曲［扫晴娘］的序中，朱有燉说：“扫晴娘曲乃予审音定律新制，此调与双调殿前欢略同，此亦双调曲也。”又在南曲［楚江清］的序中说：予居于中土，不习南方音律，诗余亦多制北曲以寄傲于情兴，游戏于音律耳，迩者闻人有歌南曲罗江怨者，予爱其音韵抑扬，有一唱三叹之妙，乃令其歌之十余度，予始能记其音调，遂制四时词四篇，更其名曰‘楚江清’。”吴梅曾校阅诚斋杂剧22种，发现了一些不甚合律的地方，但他认为：“此皆大醇中疵也。”①

明人祁彪佳的《远山堂剧品》，除对朱有燉的杂剧也颇为推崇外②，还指出了它与元人杂剧的不同之处。如评《香囊怨》一剧：“按律之曲，精到者又恐笔钝耳。此剧毫锋铦利，以现成语簇出新裁，元人‘韦曲’之调，当无能出其右者。”评《烟花梦》剧：“一剧中境界凡十余转，境本平常，词则珠圆玉润，咀之而味愈长。内多用异调，且有两楔子，皆元人所无也。”也就是说，朱有燉既继承了元人杂剧，又能突破元人杂剧之拘囿，大胆使用“异调”。现代戏曲研究者，如青木正儿称其为“明代第一杂剧作家”③，周贻白称之为“明初杂剧作家最后一人”④，

---

① 《瞿安读曲记·〈牡丹品〉》，《吴梅戏曲论文集》第399页，中国戏剧出版社1983年版。

② 《远山堂剧品》，以朱有燉七剧列于其最高品类“妙品”开篇，十八剧列于其第二品类“神品”开篇。

③ 《中国近世戏曲史》143页，作家出版社1958年版。

④ 《中国戏剧史长编》352页，人民文学出版社1960年版。

都是强调了他在戏曲史上的重要地位。

《元明北杂剧总目考略》"朱有燉"条称："朱的杂剧在结构上有一特点，即它们在许多地方打破了元杂剧的规律，这是时代发展的自然结果。……朱有燉的作品，演出的时代和刊印的时代都较早，因此它们又保留了一部分后来已淘汰掉的戏曲形式方面的资料。这是个矛盾，但也是有关戏曲史的重要资料。"①的确，朱有燉在明代杂剧创作史上处于重要的枢纽地位，可以说，他既是传编杂剧的最后一位作家，也是新杂剧的最初一位作家。

朱有燉杂剧除《小桃红》、《蟠桃会》外，其余二十九种皆标为"新编传奇"。明代高儒《百川书志·外史类》朱有燉剧目后云：

> 皇明周府殿下锦窠老人全阳翁著，或改正前编，或自出新意，或因物兴词，或寓言警世，或歌唱太平，或传奇近事，总名《诚斋传奇》。

这基本上指出了朱有燉杂剧创作的几种方式。一是借历史故事。《义勇辞金》是作者"每读史至关羽辞曹操而归刘备"处，为"云长忠义之诚"而深深感动，"掩卷三叹"，因而"嘉其行，为作传奇以扬其忠义之大节"（《义勇辞金引》）。《仗义疏财》是因"小说多载宋徽宗时，有宋江之徒者，亦义贼也。唯名李逵者尤能疏财仗义。……后以平方腊有功封节度使。《宣和遗事》中载之甚详"，于是"戏作偷儿传奇一帙，使伶人搬演歌唱，……以取欢笑"。《神仙会》乃是作者"观紫阳张真人《悟真篇》内，有上阳子陈致虚注释，引用吕洞宾张珍奴成仙证道事迹"，乃"制传奇一帙，以为庆寿之词，抑扬歌颂于酒宴佳会之中，以佐樽欢畅于宾主之际"。

---

① 赵景深主编，邵曾祺编著，《元明北杂剧总目考略》468页，中州古籍出版社1985年版。

取材于现实生活，是第二种创作类型。一方面是写藩府生活。如《得驺虞》写永乐二年（1404）作者与其父数于均州，获瑞兽驺虞上献的事。“牡丹四剧”也是藩府生活的真实写照。另一方面，是取材于当时社会上发生的人物事件。如《悟真如》是当时有“汴梁妓女李妙清者，……孀居不嫁，守志终身，其母强之，以死自誓”，故“详其事实，编作传奇”（《悟真如引》）。《团圆梦》乃用人向作者言及“今秋（1433）山东济宁有军士之妻因其夫亡而自缢”，因“制作传奇一帙，名之曰《赵贞姬身后团圆梦》”（《团圆梦引》）。《香囊怨》序云：“去岁（1433）河南乐籍中乐工刘鸣高之女，年及笄，配于良民周生者，与之情好甚笃。而生之父母训严，苦禁其子，拘系之，不令往来，自后遂绝不通。……女之父母以衣食之艰，逼令其女复为迎送之事。值富商赍金帛往求之，母必欲夺其志，加之锤楚，女终不从。周生闻之，致书缀词令其从彼父母之命，勿以生为今累。……居数日，其父复逼之，更与富商为配。女从容入房自缢而死。及火其尸，焚其余烬而所佩香囊尚存。其父母取而观之，中藏复得生寄之词简一纸，宛然如故。”

第三类则是“改正前编”的。如改吴昌龄《张天师夜祭辰钩月》为《辰钩月》①。因不满吴氏把“天地之间至精至灵正直之气”的嫦娥“诬以荒淫，配之伉俪播于人耳，声于笔舌间”，故一反世俗嫦娥爱少年之说，“泚笔抽思，亦制《辰钩月》传奇一本”（《辰钩月引》）。由马致远的《岳阳楼》和谷子敬《城南柳》脱化而作《常椿寿》。因无名氏《继母大贤》传奇“其材不富赡，故用韵重复，句语尘俗，关目不明，引事不当，每闻人

① 吴昌龄所有《张天师断风花雪月》与《张天师夜祭辰钩月》两种，后者已佚。朱有燉所指当为后者，因前者无嫦娥情节。参傅惜华《元代杂剧全目》有关条目，作家出版社1957年。

歌咏搬演，不觉失声大笑”，遂作同名剧，以冀“追踪前人之盛”（《继母大贤引》）。以马致远《冻吟诗踏雪寻梅》与《风雪骑驴孟浩然》为蓝本，作《孟浩然踏雪寻梅》。以关汉卿《柳花亭李婉复落娼》与朱权《杨娭复落娼》为本，作《宣平巷刘金儿复落娼》。继李寿卿《月明和尚度柳翠》作《小桃红》。改钟嗣成《宴瑶池王母蟠桃会》为《群仙庆寿蟠桃会》。不满于石君宝《曲江池》而另作《曲江池》：“近人石君宝为作传奇，词虽清婉，叙事不明，鄙俚尤甚。止可付之俳优，供欢献笑而已，略无发扬其行操，使人感叹而欣羡也。余因陈迹，复继新声，制作传奇以嘉其行，就用书中所载李娃事实，备录于右云。”

上述所引前人诸剧，大部分今已不存。从现存诸种的比较来看，朱有燉的创作落入窠臼之处亦复不少。如《常椿寿》剧，与《岳阳楼》、《城南柳》剧，不唯事迹相类，即其中主要情节线索，亦大同小异，末折［水仙子］，将八仙姓名一一点述，也是元剧滥套。《小桃红》剧中的小桃红，与李寿卿剧中的柳翠，都是“上厅行首”，惠禅师与月明和尚同为疯癫的度脱者，剧中度脱说法场面亦大同小异。

但宪王也有他独到的地方，我们试比较两本《曲江池》，除体例上的变动，石作四折一楔子，正旦主唱北曲，为传统的元剧体例；朱作五折一楔子，为“旦末全本”“一曲两唱，一折两调”。

更为重要的是，朱有燉弥补了原作“叙事不明”之弊。石作在李亚仙与郑元和初会后，接着就是对元和行乞生涯的描绘，至于如何被赶出鸣珂巷的过程，全未提及，有脱节之嫌。而朱作补入鸨儿以“倒宅记”将李郑二人分开的情节，并详述郑元和沦为乞丐后的生活状况，以喜剧方式道出元和穷困潦倒的事实。

与此相联系，朱有燉对前人剧作的不满除语言音律方面之外，屡屡谈到的是旧作“关目不明”、“引事不当”、“叙事不明”。《团圆梦》剧钱锁儿病逝，梓老小宋去他媳妇家报信，有“[小宋上][相见了][说关目了][卜旦哭一折了]”之语，此处脉本则作“[小宋上相见云云了卜旦做哭一折科]”，可见，“关目”指的是关要情节。《继母大贤传奇引》中，他还赞扬乔吉、马致远、宫天挺、王实甫等元杂剧作家“所作传奇清新可喜，又其关目详细，用韵稳当，音律和畅，对偶整齐，韵少重复，为识者珍”。《香囊怨》剧中有：“这《玉合记》正可我心，又是新近老书先生？做的十分好关目”之语。在《团圆梦传奇引》中，朱有燉则自称该剧“中间关目详细，词语整齐，且能曲尽贞姬之态度”，可见他已把关目作为衡量剧作成就的一个重要方面。

清人李渔说：“然传奇事也，其中义理分为三项：曲也，白也，穿插联络之关目也。”“元人所长者，只居其一，曲是也，白与关目皆其所短。吾于元人，但守其词中绳墨而已矣。”（《闲情偶寄·词曲部·结构第一》）可见后人以为“关目”为元曲之短。《元刊杂剧三十种》所收剧目，有《新编关目××××》，《新刊关目××××》或《足本关目××××》①。现在所知最早使用“关目”一词的是钟嗣成，他在《录鬼簿》“李寿卿《辜负吕无双》”条下说：“与《远波亭》关目同”，这是指关要情节方面。而于关目问题注意较多的首推元末明初的贾仲明以及本节所论述的宪王朱有燉。贾仲明在为《录鬼簿》补作的挽词中，已多次从各个角度提到“关目”，有“关目冷”、“关目真”、“关目嘉”、“关目光辉”、“关目风骚”等品评。其后，才

① 按洛地《关目为本、曲为本、掌记为本、正为本——元刊本中的“咱”“了”及其所谓“本”》（《中华戏曲》1988年第1辑，又收入《洛地文集/戏剧卷·卷一》，艺术与人文科学出版社2001年版）一文的解释，“元本将一剧之关要情节归纳为四句或两句，作为‘题目正名’，再总括为一句作为该剧之名目——故元剧往往以主谓齐全的一句话作名目。这便是关目……”。

有李贽《幽闺记拜月亭序》说："此记关目极好，说得好，曲亦好，真元人手笔也。首似散漫，终至奇绝。以配《西厢》，不妨相追逐也。"《焚书·杂述·红拂》评《红拂记》云："此记关目好，曲好，白好，事好。"孙钅广则提出了南戏创作的"十要"："凡南戏，第一要事佳，第二要关目好，第三要搬出来好，第四要按宫调、协音律，第五要使人易晓，第六要词采好，第七要善敷衍——淡处要作得浓，闲处做得热闹，第八要各脚色分得匀妥，第九要脱套，第十要合风情，关风化。"（吕天成《曲品》引）王骥德提出"作曲，犹造宫室者然"（《曲律·论章法》），"贵剪裁，贵锻炼"（《曲律·论剧戏》），臧懋循则概括出戏剧创作有"三难"——"情词稳称之难"、"关目紧凑之难"、"音律谐叶之难"，至清代李渔标举"结构第一"（《闲情偶寄·词曲部·结构第一》），可看出这一思想发展的清晰线索。

除故事剧外，朱有燉着力创作的还有歌舞剧。对朱有燉现存三十一种杂剧，虽有各种分类法①，但实质上，朱氏之作从形态上看只有两类，一是注重关目的故事剧，一是注重视听的歌舞剧。而注重关目与注重视听，最终的指向皆是剧作的舞台效果。

歌舞升平的剧作有《牡丹园》、《牡丹品》、《牡丹仙》、《灵芝庆寿》、《十长生》、《神仙会》、《得驺虞》、《仙官庆会》、《八仙庆寿》、《蟠桃会》等。若从内容上来讲，诚为空洞之作，但

---

① 如从内容分，郑振铎将其归结为应景或颂扬皇室剧、仙佛剧、英雄剧和恋爱剧四种（《插图本中国文学史》，人民文学出版社1963年）。青木正儿分为道释剧、妓女剧、牡丹剧、节义剧、水浒剧及其他之剧六类（《中国近世戏曲史》，作家出版社1958年）。刘大杰分为写长寿或神仙的，写妓女的和写牡丹花的三类（《中国文学发展史》中华书局1949年）。李修生分为侠义贞烈、文人轶事、烟花粉黛、神仙变化、祥瑞庆赏五类（《元杂剧史》，江苏古籍出版社1996年）。廖奔分为歌舞升平之作、劝善惩恶之作、烟花粉黛之作三类（《中国戏曲发展史》第三卷，山西教育出版社2000年）。

从接受者的角度来看，这些剧作仍有较高的欣赏价值。在这些歌舞剧中，朱有燉充分显示了他的舞台调度艺术，虽然我们无从复原当时的演出实况，但仅从剧本来看，这些剧作无疑有较好的视听效果。

元剧亦不乏歌舞穿插的例子，如《梧桐雨》里的“跳舞科”，《扬州梦》里的“歌舞科”等，但并不成为创作上的总的倾向。“牡丹四剧”纯为庆赏花开而设，众牡丹仙子、舞旦、众探子、花旦、梅香等角色在各剧中频繁歌舞；《灵芝庆寿》中杂以讴歌队子接唱、合唱，以及五芝仙载歌载舞；《得驺虞》中有百兽率舞和驺虞队子上场舞蹈的浩大场面；《十长生》中有寿星队且歌且舞等。

在描写狩猎、花开时，为避免场面单调，作者从各个方面敷演。如《牡丹品》剧：第一折正末主唱，述吹弹唱舞技巧；第二折正末主唱，述牡丹花开景致；第三折探子主唱，述牡丹花开景致；第四折以［色长上开］［合从乐唱］的形式，述牡丹花开景致。整个剧作敷演的是同一件事，却通过变换主唱者的方式来构成四折剧，可见宪王艺术巧思。

在这类剧作中，宪王充分发挥杂剧以曲词抒情的传统，用以表达自己的艺术观、宗教观乃至生活观。这些剧作或无甚情节，或剧中曲词完全游离于剧情，如《乔断鬼》第一折全部敷衍三教根始，与剧情毫无关联。《牡丹园》剧第一折则全用于敷说写字、弹琴、弈棋与画山水之法，《牡丹仙》论培植牡丹的方法，《牡丹品》说吹弹歌舞的技巧，纯粹为夫子自道。但曲好词好，又有藩府优越的物质条件，可在场景、陈设方面大肆铺排，热闹与好看自不待言。

四

宪王现存三十一剧，有多种版本，以下我们对剧本体制作些考察。

以宪藩本与脉望馆本对读，不难发现，脉本是典型的舞台记录本，而宪藩本则是文人创作本。

一个例证是，从对人物上场的描写来看，脉本要比宪藩本丰富得多。例如，《八仙庆寿》剧，脉本第二折为：

[张果老上云] 休把真铅身外寻，等闲虚度过光阴若知共奥金丹诀，参透玄关一点心。贫道张果老是也。生于大唐之世，隐于终条山修炼，寿享百岁有余。唐玄宗宣见贫道，赐号通玄子，加之以衣冠。贫道养成岐黄玄策之术，炼就长生不老之药，今因蟠桃以熟，奉金母法旨，请俺从位真仙赴蟠桃会去。贫道在此等待曹国舅，这早晚敢待来也。

[曹国舅上云] 阆苑仙家白锦袍，海上银阙宴蟠桃。三峰月下鸾声远，万里风头鹤背高。贫道姓曹，乃大宋曹后之亲，我乃椒房之属，故呼我为曹国舅。自授黄老之教……我须索赔与众位真仙同赴此会。兀那祥云起处，是那一位真仙来也。

[张果老云] 稽首。贫道张果老在此，久等俺同赴蟠桃会去来。

[曹末云] 可矣。俺同往一遭。

[张果老云] 俺二仙同共赴蟠桃会走一遭去。

而宪藩本则为：①

[扮曹国舅手执（竹 + 爪）篱] [扮张果老手拿扇子，扇子上立一小白驴上云] 贫道乃张果老。道号通玄先生。[指曹云] 这是大宋曹后椒房亲属，名为曹国

① 原刻本并未分折，此处依脉望馆本。

舅。自从证果，俺仙家一日，有尘世千年。今者瑶池上，又是九千年蟠桃熟也。蒙金母娘娘，请俺大罗神仙去仙瑶池之会。须索相邀蓝采和。众位神仙去走一遭也。

宪藩自刻本无张果老及曹国舅两首上场诗，简省了人物上场环节。

该剧第三折，徐神翁、铁拐李上场，脉本均有上场诗及详细说白，宪藩本无。

脉本：

[徐神翁上云] 妙法其中妙更真，炼成水火异于人。要知铅汞仙家理，现出深潭月一轮。贫道乃徐神翁是也，剧瑶池之境，住阆苑之宫，朝金阙，参玄妙，金鼎炼成玄妙理，玉洞蟠桃不老春。贫道奉金母之命，会合三界真仙，同赴蟠桃筵会，贫道在此等候众群仙，这早晚敢待来也。

[铁拐李上云] 一脚刚（足+毳）一脚轻，鬅鬆短发数星辰。世人不识苍苍拐，搅的黄河彻底清。贫道乃铁拐李岳是也。奉上仙法旨，为因蟠桃以（已）熟，请命俺上八洞神仙，同赴蟠桃会去。不敢有违，须索走一遭去。[见科云] 呀呀呀，大仙因何在此。[徐神翁云] 贫道因赴蟠桃之会，大仙何往。[铁拐云] 贫道也因赴会，不期幸遇大仙。[徐神翁云] 俺二仙一同赴会，走一遭去，止有韩湘子未来，俺在此等候，这早晚敢待来也。[正末扮湘子引虎上云] 贫道韩湘子是也，赴蟠桃会，走一遭去。[南吕・一枝花] ……

宪藩本：

[扮徐神翁戴巾道袍系条佩一葫芦] [扮铁拐李皂

纱抹额发后梳结衣皂衫拄一黑木拐上云］俺今蒙金母娘娘。请赴瑶池仙桃会。只有韩湘子不见来。兀的来的敢是也。［末扮韩湘子腰系牡丹花篮身穿青道袍头梳双髻手拿渔鼓简子引虎鹤打渔鼓上合］青山亘古今，绿水绕前林。红叶迎霞彩，白去满地阴。火缓丹头暖。松低洞口深。一般清意味，几个是知音。［就唱］……

该剧第四折，香山九老及福禄寿上场，脉本每个人物也均有上场诗，及自我介绍，与宪本之简略不同。

类似的例子尚有《黑旋风仗义疏财》一剧。脉本第一折，冲末宋江上场，即有大段宾白，表示派李逵燕青买粮：

［冲末宋江同吴学究领偻㑩上］［宋江云］幼小郓城为司吏，因杀娼人遭迭配。某姓宋名江字公明，绰名顺天呼保义，曾为郓城县把笔司吏，因带酒杀了匪妓阎婆惜，被巡军拏某到官，脊杖六十，迭配江州牢城营，路打梁山过，有某八拜交的晁盖哥哥知某有难，引半垓来小偻㑩下山救某，将监押人打死，救某上山，就让我坐我第二把交椅，晁盖哥哥因打曾头市身亡之后，众弟兄让某为头领，某聚三十六大夥，七十二小夥，半垓来小偻㑩，啸聚在此八百里梁山，寨名水浒，泊号梁山，纵横河港一千条，四下方圆八百里，东边大海，两接济阳，南通巨野，金（全?）乡北靠青齐兖郓，有七十二道深河港，屯数百只战舰艨艟，三十六座宴台，聚百万军粮马草，声传宇宙，五千铁骑敢争先，名播天庭，三十六员英勇将某，声传宇宙三千里，名播华夷四百州，俺这梁山，上离东平府不远，为因缺少粮米，今差浪子燕青、山儿李逵，多将些钱物，去东平府多籴些粮米，与众食用也。

此外，如李敝古与赵都巡上场，均有详细上场诗，为宪藩本所无。还有如《继母大贤》剧开场，宪藩本作：[正净上][做相见云云了]；而脉本则有正净（王义）上场一段独白：

[正净上] 小子姓王名义，是这清河县人，家中颇有钱钞，好走的是酒楼赌局，柳户巷街，与这本县费达苗敝两个至好，顷刻不曾相离，今日半晌不见了他，好生纳闷，不免上街寻他耍子，岂不快哉。呀，远远望见两个人来，好像他两。好。[走上相见科同下]

第二个例证，是脉本将宪藩本中的舞台指示全部细节化了。如《黑旋风仗义疏财》剧中，李敝古与赵都巡之间的冲突，宪本仅用[外云了][净问婚了][外云了]等舞台指示即止；而脉本是：

（赵都巡）[做看科云] 好个女孩儿，好东西儿，我正少个夫人里，我有心要这个女儿，我难开口说。张千，你和那老子说去，他卖那小儿呵，谁肯买。你说我正少个夫人哩，他若将他那女孩儿与我做个夫人，我就不要他纳粮，则凭我你说去。[张千云] 大人，则怕他不肯么。[将赵都巡云] 不妨事，你则说去。[张千云] 理会的。[做见李敝古科云] 兀那老子，俺大人说来，你如今卖这两个小孩儿，也无人肯买，俺大人少个夫人，你若肯将你那小姐与俺大人做个夫人，就不要你纳粮，你可意下如何。[李敝古云] 你好不晓事。我卖孩儿是我无计所奈，为纳官粮，两个里卖了一个，这女孩儿若是与人家，也要个三媒六证，这黑天暮地问亲，可是甚么道理，我断然的不肯，我这女孩儿不嫁他。[张千云] 你既然不肯，我回大人话去……

第二折，李敝古上梁山告状，宪本[外卜告状了][云云备说了］等舞台指示即止，而脉本外卜（即李敝古）则有详细说白：

［李敝古云］告太仆停嗔息怒，暂罢虎狼之威，听老汉慢慢的说一遍。老汉是东平府利家村人氏，姓李是李敝古，嫡亲的五口儿家属，一个婆婆一个女孩儿，有两个儿子，老汉因为缺少官粮，欲待将我两个小的卖了买这米粮纳官，行至半途，天色已晚，到于古庙中，撞着个催粮的赵都巡，强要我女孩儿为妻，老汉不肯将俺三口儿吊起来，百般打拷，不想撞着两个大汉哥哥救了老汉，又替我陪了官粮，老汉到的家中，那赵都巡说到明日领的媒人来，要娶俺女孩儿，老汉无处告他，太仆爷爷，我这冤枉恰便似天来高，地来厚，海来深，道来长，柔软莫过溪涧水，不平地上也高声，怀揣万古轩辕镜，太仆爷爷照察俺衔冤负屈人。

第三折，宪藩本用［做分付唤媒婆］［燕青扮媒婆上云］［做见净了］［云云了］［净唤厨子整办筵席科］［贴净办厨子折了］即已表示婚事已筹备完毕，而脉本则有详细细节：

［净赵都巡云］媒婆去了，张千唤个山人来者。［张千云］理会的。出的这门来，则这个便是山人家门首，山人在家么？赵都巡大人有请。［净扮先生上云］我做先生性磨拖，选日合婚事业多。若发课常川不准，论算命多里捞摸。自家是个二宅先生，正在家闲坐，相公呼唤，不知有甚事。［见张千科云］哥，相公呼唤在下，有何使令，俺见相公来。［张千云］来到也，等我报复去。［报科云］大人，山人来了也。［净赵都巡云］着他过来。［张千云］理会的。过去。［净先生见科］［净赵都巡云］兀那山人，今晚间娶亲过门，用甚么东西，你说与张千，一一准备。［净先生云］理会的。

第三，是相比宪藩本而言，脉本常于曲词中插入人物对白。如《八仙庆寿》剧“脉本”为：

> ［倘秀才］有钱呵，便有那家缘过活。［徕儿云］这钱再有那里用他？［唱］有这钱呵不受饥寒冻饿。［徕儿云］有钱的怎么的？［唱］有这钱呵，胆大如天敢放泼。有钱呵钱到公事办。有这钱呵，钱买众人和。有这钱呵，您这小孩儿敬我。

脉本在正末主唱的［倘秀才］曲中，两次插入［徕儿云］的问话，宪本则无此问话，由正末一唱到底。其他多处有类似情况，不一一列举。

元刊杂剧三十种，出场人物及其说白、动作皆不齐全，如标明“足本”的《张千替杀妻》，其第四折：

> 正末扮上，唱：“……”（等）外末云了，正末唱：“……”带云：“常言道丑妇家中宝，休贪他人才精精细细、伶伶俐俐，能言快语，不中！”（等）外末云了，正末唱：……

这是因为元刊本是供艺人所用①。但要表演一个完整的故事，宾白的作用不可或缺。宾白的价值在于，它可以将曲词的意义凸现出来，使观众注意。因此，宾白既有疏解曲词的作用，也有加重语意的作用，这在表演时用处很大，但案头阅读则不必非需要如此。宪王的剧作在题目下皆标明“全宾”，但在实际演出中，是否宾白仍有所增加呢？这是值得考虑的一个问题。

朱有燉的府中有剧团，剧本写成后，即用自己家的剧团进行演出。清人常茂徕注《如梦录》，在节令礼仪条下的小注中介绍

---

① 洛地对此辨之甚详。详参《关目为本、曲为本、掌记为本、正为本——元刊本中的“咱”“了”及其所谓“本”》，《中华戏曲》1988年第1辑，又收入《洛地文集/戏剧卷·卷一》，艺术与人文科学出版社2001年版。

了朱有燉府中的情况：

> 周府，旧有敕拨御乐，男女皆有，色长其下，俱演吹弹、七奏、舞旋、大戏、杂戏。女乐亦弹唱宫戏。宫中有席，女乐伺候；朝殿有席，只扮杂记，吹弹七奏，不敢做戏。宫中女子，也学演戏……各家其大梨园七八十班，小吹打二三十班，……

这从他自己的一些记叙中也可以看出来：

《惠禅师三度小桃红》："偶于暇日，编作传奇，付之秦娥，为一畅其音律……"

《群仙庆寿蟠桃会引》："因续成传奇一本，付之歌咏搬演。"

《搊搜判官乔断鬼传奇引》："特制传奇一秩，使人歌咏搬演。"

《豹子和尚自还俗传奇引》："……予乃效其体格，亦制偷儿传奇一秩，名之曰《豹子和尚自还俗》，用是以适闲中之趣，且令乐工演之，观其态度，以为佐樽之一笑耳。"

正因为戏写完了即付之歌咏搬演，所以，对于程式化用语、对白以及场景，宪藩本做了简省的工作，其原因是，这些已成为舞台表演的套路，在文本中不需详细说明。

另一方面，我们不能忽视的是，明初的藩王府是一个重要的刻书机构①。明代实行封王制度，是防止诸王滋事。分封到各地的藩王们表现不一，有的终日玩乐，有的照样起兵造反，争夺王们，燕王开其端，后来又有汉王高煦和宁王宸濠。还有的则筑楼藏书，作诗写文，刊印图书。为了引导诸王将精力投向无害的方面去，皇室刻印了图书，都要送给诸王一份，李开先《张小

① 藩王府刻书有几个相对集中的热点，一是藩王们自己的诗文集，二是医药养生类，三是琴棋书画、花鸟虫鱼类。这和他们的生活环境和兴趣有关。

山乐府后序》称“亲王之国，必以词曲一千七百本赐之”①。藩府藏书弘富，加之财力雄厚，因此，藩府刻本被誉为明代官刻珍品。周府是其中刊刻种数较多、延续时间较长的。他的父亲刻了《救荒本草》，“以国土夷旷，庶草蕃庑，考核其可佐饥馑者四百余种，绘图疏之”，成为一本很有价值的书②。宪王的三十一种剧本，一旦写讫，除了“付之歌咏搬演”，还要付之雕版。因此，从这一点来讲，宪本既不是《元刊杂剧三十种》般内容极为简略只可称为大纲的关目本、掌记本，纯供演出之需；也不是纯为案头阅读的本子，如臧晋叔所编《元曲选》般出场部色人物、戏剧行动提示、曲文说白动作三面详备齐全。宪王的剧本，一方面可作为案头文学欣赏，且可欣赏性颇高；另一方面又是完全可供搬演，且演出效果极佳，达到了案头场上兼美，诚属难得。

从形式来讲，宪藩本非常鲜明地体现了过渡时期新旧杂陈的特点，关于朱有燉杂剧对元杂剧的突破与革新，前人已谈得较多，但宪藩本对杂剧旧制的遵守之处也不少，这一点，当也是十分重要的。

一看主唱者：

朱有燉的剧本不再恪守一人主唱的旧制，这种情形我们可在剧本中找出大量实例，兹不赘述。但宪藩本也有努力符合一人主唱制度的情形。

《辰钩月》剧之宪藩本：第一折，旦扮桃花精上，第二折，[旦扮奶母上] 并主唱。但奶母一角，在第一折中，已指示为“外旦”，第二折改作“旦”扮，显然是为了遵从一人主唱旧制的缘故。到第四折，桃花精的角色，又改作“外旦”。

《继母大贤》，第一折为 [卜唱]，但此折中有 [末跪扯旦袖

① 见《李开先集》上册第370页，中华书局1959年版。

② 《明史/卷一百十六/列传第四/诸王一》。

云］的舞台指示，与前面已将母亲角色标为“卜”不合，这是否是因为宪王潜意识中，主唱者角色本应为“旦”？我们看到，此处，脉本仍作［做打科末跪扯卜袖云］，没有前后不一的问题。

《香囊怨》：第一折［外同卜旦旦上］，第四折［旦改扮上云］老身是这院门前住的白婆婆……用“旦”改扮白婆婆，符合了旦主唱旧制。

二看分折：

宪藩自刻本未分折，但前辈学者已指出，这并不代表朱有燉没有杂剧分折的概念。这一点，孙楷第先生在他的《也是园古今杂剧考》一书即已指出：“其《瑶池会八仙庆寿》［双调·新水令］套内自注科范云：‘扮四仙童舞唱《蟠桃会》第三折内《青天歌》一折了。……是宪王刻所为曲虽未明标折数，而未尝不承认北曲有分折之实。”①在“折”这一概念的运用上，宪本依然体现了新旧杂陈的特点。

除以“折”指北曲一套外，宪本中“折”的更为常见的用法是：

《牡丹品》：［箫笛旦吹箫一折了笛一折了］［琵琶旦弹琵琶一折了］［唱的旦唱一折了］［舞旦舞一折了］；

《牡丹园》：［扮桃花队一折了摆定］［净相见发科一折了］［做相打擂一折了］［十牡丹仙旦舞一折了］；

《小桃红》：［净扮四个小鬼调躯老一折了同下］［傩神复同

---

① 这一点孙楷第先生在他《也是园古今杂剧考》之《附录·元曲新考·折》（上杂出版社1953年版）一文中即已指出：“其《瑶池会八仙庆寿》［双调·新水令］套内自注科范云：‘扮四仙童舞唱《蟠桃会》第三折内《青天歌》一折了。……是宪王刻所为曲虽未明标折数，而未尝不承认北曲有分折之实。’”但仍有不少文章忽视这一点，如称“而朱有燉明代初年藩府原刻本杂剧皆不分折，可以说明北曲杂剧‘折’直到明初仍然没有被理解为一种戏剧结构单位”（见《朱有燉杂剧的文献价值》，《艺术百家》2004年第3期）。

调躯老一折了云］［正末引神荼郁垒二神调驱老上］；

《牡丹仙》：［扮九花仙跳九般花般花队子上唱舞一折了］；

……

这样的例子很多，实际上包括了两种用法："一以科白言，所谓一折等于一场或一节。一以插入之歌曲乐曲言，所谓一折等于一遍。"①

因此，宪王剧是将"折"的三意全部包括其中了，而宪王之后，"折"的意思反而缩小至一意：即北曲一套为一折。《牡丹仙》剧之《柳枝集》本与《盛明杂剧》本，均将宪藩本中"扮九花仙跳九般花队子上唱舞一折了"，改作"九花仙执九般花队子唱上"，就是取"折"仅用如北曲一套之意②。

三看开场：

孙楷第在《也是园古今杂剧考·附录》中说："'开'者，脚色初上场时开端之语也。"③黄天骥老师则指出，"开"就是"唐宋以来歌舞杂技表演'引舞''竹竿子'的孑遗"④。此种用法，《元刊杂剧三十种》屡见之，有不同角色同在一场而开，有同一角色在一剧中上场数次，而皆谓之开者。宪藩本的人物上场，仍普遍使用"开"的方式，这是宪王剧对旧制的又一恪守。如：

《仗义疏财》：［净孤扮赵都巡引公吏上开］；

《牡丹仙》：［付末引溜儿上］［付末开念云］；

---

① 参见孙楷第《也是园古今杂剧考》之《附录·元曲新考·折》，上杂出版社1953年版。

② 臧晋叔《元曲选序》指摘屠隆《昙花记》白终折无一曲，以为谬之甚者，都是如此。

③ 见孙楷第《也是园古今杂剧考》之《附录·元曲新考·开》，上杂出版社1953年版。

④ 参见黄天骥《从"引戏"到"冲末"——戏曲文物、文献参证之一得》，《传统文化与现代化》1998年第5期；又见《黄天骥自选集》，广东高等教育出版社2003年版。

《小桃红》：［扮辟支佛队子上］［队舞住开云］；

［众扮鼓腹讴歌村田乐上开一折了］［众下］；

《蟠桃会》：［外扮二仙女上开云］［外旦扮金母引金母队子上开云］；

［东华木公瑶池金母队子上］［二仙女捧蟠桃上开］；

《仙官庆会》：［外扮福禄寿三仙众队引二仙童上开］；

《庆朔堂》［卜儿上开］；

《得驺虞》［末扮山神上开云］；

……

以脉望馆本与宪藩剧相较，脉本有保留此种做法的，如上引《小桃红》剧、《仙官庆会》剧、《牡丹仙》剧的开场方式，脉本与宪藩本相同。也有将径直将“开”省略的，如《仗义疏财》第一折改为：［冲末宋江同吴学究引偻㑩上］；《蟠桃会》改为：［扮二仙女上开云］［外旦扮金母引队子上］；［东华木公瑶池金母队子上二仙女捧蟠桃上］。

明代刊刻的元杂剧本子，“开”的提示越来越少了，首先登场的往往是“冲末”。但在宪王的三十一个剧本中，我们并未发现“冲末”的身影，脉望馆本则出现了“开”与“冲末”并存的现象，而臧晋叔《元曲选》中，一百个剧出现冲末者有七十三种，冲末作为第一角色上场者六十一种，冲末的表演体制已定型。①

从上述三方面来看，前辈学者称述朱有燉剧“保留了一部分后来已淘汰掉的戏曲形式方面的资料”②，确属事实。

---

① 黄天骥先生指出，冲末代替引戏（开），表明“作者们也日益注重叙事的完整性和连贯性”“意味着元代后期审美思想的一次转型”，参见《从“引戏”到“冲末”——戏曲文物、文献参证之一得》，《传统文化与现代化》1998 年第 5 期；又见《黄天骥自选集》，广东高等教育出版社 2003 年版。

② 赵景深主编，邵曾祺编著，《元明北杂剧总目考略》第 468 页，中州古籍出版社 1985 年版。

宪王终究未能成为戏曲史上一流的大家。与宪王同时代的王世贞称其“才情未至”。王国维对朱有燉的杂剧也评价甚低，他在介绍《盛明杂剧初集》时，批评朱作“规摹元人，了无生气”；“多吉祥、颂祷之作，其庸恶殆与宋人寿词相等”，“杂以南曲，殊失体裁”。①“周宪王有燉，最以杂剧知名，……其词虽谐稳，然元人生气，至是顿尽。”②郑振铎在赞扬“《香囊怨》、《团圆梦》、《仗义疏财》、《豹子和尚》四剧，代表他两方面的大成功：英雄剧的壮烈和恋爱剧的细腻”之余，也批评他“所作虽多，无聊的作品却也不少……应景的，或颂扬的皇家适用之剧本。虽然写得很工巧，布置得很有趣，却是无灵魂的东西”。但郑振铎也指出：“在许多元明之际、宫殿应用的剧本都已泯灭无存时，却赖有燉的诸剧，见到其若干面目。又散文的对话上，这三十余剧也是极可重视的。明人所刊元剧，对话大多伪作，有燉诸剧的对话才是明初的本色；她们是那末的富于活泼、生动的气氛！”③

宪王的剧作，曲好、关目好、舞台效果好，既有对旧有规范的遵从，又能对艺术样式进行发展创新，且这种新创也是较为成功的，在新与旧之间，他找到了一个恰当的平衡点，因而在当时备受称誉。宪王用杂剧来娱情写性的创作方式，也昭示了日后明代文人创作杂剧的趋势。常见模式，这便是宪王的三十一种剧作在戏曲史上的意义。

第二节　康海与王九思

康海与王九思，早年都以诗文名世，同被称为七子之一，但

---

① 《王国维戏曲论文集》“戏曲散论”部分第363页，中国戏剧出版社1957年版。
② 《王国维戏曲论文集·宋元戏曲考》第135页，中国戏剧出版社1957年版。
③ 《插图本中国文学史》第773页，人民文学出版社1963年版。

两人罢官后却主要以杂剧和散曲名世，特别是二人的同名《中山狼》剧，对于明代杂剧创作的走向，起着相当重要的作用。在明代杂剧的创作史上，康海与王九思有着重要的意义。

一

围绕着两部《中山狼》剧，一直有许多谜团，尤其是康海的《中山狼》剧，是否为讥刺李梦阳忘恩负义而作，甚至是否为康海的作品，均众说纷纭。近年来，随着研究的深入，比较一致的意见是，康海的《中山狼》剧，并非为讥讽李梦阳而作。①而否定该剧为康作的意见，则还立论不足。②

在康、李创作杂剧《中山狼》之前，已有同题小说的流行，即明人马中锡《东田文集》卷五的《中山狼传》。在此之前，该小说又见于《合刻三志》志寓类及《五朝小说》，分别署名为唐姚合和宋谢良，究竟是马中锡据以改写，还是明人以时人之作冒充古书，一直存在争议。

以忘恩之兽为题的民间传说，在世界上的好多国度都存在，而明代除了康海、王九思作过《中山狼》的杂剧外，汪廷讷、陈与郊也创作有同题杂剧，不过作品已失传。在明代，有这么多人钟情创作《中山狼》的故事，必定与当时的社会现实有关。人们有感于社会上忠诚、信义、友情的冷漠与背叛，欲借动物忘

---

① 参见蒋星煜《康海的〈中山狼〉并非为讥刺李梦阳而作》，《中国戏曲史钩沉》第159页，中州书画社1982年版。田守真《杂剧〈中山狼〉本事与李梦阳、康海关系考》，《西南师院学报》1985年第1期。马美信、朝结根《〈中山狼〉杂剧与康、李关系考辨》，《复旦大学学报》1989年第1期。

② 参见朱迎平《康海作〈中山狼〉杂剧斟疑》，《文学遗产》1989年第6期。刘致中《关于〈中山狼〉杂剧的作者问题》，《文学遗产》1990年第4期。黄仁生《明代〈中山狼〉杂剧三题——兼与朱迎平同志商榷》，《中国文学研究》1991年第2期。朱迎平《再谈〈中山狼〉杂剧的作者》，《文学遗产》1992年第2期等。

恩的故事以讽喻现实，当是文学创作中的一种常见现象。

不过，康海、王九思这两部同名杂剧的意义，还不仅在于其针砭时弊的价值，以至于对今天仍有现实性，更在于两部剧对明代杂剧的创作起到了起衰振弊。继往开来的重要意义。可以说，明代的杂剧走出创作贵族化的阴影，充分表现自我意识和主体意识，是从王、康二人开始的。

这种重要意义的形成，仍是与两人的经历有着密切关系。康海与王九思同年同官，同为前七子之一，也同以瑾党受挫。康海于正德五年（1510）罢官回到陕西武功县，王九思则于正德七年（1512）罢官回到户县。两人来往紧密，“每相聚浒东、鄠杜间，挟声伎酣饮，制乐造歌曲，自比俳优，以寄其怫郁”。两人都是曲坛高手，不仅同作杂剧散曲，互相唱和，而且同时演奏弹唱，颇为当时的关中人所称道和仰慕。他们的创作杂剧散曲，既不像元代作家那样，有着重要的生存方面的原因；也不会像明初由御用文人、藩王作家组成的创作群体那样，走不出点缀升平的樊篱。那么，他们创作杂剧的意图究竟是什么呢？王九思的《答王德徵书》曾说：“自归里舍，有所述作，拟为传奇，纾情畅志。”“纾情畅志”，就是作者杂剧创作的主旨。

正是在纾情畅志的创作主旨下，两人才创作了同名杂剧《中山狼》。宦海浮沉之经历，不由得不让他们思考一个共同的问题，即传统的道德观念与道德理想，如“义”和“善”，是否还能地成为处理人际关系的行之有效的基本依据，成为宗法政治的精神支柱？

义利之辨，一直是儒家伦理道德关注的重点之一。在《孟子集注》卷一《梁惠王章句上》中，朱熹指出：

> 仁义根于人心之固有，天理之公也。利心生于物我之相形，人欲之私也。循天理，则不求利而自无不利；殉人欲，则求利未得而害已随之。所谓毫厘之差，千里

之缪。此《孟子》之书所以造端托始之深意，学者所宜精察而明辨也。

义与利的关系，本质上是天理和人欲的关系在人生、社会层面上的具体体现，因此，儒家一贯强调，人心须以“义”来立志，以“义”为支配行为的动机。

而“善”，更是传统文化所提倡的一种美德，它包括了“仁者爱人”、“克己复礼”、“推己及人”、“中庸和平”、“温良恭俭让”等多个方面，“尽善尽美”是传统审美的理想境界。“善”作为一种道德观念，渗透到一切生活领域。

我们看到，中山狼之所以劝服了东郭先生冒死相救，无非是用“义”与“善”这两样东西，“昔日有个隋侯救蛇，后来衔珠为报。蛇尚如此，俺狼比着蛇更有灵性哩!”“师父的厚恩，怎敢忘了。异日杀身相报!”此乃“义”。“先生可怜见！不争俺死不打紧。枉了您个恻隐之心，人皆有之!”此乃“善”。

正是在“义”与“善”的交相游说之下，东郭先生做出了救狼之“义举”、“善行”。不过，东郭想“济人爱物”，以“善”求善，以“义”得义，却险些丧了性命，还被中山狼谤诽成是“他当时把我着绳子捆了，放在箱子里。他要害我的性命，幸得我的命长，不曾死了。如今要吃他，正为报仇哩!”“他见俺被箭射伤，把俺缚了足，蜷曲在囊中，受了多少苦楚。他又支吾赵卿，说俺恁的贪狠。延捱了这一会，他假意儿救俺，却是要囊中谋害了，自己独受其利。这般欺心的！道是该吃不该吃?”实践证明了此路不通。

试想，若非本着一心向善，东郭又怎会救下一只“性极贪狠，助豺为虐”的中山狼？又怎会在即将被吃掉之际，还和吃人之狼争辩是非曲直？可见，这些描写本身已是对“中庸之道”、“克己复礼”等传统道德的否定，是对建立在“性善论”基础之上的传统伦理道德观念的怀疑。

两剧在讽挞丑类上，达到了非常强烈的戏剧效果。康海在剧末借杖藜老人之口把世上那些负君的、负亲的、负友的中山狼式的人物都痛骂一通：

> 那世人负恩的，好不多也！那负君的，受了朝廷大俸大禄，不干得一些儿事，使着他的奸邪贪佞，误国殃民，把铁桶般的江山，败坏不可收拾。……你看那世上那些负恩的，却不个个是这中山狼么！

通过对忘恩小人的鞭挞，两剧向人们表明，这个社会的确已到了污浊黑暗、浇漓败坏的境地，伦理道德只不过是人们想象中的水月镜花而已，并非主宰历史、拯救社会的救世良方。

二

王九思的《中山狼》，是一部只有一折的短杂剧，并题名为“院本”。以一折构成一本的杂剧，并非从王九思开始，应是明初詹时雨的《围棋闯局》①，不过，《围棋闯局》在名义上仍是增补《西厢记》之作，而王九思的《中山狼院本》，则是真正独立的单折剧本。

王九思的这一做法，对其后的杂剧创作有着深刻影响，自此

---

① 此剧乃增补《西厢》之作，可见于现存一些明刊《西厢记》附录中。关于其作者，由于弘治本和熊龙峰本、刘龙田本《西厢记》中的［八声甘州］套曲有“晚进王生多议论，把《围棋》增”之句，所以明清以来一般都认为此剧为“晚进王生”所作。张人和《关于〈围棋闯局〉的作者》（《东北师大学报》1988年第2期）一文指出：“晚进王生”为詹时雨之别署，《莺莺红娘着围棋》、《莺红下棋》、《围棋闯棋》、《对弈》、《围棋》、《补西厢弈棋》等均为同一部作品（亦可见张人和《〈西厢记〉论证》中有关论述，东北师范大学出版社1995年版）。该剧只有傅惜华在《元代杂剧全目》中著录，庄一拂《古典戏曲存目汇考》则在元代杂剧“王生”与明代杂剧“詹时雨”条目下分别著目《围棋闯局》和《西厢弈棋》剧。《中国戏曲曲艺辞典》（上海辞书出版社1981年版）及邵曾祺《元明北杂剧总目考略》（中州古籍出版社1985年版）则均将其视为同一部作品。

以后，短杂剧便作为一种新的戏剧体裁蓬勃地出现在剧坛上。而这部剧题名为“院本”，更说明明代杂剧在向南戏融合的同时，还从历史上的各种戏剧体裁中吸取了有益的滋养，而明杂剧向宋金杂剧的学习，主要是由于院本的两个特点——诨体和短小，正切合了明中后期文人自由随意地表达情感的要求。

以四折和一折敷演同样的故事，在结构上自然会有所不同。王九思《中山狼》的场面安排是：东郭先生上场—赵简子上场寻狼—狼负伤上场—东郭将狼藏于囊中—狼要以东郭充饥—分别向老杏、老牛、土地神讨问—土地神设计杀狼。康海的安排是：第一折：赵简子上场射狼，狼逃走—东郭上场，自诉生平—狼向东郭先生求救。第二折：赵简子上场寻狼，东郭先生为狼隐瞒。第三折：狼得救，要以东郭充饥，分别向老杏、老牛讨问。第四折：向杖藜老人讨问，杖藜老人设计杀狼。

从场面的安排来说，王九思的单折剧的确比不上康海的四折剧具有较强的戏剧性。因为篇幅短小，本来生动丰富的情节场面也只能作粗略的勾勒。如对东郭先生与赵简子的冲突的描写，康剧是在东郭先生已把狼藏于囊中的情况下来描写的，而王剧则是在东郭先生尚未救狼时发生的，戏剧性当然减弱了很多。王剧中，赵简子刚走，中山狼就上场向东郭先生求救，且当时也并未负伤，也不甚合乎情理。但王剧也有它的优点，这就是在表现对社会上负义忘恩之徒的愤懑时，王剧写中山狼为了反驳东郭先生责备它忘恩背义，竟把世上的忘恩背义之人与乱臣贼子抬了出来为自己分辩开脱，更为绝妙：

> （生云）“天！天！天！这个禽兽好生无礼！我救了他的性命，他倒要吃我。这等忘恩背义，是何道理？”（狼云）“师父，你看世上的人，一个个穿衣戴帽。都说他是好人，他是君子。一旦受了人的厚恩，一切都忘了。遇到讨便宜处，就下手。又有那乱臣贼子，

什么做不出来？我本是个禽兽，怎么责我忘恩背义。我比这些人如何？”

这就等于说，世上那些背义忘恩之徒，与这中山狼比起来，更是有过之而无不及。而且借狼之口来愤世骂世，也比康海在剧末借杖藜老人之口更为深刻警人。

王剧虽然由于篇幅的缘故，尽量对情节场面作了删减，不过，在表现题旨的地方，却又仍然不惜笔墨。在中山狼在做临死的叫号时，王剧又让东郭先生以大段唱词数落狼的贪残、狡猾、忘恩背义，从而造成一种强烈的讽刺效果。

（小鬼夺剑杀狼，狼做叫科）（生云）狼也，你听着！（唱）

你当初哄咱，靠咱得平安。得平安，忘了遭危难，背着身，弄出巧机关。几乎间险把先生馔！（七弟兄）

呀！我的恩似海宽，你昧了心肝。做的贪残，罪似丘山。不争你忒狡猾，到显的我愚顽。不识恶，不识奸。想当初上相遇在路途间，误撞入鬼门关，伤害了两三番，直攘到这其间。（梅花酒）

呀！这的是施恩容易报恩难，做时差错悔时难！你道那世人奸巧把心瞒，空安眉戴眼，他与那野狼肺腑一般般。（收江南）

对情节场面的描写尽量简化，而在表现题旨的地方则浓墨重彩，王九思以后的短杂剧也遵循了这一创作原则。徐渭《狂鼓史》中大段的骂曹描写，沈自徵《霸亭秋》中书生对着项羽神像的哭诉等等，都表现出对抒情畅志的创作主旨的追求。

王九思的另一部四折杂剧《杜子美沽酒游春》，同样是一部言志抒情的有为之作。杜甫游春的所忆所见所感所言，展示了他有志难酬的失意情怀，塑造了一个落拓不羁的知识分子形象。可以说，剧中杜甫的精神面貌和内心世界，也就是作者的自我写照。剧中第一折写杜甫自诉生平：

小官自幼读书，要与朝廷出力，端的要致君尧舜上，再使风俗淳。……不幸天下有事，蹭蹬到今日，莫非是命也呵！奋志乾坤，致君尧舜。闲评论，稷契何人，要与他相攀引。

第三、四折又写杜甫登上慈恩寺塔，感慨万千：

我这里从容问苍穹，为着那平地里风波损了英雄，三三两两厮搬弄，管什么皂白青红，把一个商伯夷生扭做虞四凶。兀的不笑杀了懵懂，怨杀了天公。

最后，杜甫看透了世态的炎凉和官场险恶，决心辞官归隐：

从今后青山止许巢由采，黄金休把相如买，摩挲了壮怀。想着俺骑马上平台，登楼吟皓月，倚剑观沧海，胸中星斗寒，眼底乾坤大。你看那薄夫匪才，谁是个庙堂臣，怎做得湖海士，羞惭杀文章伯。紫袍金阙中，骏马朝门外，让与他威风气概。我只要沽酒游春，乘桴去过海。

这完全是王九思个人经历的真实写照。

王世贞在《艺苑卮言》中说："敬夫有隽才，尤长于词曲，而傲睨多脱疏。人或说之李文正（李东阳），谓敬夫尝讥其诗。御史追论敬夫，褫其官。敬夫编《杜少陵游春》传奇骂。李闻之，益大恚。虽馆阁诸公，亦谓敬夫轻薄。遂不复用。"李开先在《渼陂王检讨传》中也记载："嘉靖初年，将征之纂修实录。而同罢吏部者，摘取《游春记》中所具人姓名，毁于当路：'李林甫固是指李西涯（即李东阳），而杨国忠得非杨石斋（即杨廷和），贾婆婆得非贾南坞（即贾咏）耶？'坐此竟已之。翁闻之，乃作小词自嘲，殊无尤人之意。"沈德符《万历野获编》也说："王渼陂之《杜甫游春》，则指李西涯及杨石斋、贾南坞三相。"说王九思要借该剧讥讽杨廷和、贾咏，似有些牵强，但论者以为王九思借李林甫讽刺李东阳倒是有一定根据的。

不难发现，王九思对罢官一事一直是深怀不满、耿耿于怀的。他有一首七言长诗《马嵬废庙》乃专为讽刺李东阳而作。《渼陂集》中的《梦吁帝赋》、《与刘德夫书》、《送丰原学先生序》等，都是在讲述个人的穷通际遇，而实际上剧中的李林甫与李东阳也颇多相似之处。李林甫任宰相十九年，李东阳担任大学士十八年；二人的性格又皆以柔雅见长。

在《杜少陵沽酒游春》的第二折，有一段卫大郎与杜甫的对话："久闻先生高作，好便好，只是忒深奥些。我闻的先父尝说李林甫丞相的诗最好，清新流丽，人人易晓，先生曾见来么?"杜甫怒曰："你说那李林甫做甚么，他是个奸邪之徒，专一嫉贤妒能，把朝廷的事都坏了。我试说与你听咱。[朝天子]他狠心似虎牢，潜身在凤阁。几曾去正纲纪，明天道。风流才子显文学，一个个走不出漫天套。暗里编排，人前谈笑，把英雄都送了。"实际上，《全唐诗》虽然收了李林甫三首诗，李林甫并没有什么诗名的，而"清新流丽"却正合乎李东阳的诗歌风格，而剧中杜甫接下来的痛斥，也有暗指李东阳之嫌。

这个剧的另一个重要特征是，它虽也严格遵循元杂剧的体例，但情节简单，已不像元杂剧那样注重情节关目的安排和戏剧冲突的处理，主要是主人公在自诉胸臆，这是与元杂剧完全不同的。

三

相对于王九思的《中山狼》而言，康海的创作较多地承继了元人剧作的规范，全剧四折，严格按照戏剧冲突的发生、发展、高潮、结局来安排。开场就写赵简子打猎射中中山狼，狼带箭而逃，路遇东郭先生求救。第一折紧接着写赵简子杀气腾腾地追来，东郭先生冒着生命危险，巧言周旋，终于救出了中山狼。

第二折又写中山狼一脱险就忘恩负义，竟要以东郭先生充饥，在万分危急的情况下，东郭先生只好以“问三老”来拖延时间，谁知老杏老牛竟正话反说，冲突达到高潮。最后幸遇杖藜老人，才设计将狼重置囊中。可东郭先生这时却想将狼放掉，直到老丈给他讲了一通世道狼心的道理，他才猛然醒悟。四折戏冲突一次比一次激烈，塑造了两个鲜明生动的戏剧形象。

康海创作的《中山狼》剧，虽然并非讽刺李梦阳，但仍是有感之作。他在《与彭济物》一文中说：“一时交与之士，反覆轻易不检，惟仆言是是。故谩论讥说，略无忌畏。日就月将，几踵奇祸，幸免杀身而归。而二三者又补砌所无以为真有，使仆含垢于有罪者之籍，与不肖之人同被驱放。上辱两朝作养之恩，下累先人蠲介之业。生平微志，付之秽涂，情苦心局，不复自爱。”①李开先在《康王王唐四才子补传》中也说，康海“数次援人于死地，弗望报也，而获生者反造谤焉。因为《差差辞》及《中山狼传》，而后咎有所归矣”。

但是，《中山狼》并没有停留在个人恩怨上，而是把目光投向了广阔的现实生活，使《中山狼》成为一部有强烈现实意义的社会讽刺剧。在明初剧坛一味歌舞升平、粉饰现实、道德教化的风气之下，康海的这部剧作，无疑是对这种创作风气的一种逆转，它表明，一种新的戏曲创作方向——即强调主体意识与自我意识的创作方向将成为明代杂剧创作的主流。

康海创作的另一部杂剧是《王兰卿》，这是一个传统的妓女从良守节的故事。这个剧的思想倾向与朱有燉的《香囊怨》剧基本上是一脉相承的，并无什么特别之处，其价值也当然不能与《中山狼》相比。这也反映出康海的创作思想中，还有复古保守的一面。唯一值得注意的是，作者在塑造男主人公张于鹏的形象

① 见《康对山先生全集》卷二十一。

时，也包含了对当时官场腐败、政治险恶的批判。张于鹏进京应试不第，被选为青州推官，但没过多久，就因被同僚中伤而深感仕途险恶，遂起致仕隐居之意。他对王兰卿说："我在青州时，专一奉公守法，不敢半星儿负了朝廷委任，争奈与人上气，便是于世难合。与其被人中伤，不如早早隐居求志，却不气长，所以动这念头。"这也可说是康海的真实心声。

在严守元人杂剧体制的前提下，注入自己对社会人生的深沉感慨与无尽怨愤，康海借此给明代杂剧的创作带来了新的生机，也使他的杂剧创作具有了独特的价值与意义。

四

康王二人的杂剧创作，能够卓立于长期沉寂几近消亡的明中叶剧坛，与当时创作思潮的变化有密切关联。

弘治、正德年间，正是文学复古运动第一次高潮兴起之际，康海、王九思同为前七子成员，前期的作品具有鲜明的复古特征。张治道论康海的《廷对策》文云："余过浒西，对山尝与余论文曰：文以理为主，以气为辅。出于身心，措诸事业，加诸百姓，有益于人国，乃为可贵也。"① 注重有用于世，是康海文学主张和诗文创作的特点，而他也努力于以宗汉崇唐以振兴古文。他在嘉靖十一年（1532）所写的《渼陂先生集序》② 中说：

> 我明文章之盛，莫极于弘治时，所以反古昔而变流靡者，惟时有六人焉：北郡李献吉、信阳何仲默、鄠杜王敬夫、仪封王子衡、吴兴徐昌穀、济南边廷实，金辉玉映，光照宇内，而予亦幸窃附于诸公之间，乃于所谓孰是孰非者，不溺于剖劘，不怵于异同，有灼见焉，于

① 《康对山先生全集》卷一引张太微（治道）评康海《廷对策》语。

② 《康对山先生全集》卷二十七。

> 是后之君子言文与诗者，先秦两汉，汉魏盛唐，彬彬然盈于域中矣。

应该说，康海早年本着崇儒济世的文化理想，为文也力求简古质实，但在经过一系列的打击之后，心态即发生了很大的变化。他自称："仆自庚午（正德五年）蒙诏之后，即放荡形志。虽饮酒不多，而日与酩酊为事，人间百事一切置之。"（《与彭济物》）他在写于老年的一首诗中也说："狂夫老去情逾放，自折黄花插满头。"① 与前期相比，已一变而为但求逍遥自适而已。据钱谦益《列朝诗集小传》丙集《康修撰海》中说："居恒征歌选妓，穷日落月。尝生日邀名妓百人，为百年会。"很难想象这就是早年那个立志济世益国的康海。在文学主张上，他也一改而为"夫因情命思，缘感而有生者，诗之实也"②，号召缘情自鸣。

与康海相比，王九思罢官前后的差距就没有如此鲜明。这是因为王九思一向比较注意发抒才情，特别是罢官之后的创作，更加显露出顺情适意的本来面目。他自述晚年的创作状况是："引睡书过眼抛，写怀诗信口胡嘲。"③ 这种无为而为的创作态度，反而因与曲的艺术特点相适应，而使得他在这方面的创作上显得得心应手。他又在理论上为之张本："风情逸调，虽大雅君子有所不取，然谪仙、少陵之诗，亦往往有艳曲焉。或兴激而语谑，或托之以寄意，大抵顺于情性而已。"④ 他的两部杂剧，也更多地体现出对既有规范的超越。

在明代杂剧的创作史上，康海、王九思能成为开一代之先声的人物，实是历史的必然。康、王之后的文人，往往与他们有着

---

① 《吕子北泉精舍集五首》其一，《康对山先生全集》卷十八。
② 《太微山人张孟独诗集序》，《康对山先生全集》卷三十二。
③ 《渼陂集·碧山乐府》卷一《雨中偶成》。
④ 《渼陂集·碧山续稿自序》。

共同的命运，或因延祸而还乡，或因忤官而罢职，或因场屋不利而遁迹。通过康、王二人的创作实践，他们发现杂剧完全可以成为宣泄自我、发抒心灵的最佳文体，明中晚期杂剧以至整个戏曲创作的繁荣，康海、王九思实在是功不可没的。

第三节 徐渭的《四声猿》

在明代中后期的杂剧作家中，徐渭可说是最为重要的一位。其杂剧《四声猿》，被誉为“天地间一种奇绝文字”①，“宁忾与实父、汉卿辈争雄长，为明曲之第一，即以为有明绝奇文字之第一，亦无不可”②。袁宏道赞扬《四声猿》“意气豪达，与近时书生所演传奇绝异”③；汤显祖对徐渭的才情及《四声猿》推崇备至，说：“《四声猿》乃词场飞将，辄为之演唱数通。安得生致文长，自拔其舌！”④

近人也非常看重徐渭的杂剧创作，赵景深认为“徐渭的剧作代表了明代杂剧的转变”⑤，余秋雨在《中国戏剧文化史述》中说，在明中叶杂剧衰微的时代，徐渭以其剧作所具有的“新鲜的思想内容”，为这种“陈旧的艺术形式增添了光辉”⑥。

具体而言，《四声猿》颇为诡异，以写法论，四个短剧捏合在一起，似非漫不经意。试看其主人公，一、二两剧为男，男者一为入世的儒生，一为出家的和尚；三、四两剧为女，女者一为

---

① 王骥德《曲律》杂论第三十九下。

② 澂道人《四声猿》引，见《中国古典戏曲序跋汇编》第865页，齐鲁书社1989年版。

③ 袁宏道《徐文长传》，见《徐渭集》第1342页，中华书局1983年版。

④ 转引自王思任《批点玉茗堂牡丹亭序》。

⑤ 《戏剧笔谈》第46页，上海古籍出版社1980年版。

⑥ 《中国戏剧文化史述》第374页，湖南人民出版社1985年版。

英姿飒爽的武将，一为文采风流的状元。前两剧，剧情在一片幽冥虚幻中展开；后两剧，又纯是现实生活的图景。显然，其结构安排，既相似，又相异；既对立，又统一。这形式上的巧思，耐人寻味。而从四个戏的故事内容看，剧与剧之间互无联系，不相隶属。可是，作者偏偏统称之为“四声猿”，这分明把它们看成是一个整体。

徐渭为什么要这样做？《四声猿》的定名有何含义？这是人们一直注意却仍未完全解决的问题。参透其中奥秘，无疑有助于加深我们对这部剧作的理解，也有助于我们对明代杂剧发展史的理解。

一

明代剧坛，有一段公案：

徐渭把剧作取名为“四声猿”以后，立刻招来了一位姓倪者的攻击，认为这四个戏莫名其妙，作诗以讽，骂《四声猿》是“妄喧妄叫”。对此，徐渭也作了一首七绝回敬：

> 桃李成蹊不待言，鸟言人昧枉啾喧。要知猿叫肠堪断，除非侬身自做猿。①

在诗里，徐渭把倪某之流的“啾喧”，看作是鸟言人昧，不值一驳。跟着，他提出猿叫断肠的典故，并且说自己的这部戏既不必明白宣布主旨，也无须虚张声势，他相信桃李无言，下自成蹊，相信观众可以在“不待言”中领悟旨趣；同时，他又提醒人们，要理解猿的心声，就要把自身化作猿猴。换言之，只有体物之情，体物之性，将心比心，以情交汇，才能悟出剧本的真谛。

徐渭点出了猿啼肠断，明清两代文人便多持此说，如清代顾

---

①《倪某别有三绝见遗》，见《徐渭集》第854页，中华书局1983年版。以下所引徐渭诗文，如未特别注明，均出自《徐渭集》。

公燮《消夏闲记》称："盖猿丧四子，啼四声而肠断，文人有感而发焉，皆不得意于时之所为也。"据刘义庆《世说新语·黜免》记载，齐桓公入蜀时，部将在三峡捉到一只小猴，老猿缘岸哀号百余里，跳上船时已经气绝，剖腹视之，则肠已寸断。后来，郦道元在《水经注》中也说，三峡"每至晴初霜旦，林寒涧肃，属引凄异，空谷传响，哀转久绝。故渔者歌曰：巴东三峡巫峡长，猿鸣三声泪沾裳"①。如此，着眼于猿的悲啼，也就是认为《四声猿》含蕴着极度悲伤的感情，认为作者以此命名，是要勾起观众悲哀的感受。

目前，不少学者在论及《四声猿》时，注意到这四出戏与作者生活时代、身世经历的关系。在剧名问题上，仍然普遍认为"四声猿"的得名，是因为四剧所发皆悲声，这种见解不为无据，但实际上没有跳出明清文人的窠臼，而且只着眼于闻猿之悲，也很难说得通。近来，有人在分析了四个剧作之后，便认为四个短剧并无断肠之悲，《狂鼓史》可引为"千古快谈"，《玉禅师》更无一丝悲意，《雌木兰》和《女状元》的剧情也只能给人欢快愉悦之感，因此认为"《四声猿》这个题目不能涵盖四剧的思想内容"②。这种意见等于说《四声猿》的题目和戏的内容并没有什么关系，转了一圈，还是回到了倪某的立场上。

其实，要解开《四声猿》定名之谜，最重要的一点，是要正确理解徐渭所说的"猿"。

不错，徐渭说过"要知猿叫肠堪断"，悲怨之情，不言而喻。但是，猿的意象可涵盖的内容，又不是仅仅悲怨而已。翻开

---

① 《水经注·江水二》，见《水经注疏》第2834页，江苏古籍出版社1989年版。

② 张志合《徐渭的生平及其〈四声猿〉刍议》，《河南师范大学学报》1989年第2期。

徐渭诗文集，我们发现，他曾多次提到过“猿”。例如：

欲向天台去，先为剡水寻。
秋行万山出，夜宿一庵深。
燕语调花气，猿归带讲心。
年年石粱兴，送尔益沉吟。

又如：

分宗演教龙南住，因得芝公过两番。
又辞弟子留清偈，归到天池坐讲园。
佛性本来同水月，师门曾去解风幡。
自知一夜忘身念，不及朝朝听法猿。

这两首诗描写的是作者与玉芝禅师交往的情景。玉芝是明代著名禅师之一，曾多次来山阴，徐渭对其执弟子礼，“数往候之，或连昼夜不去，并得略观其平生”①。他还曾请玉芝禅师为解《首楞严经》，深为之折服。

在上面两首诗中，徐渭以“猿”为喻，分明和“悟道”有所联系。我们知道，佛教讲佛法威力无边，不但能使一些素有慧根的人大彻大悟，立地成佛，就连其他生灵，也能在佛的指导下修成正果。像元杂剧中有一出《龙济山野猿听经》，就是讲龙济山有个得道的猿猴，因多次听高僧修公禅师讲经和问禅，结果大悟而坐化②。徐渭的另一篇《猿献果罗汉画赞》，更直是向“听说法”的猿作当头棒喝：

为狐为猿，予则莫察。各具佛性，而听说法。桃实以献，乞师转语。不昧因果，免堕野狐。

所谓“心猿意马”，本性易迷，甚或会堕入野狐禅，唯有领悟玄

① 《聚禅师传》，《徐渭集》第622页。

② 详见《元曲选外编》第一册，中华书局1981年版。《明史·列传第189/列女一》亦有载。

宗，方可得成正果。

猿的意象，在徐渭的心目中是复杂的。猿固能悲伤，猿亦能悟法；听猿者感同身受，体物情者可证禅机。当懂得了徐渭取象的深意，便可顺着他的思路，理解《四声猿》的取义。

即使在明代，大多数人都以猿鸣肠断来解读《四声猿》，也还有人看出这远是不够的。如澂道人在《四声猿引》中说："(《四声猿》)豪俊处、沉雄处、幽丽处、险奥处、激宕处，青莲杜陵之古体耶？长吉庭筠之新声耶？腐迁之史耶？三闾大夫之骚耶？蒙庄之南华、金仙之楞严耶？"而在《四声猿原跋》中，澂道人虽也肯定了猿鸣悲怨的含义："……'巴东三峡巫峡长，猿鸣三声泪沾裳'。则猿啸之哀，即三声已足堕泪，而况益以四声耶！其托意可知已。"但接着他又说："……故将拟为晴空之霆击，清夜之钟鸣，岂仅为猿啸之哀而已哉！读《四声猿》者不特以玩其词，更当辨其声耳。"① 澂道人对《四声猿》的认识，虽然在我们今天看来还带有道学色彩，他也没有对四部剧作具体阐述，但他却敏锐地觉出《四声猿》的内涵是丰富的，需要我们去作一番"辨其声"的工作。

二

在《四声猿》的四个短剧中，《玉禅师》写成最早，而它写的第一个上场的玉通和尚的第一句话就是："南天狮子倒好提防，倒有个没影的猢狲不好降。"徐渭写戏，一落笔便把"没影的猢狲"，亦即心猿点出来了。

关于《玉禅师》的含义，历来争议较多。有人认为，这个戏揭露了官场与佛门的彼此报复、尔虞我诈；有人认为，玉通是正直善良的正面形象，在他身上寄托了作者嫉恶人间不平和投诉

① 见《徐渭集》第1357页。

无门的悲哀；也有人认为它既讥讽了佛门，也揭露了官府，等等。这些都不无道理，但似未披却中窍，有必要作进一步的分析。

《玉禅师》约写于嘉靖三十多年，这正是徐渭思想上最活跃的时期。该戏取材于月明和尚度柳翠的传说，本事可详田汝成《西湖游览志》卷十三①。元代以来，利用这一题材宣扬轮回报应的小说、戏曲不在少数。年轻时期的徐渭，在戏里也写到轮回报应，但和一般作家不同的是，它并未触及善恶和是非问题。柳宣教派红莲作弄玉通和尚，让他破了戒，这固是不妥；而玉通和尚为了报复，投胎为柳的女儿，让她充当营妓，败坏柳的门风，难道这又对了吗？在戏里，柳宣教、玉通、红莲、柳翠、月明，谁是谁非？谁善谁恶？简直就是一笔糊涂账。徐渭让人们看到的是，在人间，无论是当官的，还是出家的，既免不了“气”，更免不了“色”。不过，在徐渭看来，这也是很自然的，只要是“人”，就免不了会“心猿意马”的，那懒道人在玉通坐化后唱道：“佛菩萨尚且要报怨投胎，世间人怎免得欠债还钱”，这实际上是徐渭对世间人的认识。《玉禅师》还以较多的笔墨，通过写玉通和尚的苦闷，揭露佛教对“情”的压抑。

戏一开场，玉通和尚就诉说了一番出家修行“证果不易”和备受“跌磕蹭蹬”的痛苦。他修行二十余载，“坐着似塑弥陀，立起就活罗汉”，却仍未修成正果。法门修持，他感到无论

---

① 田汝成《西湖游览志》卷十三载：“相传绍兴间柳宣教者，尹临安，履任之日，水月寺僧玉通不赴庭参，宣教憾之，计遣妓女吴红莲，诡以迷道诣寺投宿，诱之淫媾。玉通修行五十二年矣。戒律凝重，初甚拒之，至夜分不胜骀荡，遂与通焉。已而询知京尹所赚也，惭忸而死。志曰：吾必败汝门风。宣教寻亡，而遣腹产柳翠，坐蓐之夕，母梦一僧入户曰：我玉通也。既而家事零落，流寓临安，居抱剑营，柳翠色艺绝伦，遂隶乐籍，然好佛法，喜施与。……净慈寺僧如晦，以化缘诣柳翠，为陈因果事，柳翠幡然萌出家之想……沐浴端化，归骨皋亭山。”

是“想多情少”，或“想少情多”，只要“情”未灭，就有可能跌到十八层地狱或是恶堑深坑，而“情”却又是无法回避的，天上人间，谁也没法做到佛法所倡导的“心如止水”。

剧中，玉通和诱他破戒的红莲的一番对话是非常有意思的：

[新水令]（生）我在竹林峰坐了二十年，欲河堤不通一线。虽然是活在世中，似死了也不曾然。这等样牢坚，这等样牢坚，被一个小蝼蚁穿漏了黄河堑。（红）师父，吃着蝼蚁儿钻得漏的黄河堑，可也不见牢。师父，你何不做个钻不漏的黄河堑？

[折桂令]（生）……我那时节为着人命大事，我也是救苦心坚，救难心专，没方法将伊驱遣，又何曾动念姻缘。（红）不动念，临了那招棋儿谁教你下？（生）不觉的走马行船，满风帆到底难收，烂缰绳毕竟难拴，（红）师父，你若不乘船要什么帆收，你既自加鞭却又怪马难拴。

其实，“黄河堑”的被钻漏，并非仅仅因为有红莲这个“小蝼蚁”的缘故，而是在玉通身上，本来就存在“缺口”。玉通苦苦修行，却未能降伏心猿，斩除欲望。这也难怪，这一个“自入禅门无挂碍，五十三年心自在”的和尚，毕竟是一个有血有肉的凡人。人性，作为一种自然力量，它是不可抗拒和不可抑制的，“看来百药的气味，还不如人身上的气味更觉灵验”，当他意识到自己是个有气味的人的时候，情不知所起，一发难收，黄河堑便崩漏了。玉通还提到如来十大弟子之一的阿难菩萨，被西天摩登伽女用一个淫咒霎时间摄去，几乎儿坏了戒体，亏了那世尊如来才救得他回，“那阿难是个菩萨，尚且如此，何况于我”。可见连菩萨也不能灭绝情欲，这说明人性本乎自然，并非禁欲主义的信条就可能遏制的。与此同时，明代杂剧剧坛中还出现了《僧尼共犯》、《女贞观》等作品，都表现了佛法的尊严与经典的神圣在人的本能面前的虚弱无力，和《玉禅师》异曲同工。

我们知道，明代中叶以后，佛教的禅宗一派，已使早期佛教的人生哲学有了改变。当时，一些佛门子弟由禁欲苦行转向适意自然，有些人甚至走上纵欲主义的道路。依照禅宗“自心是佛”的理论，人的本心是具有佛性的，只要悟了这一点，人在现世，既不用向什么佛祖、经典讨教，也不用刻意修行，只要保持本心，便可以成佛。而成了佛的人，都可以随心所欲地行动。《玉禅师》剧第二出，作为超度者的月明和尚自我介绍：“俺也不晓得脱离五浊，尽丢开最上一乘，刹那屁的三生，瞎帐他娘四大。一花五叶，总犯虚脾；百媚千娇，无非法本。”这一篇“法门大意”，正是当时许多佛门子弟的想法。这股肯定人性、人欲，反对天理的“狂禅之风”，与明代中后期封建经济结构的变化、商品经济的发展、市民阶层的状况有着直接的关系。由于商品经济的发展，人们的生活态度、处世精神和人生哲学与过去大相径庭，尊重人性的思想成为社会的普遍心理。徐渭把禅思视为“度人金针”，实是要表达他对人性的认识，表达他对封建社会人性压抑的反拨。

如此，玉通和尚“气傲心高”，既犯了色戒，又抱怨投胎，都是人性一种出乎自然的反映，是一种本相而已。可是，该剧的第二出，却把笔墨落到了月明和尚如何超度、点破这个“我相未除，欲根尚挂”的师弟玉通。月明和尚带着“一沙帽，一女面，一僧帽，一褊衫”上场，轮着向玉通的后身柳翠展示，并最终以“红莲弄我似猢狲，且向绿柳皮中躲一春。浪打浮萍无有不撞着，只怕回来认不得旧时身”之语，使玉通豁然开朗，“改腔换妆”，“变娼做娘”，便“霎时到西方故乡，依旧嚼果筐雁王”，到达一丝不挂、万虑皆空的境界。这样，《玉禅师》的第二出，把原本具有反传统意义的内容，最终引向了一个虚幻的境地。

三

《四声猿》的另一“声”——《狂鼓史》，写的是祢衡阴间击鼓骂曹的故事。不少论者认为，本剧是徐渭为诋严嵩、悼沈炼而作。因为徐渭在诗文里曾多次把沈炼比作祢衡，如《哀四子诗·沈参军青霞》、《锦衣篇答赠钱君德夫》、《短褐篇送沈子叔成出塞》等，而且徐渭也曾以祢衡自喻，说过“我则祢衡，赋罢陨涕”（《十白赋·鹦鹉赋》）的话，因此，《四声猿》里的祢衡是沈炼、作者以及一切受压抑、遭迫害的俊杰化身云云。

不错，《狂鼓史》讽刺曹操，另有所指。以古喻今，是剧作家们的惯技，《狂鼓史》当有抨击明代社会现实的意义。但如果仅仅停留于此，似未足以说明问题。

《狂鼓史》的特点是感情色彩和主观色彩都非常浓烈，全剧由祢衡从头骂到尾，内容简单。但它对情节的处理，与史书记载并不相同。关于曹操与祢衡的纠葛，《后汉书》说曹操忿恨祢衡孤高气傲，有意借大会宾客时召他为鼓史，令其击鼓而辱之。祢衡于是击出悲壮之音，又解衣裸体而立，显示了在权势面前不可见辱的凛然气概，其间并无“骂曹”一事的记叙①；《三国演义》“祢正平裸衣骂贼”一节，祢衡斥责之语也写得比较简略，着重揭示的是曹操的奸险。徐渭摭取这一个历史题材，按理说完全可以依据《三国演义》的写法搬上舞台。后来一些地方戏所编演的击鼓骂曹故事也大都以《三国演义》为据。但是，《狂鼓史》剧的骂曹，则以阴间重演的形式，写祢衡、曹操死后都到了阴间，阴间的判官以祢衡即被上帝召用为修文郎，突发奇想，把祢衡请了出来，“一并放出曹瞒，把旧日的情状，两下里演过一番，留在阴司做个千古的话靶”。于是，祢衡便重演了裸衣击

① 见《后汉书》卷八十下·文苑传第七十下“祢衡”条。

鼓的一幕。

徐渭这种别开生面的处理，曾经引起论者的怀疑。比如郑振铎先生就将此称为“最坏的布局”①。从剧场效果来看，郑振铎先生的意见是值得重视的，但是，他没有看到，对于戏曲创作，徐渭追求的是曲作的内在真实，而不是戏剧性的其他方面。

祢衡与曹操，虽已同入阴司，没有了身份、地位的差别，可是，在一场假扮的戏要中，他们却依然保持着阳间的本来面目，丝毫不曾变更，他们共同出演的这场“戏”，成为正义与邪恶的再一次较量。徐渭把这解释为善恶报应，其实，他是想通过“这种侧面的叙写”的方式来说明，无论何时何地，以何种方式，人的本相都是不可能，也是不容掩蔽的。

徐渭曾给戏台写过一副榜联云：“随缘设法，自有大地众生；作戏逢场，原属人生本色”，作戏逢场，自然是假的，是虚设的；但它又是真的，是实在的，它是在舞台幕纱的遮掩下虚幻而又真实地上演一场场人生的活剧。

可惜的是，这篇骂曹文字，无论它如何真实地反映了历史的本来面目，它仍是一场“戏要”，因而，祢衡在结束了这场痛骂之后，便要去玉帝那儿做修文郎，并请判官“大包容了曹瞒罢”。痛骂的内容本是真实的，却成了一场“戏要”；而地府天宫之事，本是虚妄的，在剧中却成为实景，既然“眼前业景，尽雨后春花”，那么，真也可是幻，幻亦可为真。

四

《雌木兰》和《女状元》分别从文和武的角度，歌颂了两位才智出众的女性。

《雌木兰》写花木兰代父从军，这故事家喻户晓，徐渭摭取

① 见《小说月报》二十一卷第1期（1930年）。

这一题材进行创作，当和在明代经常出现女将军女文杰有关。

史载，明代不少妇女，常以男装出现，显示出惊人的才华。田艺蘅《留青日札》云："韩氏，保宁民家女也。明玉珍乱蜀，女恐为所掠，乃易男子服饰，托名从军，调征云南，往返七年，无人知者，虽同往亦莫觉也。"① 田艺蘅就把韩氏与另一位扮男装经商的黄女称之为当朝的"两木兰"。

徐渭对杰出的女性十分敬佩，也常以花木兰的形象比拟女中豪杰。例如，万历四年（1576），他应宣化总督吴兑之邀，来到塞北，见到了主贡市的三娘子，便作《边词》二十六首，其中有句云：

汉军争看绣裲裆，十万弯弧一女郎。
唤起木兰亲与较，看她用箭是谁长。

又如，万历八年（1580），他应边将李如松之请，作客马水口，写了《西北三首》，又提到：

西北谁家妇？雄才似木兰。
一朝驰大道，几日隘长安。
红失裙藏镫，尘生袜打鞍。
当垆无不可，转战谅非难。

在杂剧《雌木兰》中，徐渭极写木兰克服困难英勇善战，让她一上场就唱："休女身拼，缇萦命判，这都是裙钗伴，立地撑天，说什么男儿汉？"这说明作者非常看重女性，和重男轻女的卫道先生有明显的不同。

至于《女状元》本事，可见于《玉溪编事》"参军条"，徐渭根据杨慎《春桃记》加以改编而成。在《女状元》中，徐渭从多个角度展现了黄崇嘏的才干，她吟诗作对，书画琴棋，无所不精，她明辨是非，洞察秋毫，吏事精敏，是一个理想化的女性

① 《留青日札》卷之二十"复见两木兰"条。

形象。

可见，《雌木兰》与《女状元》都大力肯定女性本来就可以做出英雄的业绩，这才是女性的真面目。但是，这两个戏，竟与《玉禅师》、《狂鼓史》汇在一起，它们之间有着什么联系，这就要进一步探讨。

《雌木兰》和《女状元》的情节虽不相同，但两位女主人公结局十分相似，这就是她们最终都脱下男装，回归闺帏。对这一结尾，有的研究者认为："花木兰与黄崇嘏最后都只能解职复女装，'做嫂入厨房'，英雄再无用武之地，惠民束吏的奇敏之才再无施展之处，这里难道没有悲啼？这与徐渭在一些颂扬妇女才智的诗文中（如《白母传》）所表达出的惋惜之情是一致的。"①若从常情常理推测，该文作者的意见应是正确的，而且徐渭的一些文，如《白母传》② 确也表达了在当时社会里，他对妇女不能充分发挥自己才能的感叹。问题在于，单从这两出剧结局的描写，的确看不到什么悲意，更多的是主人公衣锦荣归，花好月圆的欢快愉悦。木兰获胜还乡后，得知要和王郎成亲，便露出"甫能个小团圞，谁承望结契缘。乍相逢怎不教羞生汗"的惊喜，再加上两个同行士兵乍识木兰本为女儿身的惊异，更增添了几分轻喜剧的色彩，而《女状元》的结局，亦被认为是"双双咏柳絮才"的佳话，作者更借用李商隐诗"云母屏风烛影深，长河渐落晓星沉。嫦娥应悔偷灵药，碧海青天夜夜心"以肯定她们的归宿，郑振铎先生因而批评说："全剧充满了喜剧的气

① 见金宁芬《徐渭〈四声猿〉人物、思想辨》，《徐州师范学院学报》1992 年第 4 期。

② 徐渭《白母传》记述一位精敏过人的女性白母，并说："假令母与翊之妻不为妇人，在今日得数万之众，以与闽载东夷之寇相从事，其所谓敏给而奇者，又不知何如也！余于斯重有感焉。"翌之妻，即三国时孙权弟孙翊之妻徐氏，孙翊被部将所害，徐氏镇定自若，终以计图贼。（见《三国志·吴书·宗室传第六》）

氛，特别是第五出，作者的态度颇不严肃，更不稳重，大有以戏为戏的心肠，颇失去了艺术者对艺术的真诚。”①

作者一方面极尽赞美两位女主人公的文才武略，揭橥“世间好事属何人，不在男儿在女儿”的思想，一方面又认可了两位女主人公重回闺阁、嫁作良家妇的结局。如何理解剧作内容的这种矛盾呢？

如果我们把《四声猿》的四个剧联系起来看的话，这个问题亦可迎刃而解了。

从四个戏来看，作者肯定了人的欲望、情感、才能的存在，认为这些都是人所固有的，是人的本色或本来，不论他是男是女，是佛门子弟还是红尘中人。玉通无法不破戒，祢衡在阴间也要尽情发泄一番，木兰和黄崇嘏轻易地做出惊人业绩，因为他们的本来面目便是如此，徐渭通过自己的创作，说明本色乃是人生的真谛。徐渭不是希望听法诸猿领悟禅机吗？我想，这四个戏所要宣示的本色的题旨，就是他对“猿”们的当头棒喝。

徐渭在《西厢序》中曾说道：

> 世事莫不有本色，有相色。本色犹俗言正身也：相色，替身也，替身者，即书评婢作夫人终觉羞涩之谓也。婢作夫人者，欲涂抹成主母而多插带，反掩其素之谓也。

一般认为徐渭关于“本色”即“正身”观点的提出，在于强调戏曲的艺术特质和创作规律，还戏曲的本来面目。其实，这段话的意义不仅在于它强调了戏曲的特质，还在于“本色”或者说“正身”，也是徐渭观察世界万物的基点。《女状元》中的胡颜，做诗虽不甚通，但周丞相因他“可取处只是不遮掩着他的真性情，比那等心儿里骄吝么，却口儿里宽大的不同”，便也取他做

① 《杂剧的转变》，见《小说月报》第二十一卷第1号，1930年。

进士。可见，徐渭对一个人以本色处世是多么的看重。

明白了这部剧的主旨，我们也许可以更为深刻地理解，徐渭为何给它定名为“四声猿”。

若论明代文学作品中对“心猿”的体悟与阐释，莫过于以猿猴为主人公的《西游记》了。此书一开头，就通过须菩提祖师为孙悟空起名时说：“狲字去了兽傍，乃是子系。子者，儿男也；系者，婴细也。正合婴儿之本论。教你姓孙罢。”又说：“猿猴道体配人心，心即猿猴意思深。”所谓“婴儿之本”，其实就是李贽所倡扬的“人之初”的“童子”。无论是大闹天宫还是西天取经，孙悟空都没有放弃对自由的追求（孙悟空要摆脱紧箍咒的束缚即为明证），在孙悟空身上，体现了明代心学思潮所突出强调“真己”、“赤子”、“童心”，即人的本性之真。

沿着“心猿”—“本色”—“悟道”的路途，徐渭以他的四个短剧，实际上是用另一种方式宣扬了人之显示本性的合情合理，玉通、祢衡的道路不同，其实都是经历了一次显现、回归本色的过程。

然而，在四部作品中，作者一方面肯定了四位主人公显示本性和本色的合情合理，另一方面，又不约而同地把这一过程归之为虚妄，也就是说，《雌木兰》和《女状元》结局的矛盾，在《玉禅师》和《狂鼓史》中也同样存在。《雌木兰》和《女状元》中，两位女主人公改装上阵或赴试的经历被称为“幻相”，“万般想来都是幻”，“世间事多少糊涂”；《玉禅师》里的显露我相，只不过是一场“黄粱”而已；而《狂鼓史》的痛快淋漓，更是一次“戏耍”。从肯定到否定，从真实到虚幻，这种剧作内容本身所显示出来的落差，实是中国古代文人在人生寄托无法落实，理想受阻后的必然归宿。从古代的哲人庄周到艺术家苏轼，到把红楼人生故事建立在“假作真时真亦假，无为有处有还无”之上的曹雪芹，都是如此。如果说孙悟空通过艰难的取经历程，最终实现了“心猿归正”，自我完善，个体人格和伦理人格和谐统一的人格理想，徐渭却不无清醒又痛苦地告诉我们，在现实生活中这种人格理想的悲剧性。

如果侧耳细听，这四声猿啼，确透露出断肠之音，那一股郁勃悲凉之气，一直盘旋在字里行间，《玉禅师》、《狂鼓史》揭露社会生活的种种不平，表现自我真实的情感，击壶击筑，慷慨雄越，而《雌木兰》、《女状元》写女性空有满腹才华、一腔热情，最终成为良家妇，实亦寄托了徐渭自己雄心未已却只能伏枥而鸣的凄怆。徐渭自负奇才，文韬武略集于一身，而且感情炽热执着，但大半辈子，都陷入英雄无用武之处、热情无投泄之地的悲哀中。他的绘画代表作《墨葡萄图》，描绘因无人采摘而干瘪的野葡萄，隐现于点点泪痕般的墨叶中，自题“半生落魄已成翁，独立书斋啸晚风。笔底明珠无处卖，闲抛闲掷野藤中”，可说是他一生的绝好写照。在经历感受了时代的风雨迷茫、道德准则的僵化、人际关系的虚伪、审美理想的惨遭扼杀后，徐渭既在感情的倾泻中诉说他的人生体验，又用以真为幻的方式，聊以获取心灵的慰藉。这四个戏的结局，在花团锦簇、欢喜升天中，潜藏着作者无法言喻的痛楚。

五

以上我们对《四声猿》的四个剧分别作了分析，可以看出，《四声猿》虽是由四个独立的抒情短剧组成，没有统一的情节和贯穿始终的人物形象，却潜伏着一条内在的思想线索，这就是作者对于真实的人的存在的思考。徐渭肯定了人的存在的丰富性和自主性，也肯定了人应该毫无矫饰，以自己的本色显露于世。这就是四出戏的禅机所在，也就是徐渭希望观众在闻听之余，领悟玄宗的所在。

《四声猿》独特的表现手法，的确需要我们作一番涵咏的工夫，才能悟出其中深意。但是，如果我们把这四出戏放到古代戏曲的历史长河中去审察，就会发现，这种独特的风格特征，是和明代杂剧发展的整体风貌相一致的。这就是，作家已把注意力转向选取最能体现作家感受的某一情节或情节片断，以增强情感的渲染和发抒。

对于徐渭的《四声猿》，人们惊异于它那超逸任放的激情，却往往忽视了混融在这种激情之中的作者的某种思想意绪。其实，这一点，徐渭也曾提醒过我们，他在《狂鼓史》剧［尾词］中说“提醒人多因指驴说马，方信道曼倩诙谐不是耍”，点明自己剧作场上歌舞，局外指点之道。正如他的写意花鸟画创作，在空诸依傍，纵情挥洒中，宣泄着内心情感；那种独特的绘画表达方式，寄寓着作者对传统思维方式的反拨。如果我们不把《四声猿》放到明代杂剧发展的历史长河中去审视，就很难理解徐渭为何如此精心地经营剧名、安排结构。

第四节　孟称舜的杂剧创作

作为晚明剧坛的优秀作家，孟称舜在杂剧、传奇的创作和戏曲理论方面都作出了相当的贡献，我们评价明代的杂剧创作，孟称舜是不可回避的重要人物。

一

孟称舜的生平事迹，留存下来的确凿材料并不多见。20 世纪 80 年代以来，一些专家学者经过考订，大都认为孟称舜应生于 1600 年前后，是浙江会稽人。① 孟称舜仕途坎坷，“屡不第”，

① 参见朱颖辉《孟称舜新考》，《戏曲研究》第 6 辑，《孟称舜新考续稿》，《戏曲研究》第 17 辑；欧阳光《孟称舜生平史料新见》，《艺谭》1982 年第 2 期等文。

一般著述中都称他为“崇祯间诸生”。孟称舜曾参加过当时的复社组织，在吴山嘉纂辑的《复社姓氏传略》中有孟氏兄弟事迹的简略记载。陆世仪《复社纪略》卷一也记载“集中（指复社的《国表社集》）详列姓氏，以示门墙之峻，分注郡邑，以见声气之广云”，其中绍兴府十二人，孟氏兄弟也见入载。但孟称舜在复社中的活动详情则未见记载。孟称舜还参加过当时的一个名为“枫社”的诗社活动，该社以祁彪佳为中心人物，以祁的别墅寓山为活动地点，祁彪佳日记中曾记载了该社的几次活动，内容不外饮宴游赏、拈题作诗等，祁彪佳后将社中文人所作诗，汇刻成了《寓山注》一书。

马权奇曾评价孟称舜的为人是：“方行纡视之士也。与余同研席，时余壮而子塞弱冠耳，然其心则苍然。好读《离骚》、《九歌》，讽咏若金石。余时治韩婴诗传，与之辩问往复，未尝不叹谓三益也。盖独行不欺，论世不诬，余信之稔矣！”[①] 孟的好友陈洪绶则说：“子塞文拟苏韩，诗追二李，词压秦黄。然其为人则以道气自持。乡里小儿，有目之为迂生为腐儒者，而不知其深情一往，高微窅渺之致。”[②] 宋之绳则评价为：“长才溥洽，矩则一本先民，于时少可。既慨且慷，往往抚长剑、作浩歌，不复知唾壶口缺。”[③] 看来，孟称舜大致是个既迂直刚方又充满激情，常怀不平之气的文人。

与孟称舜交往较密切的友人，有祁彪佳、卓人月、陈洪绶等，他们不仅常常书信往来、诗文赠答，而且文艺观点也相当接近。孟称舜的几个杂剧作品，都有他们的评点，或点出剧作特色，或谕扬剧作本旨。如祁彪佳评价孟的《花前一笑》剧：“唐

① 《鸳鸯塚题词》。
② 《节义鸳鸯塚娇红记》序。
③ 《二胥记》叙。

子畏以佣书得沈素香，此正是才人无聊之极，故作有情痴，然非子若传之，已与吴宫花草同烟销矣，此剧结胎于《西厢》，得气于《牡丹亭》，故触目俱是俊语。”肯定了孟称舜对这个题材的创设之功。文人之间的这种交往，当然是非常有益的。

孟称舜的杂剧创作主要集中在前期。他的六个杂剧，除《红颜年少》失传外，《眼儿媚》、《桃花人面》、《花前一笑》、《英雄成败》、《死里逃生》都见存。其中前三剧又都是才子佳人的爱情戏，在对“情”的礼赞方面，孟称舜是与早先的汤显祖一脉相承的。

《眼儿媚》述岳阳府学教授陈诜与歌妓江柳相爱的故事，陈诜“人才聪俊，性格温存”，江柳“风流旖旎，巧慧聪明”，本是美满的一对，但陈诜碍于官规，只得私相往来。知府孟之经为了使陈诜迷途知返，将江柳发配到辰州。陈诜赋《眼儿媚》为别。后来他们得到同窗兄弟陈云西的帮助，替江柳除去乐籍，二人方结为夫妇。这个故事根据的是《贵耳集》卷下的简单记载。

《桃花人面》又名《桃源三访》，取材于著名的崔护谒浆的故事。见于唐代孟棨的《本事诗》。清明踏春，崔护口渴，向一女郎蓁儿求水，两下有情。次年清明，蓁儿与老父去给母亲扫墓，崔护再访不见，题诗于门上。蓁儿回家看见崔诗，一病不起，绝食数日而陨。此时崔护三赴城南，刚刚气绝的蓁儿逐渐苏醒，二人结为夫妇。

《花前一笑》演“江南第一才子”唐寅（伯虎）与沈公佐养女素香恋爱的故事。这个故事原出《泾林杂记》，孟称舜将女主角原来的丫环身份改为养女身份，这一点曾引起人们不满，卓人月便将《花前一笑》改编为《花舫缘》。当时的另一位剧作家徐士俊评论道：“向见子若（孟称舜）制唐伯虎《花前一笑》杂剧，易奴为佣书，易婢为养女，十分回护，反失英雄本色。珂月戏为改正，觉后来者居上。”徐渭也认为孟称舜的改动是一种倒退，但养女同佣书结合，比丫环同小奴结合，更具有挑战性，也更具备喜剧色彩。

这三个剧都是对情的歌咏，也正因为这一点，许多人会把它和汤显祖的《牡丹亭》剧联系起来。如对《桃花人面》剧第三出崔护清明重到城南寻访女郎，《盛明杂剧》编者评道："不减杜丽娘《寻梦》。"崔护与杜丽娘当然有所不同，但二者的精神确有相通之处。更可贵的是，孟称舜的这种对情的歌咏，是有一种理论上的自觉意识的。这不仅体现在他创作杂剧时注意到"情"的可贵，而且在后来创作传奇时依然突出"情"的价值。不过，孟称舜在后期的传奇创作中，更为强调情与理的统一。

在传奇《娇红记》的题词中，孟称舜一开始就写道："天下义夫节妇，所为于死而不悔者，岂以为理所当然而为之邪？笃于其性，发于其情。"他自谓《娇红记》中所记的王娇、申生事，"殆有类狂童、淫女所为"，而他之所以题之为"节义"，是因为"两人皆从一而终，至于没身而不悔者也"。但是，孟称舜强调，义夫节妇能"从一而终"、"死而不悔"，是由于"笃于其性，发于其情"，即自由相恋的结果，这就在本质上与封建理学道统相违背。

与此相联系，孟称舜言情，强调"诚之至"，如《二胥记题词》说："汤若士不云乎：'师言性，而某言情'，岂为非学道人语哉？情与性而咸本之乎诚，则无适而非正也。余故取二胥事谱而歌之。以见诚之为至，细之见于儿女幄房之际，而巨之形于上下天地之间，非有二。""诚之至"见于"儿女幄房"之际，即为"情之至"，所以说二者的实质是一致的。

孟称舜强调情之"正"，显然与他提高戏曲地位，把戏曲看作可以为社会教化服务的理想有关。孟称舜生活在明王朝行将崩溃的前夜，时势所迫，孟称舜时常处于救世匡时的焦灼之中，这也使他无法像明中叶的文人那样一味高举"情"的旗帜而不及其余。因此，孟称舜一方面标举“诚”，强调以真情动人；另一方面又要把“情”之“诚”归结为“正”。孟称舜的传奇作品，就因念念不忘“义夫节妇”、“忠臣孝子”而常带一些迂腐之气。而三个前期的写情杂剧，反而因篇幅所限，比较注意对感情的抒发而醇厚一些。

二

孟称舜的《英雄成败》，是明人杂剧中对现实社会反映得较为深刻的一部剧作。

《英雄成败》写的是黄巢造反的事。黄巢、郑畋一同赴考，碰上“只爱金钱不爱才”的主考官、宦官田令孜的干儿刘允章，刘接受了前相令狐绹之子令狐滈千两黄金的贿赂，取他为头名状元。黄巢落第，勃然大怒，将刘允章痛斥一顿，起兵造反；郑畋后中第，出守凤州，合兵将黄巢剿灭。最后，郑畋迎回唐主，奉旨将刘允章等斩首。

此剧后收于作者编选的《古今名剧合选·酹江集》，又名《残唐再创》。作者友人马权奇在评点该剧时指出：“此剧作于魏监正炽之时，人俱为危之，然使忠贤及媚忠贤者能读此词，正如半夜闻鹃，未必不猛然发深痛也。”卓人月《孟子塞残唐再创杂剧小引》亦云：“今冬遘凫公（袁晋）、子塞于西湖，则凫公复示我《玉符》南剧，子塞复示我《残唐再创》北剧，要皆感愤时事而立言者。凫公之作直陈崔魏事，而子塞则假借黄巢田令孜一案，刺讥当世。”要此，则《英雄成败》一剧，显然是有所针对的。

剧中对“宦官擅政，贤才被厄”的黑暗现实，作了愤怒批判。黄巢落第后，曾痛陈时弊：

［醉中天］你若说他好波，便癞暇蟆也生了文翰。你若说他歹波，便好皮肉也挖个疮瘢。似这等数黑论黄

笔砚间，则这文章有口也难分辨。一任你口澜舌，翻辘辘的似风车样转，道不的铁案如山。

［金钱儿］我则道占鳌头，难也波难。却都是些不识字，铜臭的蠢郎官。黑漫漫妖氛昼把文星掩，激的俺怒轰轰虹光直透斗寒。

更令人感慨的是，不仅是黄巢这样的落第书生有这般愤慨，就连中第做官的郑畋也在迎回唐主后，愤怒地指斥那些禄蠹之徒：

［端正好］你那里擅朝纲施奸诈，播弄得破国亡家。提起这眼前无限伤心话，猛教人挥泪浑如把。

［滚绣球］太平时乔坐衙，骋多般胡乱煞。靠着田令孜那一个李家奴，势如天大，狠施为毒蟒张牙。把一位唐天子撇那厢，恰当做小娃娃调弄着他。到如今是处里称孤道寡，都是你几顶歪纱帽树起的槎枒。觑着那尸横夜雨麒麟冢，血洒秋风燕子家，痛恨难加。

可见，不论是造反的文人，还是坚决维护皇权的士子，都深切地感受到，政治的腐败已到了非常严重的地步。《英雄成败》的评点者汪彦雯认为，黄巢的痛骂和郑畋的勘问都是“一腔热血，千古豪歌，煞甚痛快”，可谓知言。

此剧的可贵之处，还在于对黄巢形象的塑造。剧中把黄巢造反的原因，归结为科场主司贪赃索贿，作者以剧之一折详细描写黄巢从不平到愤怒，直至决意起而造反的过程，指出正是不公正的对待才逼反士子，所谓“被人逼迫，事非得已”，实际上已蕴含了对敢于谋反的黄巢的理解与同情，作者甚至认为这也不失为一种英雄之举，这正像汪彦雯所评：“黄巢以下第书生而搅翻世界，郑畋以筮仕书生而整顿残唐，均是英雄伎俩，固不得以成败论也。”这种想法，在当时不能不说是极为大胆的，这种深刻的认识，也只能得自于作者对现实晦暗的亲身体验和认识。

作为一个正统的儒生，孟称舜仍是希望最终能够“再创”

“残唐”的，该剧写官军胜利了，剿灭了“乱贼”，铲除了“奸臣”，真可谓痛快。孟称舜创作该剧时，虽正处于“魏监正炽之时”，但孟称舜相信，无论阉党如何猖獗，都也不过如冰山一角，一旦云开日出，顷刻间即会化作流水，“你倚着田中尉，做了天山巘，不提防转眼化冰山！”这是当时与阉党作斗争的正直的士大夫的共同信念。因此，此剧虽然是在抒愤泄怨，但并不消沉，贯注着以天下为己任的乐观主义精神。

孟称舜的另一部《死里逃生》剧虽然没有《英雄成败》深刻，但也是一部关注现实的剧作。它揭露的是佛门的罪恶。剧中的僧门之徒不畏佛法，不畏官法，不怕“落地狱变驴做马，吃官司带锁披枷”，将“佛殿僧斋，倒做了闷锁春风的铜雀台”。而他们之所以敢如此无法无天，是因为有官府护持。正如剧中的和尚了缘所说：“有等官宦假意修行，卖弄虚名；有等官宦与那妇人一般见识，都替俺做了护法沙门。”如此，清静梵院成了藏污纳垢、胡作非为的场所。

这部剧也是与明代现实有直接联系的。明代皇帝多有佞幸佛道的，如成化帝朱见深、嘉靖帝朱厚熜，流风所及，一般的官绅士庶也以与僧道交好为荣。评点者汪彦雯尖锐地指出：“近世宰官往往护秃厮如骄子，阅此可为殷鉴。”孟称舜在全剧结束时的定场诗中说：“人前说法有千端，佛口虺心总一般。多少愚人浑不悟，当场演出请君看。”也表示了警醒世人的创作意图。

三

孟称舜的杂剧在艺术方面的突出成就，是具有浓烈的诗化色彩。他尤其长于抒情写景和对人物心理的刻画。如《桃花人面》剧：

［驻马听］落日晴川，一帘芳草平芜剪。乱云飞岸，半溪烟雨带痕牵。缁车不到杜陵边，霎时春老桃花

怨。心自迷，步更远，行来何处是故家庭院。

[落梅风] 细雨洒轻寒，绿绣芳茸浅。隔溪的沙鸟几处如相见。满旗亭花开俨然，盼不见去年人面。

这些曲辞，在凄清的景色中，见出幽怨的情怀，具有很强的感染力。又如对主人公的似信似疑、似痴似迷的心理刻画：

[集贤宾] 俺可也送不去去年春病。又怎禁虚值了这两度清明。迷栖花昼暝，照花枝一般孤另。叹当年旧事空存，到今日新愁更整。目断天涯，薄倖刘生再不向溪头重讯。枉则是灯前洒珠泪，枉则是水上觅残英。

[醋葫芦] 面面春山冷画屏，濛濛烟雨涨前汀。恼杀人隔墙儿低送出桃花影。则咱花容寂寞，空与花相映。不疼不痛，害的是何般病。冷凄凄魂断也旧清明。

《远山堂剧品》将此剧列入逸品，称赞它“作情语者，非写得字字是血泪，终未极情之至，子塞具如许才，而于崔护一事，悠然独往，吾知其所钟者深矣。今而后崔舍人可以传矣。今而后他人之传崔舍人者，尽可以不传矣”。刘大杰先生则评它“直率地写，一层进一层地写，总要把那单恋的少女心情，赤裸裸地表现出来”①。

《眼儿媚》、《花前一笑》两剧，在写景造情方面也有异曲同工之妙，皆以旖旎蕴藉见长。而《英雄成败》剧，则被称为是“雄文老笔，直与胜国马东篱诸公争坐位，雨淋铃、大江东，殆为兼之”②。

[塞鸿秋] 你们做秀才呵！读书也学着孔宣王，口渣渣几句头巾话。做官呵！讲法律也曾把萧相国，嘴巴巴依样葫芦画。说别人呵！将那卢杞李林甫，一个个恣

① 刘大杰《中国文学发展史》下册第990页，上海古籍出版社1982年版。

② 见《酹江集》本眉批。

吹弹指定名儿骂。到轮着自家身上呵！却把他几个劣样儿，一椿椿做了印本花儿榻。那些经你辣手呵！谪的谪，杀的杀，几位忠良社稷臣，一旦都休罢。你们如今也有死的日子呵！则问你甚脸儿与他们相见黄泉下。

这样的曲辞，确实是悲壮雄浑。相比之下，《死里逃生》一剧，则以嬉笑怒骂见长，《远山堂剧品》的评价是："阇黎面孔，已被此剧剥尽。"

总的说来，孟称舜的剧作兼有旖旎蕴藉与浏漓悲壮两种风格，尤以婉丽为长。

四

孟称舜在三十岁时就编成《古今名剧合选》，收有元明杂剧五十六种。按风格分为两辑，一为《柳枝集》，得名于柳永词《雨霖铃》"杨柳岸晓风残月"，以婉约为特色；一为《酹江集》，得名于苏轼词《念奴娇》"一樽还酹江月"，以豪放为特色。他对杂剧创作是有较深的研究的。

孟称舜对杂剧的批评，特别注意揭示剧中的愤懑之情。如《郁轮袍》批语说："唱演数过，觉一肚皮愤懑俱尽。"又说《赵氏孤儿》是一部"千古最痛最快之事"的"极痛快文"……都可见一斑，而他自己写作杂剧也正是为了"感愤时事而立言"①。

孟称舜还十分推重元人杂剧，他认为元人杂剧与"今人"杂剧相比，突出表现在"气味厚薄"不同。他说："元人高处在佳语、秀语、雕刻语络绎间出，而不伤浑厚之意。王系国初人，所以风气相类，若后则俊而薄矣，虽汤若士未免此病也。"（《误入桃源》批语）"今人不及古人者，气味厚薄自是不同。"（《鞭歌妓》批语）明人写作杂剧，常因强调自我情绪的抒发而缺乏

① 卓珂月《残唐再创》小引。

含蓄深长的意味，孟称舜再三指出“今人不及古人”，即是针对明人剧作中这种浅率的弊病而言的。孟称舜比较注意学习元人的优长，他本人的杂剧作品在这方面也颇获好评。如陈洪绶所说：“今人所以不及古人者，其气味厚薄不同故也。子塞诸剧，蕴藉旖旎，的属韵人之笔，而气味更自不薄，故与胜国诸大家争席。”①

至于戏曲语言，孟称舜认为既不能酸腐，又不能俚俗。如曰：“曲中尤忌者，则酸腐打油腔也。元人之高，在用经典子史而韵愈妙，无酸腐气；用方言俗语而愈雅愈古，无打油气。”（《燕青博鱼》批语）又曰：“徐（渭）自评云：四句现成语，彼此辘轳反覆，而人忽之，少见识者。袁中郎亦极可此两枝。然吾越后来油腔俗调，则皆文长作俑，吾终无取乎尔。”所谓“四句现成语”，即《雌木兰》杂剧第二折［清江引］二首中，有“花开蝶满枝、树倒猢狲散、一日不害羞、三餐吃饱饭”等“现成语”，实际上是表现了众将士克敌制胜的乐观主义精神，被袁宏道评为“诨中自趣”。但孟称舜认为，后人的“油腔俗调”，与徐渭是有一定关系的。可见，孟称舜所认可的戏曲语言，既不能太文，也不能俚俗无文采，要雅中求俗，俗中显雅。而他自己的创作，则偏正于雅正一途。

孟称舜曾自称：“予学为曲，而知曲之难，且少以窥夫曲之奥焉。”② 孟称舜能成为晚明杂剧创作的又一高峰，是与他能深刻地体会戏曲艺术的规律分不开的。

---

① 《花前一笑》批语。

② 《古今名剧合选》序。

第八章　余　　论

一

如上所述，我们从古典戏曲的历史发展出发，着重探讨了明代杂剧研究中的如下几个问题，即：

1. 在明代杂剧的界定问题上，笔者认为，解决这一问题的关键，在于从这类杂剧作品的具体情况出发，并考虑明代人自己是如何认识并区分它们的。就明人说，剧作折数仍然是他们区别戏曲体类的首要考虑因素。考察吕天成的《曲品》和祁彪佳的《远山堂曲品剧品》这两部明人戏曲书目，它们划分杂剧和传奇的界限均为 11 折，而对于超过 11 折的剧作，若剧中的每一个故事都各自成体，独立成篇，则也应归入杂剧之列。本文还在前辈学者考证的基础上，增删辨讹，著录了明代 131 位杂剧作家的 418 部杂剧作品，并对著录中的有关问题作了辨析说明。

2. 明杂剧的历史发展，主要体现在三个方面：创作主体意识的强化，体制的从整一到伸缩自如，演出的由兴盛而衰落。明代杂剧的这一发展样貌，首先还是决定于明代的社会变化，而北曲杂剧和南曲戏文的兴盛，也受到了元末至明代，中国南北政治经济格局变迁的影响。但是，明人对北曲正统的既怀疑又尊崇的复杂心态，使得明杂剧作家即使在传奇已占主导地位的情况下，仍以杂剧这一名称进行戏曲创作，只是以杂剧为名进行的创作，已不再保有四折一楔子的旧有规范。

3. 杂剧在明代截然不同地呈现为两个阶段，一是明前期的宫廷杂剧创作阶段，二是从弘治年间康海、王九思开始的明中后期的文人杂剧创作阶段。代表了明代杂剧新变的，是明代中后期的文人杂剧创作阶段。它反映了明代知识分子精神生活的某些侧面，集中地表现为作家们对传统人生价值的反思，对传统道德规范的怀疑，对情理关系的探索。这些作品，往往是以作家们的真实感受为基础的。

4. 明代杂剧的总体风格中，笔法的戏谑倾向相当明显。这之中包含着两种截然不同的创作心态，一种确为游戏之笔，另一种则是用表面的戏谑、调侃来掩饰蕴含于作品中的愤激之情。叙事的诗化，同样体现出作家对自由抒发情感的追求，戏剧的故事本体，只是剧作家情感抒发的载体。至于在传统规范与创新变化之间，明代杂剧作家为了情感表达的痛快淋漓，往往忽略了自己的创作是否合乎剧体的既定规范，或是把剧体的既定规范向着合于自己个性表现的方向发展。虽然他们也希望找到一种既适于抒情言志，又足以与传奇抗衡的新体制来，但明代文人杂剧情节的淡化和写意的趋向，都已使它脱离了叙事文学以再现为主的根本特征。

二

中国古典的审美理想，统领之，便是“诗言志”与“诗缘情”这两个既区别又联系的命题。所谓“言志”与“缘情”的结合，并非言个人之志，抒一己之情，而是个人情感与社会理性要求的和谐一致。《毛诗序》更具体化为“发乎情，止乎礼义”，“经夫妇，成孝敬，厚人伦，美教化，移风俗”。表现在风格与态度上，便是“哀而不伤”、“怨而不怒”。这种和谐完美理想的充分实现，是要以社会的伦理道德要求与人们的主体愿望之间大体平衡作为基础的，随着中国封建社会内部矛盾的逐渐加剧，人与社会之间、人与人之间、主体自由与社会伦理道德要求之间的矛盾冲突也越来越严重，和谐与平衡再也无法保持，古典的审美理想必然随之破灭。

这一趋势在晚唐便初露端倪，但到了明代中期以后才全面而集中地显现出来。已有学者指出："（明后期）无论是士子的人生追求，思想家的哲学思考，还是文学家的理论主张与创作实践，都在缓慢曲折地向着表现自我、愉悦人生方面发展，尽管显得步履蹒跚并时有侧道旁出，但其总体趋向则是明确无误的。"①只是，这一总体趋向在文学艺术的不同门类中，其表现还是相当复杂的。就明代的诗文与杂剧而言，当明代诗文的发展，还在温柔敦厚的古典审美理想与主体自由的历史要求之间反复纠缠之际，明代的杂剧创作已在大胆地表现个人的思想感情，肆意地倾泻一己的愤怒、痛苦和悲哀，对社会进行尖刻的嘲笑讽刺。若把杂剧与传奇作一比较，传奇创作中的理性重负要沉重得多。即使就具体表达而言，杂剧也与传奇的讲求情节跌宕多姿、结构穿插变化、描写舒卷自如，有着明显不同②。

明代文坛有一个很值得注意的现象，随着时间的发展，参与杂剧创作的文人也愈多，杂剧逐渐成为明代文人恣肆表情达意的最佳文体。出现这样的情况，并不是偶然的，我们知道，明代中叶以前，人们对文学功能的认识，多或着眼于道德教化，或着眼于政治变革，或着眼于自我修养，却甚少把它作为追求自我、表达自我的手段，更遑论赋予它自我宣泄的作用。而明代中叶以后，"啸歌本是舒孤抱"③ 的文学功能论却越来越成为一时之潮

① 见左东岭《李贽与晚明文学思想》第60页，天津人民出版社1997年版。

② 明代传奇与杂剧在表达方式上的两种不同倾向，似是宋代以后艺术表达上的普遍现象，即一种较注意表达的精致细腻，另一种则讲求表达上的挥洒纵横。绘画领域中的工笔画与写意画也即如此。

③ 徐渭《锦衣篇答赠钱君德夫》，见《徐渭集》第126页，中华书局1983年版。

流。与此相连，毫无阻滞地、自然而然地表现情感，也成为文学创作新的历史要求。这自然又是与明代人的个性觉醒紧密相连的。

明代的杂剧可说是适时地符合了时代的新要求。在明代文学诸体中，诗文因创作历史的久远而打上了深深的传统烙印①，小说致力于满足人们对表现日益丰富复杂的社会生活的要求，传奇则孜孜以曲折离奇的情节来吸引观众，只有既不属正统文学，又处于竞争系统之外的杂剧，成为文人得心应手地自我舒展的创作形式。我们现在已不能确切了解到明杂剧作家的创作状态，但可以想见，这应是一种既不需要郑重其事地预先构思，也不需要时时虑及传统规范的自由酣畅的创作。它形式的短小随意，适于主体意趣的恣意挥洒；风格的戏谑与抒情、诗化，适于寄托生发主体的思绪，有利于痛快淋漓地表现作家的情感。虽然，明代的这类杂剧创作仍是有人物、有事件、有唱有白的戏剧体。不过，它已弱化了古典戏曲的某些特征，而强化了另一些特征。它把中国古典戏曲的抒情性特征发展到了极致，其抒情性之强，已成为剧作中占据绝对统治地位的因素。如沈自徵的《渔阳三弄》，我们与其说它是一部戏剧文本，不如说是三篇有事件、有人物的抒情诗。作者难捺心中失意之不平，借杜默、张双、杨慎三个同样落魄不遇的文人发抒自己的情感，在大量诗化的曲词抒发内心感受的同时，也对世态人情作冷嘲热讽，此外，并没有强烈戏剧冲突意味的事件。我们在剧作中可以观照到的，不是戏剧冲突，而是这种弥漫于剧作中的难以排解的情绪。

① 即使在明代彰扬情感的作家创作中，诗文创作也显不出应有的深度，即如徐渭，虽自称“吾书第一，诗二，文三，画四”（见陶望龄《徐文长传》，《徐渭集》第4册第1339页，中华书局1983年版），但它的诗文创作中，亦有不少应制即景之作。

这种格局与元代杂剧是有很大差异的。以元杂剧中的经典之作——《窦娥冤》为例，《窦》剧中虽然也有发抒情感的大段曲辞，但整部剧作是有一个完整而曲折的故事内容的，作家从不同人物的处境出发，展开冲突，引向高潮，人物也在强烈的戏剧冲突中展示出鲜明饱满的性格特征。

论及抒情言志，在明代的传奇创作中，也有许多是以抒情言志为宗旨的，但比较之下，传奇更注重对现实生活的切入和再现，而杂剧则更关注自我的心灵感受。在这种对自我的心灵感受中，舞台意识淡化了，戏剧文学的戏剧性逐渐消融在一种抒情文学的审美风貌中，曲词宾白强烈诗化，主体思想感情任意抒发，人物动作日渐消失，以情节为根本特征的戏剧冲突内化为一种个体情感的主观发泄，剧本的情节及戏剧冲突完全淹没在一种如怨如诉的情绪之中。

当杂剧逐渐摒弃情节在戏曲艺术中的核心作用时，文人传奇作家艺术构思的总体特征却是以情节为中心的。清人李渔总结传奇的构撰方法："古人呼剧本为'传奇'者，因其事甚奇特，未经人见而传之，是以得名，可见非奇不传。……若此等情节，业已见之戏场，则千人共见，万人共见，绝无奇矣，焉用传之！是以填词家，务解'传奇'二字。欲为此剧，先问古今院本中曾有此等情节与否。如其未有，则急急传之，否则枉费辛勤，徒作效颦之妇。"① 可见情节对于传奇文体的重要性。

因此，虽然我们在前面的论述中曾指出，剧作折数是区别明杂剧与传奇两者的主要形式依据，但这并不等于说杂剧与传奇的不同只是长短而已，或者说，杂剧就是短的传奇，因为这种判断，无异于说杂剧在明代已失去其自身的本质规定性而成为传奇的附庸。我们认为，明杂剧与传奇的暌离，正体现了明代戏曲发

① 《闲情偶寄》卷之一《词曲部·结构第一·脱窠臼》。

展的两条不同线索。在叙事性和抒情性之间，明代传奇在对戏文体制的规范化过程中发展了中国古代文学叙事性的一面；而明杂剧却在对元杂剧体制的超越突破过程中回归了中国古代文学抒情性的一面。

公平地说，在适应历史的前进步伐，对传统诗教的冲击，对抒情领域的拓展以及提出新的审美标准等方面，明代杂剧的贡献都是不容轻视的，而我们长期以来却因为它是案头的文人之作，有意无意地忽略了明代杂剧的独特价值。但是如果我们承认明代杂剧真诚自然地抒写了作家的人生感慨，并且它的抒情写心倾向在清代仍继续发展的话，我们就不应该轻易地加以否定。

三

对于明代杂剧，晚明人已经尝试进行总体评价。一种看法认为明不如元，如崇祯十二年（1639），沈宠绥在《度曲须知》上卷“曲运隆衰”中，对明代戏剧作了这样一个总结：“明兴，乐惟式古，不祖夷风，程士则《四书》、《五经》为式，选举则七义三场是较，而伪代（指元代）填词往习，一扫去之。虽词人间踵其辙，然世换声移，作者渐寡，歌者寥寥，风声所变，北化为南，名人才子，踵《琵琶》、《拜月》之武，竞以传奇鸣；曲海词山，于今为烈。”① 沈氏认为明代杂剧创作的成就不能与元代相提并论，这一方面是由于明初乐制、科举政策变化的影响，同时也是“世换声移”、“风声所变”即人们审美趣味变化的结果。另一种看法，则认为明代杂剧的成就在元代之上。如张元徵在崇祯二年（1629）所写的《盛明杂剧》序，对世人“汉文、唐诗、宋词、元曲，各绝一时，后有作者，难乎其继”的说法大不以为然，反驳道：“我明风气弘开，何所不有？诗文若李、

① 见《中国古典戏曲论著集成》（五）第197页，中国戏剧出版社1959年版。

王崛起，已不愧西京、大历，而词曲名家，何遽逊美酸斋、东篱、汉卿、仁甫?”

对明代杂剧，王国维的整体评价是不高的。他在日本访书时，见有《盛明杂剧》一书，“惊为秘笈”，但据他看“杂剧惟元人擅场，明代工此者寥寥”（《〈盛明杂剧〉初集跋》）。“如此书（指《盛明杂剧》），汪伯玉、陈玉阳、汪昌朝诸作，皆南曲也；且折数多至七八，少则一二，更属任意。独康对山《中山狼》四折，确守元人家法。余如沈君庸等，虽用北曲，而折数次第，均失元人之旧。其中文词，亦惟康对山、徐文长尚可诵，然比之元人，已有自然、人工之别。余则等之自郐而已！元代杂剧作者，名概不著，此编所集，如康对山（海）、徐文长（渭）、汪伯玉（道昆）、陈玉阳（与郊）、王辰玉（衡）、叶六桐（宪祖）、沈君庸（自徵）、孟子若（称舜）、梁伯龙（辰鱼）、梅禹金（鼎祚）、卓珂月（人月）、徐野君（翙）、汪昌朝（廷讷），其姓字爵里，均在人耳目，或且正史有传，遗著尚存，而其人之显晦如彼，曲之工拙如此。信乎文章之事，一代自有一代之长，不能以常理论也。”①

王氏否定明代杂剧的理由，主要有两点，一是不规矩，二是不自然。所谓不规矩，就是“均失元人之旧”；所谓不自然，就是“元人生气，至是顿尽”（《宋元戏曲史·余论》）。王国维在北京答日本学者青木正儿问时曾说：“明以后无足取，元曲为活文学，明清之曲，死文学也。”② 他以明代杂剧乃至明清戏曲为“死文学”，正是从其不自然处着眼的。而王国维的最后结论“信乎文章之事，一代自有一代之长，不能以常理论也”这一观念，此后也成为对文学史发展的普遍性解释。

---

① 见《王国维文集》（第一卷）第543页，中国文史出版社1996年版。

② 见青木正儿著《中国近世戏曲史》序，中华书局1954年版。

吴梅在《顾曲麈谈》第四章《谈曲》中论及明杂剧："盖明初承元季之风，其时且在洪武未行科举以前，故诸文人皆尽心此道，初不料科举兴而反用八比时文也。自时文兴而杂剧衰，而传奇盛，此亦曲家一大关键处，惜自来文人无有言之者。往与亡友黄慕庵（黄人）作文学史，论有明一代，止有八比之时文，与四十出之传奇，为别创之格。其他各学，非惟不能胜过前人，且远不如前代，无论其他。即在北曲，亦复如是。倘亦所谓盛极难继者耶（文长《四声猿》，亦不尽北曲，杨升庵《太和记》，亦间有南词）？余尝以为知言云。"① 吴梅也认为明代的杂剧创作远不及元代，其原因之一是八股科举的影响，二是元代杂剧是"盛极难继"，这其实蕴含了一代有一代之文学的判断，实际上吴梅在《中国戏曲概论》中就申述了"一代特殊之乐章，即为一代特殊之文学"② 的含义。

经过前面的陈述，我们也许可以对杂剧历史地位的争议有一个重新的认识。

我们认为，在对明杂剧的评价中，始终存在着一个对这一艺术形式如何定位的问题，这不仅关乎对明杂剧的评价，也和我们对整个中国戏曲史的看法密切相关。

杂剧在明代，已由一种综合的艺术形式更多地转变为一种文体样式，对它们"不能够施诸当场串习"、"一般不适于舞台演出，而仅仅成为文人案头欣赏的东西"的论断是符合实际情况的，但这也造成了仅从舞台性这一角度来思考问题的局限，而强调舞台性，除了因为杂剧是一种综合的艺术形式外，更带有强调世俗性、群众性的一面。

---

① 《中国戏曲概论》第 97 页，中国戏剧出版社 1983 年版。

② 《中国戏曲概论》卷中《明总论》，见《吴梅戏曲论文集》第 142 页，中国戏剧出版社 1983 年版。

戏曲作品包括杂剧作品，都具有两重性的特征。一方面，它是有待舞台出演的剧本，另一方面，抛除舞台性的因素，它又构成了一篇完整的文学作品。这一矛盾，不仅造成了后人评价的矛盾，也成为戏曲理论论争的焦点问题，明代文采与音律之争，基本的关键在于究竟是把曲看成文学作品还是表演艺术，而在明代杂剧创作领域，则随处可见浸力于把玩文章、激赏曲文之士。如丘汝乘序刘兑《娇红记》："展而读之，一唱三叹，铿乎金石，灿乎文锦也。夙以浙者于斯见矣，可觉言哉。于戏！是词所能，非褐宽博也，必沉潜声律，厌啖丝竹，抵其极者，惟东生孰能任欤！且夫其词之才，朱弦翠管不足以尽其华……"蕴空居士论杨讷《西游记》："独是编至二十四折，富有才情，最堪吟咀。尝见俗伶所演《西游》，与此大不相同，殊鄙亵可笑。是编出，而桃花扇底增一巨丽可观，庶可与俗伶洗惭矣。"孟称舜《古今名剧合选·自序》云："迩来填词家更分为二，沈宁庵专尚谐律，而汤义仍专尚工辞。二者俱为偏见。然工辞者，不失才人之胜，而专为谐律者，则与伶人教师登场演唱何异？今此选去取颇严，然以辞足达情为最，而协律者次之。可演之台上，亦可置之案头赏者，其以此作《文选》诸书读可矣。"这段话看似提倡文辞与音律并重，但在实际上，能做到不偏不倚是近乎不可能的，而孟称舜以曲选为文选，仍是更多地偏重于剧作的案头价值。

从为数不多的明代杂剧序跋中，我们还可以看到，其作者不是观剧之后，而是在"展而读之"之余，写下这些评点文字的，因而更多的是属于文章学的范畴。他们品评的出发点，也是从诗词曲一体的角度论文章的好坏，而不是明杂剧作为一门综合性艺术的优劣。

若从这一角度出发，明杂剧自然是可以和元人杂剧一比高下的。明人也不乏这种自豪感，《盛明杂剧》的编选就是一个典型。程羽文序《盛明杂剧》也说："南音北声，两者偏废，不成巨观。我朝鼓吹文治，叱汉呼秦、吞唐吐宋，高文椽笔之外，间有招弄，亦复含宫嚼羽，出风入骚。”

问题在于，文学史的发展，并不是新的变的就一定是好的。新文学并不一定就足以代表新时代，几个创新的作家，也并不一定就能吞唐吐宋、叱汉呼秦，明代杂剧的实际发展轨迹也证实了这一点。

至此，我们不得不承认，明代杂剧虽然背弃了本作为俗文学的应有传统，在审美意象上接近于抒情文学而同一于正统文化，但它那种个人情感的抒写却又与正统文学强调雅正的传统存在着几乎不可逾越的鸿沟。也许，明代杂剧的悲剧就在于，它虽然拥有独特的价值系统，却一直处于一种无法正确定位的尴尬之中。

附录　明杂剧研究论著目录索引

总论

孙楷第:《也是园古今杂剧考》，上海杂志公司1953年。

傅惜华:《明代杂剧全目》，作家出版社1958年。

顾学颉:《元明杂剧》，上海古籍出版社1979年。

庄一拂:《古典戏曲存目汇考》（三卷），上海古籍出版社1982年。

邵曾祺:《元明北杂剧总目考略》，中州古籍出版社1985年。

赵景深、张增元:《方志所见元明清曲家传略》，中华书局1987年。

曾永义:《明杂剧概论》，台湾学海出版社1979年。

庄一拂:《明清散曲作家汇考》，浙江古籍出版社1992年。

宁宗一、陆林、田桂民:《明代戏剧研究概述》，天津教育出版社1992年。

徐朔方:《晚明曲家年谱》，浙江古籍出版社1993年。

邓长风:《明清戏曲家考略》，上海古籍出版社1997年。

徐子方:《明杂剧研究》，台湾文津出版社1998年。

徐子方:《明杂剧史》，中华书局2003年。

曾永义:《明杂剧概论》（修订本），台湾学海出版社1999年。

赵万里:《旧刻元明杂剧二十七种序录》，《清华学报》第2卷第2期，1925年12月。

顾敦鍒:《明清戏曲的特色》，《燕京学报》第2期，1927年12月。

柳诒徵:《元明杂剧跋》，《史学杂志》第2卷第1期，1930年3月。

郑振铎:《杂剧的转变》，《小说月报》第21卷第1期，1933年1月。

西谛:《元明以来杂剧总录序》，《文学季刊》第1卷第2期，1934年4月。

西谛：《元明以来杂剧总录》，《文学季刊》第 1 卷第 4 期，1934 年 12 月。

赵景深：《盛明杂剧二集》，《青年界》第 9 卷第 4 期，1936 年 4 月。

张全恭：《明代的南杂剧》，《岭南学报》第 6 卷第 1 期，1937 年 3 月。

傅惜华：《也是园所藏珍本元明杂剧之发见》，《朔风月刊》第 2 期，1938 年 12 月；第 3 期，1939 年 1 月。

云：《元明杂剧之新发现》（学术机关动态），《燕京学报》第 24 期，1938 年 12 月。

谭正璧：《宋元戏文与元明杂剧》，《风雨谈》1943 年第 1 期。又见《话本与古剧》，上海古典文学出版社 1956 年。

郑骞：《读〈孤本元明杂剧〉》，《读书青年》第 1 卷第 5 期，1944 年 1 月。

冯沅君：《孤本元明杂剧钞本题记》，《图书季刊》新 5 卷第 4 期，1944 年 12 月。

赵景深：《关于明代杂剧》，《中央日报》1946 年 7 月 3 日。

张敬：《元明杂剧描写技术的几个特点》，《大陆杂志》第 10 卷第 10 期，1955 年 5 月；第 10 卷第 11 期，1955 年 6 月。

郑骞：《孤本元明杂剧读后记》，《大陆杂志》第 21 卷第 1、2 期合刊，1960 年 7 月。又见《景午丛编》，台北中华书局 1972 年。

罗锦堂：《短剧论略》，《大陆杂志》第 27 卷第 1 期，1963 年 5 月。

黄芝冈：《明代初、中期杂剧的盛行和衰落》，《中华文史论丛》1963 年第 4 期。

（日）八木泽元（罗锦堂节译）：《明代剧作家研究》，《大陆杂志》第 31 卷第 4 期，1965 年。

曾永义：《明代杂剧体制提要》，《中山学术文化集刊》第 2 卷，1968 年 11 月。

曾永义：《明初杂剧概论》，《国立编译馆馆刊》第 1 卷第 3 期，1972 年 6 月。

曾永义：《元明杂剧的比较》，《书目季刊》第 9 卷 1 期，1975 年 6 月。又见《中国古典戏剧论集》，台北联经出版社事业公司 1976 年。

陈万鼐：《六十年来元明杂剧的发现（上）》，《幼狮》第 42 卷第 2 期，

1975 年 8 月。

陈万鼐：《六十年来元明杂剧的发现（下）》，《幼狮》第 42 卷第 4 期，1975 年 10 月。

陈万鼐：《元末明初杂剧十二种叙录》，《中山学术文化集刊》第 8 卷，1976 年 11 月。

曾永义：《明杂剧体制提要》，《中山文化复兴月刊》第 9 卷第 11 期，1976 年 11 月。

王芷章：《明杂剧的演唱和影响》，《戏曲艺术》1980 年第 2 期。

吴晓玲：《重刷明代杂剧三种序言》，《读书》1981 年第 6 期。

张增元：《明清罕见戏曲存目二十种》，《文献》第 14 辑，1982 年。

吴书荫：《明代戏曲作家作品考略》，《戏曲研究》第 12 辑，1984 年。

张增元：《十八位明清戏曲作家的生平史料》，《文献》第 21 辑，1984 年。

张增元：《方志著录明清罕见戏曲存目七十七种》，《文史》第 24 辑，1985 年。

刘荫柏：《北曲在明代衰亡史略考》，《复旦学报》1985 年第 2 期。

张增元、郭治凤：《明清戏曲作家生平事迹考略》，《文学遗产》1986 年第 4 期。

张增元：《方志著录明清罕见曲目二十二种》，《文献》1987 年第 2 期。

张增元：《明清戏曲作家生平事迹考略》，《戏曲研究》第 24 辑，1987 年。

周巩平：《上海明清戏曲家考略》，《戏曲研究》第 24 辑，1987 年。

方海洋：《试论明初神仙道化杂剧的时代特征》，《浙江师范大学学报》1987 年“青年教师论文专辑”。

王季思：《辨析元明间佚名剧本的初步设想》，《戏剧艺术》1987 年第 3 期。又见《玉轮轩戏曲新论》，花城出版社 1993 年。

徐子方：《略论杂剧入明后的两次重大转变》，《江海学刊》1988 年第 2 期。

张增元：《明清戏曲家事迹考略续编》，《文献》1989 年第 2 期。

朱恒夫：《明代杂剧的发展轨迹》，《江苏教育学院学报》1989 年第 2 期。

陶慕宁：《论明代中叶以后杂剧创作的主体意识》，《南开学报》1989

年第3期。

徐子方:《明代南杂剧略论》,《陕西师范大学学报》1989年第3期。

陶慕宁:《论元明两朝杂剧士人形象所反映的社会文化思潮之歧异》,《天津师范大学学报》1989年第5期。

姚力芸:《明初杂剧的演进》,《中华戏曲》第8辑,1989年。

廖奔:《明代杂剧概说》,《戏曲研究》第30辑,1989年。

许金榜:《明清杂剧中的写心剧》,《当代戏剧》1990年第2期。

姚力芸:《明初杂剧的演进与衰落》,《太原师专学报》1990年第3期。

杜桂萍:《略论南杂剧》,《求是学刊》1990年第4期。

沈炜元:《明清"牢骚肮脏士"的抒情写愤杂剧》,《戏剧艺术》1993年第1期。

张增元:《明末戏曲作家新考》,《扬州师院学报》1993年第1期。

徐子方:《明前期宫廷北杂剧论略》,《河北师范大学学报》1994年第2期。

张增元:《明清戏曲作家新考》,《文献》1995年第1期。

王星琦:《元明杂剧的独特魅力》,《古典文学知识》1995年第3期。

沈炜元:《明清杂剧的幽默情调》,《戏剧艺术》1995年第4期。

陈蒲清:《中国古典寓言剧的黄金时代——浅谈明后期的寓言剧》,《枣庄师专学报》1995年第3期。

陈维昭:《论明清杂剧中的主体价值体验》,《艺术百家》1996年第2期。

蒋中崎:《明清南杂剧的发展轨迹》,《戏剧艺术》1996年第4期。

王永健:《关于南杂剧的几个问题》,《艺术百家》1997年第2期。

宋子俊:《明清杂剧创作"衰微"说质疑》,《甘肃社会科学》1997年第2期。

戚世隽:《明代杂剧界说》,《文艺研究》2000年第1期。

韩结根:《明代的新安商人与戏剧》,《中国典籍与文化》1997年第1期。

王玉鼎:《明杂剧词语札记》,《咸阳师专学报》1997年第4期。

徐子方:《明代文人剧在戏剧和文学史上的地位》,《艺术百家》1998年第1期。

徐子方：《晚明稀见杂剧钩沉（1—5）》，《江海学刊》1998 年第 4 期至 1999 年第 2 期。

徐子方：《略论明杂剧的历史价值》，《艺术百家》1999 年第 2 期。

徐子方：《明杂剧社会背景探源》，《东南大学学报》1999 年第 1 期。

徐子方：《晚明杂剧六题》，《古籍整理研究学刊》1999 年第 2 期。

徐子方：《明代文人剧及其表现特色》，《南京师范大学学报》2000 年第 1 期。

徐子方：《试论明代文人剧的内容特点和表现手法》，《艺术百家》2000 年第 1 期。

吕靖波：《晚明杂剧的心理解读》，《艺术百家》2001 年第 3 期。

李燕：《明杂剧中的女性天地》，西南师范大学 2001 年硕士论文。

刘水云：《明杂剧鄙俗一派论略》，《温州师范学院学报》2002 年第 4 期。

张正学：《从南戏——传奇、元杂剧到明清南杂剧——试论南杂剧对南北戏曲文化的继承和发展》，《重庆师院学报》2002 年第 4 期。

张正学：《南杂剧的得名、创制与时地考述》，《重庆三峡学院学报》2002 年第 6 期。

俞为民：《论明代戏曲的文人化特征》，《东南大学学报》2002 年第 2 期。

王成：《试论明清徽商对戏剧的贡献》，《戏曲研究》2002 年第 3 期。

陈建华：《论明清杂剧的雅化》，山东师范大学 2002 年硕士论文。

刘奇玉：《“南剧孳乳”于〈女状元〉之商榷》，《湖南科技学院学报》2002 年第 3 期。

陈建华：《试论明清杂剧中雅化倾向的发展》，《艺术百家》2003 年第 4 期。

徐子方：《明初社会变革及其后果——明杂剧社会背景探源之二》，《盐城师范学院学报》2003 年第 1 期。

陈建华：《试论明清杂剧内容的高雅化倾向》，《东岳论丛》2003 年第 2 期。

陈建华：《试论明清杂剧中雅化倾向的发展》，《艺术百家》2003 年第4 期。

徐子方：《明初剧场及其演变》，《艺术百家》2003 年第 2 期。

徐子方：《明代北曲剧场兴衰论》，《社会科学辑刊》2003 年第 6 期。

徐子方：《文人剧与南杂剧——明代杂剧艺术论系列之一》，《东南大学学报》2003 年第 1 期。

戚世隽：《明代杂剧体制探论》，《戏剧艺术》2003 年第 4 期。

时俊静：《明杂剧喜剧论》，河北师范大学 2003 年硕士论文。

谭坤：《晚明越中曲家群体研究》，华东师范大学 2003 年博士论文。

孙书磊：《明清之际杂剧作期丛考》，《戏曲研究》2004 年第 2 期。

陈爽：《中国古代早期的独幕剧》，扬州大学 2004 年硕士论文。

黄仕忠：《日本内阁文库藏明刊杂剧七种考》，《东南大学学报》2005 年第 4 期。

黄仕忠：《日本大谷大学藏明刊孤本〈四太史杂剧〉考》，《复旦学报》2004 年第 2 期。

杜桂萍：《晚明以后文人杂剧的文体选择及其书写形态》，《光明日报》2005 年 12 月 30 日。

包海英：《论〈杂剧三集〉的曲学观》，《戏剧文学》2006 年第 9 期。

陆林：《明人之当代戏剧研究论略》，《中华戏曲》2006 年第 2 期。

刘群：《明杂剧“降魔剧”初探》，《黑龙江教育学院学报》2006 年第 4 期。

徐子方：《明中叶后社会发展与文化转型——明杂剧社会文化背景探源之三》，《淮海工学院学报》2006 年第 4 期。

涂宇明：《明清科举题材剧浅探》，《厦门广播电视大学学报》2006 年第 2 期。

付湘龙：《佛教与晚明杂剧创作》，湖南师范大学 2006 年硕士论文。

陈春燕：《愤世和遁世之间——明后期杂剧中的世态与人情》，四川大学 2006 年硕士论文。

刘蕾：《明代单折戏研究》，河南大学 2006 年硕士论文。

徐泽亮：《明代单折短剧渊源考》，曲阜师范大学 2007 年硕士论文。

徐子方：《论昆曲杂剧》，《戏曲研究》2007 年第 3 期。

徐子方：《明杂剧文献研究三题》，《古籍整理研究学刊》2007 年第 5 期。

徐子方：《从剧诗到单折戏——论明杂剧对文学体裁的两个贡献》，《江苏大学学报》2007 年第 2 期。

梁颖珠：《试论明中后期讽刺剧的题材特点》，《阅读与写作》2007 年第 11 期。

刘召明：《破体·解体·衰亡：晚明杂剧艺术论略》，《内蒙古社会科学》2007 年第 5 期。

窦开虎、李玉杰：《明初文化政策下的杂剧创作》，《甘肃高师学报》2007 年第 4 期。

裴洁：《〈杂剧三集〉研究》，南京师范大学 2007 年硕士论文。

刘煜：《明代文人南杂剧研究》，南京师范大学 2007 年硕士论文。

李灿朝：《明末清初越中文人及文学研究》，浙江大学 2008 年博士论文。

郑莉：《明内廷神仙剧研究》，《艺海》2008 年第 2 期。

徐子方：《传奇杂剧化与杂剧昆曲化——再论昆曲杂剧》，《艺术百家》2008 年第 6 期。

徐子方：《20 世纪以来明杂剧研究的回顾与点评》，《扬州大学学报》2008 年第 4 期。

吴志武：《〈新定九宫大成南北词宫谱〉收录的元明杂剧考》，《天津音乐学院学报》2008 年第 1 期。

陈公水、徐文明：《明清杂剧在山东的流变及特征研究》，《齐鲁学刊》2008 年第 1 期。

王志勤：《南杂剧的创制及发展沿革述略》，《现代语文》（文学研究版）2008 年第 11 期。

戚世隽：《"折"的演变——从元刊杂剧到明杂剧》，《中华戏曲》2008 年第 1 期。

王平：《试论杂剧体制在元末明初的变化》，《戏曲研究》2008 年第 1 期。

朱红昭：《明代中后期杂剧历史剧创作动因初探》，《商丘师范学院学报》2008 年第 2 期。

马铭明：《〈杂剧三集〉研究》，黑龙江大学 2008 年硕士论文。

陈嫣：《明代组剧简论》，北京大学 2008 年硕士论文。

刘丽华：《元明杂剧文人形象与剧作家心态变迁研究》，陕西师范大学2008年博士论文。

朱红昭：《明代中后期杂剧对于科举制度的反思》，《语文学刊》2009年第20期。

李真瑜：《明永乐朝的宫廷戏剧》，《紫禁城》2009年第2期。

庞广雷：《试论明杂剧的讽刺特征》，《戏剧之家》2009年 第2期。

陈国华：《论明初教化剧中的伦理道德观》，《四川戏剧》2009年第2期。

李黎：《明清短剧渊源探析》，《戏剧艺术》2009年第6期。

杜桂萍、马铭明：《〈杂剧三集〉编纂问题考论》，《古籍整理研究学刊》2009年第6期。

刘根勤：《明代文学中的“太史”群体角色——以焦竑〈四太史杂剧〉为例》，《文化遗产》2009年第3期。

刘蕾：《明代单折戏的繁盛与家乐戏班之关系》，《社会科学论坛》2010年第9期。

元鹏飞：《明杂剧脚色考论》，《东南大学学报》2010年第3期。

瞿慧：《近十年明杂剧研究综述》，《重庆社会主义学院学报》2010年第2期。

明初作家

徐子方：《明杂剧〈月下老定世间配偶〉考述》，《中国文化报》2000年9月14日。

徐子方：《杂剧史上所谓“明初十六子”辨析》，《剧影月报》2001年第3期。

徐子方：《试论杂剧史上的所谓“明初十六子”》，《古籍整理研究学刊》2001年第4期。

贾仲明

何绵山：《元明之际的重要戏曲家：贾仲明》，《戏剧丛刊》1986年第1期。

李昕：《〈玉壶春〉作者考》，《济南大学学报》1992年第3期。

张云生：《论贾仲明及其剧作〈玉壶春〉》，《冀北学刊》1994年第3期。

马文娟：《贾仲明戏曲研究》，山西师范大学2009年硕士论文。

杨景贤

熊发恕：《〈西游记〉杂剧作者及时代考辨》，《四川师范大学学报》1990年第2期。

刘荫柏、张淑珍：《杨景贤与〈西游记〉杂剧论考》，《河北师院学报》1993年第4期。

马冀：《杨景贤生平考索》，《黑龙江民族丛刊》2003年第6期。

熊笃：《论杨景贤〈西游记〉杂剧——兼说〈朴通事谚解〉中所引〈西游记平话〉非元代产物》，《重庆师院学报》1986年第4期。

徐子方：《杨讷〈西游记〉杂剧简说》，《古典文学知识》1999年第4期。

云峰：《论蒙古族戏剧家杨景贤〈西游记〉杂剧对吴承恩〈西游记〉小说成书之影响》，《乌鲁木齐职业大学学报》2003年第4期。

张大新：《杨景贤〈西游记〉杂剧之再认识》，《南阳师范学院学报》2003年第1期。

张大新：《〈西游记〉创作进程中的重要里程碑：杨景贤〈西游记〉杂剧之再认识》，《明清小说研究》2004年第1期。

毛小雨：《〈西游记〉杂剧研究》，《云南艺术学院学报》2004年第2期。

竺洪波：《〈西游记〉杂剧对〈西游记〉小说影响的再认识》，《南京师范大学文学院学报》2005年第1期。

田同旭：《〈西游记〉杂剧作者应归吴昌龄》，《淮海工学院学报》2008年第2期。

罗贯中

冯保善：《仁德英主的一曲颂歌：罗贯中的〈宋太祖龙虎风云会〉杂剧》，《徐州师院学报》1995年第1期。

詹时雨

张人和：《关于〈围棋闯局〉的作者》，《东北师范大学学报》1988年第2期。

朱有燉

那廉君：《明周宪王之杂剧》，《剧学月刊》第3卷第11期，1934年11月。

赵景深:《读〈诚斋乐府〉随笔》,《青年界》第6卷第4期,1934年。

朱君毅等:《略谈朱有燉杂剧的思想性》,《光明日报》1957年12月1日。

任遵时:《周宪王研究》,台湾三民书局1974年版。

万均:《朱有燉及其著作〈诚斋乐府〉》,《戏曲艺术》1980年第2期。

王永健:《简论吴梅〈诚斋乐府跋〉》,《苏州大学学报》1985年第1期。

李恒义:《朱有燉及其杂剧》,河南大学1987年硕士论文。

廖奔:《"诚斋乐府"非为朱有燉杂剧总集名》,《文献》1988年第3期。

程华平:《谈朱有燉杂剧的思想内容》,《安徽新戏》1989年第2期。

朱增:《周宪王〈诚斋杂剧〉之风月剧研究》,台湾师范大学1989年硕士论文。

吴振国:《马致远与朱有燉神仙道化戏异同辨》,《青岛师专学报》1994年第4期。

蔡欣欣:《〈诚斋杂剧〉艺术之探讨》,见《明清戏曲国际研讨会论文集》台湾"中央研究院"中国文哲所筹备处1998年。又见《中华戏曲》第25辑,文化艺术出版社2001年。

常丹琦:《朱有燉杂剧再评价》,《戏曲研究》第50辑,文化艺术出版社1994年。

陈捷:《朱有燉与元杂剧》,《古典文学知识》2000年第3期。

陈捷:《朱有燉生平及其作品考述》,《艺术百家》2001年第4期。

祝尚书:《由〈庆朔堂〉杂剧的本事说起》,《中国典籍与文化》2002年第1期。

刘富民:《帝王剧作家漫议》,《当代戏剧》2002年第2期。

徐子方:《朱有燉及其杂剧考论》,《南京师范大学学报》2002年第2期。

赵晓红:《朱有燉杂剧研究》,南京大学2002年博士论文。

赵晓红:《皇室贵族的传统文化情结——朱有燉杂剧的现代解读》,《东方论坛》2003年第6期。

杨瑾：《论朱有燉及其戏曲创作》，《雁北师范学院学报》2003 年第 4 期。

杨谨：《论朱有燉的烟花粉黛剧》，《黄山学院学报》2003 年第 1 期。

杨谨：《论朱有燉及其戏曲创作》，《雁北师范学院学报》2003 年第 4 期。

王学锋：《近百年朱有燉研究述论》，山西师范大学 2004 年硕士论文。

赵晓红：《贵族气质与宫廷文化的融合——朱有燉杂剧的文化透视》，《齐鲁学刊》2004 年第 3 期。

赵晓红：《从朱有燉杂剧看明初皇家戏剧的舞台艺术》，《戏剧艺术》2004 年第 4 期。

赵晓红：《朱有燉杂剧的文献价值》，《艺术百家》2004 年第 3 期。

赵晓红：《朱有燉杂剧对元杂剧体制的突破》，《戏曲研究》2004 年第 2 期。

李艳：《明代神仙道化剧简论》，《云南社会科学》2004 年第 3 期。

谭坤：《论明代戏曲本体观念的演变和确立》，《艺术百家》2005 年第 1 期。

赵晓红：《朱有燉生平正误》，《文学遗产》2005 年第 1 期。

雷蕾：《戏拨琵琶窗下听，声换羽移宫无限声——浅析明初政治与朱有燉的关系》，《社科纵横》2006 年第 1 期。

雷蕾：《诸恶莫作　众善奉行——论朱有燉杂剧中的儒释合流现象》，《甘肃社会科学》2006 年第 3 期。

雷蕾：《朱有燉杂剧研究》，兰州大学 2006 年硕士论文。

张春国：《朱有燉著述考》，河北师范大学 2006 年硕士论文。

周宜智：《“勾栏浪子”与大明皇族的烟花情节——试比较关汉卿与朱有燉的妓女题材杂剧创作》，《中南民族大学学报》第 26 卷，2006 年 6 月。

张影、韦春影：《论朱有燉与明教坊演剧》，《四川戏剧》2006 年第 5 期。

王学锋：《20 世纪朱有燉生平及剧作研究述评》，《艺术百家》2006 年第 7 期。

谢美生：《与河北有关的几位明代杂剧作家》，《大舞台》2006 年第 4 期。

冯燕群：《朱有燉杂剧乐户女性生存环境论》，《四川戏剧》2006年第4期。

冯燕群：《朱有燉杂剧与神道设教》，《四川戏剧》2007年第3期。

冯燕群：《永宣盛世与酒色财气——朱有燉杂剧及散曲考察》，《四川戏剧》2007年第4期。

王学锋：《近百年朱有燉研究述论》，《戏曲艺术》2007年第1期。

汪超、潘火强：《朱有燉戏曲观探论》，《滁州学院学报》2007年第5期。

王学锋：《模仿关系与意义寻求——20世纪关汉卿研究对朱有燉研究影响述论》，《戏剧艺术》2007年第3期。

王学锋：《遴选“经典”——20世纪朱有燉杂剧选本述评》，《戏曲研究》2007年第2期。

张春国：《〈诚斋乐府〉是朱有燉的散曲集而非杂剧集》，《文献》2008年第3期。

李静：《略论朱有燉杂剧中的风尘女子形象》，《才智》2008年第11期。

陆方龙：《朱有燉曲作曲论中之戏曲史与戏曲观》，《戏曲研究》2008年第3期。

石昌渝：《明初朱有燉二种“偷儿传奇”与〈水浒传〉成书》，《文学遗产》2009年第5期。

虞江芙：《论朱有燉妓女戏和水浒戏中的藩王意识》，《湖北经济学院学报》2009年第9期。

郑莉：《浅谈朱有燉杂剧的音乐体制》，《新疆艺术学院学报》2009年第4期。

郑莉：《朱有燉宫廷庆赏剧研究》，《艺海》2009年第4期。

戚世隽：《在传统与新变之间——论朱有燉的杂剧创作》，《戏曲研究》2009年第3期。

朱权

钟华：《宁献王及其杂剧》，《建设》第12卷第4期，1963年9月。

夏写时：《朱权评传》，《戏剧艺术》1988年第1期。

刘荫柏：《朱权及其剧作论考》，《中华戏曲》2003年第2期。

万伟成:《朱权的戏剧学体系及其评价》,《戏剧》2008 年第 4 期。

王九思

苏育生:《王九思、康海及其杂剧》,《唐都学刊》1986 年第 2 期。

黄仁生:《论王九思及其杂剧创作》,《中国文学研究》1988 年第 2 期。

汪超宏、廖虹虹:《王九思研究四题》,《中华戏曲》2005 年第 1 期。

陈鋆宝:《王九思年谱》,兰州大学 2007 年硕士论文。

刘竞:《关于王九思〈中山狼院本〉的体制问题》,《中国文学研究》2008 年第 2 期。

杨清云:《王九思及其作品〈中山狼〉研究》,《湖南医科大学学报》2009 年第 6 期。

康海

（日）八木泽元:《关于康对山的戏曲》,《斯文》第 21 期，1958 年。

（日）八木泽元:《狼的文学：中山狼杂剧》,《集刊东洋学》第 2 期，1959 年。

黎新:《〈中山狼〉杂剧扮演图》,《文汇报》1961 年 8 月 15 日。

句隆重:《康海和他的〈中山狼〉杂剧》,《陕西日报》1961 年 10 月 30 日。

云光:《评〈中山狼〉中的一段对白》,《光明日报》1966 年 4 月 17 日。

曾永义:《康海与王九思的生平及其剧作》,《汉学论文集》，台北惊声文物供应公司 1990 年。

焦文彬、张登第:《康海评传》,《陕西师范大学学报》1980 年第 3 期。

蒋星煜:《康海与李梦阳的深厚友谊》,《随笔》第 11 期，1980 年。

张中:《为李梦阳辨诬：谈明杂剧〈中山狼〉》,《西北师院学报》1982 年第 2 期。

杨忠:《康海及期剧作〈中山狼〉》,《陕西戏剧》1983 年第 2 期。

穆甲地:《康海文学思想初探》,《西北大学学报》1985 年第 1 期。

田守真:《杂剧〈中山狼〉本事与李梦阳、康海关系考》,《西南师院学报》1985 年第 1 期。

马美信等:《〈中山狼〉杂剧与康、李关系考辨》,《复旦学报》1989 年第 1 期。

朱迎平：《康海作〈中山狼〉杂剧斟疑》，《文学遗产》1989年第6期。

黄仁生：《论康海的杂剧创作》，《中国文学研究》1989年第3期。

曹必文：《〈中山狼传〉本事系出自民间故事》，《淮阴师专学报》1989年第1期。

刘致中：《关于〈中山狼〉杂剧的作者问题》，《文学遗产》1990年第4期。

周国瑞：《〈中山狼传〉作者考辨》，《殷都学刊》1990年第4期。

黄仁生：《明代〈中山狼〉杂剧三题：兼与朱迎平同志商榷》，《中国文学研究》1991年第2期。

朱迎平：《再谈〈中山狼〉杂剧的作者》，《文学遗产》1992年第2期。

龚喜平：《康海〈中山狼〉杂剧的艺术特质》，《西北师范大学学报》1995年第4期。

田守真：《康海事略》，《四川师范大学学报》1995年第4期。

穆甲地：《杂剧〈中山狼〉思想实质剖析》，《唐都学刊》1998年第2期。

魏强：《论康海笔下的王兰卿形象》，《社科纵横》2004年第6期。

王公望：《论〈中山狼传〉和〈中山狼〉杂剧并非讽刺李梦阳——兼论〈中山狼传〉之作者及李梦阳同康海、王九思之关系》，《甘肃社会科学》2004年第1期。

魏强：《康海文学研究》，西北师范大学2005年硕士论文。

吕楚风：《康海论》，首都师范大学2006年硕士论文。

杨挺：《明代陕西作家研究》，上海师范大学2007年论文。

石麟：《康李之交与〈中山狼〉杂剧》，《古典文学知识》2009年第1期。

张正学：《也说〈中山狼传〉与〈中山狼〉杂剧的作者与寓意》，《重庆师范大学学报》2009年第3期。

李开先

卜健：《李开先评传》，中国戏剧出版社1989年。

郑传寅：《李开先及其曲论》，《上海戏剧》1981年第2期。

宁茂昌：《李开先及其文学主张》，《山东师范大学学报》1984 年第 4 期。

黄维若：《论李开先罢官》，《戏曲研究》第 14 辑，1985 年。

谢柏梁：《论李开先及其同仁的戏剧理论：嘉靖隆庆五十年的剧论走向》，《齐鲁学刊》1990 年第 2 期。

张增元：《李开先曲论初探》，《中华戏曲》第 14 辑，1993 年。

黄洽：《李开先文学创作新议》，《烟台师范学院学报》1994 年第 2 期。

黄洽：《李开先文学思想嬗变管窥》，《烟台师范学院学报》1996 年第 4 期。

黄洽：《李开先曲论的二重性》，《戏文》1996 年第 6 期。

李献芳：《李开先和他的杂剧创作》，《山东教育学院学报》1997 年第 3 期。

吕靖波：《〈园林午梦〉、〈打哑禅〉体制辨正》，《文学遗产》2001 年第 3 期。

梁海柱：《李开先与嘉靖八才子交往考论》，广西师范大学 2001 年硕士论文。

徐子方：《李开先及其院本创作》，《文史知识》2005 年第 3 期。

陈浩：《李开先行实考二则》，《山东图书馆季刊》2006 年第 3 期。

王国彬：《李开先戏曲研究》，苏州大学 2006 年硕士论文。

王博雅：《李开先戏曲创作研究》，兰州大学 2008 年硕士论文。

刘恒：《李开先曲论之贡献》，《齐鲁学刊》2009 年第 6 期。

冯惟敏

郑骞：《冯惟敏及其著述》，《燕京学报》第 28 期，1940 年 12 月。

汤书昆：《冯惟敏及其杂剧〈僧尼共犯〉》，《戏剧丛刊》1986 年第 5 期。

郑树平：《略论冯惟敏及其杂剧〈僧尼共犯〉》，《潍坊教育学院学报》1989 年第 2 期。

韩伟：《论冯惟敏的杂剧〈不伏老〉》，《烟台师范学院学报》1992 年第 4 期。

钟林斌：《散曲家冯惟敏的家世与生平》，《辽宁大学学报》1995 年第 4 期。

郑树平:《明杂剧〈僧尼共犯〉简论》,《泰安师专学报》1998年第1期。

郑树平、朱晓江:《冯惟敏的思想与文艺观初探》,《杭州师范学院学报》1998年第4期。

郑树平:《冯惟敏杂剧〈不伏老〉简评》,《六安师安学报》1998年第2期。

韩伟:《明杂剧〈僧尼共犯〉的时代意义》,《烟台大学学报》1994年第4期。

王进驹:《鏖战文场几十春,功名只作曲中论——冯惟敏〈梁状元不伏老〉创作时间和意旨试探》,《暨南学报》2010年第2期。

刘春燕:《论冯惟敏杂剧与散曲的思想成就》,新疆师范大学2004年硕士论文。

王鑫安:《冯惟敏曲作新论》,山东师范大学2006年硕士论文。

徐渭

徐仑:《徐文长》,上海人民出版社1962年。

梁一成:《徐渭的文学与艺术》,台北艺文印书馆1977年。

骆玉明:《徐文长评传》,浙江古籍出版社1987年。

张新建:《徐渭论稿》,文化艺术出版社1990年。

王家诚:《徐渭传》,《故宫文物月刊》(台湾)第11卷第6期(126号),1993年9月始连载。

吴梅:《〈四声猿〉跋》,《国学丛刊》第1卷第3期,1923年9月。

胡世磊:《四声猿》,《人间世》第30期,1935年6月。

陈瘦竹:《徐渭的〈歌代啸〉》,《江海学刊》1962年第8期。

敬元沐:《徐渭杂剧〈四声猿〉的艺术独创性》,《绍兴师专学报》1981年第4期。

肖罗:《徐渭〈玉禅师〉非"自喻"》,《上海师院学报》1981年第1期。

钟海:《徐渭〈四声猿〉杂剧的本事和写作缘由》,《上海师院学报》1982年第2期。

周培松:《徐渭和他的〈四声猿〉》,《戏曲艺术》1982年第2期。

徐朔方:《关于〈四声猿〉》,《戏文》1982年第5期。

卢大中：《徐文长与木兰戏》，《戏文》1982年第5期。

周中明：《徐渭〈四声猿〉浅谈》，《戏曲研究》第7辑，1982年。

史金城：《眼空千古独立一时：论徐渭诗歌的思想倾向》，《艺苑》1983年第4期。

叶长海：《徐渭的喜剧艺术》，《中国古典悲剧喜剧论集》，上海文艺出版社1983年。

程毅中：《徐渭及其〈四声猿〉》，《文学遗产》1984年第1期。

吴方：《〈四声猿〉写作时间小议》，《戏曲研究》第11辑，1984年。

骆玉明：《〈四声猿〉写作年代考》，《古典文学丛考》第2辑，复旦大学出版社1984年。

骆玉明等：《徐渭家世考略》，《复旦学报》1984年第2期。

王耕夫：《论明代喜剧作家徐渭》，《戏曲艺术》1984年第3期。

许金榜：《〈歌代啸〉初探》，《山东师大学报》1984年第4期。

王起、罗斯宁：《读徐渭的剧作〈狂鼓史〉》，《阅读与欣赏·古典文学部分·九》，北京出版社1985年。

王耕夫：《读徐渭剧作散记》，《艺谭》1985年第2期。

吴方：《"作戏逢场，原属人生本色"：谈徐渭的戏曲本色观》，《戏曲研究》第17辑，1986年。

张建川：《一曲妇女解放的协奏曲：明代戏曲〈雌木兰〉、〈女状元〉与〈牡丹亭〉》，《南充师院学报》1986年第1期。

卢大中等：《徐渭〈四声猿〉源流探》，《齐鲁学刊》1986年第4期。

冯俊杰：《谈〈四声猿〉杂剧的"奇绝"》，《中华戏曲》第1辑，1986年。

高文林：《〈歌代啸〉杂剧的现代体认》，《戏剧艺术》1986年第4期。

胡锦贤：《徐渭的文学艺术成就》，《湖北大学学报》1986年第5期。

张新建：《王骥德与徐渭》，《戏曲研究》第20辑，1986年。

卢大中：《天地间一种奇绝文字：徐渭〈四声猿〉简说》，《中文自修》1987年第1期。

孙崇涛：《〈四声猿〉管窥》，《戏曲研究》第22辑，1987年。

胡天成：《从格式塔心理学看徐渭〈四声猿〉的奇气异力的美学特征》，《文艺研究》1987年第2期。

骆玉明、董如龙：《〈南词叙录〉非徐渭作》，《复旦学报》1987 年第6 期。

全景长：《徐渭戏剧思想浅谈：〈南词叙录〉阅读札记》，《南都学坛》1988 年第 3 期。

宫源曾：《试论徐渭的文学革新精神》，《洛阳师专学报》1988 年第 1 期。

赵有声：《明代文艺启蒙运动的开拓者：徐渭美学思想简论》，《学术月刊》1988 年第 4 期。

张新建：《徐渭与汤显祖》，《戏曲研究》第 27 辑，1988 年。

贺圣遂：《徐渭文学的个性精神》，《复旦学报》1989 年第 1 期。

徐朔方：《论徐渭：汤显祖同时代的作家论之一》，《浙江学刊》1989 年第 2 期。

张志合：《徐渭的生平及其〈四声猿〉刍议》，《河南师范大学学报》1989 年第 2 期。

徐沁君：《徐渭〈四声猿〉的整理问题》，《扬州师院学报》1989 年第 3 期。

王钢：《徐渭的〈选古今南北剧〉考》，《戏曲研究》第 33 辑，1990 年。

陈怀利：《〈南词叙录〉折射的反传统精神》，《黔东南民族师专学报》1990 年第 2 期。

孟泽：《论徐渭的审美历程与古典精神的自足轮回》，《湘潭大学学报》1990 年第 4 期。

安子：《〈歌代啸〉归属辨》，《安徽新戏》1990 年第 1、2 期。

黄爱华等：《论徐渭〈四声猿〉及明杂剧之复兴》，《绍兴师专学报》1990 年第 1 期。

金宁芬：《徐渭〈四声猿〉人物、思想辨》，《徐州师范学院学报》1992 年第 1 期。

游友基：《徐渭〈南词叙录〉的戏剧美学思想》，《殷都学刊》1992 年第 3 期。

叶长海：《〈四声猿〉〈歌代啸〉及其他》，《戏剧艺术》1992 年第 4 期。

龚维英：《〈玉禅师〉对宗教禁欲主义的抨击：兼评同一题材话本小说

〈月明和尚〉》,《贵州社会科学》1992 年第 9 期。

廖奔:《万历剧坛三家论——徐渭、汤显祖、沈璟》,《河北学刊》1995 年第 1 期。

王长安:《任诞中的人格显现——徐渭“疯狂”辨》,《戏剧艺术》1995 年第 3 期。

王金钢:《试论徐渭戏剧的批判理性精神》,《戏曲艺术》1995 年第 4 期。

洛地:《关于徐文长事四问》,《中华戏曲》第 15 辑,1995 年。

谢涌涛:《论徐渭在戏剧文化史上的艺术贡献》,《东南文化》1996 年第 2 期。

戚世隽:《近年来徐渭研究述要》,《古典文学研究》1996 年第 5 期。

张梦新:《“光芒夜半惊鬼神”——谈徐渭杂剧〈狂鼓史〉》,《文史知识》1997 年第 7 期。

郑雷:《仙才逸笔　羯鼓狂歌(节选)——徐渭与他的杂剧》,《大舞台》1997 年第 6 期。

戚世隽:《〈四声猿〉发微》,《戏曲研究》第 54 辑,1998 年。

徐明安:《论徐渭杂剧的审美意蕴》,《上海师范大学学报》1998 年第 4 期。

宋辉:《猿鸣清远聆回响——论徐渭杂剧〈四声猿〉的传播及对明清文人杂剧的影响》,《戏曲艺术》1999 年第 4 期。

徐湘霖:《〈四声猿〉本事考补》,《天府新论》2000 年第 3 期。

佘德余:《徐渭与越外、越中曲家的交往及其对后学曲家的影响》,《绍兴文理学院学报》2000 年第 1 期。

韩昌洋:《试论徐渭的生活经历对其文艺创作的影响》,《安徽广播电视大学学报》2000 年第 2 期。

刘荫柏:《徐渭及其剧作论考》,《艺术百家》2000 年第 2 期。

陈刚:《徐渭汤显祖论》,《固原师专学报》2000 年第 5 期。

陈刚:《〈歌代啸〉简论》,《固原师专学报》2001 年第 5 期。

陈志国:《论〈四声猿〉的悲剧主题》,《菏泽师范专科学校学报》2001 年第 3 期。

陈刚:《〈四声猿〉的美学风格析论》,《固原师专学报》2002 年第

2 期。

陈刚:《四声猿》的戏剧形式创新论略,《固原师专学报》2002 年第 5 期。

谢谦:《论“度柳翠”杂剧的两个系统》,《清华大学学报》2002 年第 6 期。

郭全芝:《〈女状元〉的南曲特征》,《戏曲研究》2002 年第 1 期。

张则桐:《从“草草花卉”看〈四声猿〉的悲剧精神》,《盐城师范学院学报》2002 年第 2 期。

郑小雅:《面向“大地众生”反映“人生本色”》,福建师范大学 2002 年硕士论文。

杜桂萍:《“奇”与“畸”:徐渭从事杂剧创作的心理机制》,《学习与探索》2003 年第 3 期。

陈刚:《徐渭及其〈四声猿〉的地位和影响述论》,《固原师专学报》2003 年第 2 期。

阙真:《〈翠乡梦〉与“度柳翠”——论徐渭〈翠乡梦〉的题材演变及其再创作》,《艺术百家》2004 年第 3 期。

阙真:《徐渭〈雌木兰〉再创作的思考》,《株洲工学院学报》2003 年第 6 期。

曾维芬:《徐渭戏曲浅论》,华南师范大学 2003 年硕士论文。

傅琼:《徐渭研究百年述评》,《艺术百家》2004 年第 1 期。

陈庆纪:《论徐渭杂剧的悖逆意识》,《艺术百家》2004 年第 5 期。

张晓欧:《明杂剧〈歌代啸〉荒诞特征论》,《上海戏剧》2004 年第 7 期。

杨翠琴:《近二十年〈四声猿〉研究述评》,《语文学刊》2004 年第 11 期。

阙真:《徐渭的短剧艺术三题》,《广西师范大学学报》2005 年第 1 期。

张洪桥:《借其异迹 吐我奇气》,《华中科技大学》2005 年第 5 期。

倪雅男:《徐渭·祢衡·〈狂鼓史〉》,《黔西南民族师范高等专科学校学报》2006 年第 3 期。

阙真:《〈狂鼓史〉情节重构及其审美升华》,《云南师范大学学报》2006 年第 5 期。

司徒秀英：《徐渭〈狂鼓史〉和沈自徵〈鞭歌妓〉比较：乔装、角色和存在》，《徐州工程学院学报》2007年第7期。

张彦芸：《“本色”论与〈四声猿〉——浅谈徐渭的戏曲理论与戏曲创作》，《牡丹江教育学院学报》2007年第6期。

罗艳秋：《谈杂剧〈雌木兰〉对徐渭个性思想的深度折射》，《辽宁行政学院学报》2007年第12期。

宋运娜：《试评徐渭杂剧代表作〈四声猿〉》，《社科纵横》2007年第6期。

闫继英：《〈四声猿〉在杂剧转型中的意义》，《德州学院学报》2007年第3期。

赵芬：《试论〈四声猿〉与〈后四声猿〉的同而有辨》，曲阜师范大学2008年硕士论文。

胡海玉：《徐渭其人兼杂剧〈狂鼓史〉赏析》，《语文教学与研究》2008年第8期。

陶小红：《论徐渭的戏剧理论》，新疆大学2008年硕士论文。

马小明：《徐渭和他的杂剧考论》，兰州大学2008年硕士论文。

余娟：《浅论徐渭及其杂剧著作〈四声猿〉》，《魅力中国》2008年第21期。

杨正刚：《〈四声猿〉主题论》，《宁夏社会科学》2008年第6期。

胡海玉：《徐渭及杂剧〈狂鼓史〉的现代解读》，《时代文学》2008年第6期。

苏涵：《〈四声猿〉与戏曲批评中的以气论戏》，《戏曲艺术》2008年第3期。

陶小红：《论徐渭的戏剧理论》，新疆大学2008年硕士论文。

张萍：《〈狂鼓史〉与〈狂鼓吏〉之辨》，《大舞台》2009年第1期。

张萍：《〈狂鼓史〉还是〈狂鼓吏〉》，《古典文学知识》2009年第2期。

李晓彬：《〈玉禅师〉中的宗教智慧》，《戏曲研究》2009年第3期。

陈虎东：《徐渭及〈四声猿〉“本色”研究》，江西财经大学2009年硕士论文。

王家东：《从徐渭〈南词叙录〉看明前中期杂剧衰微与传奇兴盛》，

《郧阳师范高等专科学校学报》2010年第1期。

栗鹏：《徐渭〈四声猿〉本事考辨及对后世剧作的影响》，《云南艺术学院学报》2010年第1期。

张进德：《徐渭〈四声猿〉为“自吊”之作》，《河南大学学报》2010年第3期。

汪道昆

朱泽、皖生：《汪道昆：明代安徽剧作家简介之一》，《艺谭》1980年第2期。

张大为：《勇于创新的汪道昆》，《戏剧界》1980年第2期。

汪效倚：《关于天都外臣：汪道昆》，《光明日报》1983年12月20日。

金宁芬：《关于汪道昆的几个问题》，《文学遗产》1985年第4期。

徐朔方：《论汪道昆：汤显祖同时代的曲家论之一》，《杭州大学学报》1988年第1期。

徐子方：《汪道昆及其杂剧创作》，《学术界》2003年第6期。

赵庆元、刘和文：《简论李贽对晚明皖南戏曲家的影响》，《福州大学学报》2003年第3期。

杨瑾：《汪道昆六论》，安徽师范大学2004年硕士论文。

刘彭冰：《汪道昆研究现状简述》，《古籍整理研究学刊》2007年第5期。

梁颖珠：《试论明代戏曲中的西施形象》，《阅读与写作》2007年第8期。

戴秀秀：《新安曲派研究》，苏州大学2007年硕士论文。

梁辰鱼

甘子超：《论梁辰鱼的女性观》，《顺德职业技术学院学报》2006年第1期。

颜玉屏：《梁辰鱼诗歌与戏剧研究》，暨南大学2007年硕士论文。

郭伟廷：《唐剑侠小说改编明杂剧初探——从袁郊〈红线〉裴铏〈昆仑奴〉到梁辰鱼〈红线女〉梅鼎祚〈昆仑奴〉的考察》，《厦门教育学院学报》2008年第1期。

陈与郊

张人和：《陈与郊及其剧作》，《东北师范大学学报》1989年第1期。

胡斌：《陈与郊及其杂剧创作》，安徽大学2007年硕士论文。

胡斌：《陈与郊与其杂剧〈袁氏义犬〉》，《温州大学学报》2010年第1期。

张桂芳：《陈与郊及其曲作研究》，河北师范大学2009年硕士论文。

梅鼎祚

茆耕茹：《梅鼎祚：明代安徽剧作家简介之二》，《艺谭》1980年第2期。

王卫民：《梅鼎祚和他的剧作》，《艺谭》1984年第3期。

徐朔方：《论梅鼎祚：汤显祖同时代的曲家论之一》，《浙江学刊》1990年第5期。

朱万曙：《论梅鼎祚的〈昆仑奴〉和〈玉合记〉》，《安徽新戏》1997年第5期。

朱万曙：《论梅鼎祚的早期戏曲创作——兼论明中叶"骈绮派"戏曲的价值》，《文学遗产》1998年第6期。

刘和文：《论梅鼎祚的戏曲观》，《黄山学院学报》2003年第1期。

郭伟廷：《唐剑侠小说改编明杂剧初探——从袁郊〈红线〉裴铏〈昆仑奴〉到梁辰鱼〈红线女〉梅鼎祚〈昆仑奴〉的考察》，《厦门教育学院学报》2008年第1期。

陈晨：《梅鼎祚文学创作与文学批评研究》，复旦大学2008年硕士论文。

陈晨：《20世纪以来梅鼎祚研究综述》，《辽宁师范大学学报》2008年第1期。

陈晨、耿祥伟：《梅鼎祚〈昆仑奴〉杂剧明人评论之检讨》，《广西师范大学学报》2008年第1期。

徐复祚

王永健：《"三家村老"有卓识——略谈明代常熟戏曲家徐复祚》，《苏州大学学报》1981年第2期。

姜智：《徐复祚的生平和著作》，《戏曲研究》第19辑，1986年。

徐朔方：《徐复祚年谱引论》，《艺术百家》1990年第3期。

陆林：《明杂剧〈 文钱〉本事考述》，《中国典籍与文化》1998年第1期。

郝丽霞：《徐复祚的喜剧》，《中文自学指导》2002年第6期。

孙京荣：《徐复祚及其著述简论》，《中国古代小说戏剧研究丛刊》2005 年。

王雷波：《徐复祚戏曲研究》，苏州大学 2008 年硕士论文。

王衡

辅民：《王衡和他的〈郁轮袍〉》，《文学遗产增刊》第 12 辑，中华书局 1963 年。

王永健：《杂剧〈真傀儡〉非王衡所作》，《社会科学战线》1982 年第 1 期。

徐朔方：《王衡和他的杂剧：汤显祖同时代的曲家论一》，《艺术百家》1987 年第 2 期。

一冬：《谈明代杂剧〈真傀儡〉》，《语文学刊》1982 年第 3 期。

明杂剧《僧尼共犯》的时代意蕴 ，《烟台大学学报》1994 年第 4 期。

胡健生：《闲说“戏中戏”》，《戏剧之家》2000 年第 1 期。

凌鼎年：《明代著名杂剧家王衡》，《苏州杂志》2003 年第 6 期。

吴书荫：《〈再生缘〉杂剧作者考辨》，《文学遗产》2004 年第 1 期。

曹瑜：《王衡及其杂剧研究》，安徽大学 2007 年硕士论文。

周榆华：《王衡的科场际遇与杂剧〈郁轮袍〉》，《江西广播电视大学学报》2006 年第 3 期。

钱晓红：《论王衡杂剧的创新》，《安徽农业大学学报》2008 年第 5 期。

李斌：《〈嘉庆太仓府志 · 王衡传〉辨误》，《广西社会科学》2009 年第 5 期。

叶宪祖

郑闰：《叶宪祖和他的剧作》，《宁波师院学报》1987 年第 1 期。

张良俊：《明代戏曲作家佘翘生平及其著作》，《安徽新戏》1988 年第 6 期。

张良俊：《佘翘生平及其著作》，《黄梅戏艺术》1990 年第 3 期。

谭坤：《叶宪祖的杂剧创作》，《常州师范专科学校学报》2004 年第 2 期。

吴艳萍：《叶宪祖戏曲研究》，福建师范大学 2006 年硕士论文。

孔丽君：《试论叶宪祖的戏曲创作》，《社科纵横》2006 年第 1 期。

叶天山：《叶宪祖生平及其〈四艳记〉剧类之辨正》，《宁波教育学院学报》2007年第1期。

孔丽君：《叶宪祖历史剧的现实意义》，《四川戏剧》2007年第5期。

孔丽君：《论叶宪祖及其戏曲创作》，西北师范大学2007年硕士论文。

余晓晓：《叶宪祖及其杂剧研究》，安徽大学2008年硕士论文。

吴艳萍：《叶宪祖生平创作与家学渊源》，《广西师范学院学报》2009年第2期。

吴艳萍：《论叶宪祖历史剧〈骂座记〉的现实意义》，《湘潭师范学院学报》2009年第4期。

吴艳萍：《重塑历史，再造英雄——论叶宪祖历史剧〈易水寒〉》，《成都大学学报》2009年第5期。

孔丽君：《叶宪祖及其社会剧的清官情结》，《戏剧文学》2009年第6期。

沈自徵

应裕康：《沈自晋与沈自徵》，《南洋大学学报》1975年第8—9期。

朱万曙：《沈自徵〈渔阳三弄〉简说》，《戏曲研究》第33辑，1990年。

司徒秀英：《徐渭〈狂鼓史〉和沈自徵〈鞭歌妓〉比较：乔装、角色和存在》，《徐州工学院学报》2007年第7期。

叶小纨

（日）八木泽元：《明代剧作家叶小纨》，《东方学》1952年第5期。

刘晓伟：《我国历史上第一个女剧作家：叶小纨》，《河南戏剧》1983年第1期。

李真瑜：《明代戏剧家叶小纨卒年及作品考》，《文学遗产》1989年第2期。

徐子方：《叶小纨和她的〈鸳鸯梦〉杂剧》，《中国文化报》1999年12月26日。

魏崇新：《叶小纨及其杂剧〈鸳鸯梦〉》，《中国文化报》2000年8月17日。

王成：《好景只供愁作伴　浮生偏与恨相缠——从叶小纨〈鸳鸯梦〉杂剧谈起》，《戏曲研究》2004年第2期。

陈雪：《人世不称意，多向梦中求——试论叶小纨〈鸳鸯梦〉的主题倾向与艺术特色》，《中国古代小说戏剧研究丛刊》2005年。

关春燕：《叶小纨生平及作品小考》，《江南大学学报》2006 年第 3 期。

刘召明：《鸳鸯惊散 人琴痛深——叶小纨〈鸳鸯梦〉赏析》，《文史知识》2008 年第 4 期。

朱萸：《枫落红凋〈鸳鸯梦〉》，《苏州杂志》2009 年第 3 期。

许潮

麻国君：《关于许潮杂剧四种的发现：兼谈许潮及〈阳春奏〉的若干问题》，《戏剧学习》1981 年第 4 期。

龙华：《许潮及其杂剧合集〈泰和记〉》，《湖南戏剧》1983 年第 4 期。

张增元：《明代戏曲家许潮是湖南靖州人》，《辽宁大学学报》1983 年第 5 期。

张正学：《〈泰和记〉与〈太和记〉考辨》，《重庆师院学报》1999 年第 2 期。

刘奇玉：《许潮及其〈泰和记〉》，《贵州民族学院学报》2003 年第 1 期。

刘奇玉、李建武：《明代湖南戏剧创作浅论》，《南华大学学报》2003 年第 1 期。

梁志刚：《许潮的〈泰和记〉及〈写风情〉小考》，《洛阳师范学院学报》2008 年第 4 期。

张媛：《明代许潮〈武陵春〉对〈桃花源记〉的接受》，《九江学院学报》2009 年第 4 期。

陈爽：《〈泰和记〉考辨》，《扬州大学学报》2008 年第 3 期。

孟称舜

华粹深：《复旦大学编著的〈中国文学史〉对〈英雄成败〉杂剧的评价问题》，《光明日报》1962 年 3 月 18 日。

叶长海：《孟称舜的戏曲评论》，《曲苑》第 2 辑，江苏古籍出版社 1986 年。

欧阳光：《孟称舜的生平及其他》，《中山大学研究生学刊》1981 年第 4 期。

欧阳光：《孟称舜生平史料新见》，《艺谭》1982 年第 1 期。

朱颖辉：《孟称舜新考》，《戏曲研究》第 6 辑，1982 年。

欧阳光：《孟称舜和他的〈娇红记〉》，《论古代戏曲诗歌小说》，中山大学出版社1984年。

萧作铭：《时代的浩歌——孟称舜剧作思想内容浅析》，《武汉大学学报》1985年第6期。

郑闰：《孟称舜补考三则》，《戏曲研究》第17辑，1986年。

朱颖辉：《孟称舜新考续稿》，《古代戏曲论丛》第2辑，中山大学学报编辑部编。

胡绪伟：《金批〈水浒〉与〈英雄成败〉杂剧之比较研究》，《湖北大学学报》1988年增刊。

刘辉：《跋〈孟子塞五种曲序〉》，《江苏戏剧》1983年第10期。

徐朔方：《论孟称舜的戏曲创作》，《戏曲研究》第33辑，1990年。

赵俊：《“人面桃花”的衍变》，《西北大学学报》1995年第1期。

俞为民：《论孟称舜的戏曲创作论》，《南京大学学报》1996年第3期。

刘勇刚：《从〈桃花人面〉看晚明的才子佳人戏曲》，《南通师专学报》1996年第3期。

王汉民：《论孟称舜戏曲的传情意识》，《中国文学研究》1998年第1期。

彭茵：《孟称舜“传情”理论及其戏曲创作》，《文史杂志》1999年第3期。

马衍：《论孟称舜戏曲创作与其戏曲理论的关系》，《艺术百家》2001年第4期。

许艳文：《晚明社会与孟称舜戏曲的超现实意义》，《中州学刊》2001年第6期。

刘伟：《孟称舜“传情”理论及其戏曲创作》，《中国矿业大学学报》2002年第3期。

武影：《孟称舜戏曲研究》，安徽师范大学2005年硕士论文。

李艳霞：《突破中的“逆流”——简析明末孟称舜等杂剧创作中的“趋元”倾向》，《湖北教育学院学报》2006年第5期。

周永忠：《〈桃花人面〉版本比较》，《艺术百家》2006年第4期。

周永忠：《〈桃花人面〉与〈桃源三访〉语言风格比较》，《广西梧州师范高等专科学校学报》2006年第3期。

周永忠：《论孟称舜的戏曲理论——以〈古今名剧选〉序及评点为视

点》，《广西大学学报》2006年第2期。

李艳霞：《突破中的"逆流"——简析明末孟称舜等杂剧创作的"趋元"倾向》，《湖北教育学院学报》2006年第5期。

窦开虎：《孟称舜爱情戏剧中"真情"内涵的三次转变》，《和田师范专科学校学报》2007年第3期。

闫俊丽：《近年国内孟称舜研究述要》，《重庆科技学院学报》2007年第5期。

吕茹：《孟称舜戏曲创作及理论研究》，河北师范大学2007年硕士论文。

吕茹：《从情到理：孟称舜爱情剧创作内涵变化》，《绥化学院学报》2008年第6期。

杨灵巧：《孟称舜及其剧作研究》，山西师范大学2009年硕士论文。

赵长杰：《论"人面桃花"的文化意蕴》，《重庆三峡学院学报》2010年第2期。

吴庆晏：《孟称舜研究》，华中师范大学2010年博士论文。

卓人月

谢柏梁：《卓人月的悲世曲论》，《戏曲艺术》2010年第1期。

袁于令

李复波：《袁于令生平考略》，《戏曲研究》第19辑，1986年。

周震麟：《袁于令戏曲作品的个性特点和人格理想》，《艺术百家》1995年第2期。

荣莉：《袁于令戏曲小说研究》，暨南大学2006年硕士论文。

凌濛初

戴望舒：《凌濛初的剧本》，《小说戏曲论集》，作家出版社1958年。

冯保善：《论凌濛初的戏曲创作》，《贵州文史丛刊》1991年第1期。

许建中：《凌濛初戏曲存目考补》，《扬州师院学报》1991年第2期。

徐定宝：《凌濛初戏曲创作概观》，《文教资料》1998年第5期。

冯保善：《从传奇〈红拂记〉到明杂剧〈北红拂〉》，《戏曲研究》第59辑，2002年。

王建平：《论凌濛初的杂剧〈宋公明闹元宵〉》，《孝感学院学报》2005年第1期。

冯保善：《〈北红拂〉〈虬髯翁〉合论》，《浙江学刊》2008年第4期。

徐永斌：《凌濛初〈红拂〉杂剧创作考》，《内蒙古大学学报》2008年第4期。

湛然：

陆林：《〈鱼儿佛〉原作者及改编者新考》，《戏剧》1989年第2期。

吴建国、傅湘龙：《〈鱼儿佛〉的佛学意蕴》，《山西大学学报》2006年第1期。

祁彪佳

叶德均：《评〈远山堂曲品校录〉》，《戏曲论丛》第3期，1957年。

何东宪：《祁彪佳和远山堂曲品剧品》，《戏曲研究》第12辑，1984年。

陈多：《祁彪佳戏曲论文的新发现：简介祁彪佳氏的〈孟子塞五种曲序〉》，《曲苑》第1辑，江苏古籍出版社1984年。

洪欣：《〈远山堂曲品·剧品〉略说》，《戏剧文学》1987年第7期。

赵素文：《〈鱼儿佛〉杂剧改编者寓山居士为祁彪佳考辨》，《绍兴文理学院学报》2001年第2期。

杨艳琪：《祁彪佳研究史略》，《北京印刷学院学报》2003年第4期。

杨艳琪：《祁彪佳及其〈远山堂曲品·剧品〉研究》，复旦大学2003年博士论文。

赵素文：《祁彪佳与明杂剧〈鱼儿佛〉的编订与刊刻》，《戏曲研究》2005年第1期。

谭坤：《祁彪佳与晚明曲家交游考》，《中华戏曲》2007年第1期。

马越：《祁彪佳及其戏曲理论研究》，西北师范大学2006年硕士论文。

吕天成

金建锋：《明杂剧中的奇葩——论〈齐东绝倒〉的时代意蕴》，《宁波教育学院学报》2008年第5期。

王骥德

施晔：《〈男王后〉：从历史叙事到文学叙事》，《史学集刊》2009年第2期。

汪廷讷

史衡：《汪廷讷：明代安徽剧作家简介之三》，《艺谭》1981年第2期。

邓志谟

吴圣昔：《邓志谟经历、家境、卒年探考：邓志谟考论之一》，《明清小说研究》1993 年第 3 期。

金文京：《晚明小说、类书作家邓志谟生平初探》，《明代小说面面观：明代小说国际学术研讨会论文集》，学林出版社 2002 年。

金文京：《〈童婉争奇〉与晚明两性文化》，《明清文学与性别研究》，江苏古籍出版社 2002 年。

金文京：《晚明文人邓志谟的创作活动——兼论其争奇文学的来源及传播》，《经典转化与明清叙事文学学术研讨会》，台湾“中央研究院”中国文哲研究所 2004 年。

戚世隽：《邓志谟“争奇”系列作品的文体研究——兼论古代戏剧与小说的文体分野》，《文学遗产》2008 年第 4 期。

桑绍良

孙步忠：《明代戏剧作家桑绍良生平创作考略》，《零陵师范高等专科学校学报》1998 年第 4 期。

顾思义

谭正璧：《顾思义及其作品〈余慈相会〉的发现》，《上海戏剧》1962 年第 2 期。

程士廉

徐子方：《论程士廉及其〈小雅四纪〉》，《扬州大学学报》2006 年第 3 期。

杨之炯

赵俊：《杨之炯作〈蓝桥玉杵记〉辨》，《晋阳学刊》1995 年第 2 期。

屠本畯

张如安：《屠本畯生卒小考》，《宁波师院学报》1986 年第 2 期。

郑志良：《屠本畯的佚剧一种》，《戏曲研究》2004 年第 3 期。

郑瑜

马学元、鲜荣生：《最先在戏曲中为曹操翻案的是郑瑜而非曹寅——兼与〈人民日报〉严中一文商榷》，《成都大学学报》1995 年第 3 期。

《最早为曹操翻案的〈鹦鹉洲〉》，《新闻爱好者》1995 年第 3 期。

茅维

孙书磊：《茅维及其凌霞阁杂剧考述》，《中国典籍与文化》2004 年第 2 期。

王瑜瑜:《晚明戏曲作家茅维生平考辨二题》,《沈阳大学学报》2009年第1期。

沈璟

徐子方:《沈璟及其昆曲杂剧》,《东南大学学报》(哲学社会科学版)2002年第1期。

(注:本目录仅限于中文文献,相关外国文献可参阅孙歌、陈燕谷、李逸津著《国外中国古典戏曲研究》,江苏教育出版社2000年版)

主要参考书目

《现代西方哲学论著选辑》，北京，商务印书馆，1993年。

（法）丹纳著，傅雷译：《艺术哲学》，北京，人民文学出版社，1963年。

（英）贡布里希著，范景中编选：《艺术与人文科学——贡布里希文选》，杭州，浙江摄影出版社，1989年。

（匈）阿诺德·豪泽尔著，居延安译编：《艺术社会学》，上海，学林出版社，1987年。

陈来：《宋明理学》，沈阳，辽宁教育出版社，1991年。

《朱光潜全集》，合肥，安徽教育出版社，1987年。

李泽厚：《美的历程》，合肥，安徽文艺出版社，1994年。

陶东风：《文体演变及其文化意味》，昆明，云南人民出版社，1994年。

童庆炳：《文体与文体的创造》，昆明，云南人民出版社，1994年。

（日）佐藤一郎：《中国文章论》，上海，上海古籍出版社，1996年。

浦安迪：《中国叙事学》，北京，北京大学出版社，1996年。

曾大兴：《中国历代文学家之地理分布》，武汉，湖北教育出版社，1995年。

马积高：《宋明理学与文学》，长沙，湖南师范大学出版社，1989年。

廖可斌：《明代文学复古运动研究》，上海，上海古籍出版社，1994年。

郑振铎：《插图本中国文学史》，北京，人民文学出版社，1957年。

刘大杰：《中国文学发展史》，上海，上海古籍出版社，1982年5月新1版。

（日）青木正儿著，王古鲁译：《中国近世戏曲史》，北京，中华书局，1954 年。

周贻白：《中国戏剧史长编》，北京，人民文学出版社，1960 年。

周贻白：《中国戏曲发展史纲要》，上海，上海古籍出版社，1979 年。

张庚、郭汉城：《中国戏曲通史》，北京，人民文学出版社，1992 年。

杨世祥：《中国戏曲简史》，北京，文化艺术出版社，1989 年。

余从、周育德、金水：《中国戏曲史略》，北京，人民音乐出版社，1993 年。

许金榜：《中国戏曲文学史》，北京，中国文学出版社，1994 年。

叶长海：《中国戏剧学史稿》，上海，上海文艺出版社，1986 年。

余秋雨：《中国戏剧文化史述》，长沙，湖南人民出版社，1985 年。

幺书仪：《戏曲》（中国古代文体丛书），北京，人民文学出版社，1994 年。

赵山林：《中国戏剧学通论》，合肥，安徽教育出版社，1995 年。

谭帆、陆炜：《中国古典戏剧理论史》，北京，中国社会科学出版社，1993 年。

罗锦堂：《锦堂论曲》，台北，台北联经出版事业公司，1977 年。

郑振铎：《郑振铎古典文学论文集》，上海，上海古籍出版社，1984 年。

黄天骥：《冷暖集》，广州，花城出版社，1983 年。

黄天骥：《深浅集》，广州，广东高等教育出版社，1995 年。

孙楷第：《沧州集》（全二册），北京，中华书局，1965 年。

孙楷第：《沧州后集》，北京，中华书局，1985 年。

冯沅君：《古剧说汇》，北京，商务印书馆，1947 年。

谭正璧著，谭寻补正：《话本与古剧》，上海，上海古籍出版社，1985 年。

叶德均：《戏曲小说丛考》，北京，中华书局，1979 年。

赵景深：《戏曲笔谈》，上海，上海古籍出版社，1980 年 3 月新 1 版。

赵景深：《元人杂剧钩沉》，北京，中华书局，1959 年。

赵景深：《明清曲谈》，上海，古典文学出版社，1957 年。

严敦易：《元剧斟疑》，北京，中华书局，1960 年。

董每戡:《说剧》,北京,人民文学出版社,1983 年。

王国维:《王国维文集》,北京,中国文史出版社,1996 年。

吴梅著,王卫民编:《吴梅戏曲论文集》,北京,中国戏剧出版社,1983 年。

严敦易:《元明清戏曲论集》,郑州,中州书画社,1982 年。

卢前:《明清戏曲史》,北京,商务印书馆,1935 年。

周妙中:《清代戏曲史》,郑州,中州古籍出版社,1987 年。

曾影靖著,黄兆汉校订:《清人杂剧论略》,台北,台湾学生书局,1995 年。

蔡毅编著:《中国古典戏曲序跋汇编》,济南,齐鲁书社,1989 年。

《中国古典戏曲论著集成》,北京,中国戏剧出版社,1959 年。

王利器:《元明清三代禁毁小说戏曲史料》,上海,上海古籍出版社,1981 年。

黄裳:《远山堂明曲品剧品校录》,上海,上海出版公司,1955 年。

汪效倚:《潘之恒曲话》,北京,中国戏剧出版社,1988 年。

吴书荫:《曲品校注》,北京,中华书局,1990 年。

《曲海总目提要》(全三册),北京,人民文学出版社,1959 年。

王季烈:《孤本元明杂剧提要》,北京,商务印书馆,1941 年。

傅惜华:《元代杂剧全目》,北京,作家出版社,1957 年。

傅惜华:《清代杂剧全目》,北京,人民文学出版社,1981 年。

于安澜:《画论丛刊》,北京,人民美术出版社,1962 年。

沈子丞:《历代论画名著汇编》,北京,文物出版社,1982 年。

俞剑华:《中国画论类编》,北京,人民美术出版社,1986 年。

李来源、林木:《中国古代画论发展史实》,上海,上海人民美术出版社,1997 年。

《当代中国画之我见》(讨论集),南京,江苏美术出版社,1990 年。

林木:《明清文人画新潮》,上海,上海人民美术出版社,1991 年。

李德仁:《徐渭》(明清中国画大师研究丛书),长春,吉林美术出版社,1996 年。

黄云眉:《明史考证》(全八册),北京,中华书局,1979—1986 年分册出版。

孟森：《明清史讲义》（全二册），北京，中华书局，1981年。

黄仁宇：《万历十五年》，北京，中华书局，1981年。

（美）牟复礼、（英）崔瑞德：《剑桥中国明代史》，北京，中国社会科学出版社，1992年。

（法）谢和耐：《中国社会史》，南京，江苏人民出版社，1995年。

（美）艾尔曼：《从理学到朴学——中华帝国晚期思想与社会变化面面观》，南京，江苏人民出版社，1995年。

钱杭、承载：《十七世纪江南社会生活》，杭州，浙江人民出版社，1996年。

《明人传记资料索引》，台湾中央图书馆编，北京，中华书局，1987年。

《江苏艺文志·苏州卷》，南京，江苏人民出版社，1994年。

张慧剑：《明清江苏文人年表》，上海，上海古籍出版社，1986年。

《明史》（28册），北京，中华书局，1974年。

谈迁著，张宗祥点校：《国榷》（全六册），北京，中华书局，1958年。

《五杂俎》（国学珍本文库第1集第13种），襟霞阁主人印行，北京，中央书店，1935年。

《启祯野乘》，故宫博物院1936年排印本。

《少室山房笔丛》，《四库笔记小说丛书》（第三辑），上海，上海古籍出版社，1993年。

《草木子》（元明史料笔记丛刊），北京，中华书局，1959年。

《万历野获编》（元明史料笔记丛刊），北京，中华书局，1959年。

《南村辍耕录》（元明史料笔记丛刊），北京，中华书局，1959年。

《四友斋丛说》（元明史料笔记丛刊），北京，中华书局，1959年。

《寓圃杂记·谷山笔麈》（元明史料笔记丛刊），北京，中华书局，1984年。

《九籥集》，北京，中国社会科学出版社，1984年。

《治世余闻·继世纪闻·松窗梦语》（元明史料笔记丛刊），北京，中华书局，1985年。

《菽园杂记》（元明史料笔记丛刊），北京，中华书局，1985年。

《庚巳编·客座赘语》（元明史料笔记丛刊），北京，中华书局，1987年。

《林居漫录》（明代宫廷杂录汇编），《中国野史集成》第39卷，成都，巴蜀书社1993年。

《云间据目抄》，《笔记小说大观》第13册，扬州，江苏广陵古籍刻印社，1983年。

《留青日札》（明清笔记丛书），上海，上海古籍出版社，1992年。

《廿二史劄记》，北京，中国书店，1987年。

《陔余丛考》，石家庄，河北人民出版社，1990年。

《西湖游览志、志余》，《四库全书·史部地理类》。

《已疟编》，《说郛三种》本，上海，上海古籍出版社，1988年。

《书舶庸谭》，沈阳，辽宁教育出版社，1998年。

（明）陈子龙等：《明经世文编》，北京，中华书局，1960年。

《静志居诗话》（中国古典文学理论批评专著选辑），北京，人民文学出版社，1990年。

唐圭璋：《词话丛编》，北京，中华书局，1986年。

（清）何文焕：《历代诗话》，北京，中华书局，1981年。

丁福保：《历代诗话续编》，北京，中华书局，1983年。

《列朝诗集小传》，上海，上海古籍出版社，1959年。

《书影》（十卷本），北京，中华书局，1958年。

《珂雪斋近集》，上海，上海书店据中央书店1936年版纸型重印本。

路工：《李开先集》，北京，中华书局，1959年。

《徐渭集》，北京，中华书局，1983年。

徐朔方：《沈璟集》，上海，上海古籍出版社，1991年。

《汤显祖集》（四卷），上海，上海人民出版社，1973年。

《升庵集》81卷，《四库全书·集部别集类》。

钱仲联：《牧斋初学集》，上海，上海古籍出版社，1985年。

《二程集》，北京，中华书局，1981年。

《焚书》，北京，中华书局，1961年。

《全明杂剧》（1—8卷），台北，台北鼎文书局，1979年。

隋树森：《元曲选外编》(全三册)，北京，中华书局，1987年。

《元明杂剧》，北京，中国戏剧出版社，1958年。

《盛明杂剧》，北京，中国戏剧出版社，1958年。

《杂剧三集》，北京，中国戏剧出版社，1958 年。
《孤本元明杂剧》，北京，中国戏剧出版社，1958 年。
吴梅：《奢摩他室曲丛二集》，北京，商务印书馆，1928 年。
吴梅：《古今名剧选》，北京，国立北京大学，1921 年。
《古本戏曲丛刊》第四集，北京，商务印书馆，1958 年。
《古本戏曲丛刊》第五集，北京，中国社会科学院文学研究所，1985 年。
（明）胡文焕：《群音类选》（全四册），北京，中华书局，1989 年。
《海浮山堂词稿》，上海，上海古籍出版社，1981 年。
翁敏华：《诚斋乐府》，上海，上海古籍出版社，1989 年。
周永瑞：《泔东乐府》，上海，上海古籍出版社，1989 年。

后　　记

本书是在我的博士论文的基础上修改而成的，其间又得到广东省青年人文社会科学基金的资助。

学位论文的写成，从谋篇布局到斟字酌句，都得到导师黄天骥先生的悉心指导。黄老师在担负着繁重工作的情况下，不厌其烦地为我审阅论文，纠谬补缺，提出了许多有益的建议，后来又勉励我对论文作进一步修改，并推荐列入“广东中华文化王季思学术基金丛书”。本书的出版，与他对后学的奖掖和无私的帮助是分不开的。

论文答辩委员会的各位教授，饶芃子先生、吴国钦先生、吴承学先生、洪柏昭先生、罗东升先生，提出了中肯的意见，并指出了进一步努力的方向。书面评阅人叶长海先生、郑传寅先生、夏写时先生、俞为民先生、吴新雷先生、张人和先生的意见，也使我获益良多。在此一并致以诚挚的谢意。

一直以来，众多师长、同学、朋友给予了我无私的关心与鼓励。在此，向他们表示我衷心的感谢。

本书付稿之际，我读到徐子方先生《明杂剧研究》一书（台湾文津出版社 1998 年 1 月出版），该书考论结合，多有阐发。但因两书研究角度不同，或有可补充之处，使我勇于敝帚自珍。

此外，有一些问题，还可作进一步探讨。如明清两代的三部杂剧选本：《盛明杂剧》一集、二集和《杂剧三集》，作为一个整体，有其独特的意义，包括其中插图，都有进一步研究的价值。《杂剧三集》在每幅正图之后又有一幅圆形图，又称为“月光图”，为清初徽派雕刻名手鲍承勋所刻，很有特色。由于材料所限，本书尚未能充分论述。本人希望能在此书的基础上，收集材料，对相关问题作进一步的研究。

戚世隽

2000年10月于中山大学

再版后记

2000年，本书作为“广东中华文化王季思学术基金丛书之七”，由广东高等教育出版社出版，得到了学术界同仁的一些反馈，如北京师范大学郭英德先生在其所著《明清文学讲演录》中，将拙著列为研究明清文学的参考书之一。徐州师范大学的吴敢先生，来信细致指出本书在著录明杂剧作品体例时的一些错谬，让我一直铭感于心。

时隔十年，蒙广东高等教育出版社再次修订付梓。此次修订，除了校正一些鲁鱼豕亥之误外，也对一些相关问题作了修改与补充。恰好中山大学承担了国家古籍委员会项目《全明杂剧》的整理校点工作，在参与整理与校点的过程中，我也发现了原来在著录明代杂剧作家作品时的一些问题，在此一一作了校订。至于其他部分章节也作了一些调整，如论述朱有燉一节，对朱有燉作为元明戏剧交替时期的历史人物，其剧本形态也作了进一步的探讨。

虽然自己的学术兴趣点已发生了转移，但作为自己成长道路的一个标记，这本书以及围绕这本书所发生的一切仍是让我不能忘怀的。没有一个人可以脱离群体而成长，常常感谢导师黄天骥先生一直以来悉心细致的指教，其他师友的无私帮助，不能一一尽述，唯有努力工作以为回报。

戚世隽
2010年6月